LE SACRIFICE DU PAPILLON

Toxicologue, expert auprès de la NASA et de diverses grandes entreprises, Andrea H. Japp est née à Paris en 1957. Elle s'est lancée dans l'écriture de romans policiers en 1990 avec *La Bostonienne*, qui remporte le Prix du festival de Cognac en 1991. Cultivant deux veines bien distinctes, la comédie policière et le suspense, *La Femelle de l'espèce*, Masque de l'année 1996, et *La Parabole du tueur*, le premier thriller mettant en scène Gloria Parker-Simmons, l'ont consacrée comme révélation française de ces dernières années.

Paru dans Le Livre de Poche :

LA FEMELLE DE L'ESPÈCE

LA PARABOLE DU TUEUR

AUTOPSIE D'UN PETIT SINGE

ANDREA H. JAPP

Le Sacrifice du papillon

ÉDITIONS DU MASQUE

L'auteur tient à remercier Alain André, entraîneur de boxe française, pour sa patience, ses réponses et ses réflexions sur la souffrance consentie, ainsi que Carol Roussin pour son amitié et son aide.

Pour Hélène

« For nothing can seem foul to those that win. »

« Car rien ne paraît infâme aux yeux de ceux qui gagnent. »

William Shakespeare, *Henry IV*,
1re partie, acte V, scène 1.

DES PLAINES, ILLINOIS

Lito s'assit sur la première marche qui menait à l'entrée de l'immeuble de sa tante. Paolina ne rentrerait pas avant deux heures et même si la conversation de cette demi-sœur de sa mère l'ennuyait, ça valait mieux que rien. Il faut dire que Paolina ne savait que raconter à l'infini les menus riens qui parsemaient les existences de ses copines de l'usine de câbles. Lito ne connaissant ces femmes que grâce aux intarissables narrations de sa tante, il finissait par mélanger les anecdotes et les noms, attribuant à l'une l'adultère du mari de l'autre et à la troisième la fille néo-punk de la première. Lorsqu'il demandait une précision à sa tante, plus par politesse que par intérêt, elle se mettait en colère et glapissait, l'accusant de ne pas écouter, de se foutre d'elle et de ses problèmes, de la prendre pour une auberge. Et puis Paolina, depuis qu'elle avait la carte verte et qu'elle était à deux doigts de la citoyenneté américaine, s'acharnait à ne parler qu'anglais, mal, très mal et quand elle s'énervait elle devenait incompréhensible. Le temps que Lito retraduise en espagnol sa syntaxe bancale, le discours précipité et chaotique de sa tante l'avait déjà porté vers une autre anecdote, une autre copine, et il perdait le fil. Lito s'étonnait de ce que ses efforts continuels pour parler sa nouvelle langue ne produisent pas davantage d'effets. Lorsqu'il était revenu à Des Plaines, quatre jours plus tôt, cela devait bien faire trois ans qu'il ne l'avait pas vue, pas entendue, parce qu'il n'avait pas le droit de téléphoner à des membres de sa famille. Enfin, c'est-à-dire, on ne le lui avait pas dit comme cela, mais ça revenait au même. Il n'avait pas l'impression que sa tante ait fait de progrès en anglais, alors que lui n'avait maintenant presque plus d'accent. Pourtant, trois ans plus tôt, tous ces gens lui donnaient l'impression d'avaler de la bouillie de travers lorsqu'ils parlaient. Peut-être que Paolina n'était pas très intelligente, finalement.

Lito repoussa d'un coup de pied mou le ballon avec lequel il avait cru se distraire un peu plus tôt. Le ballon, en plastique marron clair, sur lequel étaient moulées de fausses coutures, hésita sur le rebord du trottoir, et finit, comme à regret, sa trajectoire sous une voiture garée devant l'immeuble.

Bon, il n'allait pas attendre encore deux heures. Ça ne lui disait rien de rentrer non plus : il n'y avait pas de sport cet après-midi à la télé, sauf du golf, mais c'était un truc de lavettes. Et puis Lito n'aimait pas cet appartement. Peut-être que cinq ans plus tôt, il l'aurait, lui aussi, trouvé très chouette. Mais maintenant l'odeur d'huile de maïs frite qui s'incrustait partout lui paraissait aussi écœurante et obstinée que la pauvreté. En plus, il valait mieux ne pas rentrer saoul chez Paolina, ni même un peu ivre, parce qu'elle hurlait d'une voix suraiguë, le frappant de gifles désordonnées et inefficaces, et aussi parce que le sol recouvert d'un lino fatigué gris soutenu était si incliné qu'on était sûr de s'affaler de tout son long. Lito s'était parfois demandé si cette pente était le résultat d'une construction bâclée ou si le petit cube de béton gris qui abritait quelques familles s'affaissait doucement.

Il ne savait pas trop où aller, connaissant mal cette ville, une ville industrielle située à une centaine de kilomètres de Chicago. Il n'avait presque plus de fric, enfin, il en avait, pas mal même, mais pour l'instant, il ne pouvait pas le demander. Il valait mieux attendre que les choses se tassent. Il avait déjà vendu sa jolie montre en or, du vrai, pas du plaqué, pour se payer le voyage jusqu'ici. Lorsqu'il l'avait tendue au gros mec de cette boutique de seconde main, qui lui en proposait en geignant le tiers de sa valeur, Lito avait été surpris par sa propre réaction : il s'en foutait. Il avait cru que ça lui ferait mal au cœur, pire, que ça l'inquiéterait, comme un mauvais présage, mais rien.

Le voyage avait été long, parce qu'il fallait attendre dans des gares routières d'autres bus, d'autres correspondances, mais c'était aussi bien parce que Lito avait eu le temps de penser, de se souvenir. Ces trente heures passées allongé dans le double fond d'un camion qui transportait des primeurs, la chaleur et les cahots des routes qui par moments l'assommaient presque. Il n'était pas question de descendre pour pisser, il aurait fallu déplacer trop de cageots, alors il s'était pissé dessus, les autres aussi. Et pourtant, c'était un traitement de faveur, la preuve qu'il était précieux. La plupart des autres étaient embarqués dans des camionnettes, même les femmes. Certains passaient, d'autres pas. Du reste, ils n'étaient que trois, serrés dans cette planque. Ils avaient interdiction de parler pour ne pas se faire repérer, mais Lito pouvait entendre Raul, le garçon collé contre son flanc droit, celui qui lui enfonçait le genou dans les reins, marmonner des prières. Rodolpho, de l'autre côté, était sage lorsqu'il ne pleurait pas doucement. Le reste était assez confus, lorsqu'ils étaient arrivés enfin, parce qu'il avait faim, qu'il était épuisé et qu'il puait la merde et l'urine. Lito se souvint ensuite de cet éclat de bonheur lorsqu'on l'avait conduit dans ce grand magasin, si beau, si riche, avec des lustres magnifiques, tout en gouttes de cristal, comme ceux d'un château. Il avait longuement essayé diverses paires de baskets, prolongeant le plaisir pour le savourer encore quelques minutes et pourtant, il savait très bien ce qu'il choisirait. Il avait touché son rêve d'un bout du regard dès qu'il s'était assis sur la banquette en velours cramoisi. Et il les avait chaussées, des Reebok, des vraies avec la marque inscrite sur le côté. Et le contact du cuir souple et noir contre sa cheville lui avait fait oublier la douleur qui irradiait dans sa cuisse.

Lito se leva parce qu'il sentait une buée s'accumuler sous ses paupières. Il essuya ses paumes moites contre son beau polo Ralph Lauren et avança. Il n'allait nulle part, il allait juste avancer pendant deux heures, c'est tout.

Lorsqu'il revint vers le petit cube en béton gris qui abritait l'appartement de sa tante, il n'était pas mécontent de lui. Il avait passé plus de deux heures à examiner scrupuleusement la moindre des choses, la moindre banalité : les vêtements des passants qu'il croisait, les jeux des enfants qui hurlaient dans la cour de l'école protégée de hautes grilles pointues, les plaques minéralogiques des voitures garées le long des trottoirs. Finalement, on ne devrait se souvenir que par tous petits bouts, et un seul petit bout à la fois.

Il grimpa les deux étages quatre à quatre. Il avait bien envie d'écouter le marathon verbal de sa tante, ce soir. Lorsqu'elle lui ouvrit la porte, son air fermé, et la pâleur de son front qui contrastait avec le rose bronzé de ses joues figea Lito. Il lui sembla pourtant qu'elle n'était pas en colère, non, c'était autre chose. Lorsqu'elle passa la langue sur ses lèvres sèches, il comprit qu'elle avait peur.

— Lito, il y a un homme qui t'attend. Il dit qu'il te connaît.

Lito avança dans l'entrée et pénétra doucement dans le salon-salle à manger qui devenait sa chambre tous les soirs. Il ressentit comme un coup de poing violent dans la poitrine : sir Bastian lui souriait gentiment, assis dans le fauteuil en tapisserie marron. Lito eut soudain envie de s'enfuir de l'appartement, de la ville. Il s'assit en face de sir Bastian en soupirant. Après tout, c'était peut-être aussi bien comme cela.

OLD TOWN, CHICAGO, ILLINOIS

Maintenant que la trouille l'abandonnait, Lito avait presque envie de rire. Quel débile de paniquer comme ça, mais lorsqu'il avait découvert sir Bastian chez sa tante, il avait eu peur de ne pas parvenir à s'expliquer clairement, de ne pas trouver les arguments convaincants et rassurants. Surtout, il avait eu peur de la réaction de sir Bastian, comme tout le monde, enfin presque.

Lito sourit de bonheur. Il était chouette ce restau situé non loin de Lincoln Park, un des plus jolis quartiers de la ville, assez branché dans le genre classe, mais sympa quand même. Ils étaient installés dans la salle du fond, une vaste rotonde dont le plafond en briques de verre brisait la lumière tombante de ce mois de juillet pour l'adoucir.

Les murmures des autres convives filtraient entre les larges feuilles vert gras des grands palmiers et des ficus au tronc aussi épais que celui d'un jeune bouleau. Les pales cuivrées des trois grands ventilateurs tournaient mollement, comme si elles s'interrogeaient elles-mêmes sur leur utilité puisque le restaurant était outrancièrement rafraîchi par l'air conditionné.

C'était sympa de la part de sir Bastian de l'inviter dans cet endroit, et le luxe comblait toujours autant Lito, même s'il savait parfaitement qu'il n'est jamais gratuit pour des gens comme lui. Ça le changeait du petit appartement triste et encombré de Paolina.

Leur serveur, un grand mec blond qui portait une maigre queue-de-cheval, s'approcha de la table avec leurs plats. Il inonda sir Bastian d'un sourire équivoque et fit jouer ses deltoïdes de body-builder sous son débardeur minimaliste, en posant les grandes assiettes rectangulaires en épais verre dépoli devant eux. Lito le trouva débile : sir Bastian ne le voyait même pas.

Lito aurait dévoré le steak au coulis de chèvre et aux têtes d'asperges à pleines mains s'il n'avait pas craint la réprobation muette de sir Bastian. Il compta jusqu'à trois avant de saisir son couteau et sa fourchette pour avoir l'air bien élevé. Il allait enfin se lancer lorsque la petite main rose et manucurée de sir Bastian enveloppa le bout de ses doigts. De cette étrange voix à la fois très grave et maniérée, il lança :

— Tu m'as fait beaucoup de peine, tu sais, Lito ?

— Je sais, sir Bastian, je suis désolé, vraiment. Mais c'était pas possible, vous comprenez.

— Je ne sais pas. Ah, les jeunes, les jeunes. Ça vous mange dans la main en ronronnant un jour et le lendemain ça peut vous dévorer les doigts. Il n'y a pas que moi qui suis déçu, d'ailleurs.

Lito déglutit avec peine et il lui sembla soudain qu'il avait moins faim.

— Vous m'en voulez pas trop, sir Bastian ? Hein ?

— On s'y fait, ça passera. Mais j'ai vraiment eu un choc affreux lorsque j'ai constaté que tu avais pris la poudre d'escampette, sans même un mot, ni rien. Et puis quelle idée Des Plaines, vraiment ! Et ces avions qui n'arrêtent pas de décoller et d'atterrir, mais comment peux-tu supporter ce bruit, mon poussin ? Sans compter la pollution.

— C'est parce que j'ai une tante ici, murmura Lito s'excusant d'il ne savait trop quoi. (Puis, il ajouta :) Et puis l'aéroport est plus au sud, enfin, je veux dire par rapport à Des Plaines, ça nous gêne pas trop, on s'y habitue.

— Tu aurais quand même pu nous avertir, je ne sais pas, prendre la peine de nous expliquer ton choix, enfin ! Allez, mangeons, il serait regrettable que ce coulis de chèvre refroidisse. Il n'y a rien de plus déprimant qu'une sauce au fromage figée.

BOSTON, MASSACHUSETTS

— Oh, bébé, mon bébé.

La femme souriait avec cette complicité maternelle qui sait gommer les chagrins sans qu'on ait l'impression qu'ils sont ridicules.

— Il ne faut pas avoir du chagrin comme cela, mon chéri. Tu es trop sensible. Tu t'attaches aux gens, pour un oui ou pour un non, alors ils te font de la peine, c'est inévitable. Allez, viens faire un câlin. Ce n'est rien, demain ce sera passé. Veux-tu que nous allions nous promener, visiter l'aquarium, peut-être. Non ? Oh mon chéri, ça me bouleverse de te voir si triste.

Elle l'enlaça et l'allongea contre elle dans le grand canapé en soie sauvage blanc cassé. Elle caressa en souriant les petits cheveux fins et essuya du bout des doigts les grosses larmes qui s'accrochaient aux cils. Il plaqua son front contre sa gorge et elle déboutonna d'une main son corsage en lin crème. Elle souleva son caraco en dentelle, tira du soutien-gorge un sein plat et ridé et le fourra dans la bouche béante et humide.

FREDERICKSBURG, VIRGINIE

James Irwin Cagney versa avec une moue de dégoût le contenu du wok dans son assiette. Des cheveux d'ange de soja, qu'il persistait à appeler des pâtes, collaient dans leur réseau gluant des petits pois et des grains de riz jaunis par le nuoc-mam. Il reposa la lourde poêle sur la cuisinière et contempla le résultat pitoyable de ses innovations culinaires. Il en avait assez de dîner au restaurant, enfin du moins lorsqu'il pensait à manger avant de s'effondrer dans son lit. Lorsqu'un homme déjeune à l'extérieur seul, nul n'y prête attention, parce que les hommes sont dans la journée indissociables de leur identité professionnelle, mais le soir, les spéculations des autres clients leur attribuent immanquablement un veuvage, un divorce, ou un célibat endurci suspect chez un homme de plus de 50 ans. Non qu'il y eût quoi que ce fût de dévalorisant là-dedans, mais Cagney était las de servir de spécimen dans les déductions psychologiques, toujours les mêmes, de ses congénères. Il avait donc décidé d'apprendre à se nourrir seul, une décision qui l'avait surpris puisqu'elle taillait une brèche au milieu de toutes ces choses qu'il croyait ne jamais devoir aborder.

Sur le coup, il y avait vu une sorte de solde du reliquat d'habitudes qu'avait laissé Tracy, son ex-femme, lorsqu'elle l'avait quitté en emmenant tout le reste. Du reste, leur vie commune n'était plus que cela : l'empilement d'une inépuisable série d'habitudes, de compromis domestiques et d'exigences ménagères. Pourtant, ce soir, Cagney ne voyait dans cette étape qu'un emmerdement majeur et un exécrable dîner en perspective.

Il songeait sérieusement à sortir afin de trouver quelque chose d'à peu près comestible lorsque la sonnerie du téléphone résonna.

— Bonsoir, monsieur. J'espère que je ne vous dérange pas.

Cagney ne s'étonna pas que Jude Morris, son adjoint au FBI, l'appelle aussi tard. Morris le savait divorcé depuis presque un an, quant à Morris, il était célibataire, du moins légalement, et son extrême discrétion au sujet de sa vie privée n'encourageait ni aux questions, ni aux confidences.

— Bonsoir, Morris. Non, je m'apprêtais à me déglinguer l'estomac avec une recette très personnelle.

— Si vous êtes à court d'idées, surtout n'hésitez pas, j'ai moi-même mis au point une collection de recettes assez décoiffantes.

— Je crois que je préfère faire sans, merci. Il y a du nouveau ?

La voix de Morris perdit toute trace d'humour et il se contenta de répondre :

— Oui, hier ou avant-hier.

— Où ?

— Chicago, Illinois. Souhaitez-vous plus de précisions, monsieur ?

— Inutile. Vous êtes toujours à la base ?

— Non, je vous appelle de chez moi.

Morris habitait à quelques rues de l'appartement qu'avait acheté Cagney huit mois plus tôt à Fredericksburg, une ville de taille moyenne située sur l'Interstate 95 qui la relie à Richmond et traverse, à une quarantaine de kilomètres au sud, la base de Quantico. Le charme délicieusement désuet de Fredericksburg, bercée par le Potomac, fief de la famille Washington, l'avait séduit. La logique aurait voulu que Cagney emménageât plutôt vers Dale City, au nord, pour se rapprocher de la capitale fédérale, mais il avait préféré, comme Morris sans doute, l'histoire à la topographie.

— Écoutez, Morris, si vous n'avez pas encore dîné, on pourrait peut-être se retrouver dans un quart d'heure au *Cat and Red Glove* ? Cela nous permettra de préserver nos muqueuses stomacales. Le restaurant devrait être calme, à cette heure en semaine.

— Oui, je connais. Disons dans vingt minutes ?

— D'accord.

Cagney enfila un cardigan léger, plus parce qu'il n'aimait pas sortir en chemise que parce qu'il craignait d'avoir froid. Il descendit et se dirigea lentement vers le restaurant, vaguement amusé et vaguement triste de constater qu'il n'était pas plus que les autres immunisé contre la peur de la solitude. Il avait pourtant pris grand soin de bâtir des limites, de monter des obstacles pour empêcher qu'on le rejoigne. Cagney était suffisamment honnête pour reconnaître que la construction de cette barricade n'avait été enivrante que parce qu'il en était l'architecte et les autres ses victimes. Mais ses petites débâcles domestiques, répétées chaque soir depuis des mois, avaient une qualité si extérieure, si anarchique presque, qu'elles finissaient par l'étouffer.

Il arriva le premier et choisit une table isolée dans le fond de la grande salle dont les murs en briques pain d'épice étaient décorés de grands tableaux noirs annonçant la carte du jour, et de posters d'actrices des années vingt à quarante. Le serveur, un jeune homme d'une vingtaine d'années, quitta à regret la conversation qu'il entretenait avec une de ses collègues depuis l'entrée de Cagney. Cagney observait, fasciné, la succession rapide d'expressions qui zébraient le visage de la fille. Elle semblait passer de l'effroi le plus absolu à l'extase, à la tristesse la plus inconsolable en l'espace de quelques secondes. Le garçon s'avança, enfin, sans grand enthousiasme mais souriant, vers la table de Cagney, les hanches protégées par un tablier artistement replié sous sa ceinture qui, si l'on en jugeait par son éclatante blancheur, ne servait que d'uniforme. Une de ses incisives avait été remplacée par une dent en or. Cagney trouva la substitution d'une rare laideur, jusqu'à ce que lui reviennent en mémoire les pantalons patte d'éléphant brodés de ridicules fleurettes multicolores qu'il avait fièrement arborés un quart de siècle plus tôt et il se sentit vieux. Il commanda un petit sauvignon sans prétention malgré une appellation française ronflante, prévint qu'il attendait quelqu'un et s'absorba dans la lecture d'un des tableaux. Morris s'installa en face de lui quelques minutes plus tard. Ils passèrent commande : une salade de cresson, pamplemousse et crevettes pour Morris, Cagney préférant s'en tenir à un très classique maïs-cœur de palmiers-dinde.

— Donc, le quatrième a été trouvé à Chicago ?

— Oui, monsieur. Les flics l'ont découvert hier, dans un hangar à bateaux situé sur les berges du lac Michigan. Le hangar est parti en flammes aux environs de 4 heures du matin.

— L'état du corps ?

— Identique aux autres, complètement carbonisé.

— On n'a rien d'autre ?

— D'après le rapport préliminaire du légiste, il s'agit encore d'un jeune homme. En dépit de l'explosion des tissus sous l'effet de la chaleur, les viscères ont été assez épargnés. Aucun état pathologique ayant pu entraîner une mort « naturelle » n'est signalé.

— Copie conforme.

— Oui, une vraie photocopie.

— Rien d'autre ?

— Pas grand-chose. Il lui manquait deux molaires.

— Des prothèses ?

— Non.

— Les dents du fond, c'est moins gênant esthétiquement.

— Oui, en effet.

Le serveur déposa devant eux leurs assiettes, attendit quelques instants en souriant, puis repartit vers sa collègue qui l'attendait la bouche ouverte, les yeux écarquillés d'effroi, une main sur la joue, figée comme un arrêt sur image. Deux secondes plus tard, Cagney l'entendit rire aux éclats.

— Et donc, il s'agit très certainement du même tordu, encore que cela risque d'être difficile à prouver en raison du manque d'évidences.

— À votre avis, on a affaire à un serial killer qui s'en prend spécifiquement à de jeunes mecs ?

— Étant entendu l'état des corps, il est impossible de savoir si ces jeunes avaient ou non des pratiques homosexuelles. Rien de ce que l'on a tenté du côté des dentistes ne nous a aidés. Et pourtant, deux des jeunes avaient des prothèses dentaires évaluées entre 5 000 et 8 000 dollars. Ce n'est pas à la portée de tout le monde et ça laisse des traces. L'hypothèse d'un serial killer est la plus évidente, quoique nous manquions de substance pour l'étayer.

— L'absence de rites identifiables ?

— Exactement. Tous ces jeunes ont été carbonisés. La combustion est rarement un rite macabre. Elle a presque toujours des causes accidentelles ou alors, il s'agit du meilleur moyen de masquer quelque chose. Le fait que l'on ait retrouvé ces jeunes dans des endroits isolés ne procède pas non plus du rituel. Si l'on veut faire brûler quelque chose suffisamment longtemps pour effacer des traces, il vaut mieux un endroit éloigné des habitations, surtout lorsque ce quelque chose sent aussi mauvais que de la viande humaine qui carbonise.

— Ça sent si mauvais que cela ?

— Vous avez déjà fait cuire un poulet sans le vider ?

Cagney avait lancé cette comparaison sans même y penser, simplement parce que c'était la plus explicite, et il s'en voulut. Il ne s'agissait pas de dédain, pourtant ce n'était pas non plus un truc pour dévier l'angoisse, pour alléger l'insupportable. Non, il avait été contaminé par la routine, comme les autres, comme tout le monde, en dépit des promesses qu'il avait pu se faire, de sa prudence, de son intelligence, ou peut-être à cause de cela. La monstruosité comme routine : jusqu'où peut aller la tolérance intellectuelle pour l'intolérable ? Morris comprit-il que quelque chose dans l'humeur de Cagney venait de basculer ? Toujours est-il qu'il répondit d'un ton parfaitement plat :

— Non, je fais partie des gens qui croient qu'ils naissent comme cela, vidés, plumés et sous Cellophane.

— Ça ne va pas être de la tarte de tirer un profil des éléments que nous avons en notre possession. Certaines des fractures retrouvées sur ces garçons sont très récentes. À première vue, on pourrait penser qu'il s'agit de jeunes prostitués spécialisés dans les rôles d'esclave. C'est très rentable lorsqu'on tient le choc.

— Ringwood ne sort rien de ses programmes, monsieur. Il dit que tout est trop disparate.

— Le contraire m'eût étonné.

Richard Ringwood était un des meilleurs analystes qu'ait jamais formé Cagney, mais il n'était que cela. Cagney se demandait toujours s'il s'agissait chez lui d'une conformation d'intelligence ou si Ringwood jugeait que son excellence dans les comparaisons, les analogies et les déductions, l'immunisait ou le dispensait de tout effort d'imagination.

Après quelques instants consacrés à martyriser un petit bout de blanc de dinde de la pointe de son couteau, Cagney reprit :

— Quelles sont nos chances avec les tests toxicos ?

— Pas vraiment enthousiasmantes. Le maximum de prélèvements a été envoyé au Dr Hopkins, à Washington. De toute façon, le labo réalisera une empreinte génétique. On l'aura dans quelques jours. Depuis qu'ils ont ce système de PCR, ça va beaucoup plus vite.

— Oui, mais le problème d'une empreinte génétique, c'est qu'il faut pouvoir la comparer à d'autres.

— Bien sûr, c'est juste au cas où.

Le garçon leur apporta leur part d'*apple pie*. Ils essuyèrent méticuleusement, l'un comme l'autre, l'énorme colline de crème fouettée qui noyait sa surface. Entre deux bouchées, Morris reprit :

— Il est sympa, ce restaurant. C'est assez bon, je trouve.

— Vous connaissiez, m'avez-vous dit ?

— Oui... Enfin, j'en ai entendu parler. Je ne suis jamais venu, en fait, parce que... (Il fixa avec attention le petit bout de tourte en équilibre sur sa fourchette et reprit :) Enfin, ce n'est pas marrant le soir de...

Cagney réprima un sourire et acheva :

— De dîner seul. Non, vous avez raison, c'est même assez déprimant.

Morris leva les yeux et le regarda en souriant. Cagney lui fut reconnaissant de lui avoir donné l'occasion d'affirmer à haute voix qu'il ne supportait plus le vide de ces heures, évitant par là d'en faire une sorte de maladie psychologique honteuse. À cet instant précis, et s'il avait eu quelques talents de dessinateur, Cagney aurait pu brosser le portrait de ce siècle. Il aurait dessiné un petit bonhomme, debout au milieu de son luxueux bureau, une télévision haute définition allumée dans un coin, lisant ses e-mail pendant qu'il portait à son oreille un portable et attendait que son fax crache des messages. Puis le petit bonhomme aurait ouvert la grande baie vitrée de son beau bureau, et il aurait sauté par la fenêtre sans laisser de lettre. Après tout, il était seul et ce qu'il avait à écrire à son sujet n'intéressait personne. Cagney remarqua enfin que Morris l'observait depuis quelques secondes avec une sorte d'étonnement, aussi revint-il à cette salle de restaurant et à ce dernier bout de tarte aux pommes que visait sa fourchette immobile.

Ils échangèrent encore quelques cordiales banalités sur la ville, se congratulant mutuellement pour leur choix, vantant l'élégance du somptueux Kenmore Manor sur Washington Avenue, un manoir géorgien du XVIIe siècle.

Un quart d'heure plus tard, ils se séparèrent sur le trottoir. La nuit était moite et Cagney se retint de retirer son cardigan.

— Eh bien, bonsoir, Morris. Il commence à faire une chaleur étouffante. J'espère que le mois d'août ne sera pas aussi pénible que celui de l'année dernière. Je crois qu'il serait souhaitable que nous nous réunissions demain matin tous les trois pour faire le point sur ce que l'on a, ou plutôt sur ce que l'on n'a pas.

— Bien, monsieur. À demain.

BASE MILITAIRE DE QUANTICO, VIRGINIE

Lorsque Morris pénétra dans le bureau de Cagney, tenant avec précaution trois gobelets de polystyrène remplis d'un liquide bouillant, noirâtre et censé contenir de la caféine, il le trouva en compagnie de Ringwood à genoux sur la moquette. Ils avaient étalé devant eux des dossiers en épais carton jaune pâle, des photos représentant des corps et des membres calcinés et déplié des liasses de listings informatiques. Penché en avant, Cagney tenait sa cravate bleu marine à fines rayures argent plaquée sur sa chemise et désignait quelque chose de l'index. Il leva la tête :

— Ah, Morris, installez-vous aussi inconfortablement que possible avec nous.

— Où dois-je poser le... breuvage ?

— Par terre, déclara Ringwood. De toute façon, ils mettent si peu de café dans l'eau que même si ça se renverse, ça ne laissera pas de tache sur la moquette.

— Récapitulons, messieurs, si vous le voulez bien, commença Cagney d'un ton las. Nous avons donc quatre victimes que nous baptiserons A, B, C, D, faute de mieux, puisqu'aucun des *Missing Person Bulletin* que nous avons lancés n'a donné de résultat. Cet ordre est chronologique. Ce que nous avons de plus fiable jusqu'à présent, ce sont les rapports de l'odontologiste expert qui a examiné les corps. A a été retrouvé à quelques kilomètres de Boston, à la sortie sud de Quincy, dans un terrain vague, le 15 mai dernier. Son corps avait été déposé dans une épave de Ford à laquelle on a mis le feu après l'avoir aspergée d'essence.

Cagney éparpilla la pile de photos, qui au premier coup d'œil, parurent presque identiques à Morris. Il en sélectionna pourtant trois qu'il fit passer aux deux hommes.

Morris déclara :

— La chaleur devait être drôlement intense. Les muscles se sont rétractés et il a adopté la position du pugiliste. Merde, il n'en reste presque plus rien !

— Oui. Il s'agit d'un sujet de sexe masculin, comme les trois autres. Selon le rapport du dentiste, il était âgé de 15 à 20 ans. Deux des incisives du maxillaire supérieur étaient remplacées par des prothèses, des prothèses de luxe évaluées de 2 à 3 000 dollars pièce. Du beau boulot, si l'on en croit l'expert. Toutes les tentatives que nous avons faites du côté des chirurgiens dentistes haut de gamme de l'État ont été vaines jusque-là. Le second, B, a été trouvé le 4 juin à cinq kilomètres à l'ouest de Worcester, toujours dans le Massachusetts. Il était âgé de moins de 12 ans. Dans ce cas, le meurtrier a fait preuve de sens de l'à-propos puisqu'il a fourré le corps dans un incinérateur qui n'est plus utilisé depuis quelques années et qui servait à l'époque à l'incinération des ordures ménagères. C'est du reste cette « remise en fonction » qui a alerté un des riverains. Quelques jours plus tard, le 21 juin, le corps de C a été découvert, tout près des berges de la rivière Concord, dans une cabane de pêcheur incendiée, entre Nashua et Merrimack, New Hampshire. Ce sujet était, comme A, âgé de 15 à 20 ans.

Est-ce en raison des conditions météo ce jour-là, ou de l'humidité des rondins de la cabane, toujours est-il que le corps de C a été légèrement plus préservé. À première vue, Zhang a conclu, comme pour les autres, à une mort par strangulation. Cependant, un doute l'a fait procéder à un examen neuropathologique complémentaire qui révèle la présence d'un hématome sous-dural précédant le meurtre de plusieurs semaines, preuve que le gosse avait pris un coup sur la tête, mais cela peut être aussi consécutif à une chute violente. On a trouvé dans le sang la présence d'une dose très importante de benzphétamine, une amphétamine comme son nom l'indique.

Cagney tira d'autres photos de la pile et Morris qui les voyait pour la vingtième fois, eut pourtant l'impression de les redécouvrir. Ringwood murmura péniblement :

— C'est affreux, cette plaie sur la jambe.

— D'après Zhang, ce phénomène est dû au rétrécissement de la peau sous l'effet de la chaleur. Elle finit par se déchirer, ce qui produit ce genre de lacérations. Mais, toujours selon Zhang, il est impossible de les confondre avec des blessures infligées *ante mortem* parce qu'il n'existe aucune réaction vitale autour des plaies. La canine supérieure droite de C était également une prothèse grand luxe. L'odontologiste ne serait pas surpris s'il s'agissait du travail du même professionnel. C présentait aussi la cicatrice d'une fracture qui a raté de peu l'articulation temporo-mandibulaire. Là, précisa Cagney en posant son index en haut du condyle à proximité de son oreille. Et enfin, voilà D. Ce qu'il en restait a été retrouvé dans les décombres calcinés d'un hangar à bateaux, au bord du lac Michigan, à la sortie nord de Chicago, Illinois, le 9 juillet, c'est-à-dire il y a deux jours. Si on en juge par le rapport intermédiaire que l'on nous a faxé ce matin, la victime était âgée de 15 à 20 ans elle aussi. Il lui manquait deux molaires du maxillaire inférieur gauche.

Ils finirent en silence leur café. Ringwood hésita puis conclut :

— En substance, on n'a rien de nouveau.

— En substance, non.

— Zhang ne sait vraiment rien d'autre ou il ne veut rien lâcher ?

Zhang était un des meilleurs anatomo-pathologistes du pays. Il avait un jour sidéré Cagney en déclarant d'un ton enjoué que la médecine légale « c'est comme de faire une petite dentelle mais avec de grosses aiguilles ». Ce petit homme asiatique d'une soixantaine d'années était un curieux mélange. Sa courtoisie presque caricaturale voisinait avec un tempérament colérique et virulent. Sa bonhomie et sa jovialité pouvaient laisser place instantanément à une froideur scientifique, une rigueur presque déplaisante. En dépit de ses efforts, Cagney ne parvenait toujours pas à comprendre si la personnalité profondément antagonique de Zhang découlait d'une confrontation explosive entre la culture chinoise à laquelle il était très attaché et les nécessités occidentales, ou s'il s'agissait simplement d'un caractériel brillant.

— Eh bien, si l'on fait un peu de ménage au milieu de toutes ses précautions verbales, mises en garde et menaces, les quatre sujets ne seraient ni noirs, ni asiatiques, ni aborigènes.

— En d'autres termes, ils sont blancs.

Cagney feignit l'effroi :

— Mon Dieu, Ringwood, vous n'y pensez pas ! Ne lui faites pas dire ce que je n'ai pas dit. S'il vous entendait, le Dr Zhang nous ferait une diarrhée nerveuse. (Son humour fut de courte durée et il reprit dans un soupir :) En dehors des plus évidents, c'est-à-dire leur jeune âge, leur genre et la carbonisation finale, il existe quelques autres points communs. Les différentes victimes ne souffraient apparemment d'aucune pathologie pouvant expliquer le décès et elles étaient déjà mortes lorsqu'on les a incendiées.

» Enfin, les traces de nombreuses fractures osseuses ont été repérées dans tous les cas. Au contraire, à notre connaissance, un seul révèle une consommation de stupéfiants.

Morris se tourna vers Ringwood et demanda :

— Et les portraits-robots ? Toujours rien ?

— Non. Il faut dire que les reconstitutions faciales sont approximatives, étant entendu ce qui restait des corps. On a lancé des appels à témoin dans les différentes régions où ont été retrouvés les corps, nada ! Les départements de police locaux épluchent tout ce qui leur tombe sous la main, et c'est un vrai désastre. C'est comme si ces types n'avaient jamais existé, qu'ils n'avaient jamais été nulle part et je finis par croire que ce vide est assez révélateur.

Cagney le regarda et déclara :

— Vous avez raison, Ringwood. C'est même le point commun le plus intéressant entre ces quatre garçons : ce sont des fantômes.

Ils discutèrent encore longtemps, échafaudant des théories qui s'effondraient les unes derrière les autres.

Quelques heures plus tard, Cagney et Morris rejoignirent ensemble leurs voitures garées côte à côte sur le parking qui faisait face à Jefferson. Ils empruntèrent la même Interstate 95 pour se suivre à quelques mètres l'un derrière l'autre jusqu'à Fredericksburg. Il ne leur était jamais venu à l'esprit qu'ils pouvaient partager le même véhicule.

Une fois chez lui, Cagney s'affala dans le canapé de cuir havane qu'il venait de s'offrir. Il ne tenta plus de lutter contre l'extrême lassitude, ou plutôt découragement, qu'il repoussait depuis des jours. Cette enquête sur des fantômes lui filait entre les doigts depuis le début. Il n'y avait rien de tangible à quoi s'agripper, si ce n'est les restes calcinés et recroquevillés de ces jeunes garçons. Il avait été jusque-là suffisamment débordé par d'autres affaires pour reléguer celle-ci au second plan, celui de l'échec. Pourquoi avait-on tué ces gosses ? Quel lien existait entre eux, si tant est qu'il y en eût un ? Cagney s'inclina et posa son front sur ses genoux : merde, quatre en moins de trois mois.

SAN FRANCISCO, CALIFORNIE
nuit du 20 au 21 juillet

Patricia gara la Ford bleu pâle devant un truc qu'elle ne parvint pas trop à identifier. Elle avait envie de vomir et dès qu'elle fermait les yeux, elle avait l'impression de tomber à la renverse dans sa tête. Le problème, c'est qu'elle était incapable de les garder ouverts. Elle se cramponna des deux mains au volant pour se redresser sur le siège et déboucla avec difficulté sa ceinture de sécurité. Elle alluma péniblement une cigarette et constata que le cendrier était plein à ras bord. Un mégot était tombé sur le tapis de sol gris anthracite du côté passager. Patricia contempla un moment le petit bout filtre en papier roux, contrôlant de plus en plus mal les renvois qui ramenaient dans sa bouche un mélange insupportable de bile, de salive et de whisky. Il fallait qu'elle sorte de la voiture avant de vomir, Daniel la tuerait si elle dégueulait sur le tableau de bord. Elle s'énerva sur le cendrier qui refusait de glisser hors de son logement. Il céda d'un coup et une petite pluie de cendres tomba mollement, constellant au passage les cassettes soigneusement rangées sous l'autoradio. Patricia regarda, fascinée, les petites poussières de tabac carbonisé. Elles semblaient se faire aspirer dans leur chute par les boîtiers en plastique transparent qui protégeaient les grandes voix soul qu'aimait tant Daniel. Un truc électrostatique, sans doute. Elle parvint à sortir de la voiture et se retint au toit. Merde, où allait-elle pouvoir jeter ces mégots ? Pas dans le caniveau quand même. C'est dégueulasse, les gens qui balancent leurs mégots sur la rue ou dans les caniveaux. La silhouette compacte d'une grosse benne à ordures flotta dans ses yeux. Il lui sembla qu'elle mettait une éternité à atteindre l'énorme poubelle grise et verte et à soulever son couvercle. Elle dut s'y reprendre à plusieurs reprises.

Une quinte de toux étouffante réveilla Patricia en sursaut. Elle mit quelques secondes avant de comprendre où elle était : endormie dans sa voiture, pardon, la voiture de Daniel, recroquevillée sur les deux sièges avant, garée devant un grand hangar en briques rouges usées. La migraine qui lui fit monter la bile dans la gorge lui rappela sa cuite du matin, et puis de l'après-midi et puis de la soirée. Merde, elle avait remis ça. Daniel allait être fou de rage, parce qu'elle avait encore une fois promis, encore une fois menti, encore une fois replongé.

Il fallut encore quelques instants à Patricia pour constater que l'habitacle était noyé d'une épaisse fumée piquante qui l'empêchait de respirer et lui faisait monter les larmes aux yeux. Une nouvelle quinte de toux la plia contre le volant et elle eut toutes les peines à déverrouiller et à ouvrir sa portière. Elle pensa d'abord qu'elle avait plongé dans un coma d'ivrogne avec une cigarette allumée et resta éperdue, ne sachant quoi faire, debout devant la voiture. Il y avait un extincteur à l'arrière mais elle craignit que la voiture n'explose. Elle se souvint soudain qu'elle s'était arrêtée plus tôt, quand ? Elle l'ignorait. C'était pour vider le cendrier débordant de mégots dans une poubelle afin que Daniel ne hurle pas parce qu'elle avait encore empuanti sa belle voiture. Un grésillement suivi d'un son claquant qui ressemblait à un coup de feu lui firent tourner la tête vers le mur en briques, vers une grande benne à ordures, éclairée avec parcimonie par un faux vieux réverbère. Des vagues de fumée gris noir s'échappaient de l'interstice laissé par le grand couvercle vert mal fermé.

Merde, un de ses mégots avait mis le feu aux ordures. Elle soupira pourtant de soulagement parce qu'elle se voyait mal expliquant à Daniel qu'elle avait fait brûler sa voiture en plus du reste. Daniel qui bichonnait sa Ford achetée presque neuve comme une maîtresse exigeante, qui lui offrait un lavage-lustrage complet tous les samedis et qui la finissait à la peau de chamois. Elle, par contre, il la finissait de moins en moins souvent. Elle gloussa. Il avait même un abonnement à la station de lavage : le vingtième était gratuit.

Patricia ouvrit la portière arrière et décrocha l'extincteur. Elle se rapprocha prudemment de la benne et tenta sans succès de viser la fente par laquelle s'échappait la fumée. Elle jeta un coup d'œil circulaire, et comprit qu'elle était garée dans Fisherman's Wharf, à 3 heures du matin. Elle revint vers la voiture et tira son grand parapluie dont le manche en plastique faux bois était terminé d'une tête de canard, un cadeau de sa banque. Peut-être espéraient-ils que ça l'encouragerait à régulariser ses découverts ? Patricia souleva doucement le couvercle de la benne de la pointe du parapluie, et une énorme colonne de fumée s'échappa. Elle tira l'anneau de l'extincteur, puis, le tenant à bout de bras, vida son contenu dans la benne en tournant la tête pour éviter d'être aveuglée par la fumée. Elle se recula ensuite vivement et resta quelques instants immobile, se demandant si elle était parvenue à éteindre le début d'incendie, si elle devait appeler les pompiers ou les flics, risquer de devoir décliner son identité, que Daniel soit mis au courant.

La fumée s'était éclaircie et sortait maintenant par à-coups. Son extincteur toujours à la main, elle s'avança et se pencha raidement pour éviter que son chemisier ne se salisse sur le rebord gris maculé de crasse.

L'extincteur tomba à ses pieds en rebondissant dans un bruit métallique et elle sauta vers l'arrière en gémissant.

Il y avait un corps humain, à moitié carbonisé au fond de la benne à ordures. Un corps de garçonnet, nu.

SAN FRANCISCO, CALIFORNIE

James Irwin Cagney, la fesse appuyée contre le rebord en inox d'une table d'autopsie, regardait avec un déplaisir croissant le petit homme asiatique qui s'agitait en face de lui. Il levait les deux bras horizontalement par saccades de plus en plus rapides, comme s'il essayait de s'envoler ou comme s'il intimait un ordre muet à l'énorme halogène en forme de soucoupe volante qui descendait du plafond.

Depuis plus de trois minutes, le Dr Zhang gardait le regard fixé sur le mur peint d'une laque bleu-vert qui se trouvait derrière Cagney. Il répétait sur le même ton, avec la même intonation exaspérée et le même rythme, exactement la même phrase, et Cagney avait l'impression d'écouter un disque rayé :

— Mais qu'est-ce que vous voulez que je vous dise ? Mais qu'est-ce que vous voulez que je vous dise, mais qu'est-ce...

— Écoutez, Zhang, cette fois, le corps est à peine endommagé par la combustion, contrairement aux autres. Il me semble donc évident que vous en avez tiré davantage de renseignements, non ?

— Non.

D'un ton d'une douceur menteuse, Cagney insista :

— Vous n'avez rien ?

— Oh si, oh si. Mais je sais où vous voulez en venir, et votre attitude est hautement critiquable.

— Je vous demande pardon ?

— Évidemment. Sans cela pourquoi m'auriez-vous fait venir de Washington ? Hein ? Ce ne sont pourtant pas les bons anatomo-pathologistes qui manquent dans cette ville. Non ?

— Dr Zhang, je vous ai prié de venir parce que vous avez publié plusieurs papiers sur les homicides ou suicides par le feu. J'ai besoin d'un expert dans cette affaire.

Plissant les lèvres, le petit homme répliqua d'un air entendu et réprobateur :

— Critiquable et totalement anti-scientifique.

Cagney, pour avoir déjà pratiqué Zhang, ou plutôt pour l'avoir déjà subi, savait que l'attaque frontale échouerait. Aussi biaisa-t-il :

— Vous ne m'avez pas compris, Zhang. Je ne tente pas de vous faire dire que ces différents meurtres sont liés. Je n'exclus pas la possibilité qu'ils le soient, et c'est tout.

Le visage de Zhang se ferma et il toisa Cagney de sa petite taille.

— Mais personne ne peut me faire dire ce que je ne veux pas dire, Mr Cagney. Il est dans mes habitudes d'écrire un rapport une fois que je possède tous les éléments nécessaires à la rédaction dudit rapport.

Le petit homme rond d'une soixantaine d'années se tut. Il ferma les yeux et Cagney eut l'impression qu'il s'absentait quelques instants de la salle d'autopsie en abandonnant momentanément son enveloppe charnelle sur place. Soudain, il commença :

— Bien. Pour l'heure, je peux seulement vous dire que la victime est un homme, probablement originaire d'Amérique latine, par là, enfin un latino. En fait, je devrais dire un jeune homme, pas plus de vingt ans. Il était déjà mort avant qu'on ne l'incendie. Ça, c'est évident puisque, ainsi que le concluait le rapport du légiste qui m'a précédé, on ne trouve pas trace de monoxyde de carbone dans le sang, pas plus du reste que de particules de suie dans les bronches ou les poumons. Dernier élément qui nous permette d'être formel sur ce point : l'absence de signes vitaux au niveau des brûlures, pas d'infiltration leucocytaire au sein du liquide phlycténique...

Cagney l'interrompit :

— De quel liquide ?

Agacé, Zhang précisa comme si la chose allait de soi :

— Phlycténique, en d'autres termes celui de la phlyctène, du grec *phluktaina*, bouillir. Il s'agit d'un soulèvement circonscrit de l'épiderme. Ça ne vous évoque toujours rien ? Et « bulle », c'est compréhensible ? Bon, je continue. Donc, rien. À priori, je dirais qu'à moins d'un rite macabre, la tentative de combustion a pour objet de rendre l'identification difficile. C'est du reste fréquemment l'explication de ce genre de procédés.

— Jusque-là, ça colle. Quelle est la cause de la mort ?

— C'est là que le bât blesse. On constate les signes évidents d'une hémorragie hépatique, mais la mort est due à une asphyxie consécutive à une strangulation, probablement à l'aide d'une bande de tissu genre foulard si on en juge par la discrétion des marques cutanées. Les cartilages de la trachée et du larynx sont à peine touchés. L'agresseur devait avoir une certaine force quand même, car n'oublions pas que la victime est un homme jeune, possédant une musculature très développée. C'est sans doute aussi une des raisons pour lesquelles il a été assez peu abîmé par le feu.

— Ah oui ?

— Oui, une faible couverture adipeuse. La combustion de la graisse humaine favorise l'élévation de la température, comme dans une friteuse. Et pourtant le tissu cutané dorsal est plus atteint, mais cela reste superficiel, comme si on avait allumé un feu dans le fond de la benne à ordures et qu'on ait allongé le corps dessus. Le taux d'alcoolémie était de 0,2 g/l. À priori, je crois que la victime s'est rapidement rendu compte qu'on voulait la tuer en dépit du fait que nous avons retrouvé la présence de méthamphétamine dans le sang.

— Donc une amphétamine.

— Oui, il s'agit en fait d'un dérivé méthylé de la méthamphétamine, une amphétamine possédant un certain pouvoir hallucinogène, plus connue sous le petit nom d'Ecstasy ou d'Adam.

— Le genre de truc que l'on trouve facilement dans les boîtes branchées.

— Oui. Tous les tests toxico ne sont pas revenus du labo. Donc, selon moi, il a dû comprendre qu'on tentait de le tuer, à moins...

— À moins ?

— Bof, un jeu érotique qui a mal tourné, peut-être ? Une mise en scène sadomasochiste, sauf que l'un des deux n'a pas respecté les limites, volontairement ou accidentellement. Ça arrive. Le partenaire dominateur a perdu les pédales, il a cogné, d'où l'hémorragie hépatique, et puis il a paniqué et il a étranglé son petit camarade. C'est un scénario que nous connaissons, mais il en existe d'autres. Si tel est le cas, nous n'avons pas trouvé la preuve d'une pénétration anale récente, pas plus du reste que de lésions de l'épithélium anal ou de signes au niveau du rectum qui indiquent une pratique homosexuelle. De plus, l'asphyxie est surtout une pratique auto-érotique. Les décès sont occasionnés, dans l'écrasante majorité des cas, par un nœud coulant mal conçu qui ne s'est pas desserré, ou un sujet qui perd conscience la tête enfermée dans un sac en plastique et qui s'étouffe.

— Selon vous, il y a eu lutte ?

— Il existe des marques de prise sur les avant-bras, mais elles pourraient également s'expliquer dans le cadre d'une mise en scène sexuelle, disons « musclée ». Mais ce qui m'étonne, c'est l'abondance de cicatrices et de fractures consolidées ou en cours de consolidation de ce jeune homme. S'y ajoutent les quatre incisives et les deux canines supérieures, lesquelles ont été remplacées par des prothèses — un petit bijou de délicatesse — assez récemment, je pense. Plus que la localisation de ces fractures, que vous trouverez sur le rapport, c'est leur chronologie qui nous perturbe. Certaines sont anciennes, mais d'autres plus récentes. La plus récente est portée par la clavicule droite, elle ne doit pas avoir plus de trois mois : les séquestres osseux sont en voie de résorption. Cette datation est approximative, parce que le sujet est jeune. (Il regarda Cagney et précisa en séparant chaque mot, comme s'il parlait à un demeuré :) Ça se répare plus vite chez le jeune, d'accord ?

Cagney perdit patience et rétorqua, glacial :

— C'est votre propension au « jargonnage » qui me pose des problèmes, Zhang. En dehors de cela, je pense avoir un QI à peu près similaire au vôtre.

Zhang hésita, et marmonna :

— Excusez-moi. Or donc, ou bien le sujet était un bagarreur né, un fan d'arts martiaux peut-être, ou alors, il a collectionné un nombre stupéfiant d'accidents.

— On a pensé à la piste des sports de combat dès la deuxième victime, boxe incluse, puisque c'est de plus en plus en vogue chez les jeunes. Les départements de police locaux ont ratissé toutes les salles de sport depuis des semaines. On a épluché les fichiers de tous les clubs d'arts martiaux. Aucune disparition ne correspond à l'une des victimes.

Zhang lui jeta un regard agacé :

— C'était une simple hypothèse, Mr Cagney.

— Il pourrait s'agir d'un jeune prostitué, peut-être d'un tapin qui faisait dans le cuir, ou même d'un dealer. L'argent, les circonstances de la mort, le body-building...

— Je ne suis ni flic, ni voyante, Mr Cagney. Je suis médecin. Un dernier détail, le jeune homme présentait une acromégalie, relativement modeste, mais décelable au niveau des mains, des pommettes et du sinus frontal. C'est du reste en accord avec sa taille.

— Qu'est-ce que c'est, cette acromégalie ?

— C'est relativement rare et cela se caractérise par une hypertrophie non congénitale des pieds, des mains, et de la tête. C'est dû à une mauvaise régulation de l'hormone de croissance.

Le légiste s'interrompit soudainement, parut réfléchir, puis pointant un index ganté vers Cagney, demanda d'un ton doucereux qui présageait une nouvelle bourrasque colérique :

— Au demeurant, j'aimerais bien que l'on m'explique quelque chose. Pour quelle raison, dès que nous posons sur la table d'autopsie un jeune latino, l'hypothèse des flics est-elle invariablement prostitution ou deal ?

— Parce que les boulots qu'ils trouvent lorsqu'ils débarquent ici sont les plus merdiques et qu'on les paie trois à quatre fois moins que les Américains de souche. Et ils ne la ramènent pas parce qu'ils ont peur qu'on les renvoie chez eux. Ça en fait des proies faciles pour les réseaux de trafiquants ou de prostitution, Zhang, comme tous les clandestins. Ils ne vont pas voir les flics, ils ne font pas de procès, même quand « leur agent » les tabasse. C'est pour cela qu'on ne parvient pas à coincer leurs maquereaux. Ce sont surtout les femmes et les très jeunes hommes qui dégustent. Cela vous satisfait comme explication ? C'est assez politiquement correct pour vos standards ?

Zhang ne répondit pas.

— Dr Zhang, avez-vous décelé des traits communs avec les quatre autres cadavres carbonisés ?

Zhang plissa encore davantage les yeux et fixa Cagney. Il soupira en sifflant entre ses dents.

— Je vous rappelle, Mr Cagney, que je n'ai pas examiné tous les corps, et la lecture de rapports de confrères, aussi excellents soient-ils, ne remplace jamais l'examen personnel. Nous avons tous nos petites manies. Une chose est certaine, toutes les victimes étaient très jeunes, portaient les cicatrices de nombreuses fractures, et plusieurs d'entre elles avaient des implants dentaires. Comme c'est fréquemment le cas, en dépit des dommages extérieurs considérables, les organes internes étaient assez bien préservés dans plusieurs cas, notamment dans celui-ci. Rien de ce que nous avons vu ne signe une quelconque pathologie chez ces jeunes hommes. Dans deux des cas, cependant, on constate des traumatismes qui ne semblent toutefois pas responsables de la mort. On a les empreintes génétiques mais pour l'instant nous n'avons rien à quoi les raccrocher. En ce qui concerne la dernière et donc cinquième victime, la combustion des tissus ayant été très partielle et limitée à des zones superficielles, nous sommes en train de procéder, en plus, à toute la batterie des tests toxicologiques possibles et imaginables. À ce sujet, nous avons retrouvé les traces d'un résidu sur l'épiderme du torse.

— Et ce résidu, c'est quoi, à votre avis ?

— Je ne sais pas, Mr Cagney, sans cela je n'aurais pas demandé une enveloppe fédérale supplémentaire de 90 000 dollars pour nous offrir un petit bijou de chaîne H.P.L.C.

— Ah oui, le truc...

— Oui, c'est cela même : le T.R.U.C., autrement baptisé Chromatographie Liquide à Haute Performance. Nous l'avons déjà branché sur notre vieux spectrophotomètre de masse et avec nos banques de données moléculaires, on devrait pouvoir identifier la substance. Il faudra d'ailleurs songer à nous le remplacer un de ces jours. Lorsque l'on veut de l'ultra-technologie, il faut s'en donner les moyens.

Cagney jugea plus prudent de ne pas pousser le petit homme belliqueux dans ses retranchements. Les bourrasques de mauvaise humeur de Zhang le mettaient toujours très mal à l'aise, parce qu'il ne comprenait en général pas quelle susceptibilité les avait générées ni comment les apaiser.

James Irwin Cagney rejoignit l'hôtel, situé non loin de la jonction entre Van Ness Avenue et Market Street. Il l'avait choisi en raison de sa proximité de Civic Center Plaza autour de laquelle étaient disséminés les bâtiments officiels de l'État de Californie et de l'État Fédéral, mais également parce qu'il avait appris à sélectionner des hôtels aussi anonymes et confortables que possible. Cagney n'avait du reste pas une passion particulière pour ce centre-ville si ce n'est qu'il se situait non loin d'un des plus beaux musées d'art moderne du pays. Il appela Jude Morris, son adjoint, resté en Virginie.

— Il y a du nouveau ?

— Rien de très alléchant, monsieur. Souhaitez-vous que nous en discutions maintenant ?

— Non, je vous appelle de l'hôtel. Je rentre demain soir.

— Bien. Bonsoir, monsieur.

Cagney raccrocha et demeura quelques instants assis sur le rebord du lit, les mains posées à plat sur le couvre-lit en coton vieux rose, le buste penché vers l'avant comme s'il surveillait quelque chose au milieu des bouclettes de la moquette gris éléphant. Le souvenir de plus en plus récurrent de Gloria Parker-Simmons s'infiltra d'abord prudemment dans sa tête puis s'imposa. Elle habitait San Francisco, et c'était une des rares choses qu'il était parvenu à apprendre d'elle. Que devenait l'ancien petit génie des mathématiques dont les neurones avaient été si bien ordonnés par ses années d'études au Massachusetts Institute of Technology de Cambridge ? Comment passait-elle ses journées, à quelques mètres peut-être de son hôtel ? Il était convaincu qu'elle avait organisé son temps avec la même efficacité que tout le reste, la même parcimonie sentimentale. Il lui en voulait et noircissait à l'extrême le portrait de Gloria Parker-Simmons, alors qu'il était incapable de comprendre ce qui chez elle le hérissait tant. Gloria aimait Clare, elle l'aimait plus qu'elle-même, de cela, il était sûr. Que cette nièce débile ait pu à ce point cristalliser toutes les possibilités d'amour de Gloria ne l'étonnait plus vraiment : Gloria avait besoin de s'accrocher à un amour inaltérable, un amour qui ne varierait jamais, ne s'userait pas, ne s'abîmerait pas et Cagney y voyait leur seule parenté. Le joli petit rapace ne lui manquait pas vraiment, non, c'est plutôt qu'elle l'intriguait toujours autant.

Il soupira, se releva et se dirigea vers la salle de bains dont les grands carreaux biseautés de faïence blanche sécrétaient une impression de fraîcheur excessive. Il fit couler la douche et se déshabilla, pliant ses vêtements et les empilant soigneusement sur l'abattant blanc de la cuvette des toilettes. L'étrange idée qu'après plus de cinquante ans d'existence, il était incapable de se déshabiller dans une chambre, de la traverser nu pour se rendre dans la salle de bains, lui traversa l'esprit. N'eût été son impitoyable lucidité, il aurait pu se bercer d'illusions, se convaincre que la pudeur, l'éducation calviniste, peut-être... ? Il détailla, en pinçant les lèvres, l'image du grand corps que lui renvoyait le haut miroir fixé derrière la porte de la salle de bains, comme s'il s'agissait d'un autre. La pâleur et la maigreur du sujet l'étonnèrent. Des poils frisottants grisonnaient sur le thorax à un rythme anarchique : certains demeuraient encore presque totalement bruns, d'autres viraient au blanc jaunissant, déjà. Son regard poursuivit l'examen, sans même qu'il le veuille, et descendit le long de l'estomac plat, de la pliure de l'aine. Cagney se tourna lentement de trois quarts face, comme l'écorché en trois dimensions du logiciel d'anatomopathologie qu'il avait installé sur son ordinateur de Quantico, afin de mieux suivre les descriptions vomitives et glacées des experts. Il pinça la peau pâle et frissonnante qui recouvrait les muscles fessiers et les jumeaux et sourit avec une ironie méchante lorsqu'il constata que les petits plis cutanés s'attardaient lorsqu'il relâchait la pression de ses doigts et laissaient sur l'épiderme de fugaces cicatrices jaunâtres. La maigreur de ses fesses l'étonna. Il lui sembla que la masse musculaire du tiers inférieur-externe avait fondu, creusant une cuvette dont l'ombre grise dans la glace lui fit songer à la mort. Quelques mesures du *Pie Jesu* du Requiem de Gabriel Fauré s'incrustèrent dans son esprit, cette voix de très jeune garçon qui grimpe par lentes saccades, donnant parfois des consonances presque asiatiques au chant. L'inconsolable prière d'un athée, paraît-il, sans doute l'une des plus belles. Cagney se tourna à nouveau et une vague tristesse le submergea lorsqu'il détailla ce sexe, son sexe. Il n'y avait que très accidentellement pensé depuis son divorce d'avec sa femme Tracy, un an plutôt, ou depuis qu'il avait réussi à se sevrer des vestiges d'Ann. Toute l'aigreur de sa femme semblait s'être focalisée sur ces quelques centimètres carrés de peau : l'absence d'enfant, une fin d'amour avec, entre les deux, quelques années de mornes pénétrations dont il ne conservait qu'un souvenir confus et ennuyé. Quant à

Ann, son fantôme têtu avait fait vibrer ce sexe jusqu'à l'éblouissement, prolongeant cet éclair de soudaine vitalité qui avait, à l'époque, assuré Cagney qu'il n'était pas encore tout à fait mort.

James Irwin Cagney écarta légèrement les cuisses et ce sexe pendant, la peau des bourses distendues par la chaleur de la journée se couvrirent de la buée qui envahissait progressivement le miroir. Il décrocha, d'un geste sec, le peignoir en éponge blanche.

BASE MILITAIRE DE QUANTICO, VIRGINIE

Ce fut seulement lorsqu'il aperçut les innombrables antennes qui hérissaient les toits des bâtiments, qu'il entendit les claquements secs ou les chuintements des armes à feu que Cagney eut l'impression de se détendre. Les crocs luisants de la herse qui protégeait l'entrée de la base de Quantico, Virginia, menaçaient d'improbables intrus. Pour Cagney, ils repoussaient le monde extérieur à une distance presque thérapeutique. Le sourire de bienvenue du planton dans sa guérite s'associait à celui d'un infirmier qui félicite un convalescent de retour de promenade.

Cagney marcha rapidement vers Jefferson et fit un petit geste de la main à Dolly, dont le visage souriant dépassait à peine du comptoir arrondi en bois roux du bureau de réception. Il composa son code et la lourde porte en épais verre coulissa. Un long couloir désert le conduisit à un petit escalier dont il dévala les marches. Il rentrait chez lui. Il rentrait dans cet endroit qui ressemblait à un bunker, où ni la lumière solaire, ni l'air extérieur ne pénétrait jamais mais où se trouvaient ses semblables, ces mutants qui connaissaient si bien les recoins de l'horreur et de la folie qu'ils n'avaient presque plus besoin de mots pour les décrire. Ils ne s'en étonnaient plus que lorsqu'elles se taisaient un peu.

Morris se leva dès son entrée.

— Bonjour, monsieur. Vous avez fait vite.

— Oui, j'ai réussi à attraper un vol un peu plus tôt. Alors ?

— Nous n'avons trouvé aucune corrélation entre les cinq meurtres et les MPB du fichier. Personne dans ce pays ne semble se préoccuper de ce qu'ont pu devenir ces garçons. Les empreintes du dernier sont inconnues des services de l'INS, des nôtres aussi. En d'autres termes, notre victime était un petit gars bien américain et sans casier judiciaire, ou alors c'était un clandestin. Vous avez trouvé quelque chose au sujet de la femme qui a prévenu le 911 ?

— Non, rien. Tout ce que l'on sait, c'est que l'appel a été passé d'une cabine téléphonique située à une centaine de mètres de la benne. Les gars du SFPD ont retrouvé sur les lieux un grand parapluie, mais on ignore s'il appartient au témoin. Il s'agit d'un parapluie promotionnel distribué l'année dernière par la Golden-Bay Bank à 7 000 de ses clients. Les flics locaux cherchent de ce côté-là, mais j'ai peu d'espoirs car si l'on compte tous les parapluies perdus, oubliés, et offerts, on n'est pas sortis de l'auberge.

— La femme rappellera peut-être pour s'identifier ?

— J'en doute fort. S'ajoute maintenant aux raisons pour lesquelles elle n'a pas donné son nom, le fait qu'elle doit craindre des ennuis de notre part. Où en eston avec le portrait-robot, Morris ?

— Richard a réceptionné toutes les informations envoyées par San Francisco. D'après ce qu'il m'a dit, les photos de la victime sont suffisamment bonnes pour nous permettre de reconstituer quelque chose de très ressemblant avec le logiciel. La combustion de l'épiderme de la face est relativement modeste.

— Je ne sais pas trop à quoi ce portrait nous servira. Si c'est vraiment un jeune clandestin, les habitants des quartiers hispaniques se fermeront comme des huîtres. À moins que l'INS ait des indics qui ne se soient pas encore fait repérer.

— Justement, monsieur, et si ces types en faisaient partie ? Les Mexicains ne sont pas très tendres avec les balances de chez eux.

— C'est une possibilité, en effet, mais assez improbable. D'abord parce qu'en dépit des atermoiements de cet emmerdeur de Zhang, il existe trop de similitudes entre les différents meurtres, que les lieux où l'on a retrouvé certaines des victimes sont assez éloignés les uns des autres et que nous en sommes à cinq. Avouez que la coïncidence serait un peu extraordinaire, cinq balances, âgées de 12 à 20 ans, qui se font descendre de la même façon, en moins de trois mois et aux quatre coins du pays. Du reste, même leur très jeune âge est en opposition avec cette hypothèse. L'INS et les flics recrutent leurs indics parmi les individus bien implantés dans la communauté, ceux que leurs coreligionnaires connaissent depuis un bout de temps.

— Oui, bien sûr. Alors, on reste avec quoi ?

— Pas grand-chose, j'en ai peur. Au regard de ce que nous avons, l'hypothèse qui tient le mieux est encore celle d'une série de meurtres de prostitués. Cela cadre avec l'âge des victimes, leur forme physique, le prix de leurs prothèses dentaires.

— Pourtant, selon le rapport de Zhang, la dernière victime n'était pas un habitué des rapports anaux et de surcroît, elle n'a pas subi de pénétration juste avant le meurtre.

— Oui, alors de deux choses l'une, ou le meurtrier est une femme d'une certaine force physique ou c'est un homosexuel refoulé qui ne parvient pas à passer à l'acte. Il lève des petits mecs et il les tue parce qu'il ne peut pas aller jusqu'au bout pour une raison ou une autre.

Morris réfléchit quelques instants, sa bouche prenant la même moue dubitative que celle de Cagney :

— En général, ce genre de tueur chasse plutôt dans les milieux homos. Ça leur donne une sorte d'alibi pseudo-vertueux, Sodome et Gomorrhe, l'Ange Exterminateur, j'en passe et des meilleures. Quant à la possibilité d'un tueur de genre féminin, je ne sais pas, mais je n'y crois pas trop.

— Confidence pour confidence, moi non plus. Mais, en cas de prostitution hétérosexuelle et même homosexuelle d'ailleurs, il reste la possibilité d'un maquereau, pardon, d'un « agent ». Ces jeunes mecs sont presque toujours pris en main par des truands, enfin du moins lorsqu'ils font dans la clientèle de luxe « à spécialités ». C'est leur agent qui prend les contacts, qui organise la partie de jambes en l'air, et qui ramasse son gros pourcentage. Cela sécurise tout le monde. Ça garantit une parfaite discrétion aux clients, que ce soient des homos, des hommes mariés qui se font de temps en temps un petit jeune, ou des femmes riches qui s'ennuient. Quant aux femmes ou aux petits mecs qui vendent leurs charmes, ils ont l'impression, parfois trompeuse, d'être plus en sécurité, que leur « agent » leur épargnera les vrais tordus, ceux qui ne bandent que lorsqu'ils cognent vraiment ou qu'ils tuent.

Ils restèrent silencieux quelques instants. À la ride en forme de Y qui se creusait entre les sourcils de Jude Morris, Cagney comprit que son adjoint plongeait dans sa mémoire, ravivait les souvenirs d'autres enquêtes, suggérait des analogies, repoussait des dizaines d'hypothèses qui ne tenaient pas la route. Il avait passé son vol de retour à faire la même chose, en vain. Pour la première fois, l'extrême jeunesse de Morris l'exaspéra, son corps merveilleusement apte et capable, la peau, à peine hâlée par le grand air et les heures d'exercice, qui recouvrait avec l'élasticité d'un bas les muscles fermes des maxillaires, les cheveux fournis et si bruns que même coupés en brosse, ils masquaient totalement la peau du crâne. Cagney ne parvint pas à réprimer un claquement de langue. Morris leva les yeux vers lui :

— Monsieur ?

Et le regard noisette d'écolier attentif et sérieux fit tomber d'un coup l'aigreur de Cagney.

— On devrait peut-être aller voir où en est Ringwood avec son portrait.

Souriant, Morris répondit :

— Oui, ça nous fera une balade.

Ils parcoururent les trois mètres qui séparaient le bureau de Morris de celui de Ringwood. La porte était grande ouverte.

Ces quelques mètres délimitaient, en réalité, deux univers bien distincts et Cagney se demanda si les deux hommes en avaient conscience. Il en doutait dans le cas de Richard Ringwood, dont la plate et efficace intelligence d'ordinateur laissait peu de place à ce genre de spéculations. L'ordre martial qui sévissait dans le bureau de Morris ressemblait à celui que s'imposait Cagney et aurait pu laisser croire à une certaine communauté de besoins chez les deux hommes. Mais l'ordre de Cagney procédait d'une volonté presque pathologique de maîtrise de soi et de son environnement alors que celui de Morris découlait de sa peur panique d'une bévue révélatrice. Pour Cagney, l'essence opposée de ces deux ordres sautait aux yeux dans leurs collections respectives et inévitables de petits souvenirs. Les objets de Cagney ne craignaient pas le ridicule, ni même le mauvais goût. Témoin cette boule presse-papiers avec une petite Blanche-Neige à la jupe de laquelle s'accrochaient deux nains. On pouvait la doucher de neige artificielle en la retournant. La seule condition que tous ces objets devaient remplir aux yeux de Cagney était leur confidentialité, que les souvenirs dont ils demeuraient parfois la seule réminiscence ne soient décryptables que par lui. L'ordre de Morris était convenu, respectueux de principes de goût appris sur le tard qui s'étalaient jusque dans les reproductions d'aquarelles assez fadasses mais plaisantes qui tapissaient les murs. Quant à Ringwood, il s'épanouissait dans un désordre chaotique de vieilles tasses à café en polystyrène fendu, de piles de dossiers recouvrant de vieux mouchoirs en papier, ou les restes desséchés d'une azalée. Cagney ne trouvait toujours pas le courage de lui demander de jeter la plante fossilisée dont la vue l'agaçait et le déprimait. Il avait parfois l'impression que Ringwood apportait à la progression de son bordel un rien de provocation, à moins qu'il ne fût une autre manifestation d'un ego si bien construit qu'il paraissait inébranlable.

Ringwood était absorbé par ce qu'il faisait et il ne les entendit pas entrer. Il se tenait de profil par rapport à la porte, le regard rivé sur l'écran, les lèvres serrées en cul de poule comme s'il mettait en doute ce que lui racontait son ordinateur, les poings sur les hanches comme s'il s'en étonnait ou s'en offusquait.

— Richard ?

Ringwood sursauta et leva ses lunettes d'ordinateur aux verres ambre sur son front.

— Oh, monsieur, Morris, excusez-moi, je ne vous avais pas entendus entrer.

Comprenant à demi-mot ou inventant le reproche, Cagney s'excusa :

— Nous aurions dû frapper, mais la porte était ouverte.

— Ce n'est pas du tout ce que je voulais dire.

— Vous auriez dû. Bien, où en sommes-nous de ce portrait ?

Richard Ringwood balaya une pile de papiers à l'équilibre précaire et tira de dessous une feuille qu'il tendit à Cagney d'un geste victorieux.

— La reconstitution du visage cadre bien avec le rapport de Zhang, monsieur.

— Heureusement qu'il est excellent, le petit père Zhang, sans quoi je ne vois vraiment pas pourquoi nous devrions tolérer ce caractériel de compétition.

Cagney examina le portrait, le tenant légèrement de côté afin que Morris puisse aussi le voir. Le jeune homme avait les cheveux frisés et très bruns, coupés court. Les grands yeux à l'ovale doux étaient très légèrement bridés. L'iris était marron foncé. La paupière supérieure un peu lourde donnait au regard une certaine sensualité. Le nez était petit, sa base légèrement épatée. Deux petites irrégularités cassaient à peine la ligne de l'arête et signaient d'anciens traumatismes. Les narines rondes semblaient n'être pas encore sorties de l'enfance. La bouche était assez grande, charnue, charmeuse et le large sourire découvrait des dents parfaites en porcelaine de luxe.

— J'ai pas mal hésité pour le sourire, ça fait un peu artificiel, mais je me suis dit qu'un type qui colle dix mille dollars dans des dents frontales doit les montrer.

— Oui, vous avez eu raison.

— J'ai envoyé le portrait-robot à San Francisco et à Boston, on ne sait jamais. On est en train d'installer une accroche sur Internet avec demande de témoignage. Ça peut marcher.

— Oui, dans combien de temps, au bout de combien de rigolos ?

— C'est toujours le risque avec le réseau.

Cagney consulta sa montre et se rendit compte qu'il était déjà rentré depuis trois heures. Le temps semblait adopter une course particulière dans les sous-sols du bâtiment Jefferson, s'accélérant parfois, s'éternisant à d'autres moments.

— Vous dînez avec nous, Ringwood ?

— Euh, non merci, monsieur, je crois que je vais rentrer.

Une légère roseur colora ses joues comme s'il se sentait coupable de vouloir quitter la base à 9 heures du soir.

— Bonne soirée, Richard, enfin du moins ce qu'il en reste.

Morris et lui montèrent à la cafétéria, presque déserte à cette heure tardive à l'exception d'une jeune femme, dont le jogging gris au dos trempé de sueur prouvait qu'elle rentrait du gymnase ou d'un entraînement quelconque. Elle salua les deux hommes d'un signe de tête courtois et rapide et Cagney suivit le geste furtif de sa main : elle écrasait discrètement une infâmante cigarette, elle qui avait choisi de passer sa vie à courir après des tordus qui découpaient des femmes hurlantes en morceaux, camaient ou prostituaient des enfants de cinq ans. Cagney songea que si un jour, un de ces tordus explosait sa jolie tête blonde, le légiste signalerait que son appareil respiratoire était en parfait état. Il s'en voulut de sa stupide agressivité envers cette fille. Elle avait raison de vouloir préserver son souffle : le souvenir de ce parcours du combattant qui plongeait dans les bois entourant la base et qu'ils avaient tous subi durant des années, jusqu'à s'affaler dans l'humus pour pleurer d'épuisement et de douleur, amena une grimace sur les lèvres de Cagney.

Ils s'installèrent avec leur plateau à une table située en diagonale de celle de la jeune femme. Cagney s'étonna que Morris ne l'ait gratifiée que d'un vague signe de tête : elle était pourtant jolie. Son regard se perdit par la grande baie vitrée. La nuit était claire, le ciel si dégagé qu'il paraissait liquide. Du rideau d'arbres qu'il savait planté une vingtaine de mètres plus loin, au bout de la pelouse, Cagney ne distinguait qu'une silhouette compacte. Plus loin, derrière ce fragile rempart, s'étendaient les champs de tir où s'entraînaient leurs hommes et les unités de Marines. La nuit et selon son humeur, les escadrons de cibles de forme humaine en aluminium peint évoquaient pour Cagney des épouvantails squelettiques ou une levée de morts-vivants. Il se rendit compte que Morris le fixait depuis un moment et interrompit la danse machinale de sa fourchette qui déplaçait des petits amas de salade de chou aux pétoncles d'un bord à l'autre de son assiette. La jeune femme avait quitté silencieusement la salle de réfectoire. Morris, gêné, plongea le regard vers le fond de sa tasse de thé.

Cagney prit une inspiration brutale et déclara d'un ton sec :

— On piétine, Morris, et depuis le début. Nous n'avons même pas l'embryon d'une hypothèse qui se tienne. On n'est même pas sûrs d'avoir affaire à un tueur en série, pas sûrs que ces jeunes types soient des clandestins, pas sûrs qu'il s'agisse de putes, pas sûrs qu'il n'y en ait pas d'autres, sûrs de rien.

— Oui, je sais. Il paraît qu'Andrew Harper commence à s'énerver.

Andrew Harper était le directeur adjoint du FBI. L'humour pince-sans-rire du bonhomme atténuait à peine sa rigidité. La proverbiale courtoisie d'Harper ne se démentait jamais, même lorsqu'il s'agissait de faire tomber des têtes. Sa loyauté au pouvoir fédéral semblait jusqu'ici n'avoir connu aucune faille et Cagney se demandait parfois jusqu'à quel point celle qui le liait à ses hommes était aussi inébranlable. Si le profil héroïque de Harper le prédisposait à des actions d'éclat, son absence totale de romantisme ne laissait rien augurer d'enthousiasmant en la matière, car il faut un certain romantisme pour affronter seul le pouvoir. À part cela, on connaissait à Harper une impressionnante collection de nœuds papillons et une passion pour les lunettes rondes à monture d'écaille. Il avait également une femme, Véronique, « une Française, du sud, je crois » avait précisé Ringwood qui devait mélanger Lyon avec Toulouse. C'était une petite femme, ronde, rose, souriante qui évoquait toujours pour Cagney un bonbon à la fraise en papillote. Elle venait parfois chercher Harper et s'attardait gentiment pour saluer les agents qu'elle rencontrait. Le fait qu'elle appelât son mari « mon minou » ne faisait sourire ni n'attendrissait personne, même après que Cagney eut traduit le surnom. Mais Harper la regardait effectivement comme un bonbon. Après tout, peut-être était-il parfois « minou » avec elle.

— Vous croyez que notre unité est menacée, monsieur ?

— Elle l'a toujours été, plus ou moins. Avant c'était de l'incompréhension de la part des politiques et une certaine gêne interne, maintenant ce sont les restrictions budgétaires et toujours l'incompréhension de certains. Du reste, c'est étonnant comme les gens peuvent devenir obtus lorsqu'ils n'ont plus envie de comprendre.

— Vous croyez qu'Harper nous lâchera ?

— Non, mais on peut l'y contraindre.

Cagney avait le sentiment que la survie de l'Unité des Sciences du Comportement qui hébergeait les profileurs du FBI et qu'il dirigeait depuis plusieurs années revenait de plus en plus souvent sur le tapis. Peut-être était-ce une des raisons pour lesquelles l'unité avait été rebaptisée : Unité d'Aide à l'Investigation, un terme suffisamment vague pour n'être pas compromettant, une sorte d'écran de fumée linguistique. Son *pager* vibra contre le haut de sa cuisse. Il le sortit de la poche de son pantalon et déchiffra le numéro du bureau qu'occupait le Dr Hopkins dans les locaux du Russel Federal Building situé à Washington, suivi d'un code à trois chiffres, 105 : « Rappelez immédiatement. »

Morris et lui se précipitèrent, oubliant de rapporter leurs plateaux sur le chariot à moitié vide.

Cagney ne prit pas la peine de contourner son bureau mais s'allongea dessus pour attraper le téléphone. Il s'assit ensuite sur le rebord de l'épaisse plaque en Plexiglas fumé, le combiné collé à l'oreille, battant la mesure nerveusement avec son pied. Cagney sourit soudain et Morris fut plus que jamais convaincu que son chef avait une estime particulière pour le titan qui dirigeait les laboratoires de biologie du quartier général du FBI à Washington.

— Matthew ? Je vois que vous avez comme nous un sens particulier de l'heure. Que se passe-t-il ?

Cagney enclencha le haut-parleur et reposa le combiné sur sa table de travail. La voix calme et grave résonna dans la pièce :

— C'est plutôt le Dr Amy Daniels qui a un sens très personnel des horaires syndicaux. Les jeunes ne veulent pas comprendre qu'à mon âge, on aime bien rentrer chez soi pour faire un vrai repas. Enfin, la petite a trouvé quelque chose d'étonnant au sujet des résidus que nous a apportés Zhang.

— Oui, j'écoute.

— Figurez-vous, James, qu'il s'agit d'un mélange lipidique qui contient une forte proportion d'acide oléique.

— Et c'est quoi cet acide oléique ? On le trouve où ? C'est une substance corrosive ?

— Pas du tout, c'est un acide gras, en C18, un mono-insaturé. Il est assez répandu dans la nature, mais on le trouve principalement dans les saladiers.

Cagney et Morris échangèrent un regard d'incompréhension.

— Je vous demande pardon, Matthew ?

— Oui, cet acide gras est un des constituants de certaines huiles alimentaires, notamment l'huile d'olive dont il porte le nom.

Le cerveau de Cagney buta sur l'information. Hopkins poursuivit :

— Amy recherche la nature des autres molécules présentes dans le mélange, mais à priori, il y a fort à parier qu'il s'agit d'autres acides gras. On va rechercher leurs proportions relatives dans le mélange, ce qui devrait nous permettre de confirmer s'il s'agit bien d'huile d'olive.

— Attendez Matthew, si je comprends bien, vous voulez dire qu'on ne trouve cette substance en grande quantité que dans les huiles alimentaires ?

— L'industrie pharmaceutique l'utilise pas mal. Les cosmétiques aussi.

— À part ça ? Vous avez autre chose ?

— Vous êtes gourmand, ce soir. On observe deux pics chromatographiques bizarres dans le plasma du garçon. Pour l'instant on ne sait pas trop à quoi ils correspondent.

— Bizarres comment ?

— Il ne s'agit ni de stupéfiants, ni de barbituriques, ni de toute la kyrielle de médicaments que l'on teste habituellement. Amy et les techniciens s'y recollent à la première heure demain matin.

— Vous pensez obtenir une identification dans combien de temps ?

— C'est très variable, James. En quelques heures si on a un coup de pot et qu'on cible bien la recherche, plusieurs jours autrement. De toute façon, Amy ou moi vous rappellerons dès que nous aurons du nouveau.

Cagney et Morris demeurèrent silencieux quelques instants après qu'Hopkins eut raccroché. Il fallut la sonnerie caractéristique d'une ligne occupée provenant du haut-parleur pour les tirer de leur inertie.

Morris commença :

— La première hypothèse qui vient à l'esprit, c'est que ce garçon travaillait dans un restaurant ou dans une industrie qui utilise de l'huile alimentaire. Autant dire une aiguille dans une botte de foin.

— Approximativement. Mais, si l'on admet cette hypothèse, comment expliquer qu'un jeune qui travaille clandestinement comme serveur dans un restaurant mexicain ou une pizzeria, ou encore aux chaînes de conditionnement puisse se payer des prothèses dentaires évaluées à 10 000 dollars ?

— Le tueur l'a peut-être badigeonné à l'huile pour favoriser la combustion du cadavre ?

— S'il est débile, oui, ce dont je doute vu le *modus operandi.* D'autant qu'il s'est toujours servi d'essence jusque-là.

Cagney hésita quelques secondes. Il était toujours assis sur le rebord de son bureau, les mains à plat de chaque côté, ses grandes jambes maigres étendues devant lui, les pieds croisés. Il baissa la tête, puis déclara lentement :

— On patauge, Morris. De plus en plus, et si c'est mauvais pour notre unité, ça risque de tourner au calvaire pour d'autres gosses. J'ai décidé, une fois encore et la dernière j'espère, d'avoir recours aux très onéreux services de cette chère Mrs Parker-Simmons. (Il releva la tête brusquement et demanda :) Qu'en pensez-vous ?

Morris avait senti le sang s'enfuir de son visage et son front devenir froid. Il savait qu'il était livide. Au regard presque affectueux de Cagney, Morris sut qu'il avait compris, sans doute depuis l'année dernière.

— Je ne sais pas, monsieur, répondit avec application Morris, parce qu'il avait peur que sa voix se coince quelque part dans son larynx. Il est vrai que Mrs Parker-Simmons nous a déjà rendu de précieux services.

— Au prix que nous la payons, je n'appelle plus cela un service.

— Mais je croyais que la dernière fois, elle ne s'était pas fait payer.

— En effet, admit Cagney presque à contrecœur, et il s'en voulut de son obstination à trouver des raisons de mépriser Gloria Parker-Simmons. Je crois que je vais rentrer. Bonsoir, Morris.

— Moi aussi, la journée a été longue. Bonsoir, monsieur.

FREDERICKSBURG, VIRGINIE

C'était quoi déjà ce truc qu'elle écoutait lorsqu'il avait débarqué chez elle, à Brookline, une nuit, l'année dernière ? Il était ivre, terriblement ivre, de cette ivresse tendue qui rend les choses à la fois cotonneuses et trop aiguës. Il s'était saoulé avec une application qu'il se découvrait. Sans cela, il n'aurait jamais trouvé le courage de monter chez elle, de frapper à la belle porte bleu marine. Elle n'avait pas envie qu'il entre mais il l'avait doucement repoussée dans le couloir. D'où venait-il ce soir-là ? Il ne s'en souvenait plus, une petite ville du Massachusetts. Cette fille, Katherine, avait été transportée à l'hôpital là-bas. Elle avait échappé de justesse au rasoir de cet enfoiré de Richard Lane. Morris avait conduit dans un demi-brouillard, s'étonnant que ses réflexes le fassent ralentir au bon moment, s'arrêter aux feux, alors que ce qui n'était pas encore noyé de son cerveau ne pensait qu'à une chose : elle. C'était très beau, très joyeux, c'était du violoncelle. Les larmes montèrent aux yeux de Morris lorsqu'il la revit, blonde et pâle dans son peignoir en éponge épaisse, s'affaler en hurlant, pleurant, le suppliant de partir, se protégeant la tête de ses bras repliés. Il s'essuya la base du nez d'un revers de poignet. Merde, merde, mais comment avait-elle pu croire qu'il voulait la violer, lui faire mal ? Il voulait juste lui expliquer que depuis si longtemps... lui parler, lui montrer sa vie. C'est pour cela qu'il avait bu, pour que les mots deviennent bien lisses, pour qu'ils sortent sans heurt, doucement, pour ne pas lui faire peur.

James Irwin Cagney hésitait encore, incapable pourtant de préciser quelle était la véritable source de son indécision. Ils étaient parvenus à coincer ce dégénéré de Lane, l'année dernière, parce qu'elle leur avait loué les services de son arsenal mathématique. Cagney était conscient que le FBI se trouvait à nouveau confronté à la même alternative : attendre que la chance tourne de leur côté ou la forcer grâce à Gloria Parker-Simmons. Cagney se demanda si sa résistance provenait d'un sentiment de menace. L'univers logique de Mrs Parker-Simmons dérangeait sa propre conviction que rien n'est ni vrai ni faux mais que tout s'adapte et se réarrange dans chaque individu. L'idée qu'elle parvienne à trouver les équations qui décrivaient les comportements d'un groupe d'individus, voire parfois d'un seul sujet lui faisait étrangement peur. L'objectivité de Cagney butait sur cette incohérence. Lui qui depuis des décennies dressait avec succès le profil psychologique de meurtriers, afin de les prévoir, s'affolait qu'elle y parvienne avec des outils qu'il croyait réservés aux laboratoires, aux observatoires et aux amphithéâtres.

Il jeta un coup d'œil à la petite pendulette chromée posée sur la table basse en chêne blond : une heure du matin. Il n'avait de Gloria Parker-Simmons qu'une adresse et un numéro de téléphone à Brookline, une banlieue immédiate et huppée de Boston. Il savait cependant que ce « domicile officiel » était un autre moyen qu'elle avait de recouvrir ses traces, comme si elle souhaitait échapper à toute tentative de rapprochement. Elle demeurait en réalité à San Francisco, et Cagney pressentait que ce choix était lié à Clare, sa nièce. Un système installé par Bell Telephone lui permettait de faire basculer ses appels bostoniens sur sa résidence californienne. Avec le décalage horaire, il était 22 heures pour elle, une heure raisonnable pour les affaires.

Elle décrocha dès la quatrième sonnerie et parut surprise d'entendre sa voix :

— Mr Cagney ? Comment allez-vous ?

— Ça pourrait aller mieux. Et vous ?

— Bien, je vous remercie.

La voix grave, bien timbrée, un rien sarcastique évoqua immédiatement dans l'esprit de Cagney le haut front pâle, le regard bleu lavande, les mains fines et étrangement longues pour une femme de petite taille et les cheveux châtain très clair, presque blonds. Il avait fait des progrès sur la dernière fois, même si les traits du visage de Mrs Parker-Simmons échappaient toujours à la mémorisation et s'il n'était pas certain qu'il aurait pu la reconnaître dans la rue.

— Et Clare ?

— Elle va bien, merci.

Il sut qu'il était inutile d'insister.

— Mrs Parker-Simmons, avez-vous entendu parler de ces cinq meurtres de jeunes hommes qui se sont produits assez récemment ?

— Non.

— Je suppose que la presse n'est encore que partiellement sur le coup.

— Attendez, cela a-t-il quelque chose à voir avec ce jeune garçon qu'on a retrouvé, il y a quelques jours, dans une benne à ordures à Fisherman's Wharf ?

— Oui, c'était le cinquième.

— C'est encore un de vos tordus sains d'esprit ? demanda-t-elle, faisant allusion à l'une de leurs conversations au sujet des serial killers.

— C'est l'hypothèse la plus convaincante, jusque-là.

— Puis-je avoir des détails ?

— Écoutez, Mrs Parker-Simmons, vous connaissez ma méfiance pour les lignes téléphoniques non protégées et...

— Qui vous dit que la mienne ne l'est pas ?

— Elle l'est ?

Il l'entendit rire doucement :

— Et vous préférez que je vienne vous rendre visite ?

— Si vous n'êtes pas trop occupée en ce moment.

— Je suis toujours très occupée, Mr Cagney, mais j'ai un excellent ordinateur portable.

— Pouvez-vous venir jusqu'ici ?

— À Quantico, voulez-vous dire ?

— Oui. Nous pouvons venir vous chercher à Washington afin de vous éviter des changements.

— Avec plaisir.

— Quand ?

— Dois-je en conclure qu'il s'agit d'un contrat ferme, Mr Cagney ? Vous savez que je ne travaille jamais gratuitement, sauf pour moi.

— Je m'en voudrais de l'oublier, Mrs Parker-Simmons, répondit-il d'un ton acide. Oui, vous pouvez le conclure.

— Je pense pouvoir arriver demain, dans la soirée. Je vais téléphoner à mon agence de voyages et je vous rappellerai pour vous communiquer les détails du vol. Bonsoir, Mr Cagney.

— Bonsoir, Mrs Parker-Simmons, à demain.

Lorsqu'il eut raccroché, Cagney éprouva une sensation étrange et déplaisante, l'impression d'avoir fait un choix, un mouvement décisif. Il haussa les épaules. La moindre banalité prenait toujours de sombres tournures, semblant receler d'angoissants présages lorsqu'il était très fatigué.

Gloria resta quelques minutes pensive, l'esprit occupé non pas par ce que venait de lui dire Cagney, ni même le fait qu'il l'eût appelée, mais par la foule de petits détails qu'elle devrait régler avant demain matin. Elle traversa pieds nus le grand salon lumineux qu'elle avait récemment fait recarreler en grandes dalles de terracota ocre rose. Elle aimait le contact de la terre cuite imperceptiblement granuleuse contre la plante de ses pieds. Elle se retourna et tenta de discerner si l'empreinte de ses pas persistait encore sur les dalles. Elle adorait contempler cette trace diffuse de sueur qui s'évaporait rapidement, une preuve que la maison gardait le souvenir de son passage après qu'elle fut partie. Mais les nuits de San Francisco sont assez fraîches, et elle ne vit rien. Elle se dirigea vers son bureau et fit une copie de sauvegarde de son disque dur. Elle comptait emmener avec elle les dossiers sur lesquels elle travaillait. Le travail était la seule chose qui puisse meubler les interminables minutes qu'elle passait hors de Clare, du monde de Clare, des rêves de Clare. Car il faudrait la prévenir demain qu'elle s'absentait pour quelques jours et à cette idée, Gloria sentit la transpiration lui mouiller le front. Elle était parvenue, au fil des années, à maîtriser les colères de Clare, à les apaiser, parfois même à les rendre amusantes pour la jeune fille, mais ses chagrins la désemparaient parce que Clare, dans ces moments-là, se mettait en boule dans sa tête, devenant totalement lisse, inatteignable même pour Gloria.

Gloria arrêta net l'angoisse qu'elle sentait monter et appela Maggie, une rencontre de bar un soir de déroute. À son débit pâteux, la liste interminable de compliments qu'elle lui adressa vantant pêle-mêle son physique, son intellect, son goût, sa cordialité, Gloria comprit qu'elle était ivre morte. Elle garda son calme. Ce n'était pas le moment de brusquer Maggie, elle avait besoin qu'elle vienne garder Germaine et la maison durant son absence. Il fallut lui répéter la même chose à plusieurs reprises, comme à Clare. Maggie déclara enfin qu'elle serait là demain à la première heure, que ce soir « elle avait une petite crise d'allergie » et que « Germaine était le boxer le plus sioux de la terre ». Gloria avait acheté le chien quelques années auparavant pour Clare, pour que la jeune fille lui raconte ce qu'elle ne parvenait pas à expliquer à Gloria, pour que la vitalité joyeuse du boxer la déride et la fasse rire. Et Germaine vieillissait paisiblement dans la grande maison luxueuse de Diamond Heights, et peut-être ne jouerait-il jamais avec Clare.

LITTLE BEND
ENVIRONS DE SAN FRANCISCO, CALIFORNIE

Le lendemain matin, Gloria gara nerveusement la Mercedes coupé le long de la pelouse qui faisait face à l'entrée du bâtiment principal de Little Bend. La blondeur rosée des pierres rectangulaires des murs de la grande hacienda ne parvint même pas à la réjouir.

Elle avait dormi d'un de ces sommeils si épais qu'ils en deviennent menaçants, parce que l'on se demande, même en rêvant, s'ils auront une fin. L'idée qu'elle pût mourir durant l'un de ces comas nocturnes la terrorisait. Pourquoi pensait-elle si fréquemment à sa mort depuis quelque temps ? Gloria se demanda s'il fallait y voir une sorte de prémonition, ou si elle songeait à la mort simplement parce qu'elle n'avait plus à lutter avec autant d'âpreté pour sa survie et celle de Clare. Elle se surprenait de plus en plus souvent à collectionner de prétendus signes ou indices qui l'angoissaient jusqu'à ce que leur irrationalité et leur bêtise s'imposent à elle. Cette femme entre deux âges, sanglée dans un jean fuchsia, qui déclarait d'un ton docte à une vendeuse du rayon fruits et légumes du supermarché « tous les natifs du Capricorne du troisième décan nés à midi meurent dans leur trente-deuxième année ». Gloria était née à midi et elle aurait 32 ans dans quelques mois. Elle avait tenté de calculer si ce « midi » avait la même valeur néfaste à San Francisco ou à Boston, puisque le décalage horaire entre les deux villes est de plusieurs heures, puis avait été envahie par un sentiment de honte face à son imbécillité. Et puis, hier après-midi, il y avait eu ce corbeau gras, lisse et luisant comme une coulée de pétrole, posé sur le dossier d'un des bancs en bois exotique qui faisaient face à la grande volière du parc de Little Bend. Elle marchait en riant, entraînant Clare appuyée contre son flanc. Clare avait eu un mouvement d'hésitation lorsqu'elle avait aperçu l'oiseau, parce qu'elle ne le connaissait pas, qu'il ne faisait pas partie des jeux imaginaires qu'elle partageait avec les habitants de la volière. Gloria l'avait rassurée en lui affirmant qu'il s'envolerait dès qu'elles se rapprocheraient du banc. Mais le corbeau n'avait pas bougé. Il fixait Gloria, la tête légèrement inclinée vers l'avant, comme s'il avait du mal à entendre le bruit de ses pas. Elles s'étaient arrêtées en silence à deux mètres du banc. Gloria s'était brusquement sentie à bout de souffle et avait inspiré bouche ouverte. L'oiseau, parfaitement immobile, fixait toujours Gloria et elle avait ressenti pour lui une aversion brutale. Soudain, il avait redressé la tête, ouvrant le bec sans un son. Sa fine langue rouge sombre, mince comme un lacet, s'était raidie. Avait commencé une sorte de salut funèbre. Il inclinait la tête d'avant en arrière, le regard toujours collé à celui de Gloria, et se balançait rapidement d'une patte sur l'autre. Elle s'était ruée sur lui, incapable de crier. L'oiseau s'était envolé paresseusement, frôlant ses cheveux. Gloria avait suivi son vol pesant durant quelques instants, puis son regard s'était posé sur Clare. La jeune fille avait les lèvres si serrées qu'elles formaient un mince bourrelet rose pâle et ses yeux étaient brillants de larmes.

Gloria coupa le moteur et regarda anxieusement autour d'elle avant de descendre de voiture, tentant de déceler la présence d'une ombre menaçante au milieu des massifs bas de fleurs. Elle se demanda durant combien de temps elle épierait les environs pour voir si l'oiseau n'était pas revenu. Elle soupira profondément à plusieurs reprises, tentant de nettoyer sa mémoire parce qu'elle ne voulait pas que Clare sente son malaise. Enfin, elle descendit et se dirigea en souriant vers les longues marches plates qui menaient à la porte en bois roux de Little Bend.

Clare était assise devant le grand aquarium scellé du hall de réception, ses deux mains fermées en poing posées sur la pointe de ses genoux. Elle souriait à son Axolotl rose, bouche entrouverte, les lèvres humides de salive. Gloria s'approcha d'elle doucement et déposa un baiser sur ses cheveux blonds. Clare se retourna et se leva, entourant le cou de Gloria de ses deux bras, les poings toujours crispés.

— Tata.... Tata...

— Bonjour ma chérie, bonjour ma caille.

— Tata, tata-caille.

Gloria voulut lui prendre la main et tenta gentiment de desserrer ses doigts. Clare résista et Gloria s'étonna de sa force.

— Ma caille ne veut pas me donner la main ? Ma caille est fâchée ?

— N... Non. Caille.

Gloria tenta à nouveau d'ouvrir la main fermée de Clare sans succès. La jeune fille gloussait en faisant un signe de dénégation de la tête.

— Cadeau... Cadeau tata caille.

— C'est un cadeau pour moi, ma chérie ?

— Oui, cadeau.

Et elle tourna les talons pour se diriger vers la porte basse qui conduisait au patio central. Gloria la suivit. Clare marchait d'un pas vif, pressée par une urgence qu'elle seule comprenait. Elles ressortirent de l'autre côté des bâtiments et Clare se dirigea sans hésitation vers l'extrémité du parc, vers la volière. Gloria sourit, pensant qu'elle allait rendre sa quotidienne visite au grand paon prétentieux dont la roue ne la lassait pas. Au lieu de cela, elle obliqua vers le banc, vers le banc du corbeau, et s'immobilisa au même endroit que la veille. L'oiseau n'était pas là mais le cœur de Gloria s'emballa douloureusement. Clare eut l'air désorientée et attendit, la tête levée vers le ciel. Gloria, bouleversée par cet étrange pèlerinage, cherchait un moyen d'en détourner l'attention de Clare.

— Chérie, ma chérie ? Ma caille ?

— Chuuuttt, murmura Clare sans la regarder.

Gloria eut brusquement la certitude qu'elles devaient partir d'ici, tout de suite. Elle tenta de raisonner la jeune fille :

— Il ne reviendra plus, chérie. Il est parti pour toujours. Il ne nous embêtera plus jamais.

Lorsque enfin le regard bleu sombre de Clare rencontra le sien, Gloria fut sidérée par sa férocité. Avant qu'elle n'ait eu le temps de faire un geste, un hurlement sortit de la gorge de Clare et elle lança de toute sa fureur, contre le dossier du banc, les cailloux qu'elle tenait serrés dans ses poings depuis plusieurs heures.

Gloria sentit son visage et l'intérieur de son crâne devenir glacés. Elle cherchait désespérément un moyen d'effacer de la mémoire de Clare le souvenir de l'oiseau, le souvenir de sa haine, il fallait trouver un sortilège pour briser l'autre.

— Regarde, ma caille, regarde, paon-paon. C'est paon-paon qui a fait fuir l'oiseau noir. Il lui a fait peur, il ne reviendra pas.

D'abord incertaine et tendue de rage, Clare condescendit enfin à regarder le grand paon pédant qui avait occupé ses heures de contemplation jusque-là. Le grand oiseau magique s'approcha lentement de la jeune fille, levant posément chaque patte, semblant hésiter avant de la reposer, puis se décidant, comme agacé par ce trajet qu'on lui imposait. Son cou légèrement incliné conservait un angle immobile mais ses yeux scrutaient chaque geste de Clare. L'oiseau s'arrêta, perplexe. Il ne voyait pas le petit sac en plastique dans lequel elle amenait chaque jour ses offrandes : des bouts de pain, et quelques petits gâteaux secs que Gloria lui apportait. Dépité, il fit demi-tour, et repartit de la même allure souveraine et ennuyée.

Elles rentrèrent déjeuner et le silence de Clare angoissa Gloria. Elle tenta de distraire la jeune fille, lui racontant pour la vingtième fois l'histoire de *La Belle et la Bête* qui, d'habitude, la rendait extatique. Mais Clare boudait, se recroquevillait sur un petit noyau de peur et de désespoir que Gloria connaissait bien, mais auquel elle ne parvenait pas à accéder. Gloria ne savait pas comment lui annoncer qu'elle partait pour quelques jours. Les crises de chagrin et de violence de Clare la terrorisaient et la fragilisaient.

— Ma chérie, ma caille ?

Clare engouffrait voracement un gratin d'aubergine, tête baissée, le regard fixé sur son assiette. Jade, l'âme de Little Bend, était parvenue à lui apprendre à utiliser des couverts.

— Mon ange, tata-caille doit partir quelques jours dans une autre ville, très loin. Mais je vais revenir, très vite, dans quelques jours. Mais la ville est loin et je ne pourrai pas venir te voir. Je te ramènerai un cadeau de la ville loin. Très vite, dans quelques jours. Caille, ma chérie ? Tu m'entends ? Ça sera vite passé et je penserai sans arrêt à toi et tu vas beaucoup me manquer. Ma caille ?

Les épaules de Clare tremblèrent et brusquement sa tête plongea vers la table. Elle posa son front sur le plateau en Formica et éclata en sanglots. D'une voix hoquetante et presque inintelligible, elle demanda :

— Quand ? Tata, tata, quand ?

Et Gloria soupira de soulagement. Elle venait involontairement de remplacer l'angoisse irrationnelle, incontrôlable et donc terrible de l'oiseau noir par quelque chose qu'elle pouvait calmer. Et pour la première fois, elle fut heureuse de ce chagrin-là.

WASHINGTON DC, NATIONAL AIRPORT

Gloria s'étonna de trouver Cagney à sa descente d'avion. Non qu'elle eût anticipé grand-chose de son arrivée, mais le fait qu'il se soit dérangé en personne était suffisamment inhabituel pour n'être pas innocent. Cagney éprouvait une sorte d'animosité viscérale pour elle. Si Gloria en était consciente, elle ne parvenait toujours pas à comprendre les raisons de cette antipathie. Quant à elle, elle avait décidé depuis leur première rencontre qu'il lui serait indifférent, bien qu'elle jugeât son intelligence digne d'intérêt, voire de curiosité.

Lorsqu'il la vit avancer sur le tapis roulant, il fut surpris de la sensation de familiarité qu'il éprouva. Elle avait une légèreté, une sorte de transparence, comme si son corps ne contenait pas tout à fait assez de sang. Il avait l'impression de la retrouver comme s'il l'avait quittée une heure à peine auparavant et ceci alors même qu'il aurait été incapable de la décrire avec précision. Une idée déplaisante découla de cette impression : ce n'était pas lui qui la tenait à l'écart, mais elle qui lui glissait entre les doigts et il détesta ce renversement des pouvoirs.

Il l'accueillit en déclarant platement :

— Ravi de vous revoir, Mrs Parker-Simmons, même s'il semble que nous ne nous rencontrions que dans les pires des situations.

C'était une formule de courtoisie, rien de plus, aussi se contenta-t-elle d'un :

— En effet. Merci de vous être dérangé.

— C'est normal. (Il prit son sac de voyage puis demanda :) Si vous voulez bien me suivre, ma voiture est au parking. J'espère que le voyage n'a pas été trop long.

— Non, l'avion était assez désert.

Cagney manœuvra pour se frayer un chemin au travers de la horde de taxis et de voitures. Il remarqua qu'elle avait cette exaspérante habitude des conducteurs lorsqu'ils sont conduits : elle freinait et accélérait en même temps que lui, comme si elle le jugeait incapable d'éviter une collision. Ils échangèrent quelques banalités inoffensives sur le temps qu'il faisait en Californie et en Virginie, les craintes de sécheresse, l'approvisionnement en eau. Ce n'est qu'une fois engagé sur l'Interstate 95, qu'il résuma à son profit les différents meurtres, n'omettant aucun détail. Il l'observait à la dérobée. Elle gardait le regard fixé devant elle, les mains croisées sur ses genoux, mais il sut qu'elle avait focalisé toute son attention parce que ses pieds restaient bien à plat sur le tapis de sol.

Cagney se tut et il lui sembla presque qu'une écœurante odeur de chair brûlée s'infiltrait dans l'habitacle. Enfin, Gloria, le regard toujours fixé sur la large bande d'asphalte noir, demanda :

— Et votre hypothèse est donc celle d'un serial killer ?

— Pour l'instant, oui. Je crois qu'il s'agit d'un homme qui loue les services de prostitués pour des jeux sadomasochistes, mais il ne respecte pas les règles. Il tue. On ne peut pas tirer grand-chose des rapports en ce qui concerne le tueur, si ce n'est que c'est très sûrement un homme et un Blanc.

— Ah oui, vous m'aviez dit que les serial killers chassent en général dans leur groupe ethnique, surtout les Blancs.

— Oui. Ce qui renforce notre hypothèse, c'est le jeune âge de ces garçons. Dans la grande majorité des cas les victimes des serial killers sont assez jeunes, voire très jeunes. C'est encore plus frappant lorsqu'il s'agit de victimes de sexe masculin.

— Pourquoi ?

— Mais parce qu'ainsi que je vous l'ai toujours dit, Mrs Parker-Simmons, ces types ne sont pas dingues et ils sélectionnent en général des victimes dont la force physique est moindre que la leur : des femmes et des enfants ou des adolescents. De surcroît, évidemment, c'est un tabou de plus à briser, donc une autre exacerbation de leur pouvoir de vie ou de mort et de l'auto-estime qu'ils en retirent.

— Oui je sais, des fous sains d'esprit.

— C'est cela.

— Quoi d'autre ?

— La théorie la plus plausible est qu'il s'agit de jeunes prostitués, ou même de dealers, mais j'en doute.

— Pourquoi ?

— Parce qu'aucun n'a de casier judiciaire. D'un point de vue statistique c'est possible, mais improbable. C'est beaucoup plus vraisemblable s'il s'agit de tapins de luxe, ceux-là se font rarement ramasser.

— Ce qui expliquerait la qualité de leurs prothèses dentaires ?

— Juste. De surcroît, nous creusons surtout dans les milieux cuir, à cause des fractures.

— Je croyais qu'il s'agissait seulement de mises en scène.

— Souvent, oui, pas toujours, et lorsqu'on veut du vrai, c'est très cher.

— Vous pensez donc que le tueur est homosexuel ?

— C'est une possibilité. Les hétérosexuels n'ont pas l'exclusivité du sadisme ou de la sociopathie. Une autre possibilité est qu'il s'agisse d'un sujet qui ne parvient pas à vivre sa libido sans culpabilité, bref un refoulement sexuel, lequel peut survenir soit avant l'acte sexuel, soit après. Si l'on en juge par les cas que nous connaissons, l'objet sexuel devient le diable, le tentateur, celui qui vous a « contraint » au péché et qu'il faut détruire. On ne peut pas exclure un hétérosexuel, le genre bon mari et gentil père de famille, qui loue de temps en temps un jeune mec pour assouvir des fantasmes cuir. Mais des fantasmes qu'il ne parvient pas à maîtriser. Dernière possibilité non négligeable, ces jeunes sont devenus trop bavards ou trop gourmands. Ils se sont essayés à un petit chantage avec leurs souteneurs. Dans ce genre de milieu, on aime bien faire des exemples, ça calme les autres.

— C'est intéressant, mais très théorique. Vous n'avez rien de plus concret sur le tueur ?

— Non. L'incinération des corps a fait disparaître toutes traces de rites qui auraient pu nous orienter. Chaque tueur a un rituel, enfin sauf les presque débiles mentaux que nous avons arrêtés dans le passé, et encore. Chaque tueur exprime sa haine spécifique d'une façon codifiée.

— Et c'est grâce à ce code que vous tentez de remonter jusqu'à eux.

— Oui, mais vous n'y croyez pas, n'est-ce pas ?

Pour la première fois depuis le début de leur périple, elle se tourna et regarda son profil. D'un ton doux, elle déclara :

— Il ne s'agit pas de foi mais de résultats, Mr Cagney, et je pense vous avoir prouvé dans le passé que j'en étais capable.

— Dieu vous entende.

— « *Quels si grands avantages pourraient espérer les dieux de notre reconnaissance, qu'il leur prenne envie de nous aider.* [1] »

Cagney lui jeta un regard rapide. Elle souriait au pare-brise.

— Épicure ?

— Non, Lucrèce, mais l'erreur est compréhensible. Dans le cas du dernier garçon, la combustion était partielle. Vous devriez donc parvenir à découvrir ces fameux rites ?

— Il n'existait pas de trace particulière, du moins pour l'instant, mais nous n'avons pas encore les résultats de tous les tests. De deux choses l'une, ou le tueur n'a pas eu le temps de fignoler le travail et il a achevé sa victime en catastrophe, ou alors les rites sont déplacés à l'environnement.

— C'est-à-dire ?

— La rencontre, ce qui entoure la rencontre, donc la chasse ou l'acte sexuel, à ceci près qu'il n'y en a pas eu.

— Bref, rien de très tangible.

Glacial, il déclara :

— Si les choses avaient été évidentes, nous n'aurions pas eu besoin de vous, Mrs Parker-Simmons.

— Ce n'était pas une attaque, juste un bilan de travail.

Soudain calmé, il s'enquit :

— Vous voyez comment traiter le problème ?

— Pas encore. Le problème de base consiste à distinguer l'objet réel des objets possibles.

— Vous pouvez être plus explicite ?

---

1. « Ces êtres immortellement bienheureux, quels si grands avantages pourraient-ils espérer de notre reconnaissance qu'il leur prenne envie de tenter quoi que ce soit en notre faveur », dit la citation exacte.

— C'est une des nombreuses trouvailles géniales de Lukasiewicz, un des plus grands mathématiciens-philosophes. Voyez-vous, Mr Cagney, il existe trois types d'objets : les abstractions qui sont des créations libres donc illimitées de l'esprit, les abstractions reconstruites qui permettent de représenter les choses réelles, et les objets réels. L'idée, dans notre cas, est de trouver l'abstraction reconstructrice, puis de faire le ménage dans les différentes réalités possibles et de ne conserver que l'objet réel. Il convient en d'autres termes de procéder à l'inverse des recommandations de Virgile « *ab uno disce omnes* », et d'apprendre à n'en connaître qu'un à partir de tous les autres.

Il sembla à Cagney qu'il commençait enfin à percer la façon dont fonctionnait le cerveau de Gloria, et il en tira un certain soulagement. Il avait toujours pensé que cette intelligence si puissante fonctionnait un peu à la manière d'un ordinateur, sur un principe binaire de « oui/non », capable de canaliser des millions d'informations, de les sélectionner pour n'en conserver qu'une impulsion finale : la solution. Il entrevoyait maintenant une sorte de poulpe vorace qui se nourrissait de concepts sans distinction de discipline, de chronologie ou même de notions d'utilité. Cohabitaient dans l'enchevêtrement serré de ses neurones, des dizaines de possibles et de probables qui ne s'excluaient jamais les uns les autres. L'idée lui donna le vertige et il eut l'envie brutale de revenir à des choses terre-à-terre :

— Nous vous avons réservé une chambre à Quantico. Nous logeons fréquemment des invités. C'est assez spartiate mais fonctionnel. Si, bien sûr, vous préfériez...

— Oui, je préfère une chambre en ville. Il y a une ville quelque part, n'est-ce pas ? Contrairement à vous, je n'ai de passion ni pour les bases militaires, ni pour les détonations d'armes à feu.

— Je ne suis pas non plus logé sur la base, pas plus que Morris.

Il ne s'attendait pas vraiment à ce qu'elle manifeste une quelconque réaction à l'énoncé de ce nom, mais son absolue indifférence l'agaça.

Ils franchirent enfin la grille qui protégeait l'entrée et Cagney roula doucement jusqu'au parking de Jefferson. Elle n'attendit pas qu'il lui ouvre la portière et descendit de voiture en lissant sa jupe gris clair. Il la précéda dans le hall de réception, et la laissa passer devant lui lorsque le battant en verre coulissa silencieusement. Il la conduisit jusqu'à son bureau. Elle s'installa sur le fauteuil qui faisait face à la large plaque de Plexiglas et jeta un regard rapide autour d'elle. Cagney fut pourtant convaincu qu'elle avait enregistré chaque objet, chaque détail et qu'elle les analyserait plus tard, lorsqu'elle aurait le temps. Il rassembla lentement les dossiers épars et l'observa à la dérobée. Elle n'avait pas changé, si ce n'est qu'elle lui faisait de plus en plus penser à une image de synthèse, une sorte d'hologramme parfait, lisse. Il poussa la pile devant elle :

— Ringwood et Morris ne tarderont pas à nous rejoindre. Mais vous avez le temps de prendre connaissance de ces dossiers. Je vous en ferai faire une copie.

Gloria se plongea dans leur lecture, posant sur le coin du bureau, sans y prêter attention, les photos que contenait chacun. Cagney la détaillait. Elle portait un banal tailleur gris d'excellente qualité. Il entrapercevait sous la veste le col d'un chemisier blanc. Elle n'avait aucun bijou, si ce n'est de grosses perles fines aux oreilles et une montre d'homme avec un bracelet de cuir noir. En dépit de l'anonymat de la forme et des matières, Cagney fut certain qu'il s'agissait d'une petite merveille de l'horlogerie suisse. Elle ne portait, à son habitude, ni maquillage, ni parfum et il n'est rien de plus révélateur et de plus identificateur qu'un parfum. Elle était parvenue à créer une allure si parfaitement anonyme que Cagney se demanda fugacement ce qu'elle fuyait. Agacé à la pensée de souhaiter reconstruire le passé d'une femme dont il avait décidé qu'elle n'était qu'un prodigieux outil, il se leva :

— Désirez-vous un café, un thé, ou un soda, peut-être ? Nous avons un distributeur à l'étage.

— Un thé, je vous remercie.

Il l'abandonna quelques instants. Lorsqu'il revint, il la retrouva exactement dans la même position. Elle ne tourna pas la tête à son entrée et demanda, le regard fixé sur le mur qui lui faisait face et sur lequel s'étalait une immense carte des États-Unis :

— Selon vous, il s'agit de clandestins ?

— Oui. Cinq gamins de 12 à 20 ans ne disparaissent pas du jour au lendemain sans que personne ne s'en inquiète, ni famille, ni ami, ni école, ni patron.

— Ça se tient. Et sur les localisations des meurtres, les allées et venues du tueur ?

— Rien, mais on y travaille. Qu'en pensez-vous ?

— Que ce n'est pas très encourageant. Il n'existe que des inconnues dans ce problème, aucun paramètre auquel se raccrocher. Les victimes, le tueur, les motifs, tout est inconnu. La seule chose exploitable serait la présence d'acide oléique, mais ça ne concerne qu'une seule victime, c'est un peu léger.

La porte du bureau s'ouvrit soudainement et Morris pénétra en criant :

— On a... (Puis, découvrant Gloria assise, il balbutia :) Mrs Parker-Simmons, comment allez-vous ?

— Bien, je vous remercie, Mr Morris.

Morris fixait Gloria et Cagney lança :

— Vous aviez quelque chose, Morris ?

— Oui, je... Nous avons enfin un semblant de début de piste, monsieur.

— Quoi ?

— Une femme. Nous pensons qu'elle a vu le meurtrier. Une certaine Paolina Perez y Garcia de Des Plaines, Illinois. Le suspect serait venu chercher son neveu, José Olvedar. Et le gamin a disparu. Il n'est pas revenu chercher ses affaires. Il avait 16 ans.

— Elle a décrit l'homme ?

— Oui, nous avons une description. Mais je me demande si...

— Oui, il vaut mieux y aller. Vous pouvez vous charger des détails ?

— Sans problème. Et Mrs Parker-Simmons, pendant ce temps-là ?

— Nous allons lui trouver une chambre à Fredericksburg. Elle pourra y attendre notre retour.

Gloria parut soudain s'intéresser à la conversation :

— Dans combien de temps, Mr Cagney ? Je n'ai pas prévu de rester plus de quarante-huit heures dans les parages.

Un coup sec leur fit tourner la tête vers la porte. Ringwood entra. Il referma brutalement derrière lui. Cagney remarqua qu'il se mordait le coin de la lèvre inférieure et cette expression enfantine l'exaspéra. Conservant son ton plat, il demanda :

— Un problème, Richard ?

— Un certain Valdez, Julio Valdez, vient de se faire buter à Roxbury, à Boston. C'était un des enquêteurs de l'INS.

— Et ?

— D'après son coéquipier, il pistait deux jeunes mecs depuis un moment.

— Des tapins ?

— Pas à ce que j'ai pu comprendre.

— Le lien avec notre affaire ?

— Les types ont disparu de la circulation, selon son pote. Volatilisés. Partis en fumée, quoi.

Morris intervint :

— Je ne sais pas si cet humour macabre est de mise.

— Désolé, Jude, c'était assez nul, je le reconnais.

Cagney était fasciné par l'aptitude de Gloria à se fondre dans le décor. Ils parlaient depuis un moment comme s'ils avaient oublié sa présence et pourtant elle faisait partie de cette race de femmes inoubliables, pour peu qu'elles le souhaitent. Pourquoi pensait-il cela ?

Son regard se posa sur Morris puis sur Ringwood :

— Il commence à se faire tard, Richard. Il faudrait accompagner Mrs Parker-Simmons à Fredericksburg et lui trouver une chambre. Essayez d'abord le *Washington Hotel* puis éventuellement le *Fredericksburg's Arms*. (Puis se tournant vers Gloria :) Ce sont les deux meilleurs hôtels de la ville. L'un est résolument plus moderne et anonyme que l'autre, plus familial.

Gloria répondit dans un sourire sans chaleur :

— Eh bien, commençons par le plus moderne, voulez-vous ?

Le fait qu'elle n'ait retenu que ce qualificatif lui prouva qu'elle apprécierait surtout l'anonymat et il repoussa toute similitude d'esprit avec elle. Elle se leva, se dirigea vers la porte et précisa :

— Ainsi que je vous l'ai dit, Mr Cagney, je n'ai pas l'intention de m'éterniser ici. Pour l'instant, les éléments que vous possédez sont inexploitables. Je suis mathématicienne, pas voyante extralucide. Mais j'accepte d'attendre votre retour demain, pour savoir si vous avez d'autres informations. Il est cependant entendu que ces deux jours seront facturés, n'est-ce pas ?

Et il eut soudain la conviction qu'elle insistait volontairement sur les aspects pécuniaires de sa collaboration. Pourquoi ? L'exaspérer, mettre un gouffre de principes entre eux, l'éloigner. Mrs Parker-Simmons et son cerveau compliqué avaient compris que les intelligences mercantiles insupportaient Cagney, qu'elles étaient en opposition fondamentale avec ce qu'il croyait, ce qu'il voulait croire. Elle se servait avec lui de sa réelle valeur marchande comme d'un répulsif. Il répondit, d'un ton léger :

— Mais cela va sans dire, Mrs Parker-Simmons.

Elle eut l'air insensiblement déstabilisée, ou bien était-ce son imagination ?

— C'est parfait. Bonsoir, Mr Cagney. Bonsoir, Mr Morris.

Et elle emboîta le pas à Ringwood. Cagney regarda Morris. Il avait les yeux fixés sur la porte fermée et Cagney aurait voulu vaincre ce mur de silence, pour lui parler, lui dire... Quoi ? Rien. Rien ne servait à rien. Morris se remettrait un jour de ce fantasme de passion, comme lui s'était remis d'Ann et d'autant plus vite qu'il n'en n'avait parlé à personne. Il ne faut jamais que les souvenirs que l'on héberge enfantent d'autres souvenirs dans la mémoire des autres. Ils deviennent alors presque impossibles à disperser.

— Et si nous allions dîner, Morris ? Nous avons une rude journée demain.

Morris le regarda comme s'il ne le connaissait pas, décoloré jusqu'aux lèvres et Cagney pria pour qu'il ne parle pas.

— Volontiers, et quelques heures de repos seront les bienvenues.

Le voyage jusqu'à Fredericksburg fut étrangement silencieux. Ringwood, que la présence de Gloria à ses côtés mettait mal à l'aise, s'essaya bien à quelques commentaires aigres-doux sur le thème : « Nul n'est prophète en son pays » mais l'absence de réaction de Gloria le découragea rapidement. Il finit par se demander ce que ressentait cette femme, si elle ressentait quelque chose et eut presque envie de lui mettre les points sur les « i » et de lui expliquer le plus désagréablement possible, à quel point la location de ses services par Cagney était humiliante et menaçante pour lui, puisqu'elle empiétait sur son territoire. Mais ce profil lisse qu'il entrapercevait parfois dans la lumière des phares des voitures qu'ils croisaient, cette façon qu'elle avait de répondre sans rien dire l'en dissuadèrent. Elle s'en foutait, elle se foutait de sa réprobation de la même façon qu'elle se serait foutue de son approbation. Il n'existait pas pour elle. Et il n'eut plus qu'une hâte, lui trouver une chambre d'hôtel et rentrer chez lui. Il la conduisit donc au *Washington Hotel*, et ne s'étonna pas qu'elle le quitte comme elle l'avait rencontré : avec une indifférence courtoise.

Une fois seule, Gloria consulta sa montre : elle avait encore le temps d'appeler Little Bend et Maggie. Le débit de Maggie la rassura : elle n'était pas encore sortie, ou il s'agissait d'une de ces soirées de jeûne qu'elle s'imposait parfois et qu'elle concluait le lendemain matin, un whisky tassé à la main, d'un : « Tu vois bien que je suis pas alcoolique, je peux rester douze heures sans boire. »

Gloria composa ensuite le numéro de la ligne directe de Jade et constata avec satisfaction que les quelques incontournables mesures de « l'Été » qui contaminaient sans doute une petite moitié des répondeurs du pays avaient été remplacées par les trilles élégants d'une fantaisie pour flûte traversière de Telemann.

— Jade ? Bonsoir, j'espère que je ne vous dérange pas.

— Mais non, Mrs Parker-Simmons, j'aurais été inquiète si vous ne m'aviez pas appelée.

Gloria sourit. La voix douce de Jade l'apaisait. Ringwood l'avait exaspérée. Jade était une des rares personnes, à sa connaissance, qui utilisât le langage pour traduire une véritable pensée. Si elle parlait d'inquiétude, c'est qu'elle la ressentait.

— Comment va Clare ?

— L'après-midi s'est assez mal passé. Elle était inconsolable et vous connaissez la violence des chagrins de Clare.

Gloria s'affola :

— Elle a frappé quelqu'un ? Elle va bien ?

— Non. Elle a balayé tout ce qui se trouvait sur la table du dîner. Cela a provoqué une jolie pagaille parmi les autres pensionnaires. C'est très contagieux chez nous une crise de nerfs, vous savez. Nous avons été contraints de lui donner un sédatif et nous lui avons permis de nourrir les poissons. Que s'est-il passé, Mrs Parker-Simmons ?

Gloria lui raconta, le corbeau, la rage de Clare. Lorsqu'elle eut fini, Jade se contenta de conclure :

— Vous auriez dû me prévenir, Mrs Parker-Simmons.

Gloria ne discuta pas. Jade avait raison. Elle prit congé et demeura immobile au milieu de sa chambre, fouillant du regard les différents coins de la pièce. Le petit bar réfrigéré était encastré sous un bureau en bois sombre. Pour quelle raison Clare avait-elle eu si peur de ce corbeau ? Pourquoi cette colère ? Son étrange cerveau percevait-il des choses qui échappaient à Gloria, ou avait-il simplement épongé l'angoisse de Gloria pour la faire sienne ? Elle sortit la mignonnette de Martini, puis les autres. Dormir.

CHICAGO ET DES PLAINES, ILLINOIS

Une voiture de police attendait Morris et Cagney à leur arrivée à l'aéroport de Chicago. L'officier qui les conduisait semblait très impressionné et Cagney se demanda pourquoi. Il mâchait son chewing-gum avec une énergie hargneuse, comme s'il puisait dans cette mastication musclée la force de répondre à leurs questions bénignes.

— La dame nous a été envoyée par la police de Des Plaines. Elle parle pas trop bien anglais, alors il faut être patient. Par contre, elle le comprend au poil. On lui a proposé un interprète espagnol, mais elle n'en a pas voulu. Je crois même que ça l'a vexée. Faut dire qu'en général les étrangers n'entendent pas que pour nous ils ont un accent. Le gosse, là, qu'a disparu, c'est son neveu, le fils de sa sœur. Ils sont Mexicains. La dame en question travaille à Cable United. Elle est en règle. Ça fait cinq ans qu'elle est ici. Elle a demandé la naturalisation. Le capitaine Tyler se demandait si vous préfériez qu'on aille la chercher ou si vous vouliez aller chez elle à Des Plaines.

— Chez elle.

— Bien, monsieur, et il transmit leur destination au poste par radio.

Leur chauffeur, dont ils finirent par apprendre qu'il se nommait Peter Conway, officier Peter Conway, enchaîna en leur parlant des différents hôtels « sympas et pas trop chers » où ils pourraient passer la nuit. Cagney lui répondit gentiment qu'ils repartaient aussitôt que possible.

— Ah ça c'est dommage, alors, parce que le capitaine aurait été heureux de vous avoir à dîner. Sa femme est créole et alors, ça, c'est une cuisinière. Elle fait un gombo de crevettes avec des chips de patates douces à vous faire sangloter comme un bébé.

— Mince, j'adore la cuisine créole, déclara Morris, plus pour faire plaisir à Conway que par dépit de rater une invitation.

Cagney hésita un peu, et s'il n'avait pas craint que Gloria ne rentre en Californie, il aurait accepté l'offre du capitaine, convaincu que quelques petits compliments à l'épouse cordon bleu pouvaient faire davantage pour les bonnes relations du FBI et des forces de police de Chicago que le prestige autoritaire du Bureau.

Ils traversèrent Des Plaines et parvinrent à la limite nord de la ville. La voiture ralentit et emprunta une rue large bordée de petits pâtés de ciment presque jointifs, chacun empilant douze appartements sur trois étages. Paolina Perez y Garcia habitait un des cubes du petit pâté n° 77, au deuxième étage. Peter Conway eut le bon sens de ne pas les précéder et demeura dans la voiture. Une petite femme trop mince leur ouvrit la porte.

— Mrs Perez ?

— *Sí*. Entrez. Le capitaine Tyler m'a prévenue. Il m'a dit qu'on viendrait peut-être me chercher, ou alors que vous viendriez ici. Je préfère. Ça me fait moins manquer à l'usine. J'aime pas manquer.

Elle parlait lentement et sèchement et Cagney comprit qu'elle était au bord des larmes. Au réseau de fines veinules qui traçaient des fils rouges au coin de la cornée, à la petite bouche serrée, aux joues pâles qui tremblaient imperceptiblement, il sut qu'elle avait beaucoup pleuré, beaucoup hésité avant d'appeler les flics. Elle ne voulait pas de problème avec son travail, ni avec la Migra et encore moins avec la police. Elle les précéda dans une pièce de taille moyenne encombrée de meubles et de bibelots. Il n'y avait pas un grain de poussière sur la surface cirée des meubles et Morris se demanda futilement combien de temps il fallait pour épousseter tous ces objets, tous ces petits souvenirs qu'accumulent les vies qui s'accrochent à ce qu'elles peuvent. Elle leur proposa une bière ou un soda et leur désigna des chaises alignées autour de la table rectangulaire.

— Pas le fauteuil, dit-elle. Le Gros s'est assis là. Je vais le jeter. Ça servirait à rien de le nettoyer.

Ils s'installèrent face à un mur décoré d'une photo de magazine encadrée, la photo du pape Jean-Paul II souriant paternellement au poster du mur opposé représentant les environs de « Mexico, ville de rêve ».

La petite femme s'assit en face d'eux, les mains posées sur la table, serrées l'une contre l'autre, des mains usées, ridées et sèches, des mains de vieille femme. Cagney détailla le visage aux traits bien dessinés, le beau nez espagnol, l'amande sombre du regard. Elle avait dû être belle, et l'aurait sans doute encore été avec cinq kilos de plus. Cagney lui donna une bonne quarantaine d'années ou peut-être dix de moins. Ses longs cheveux noirs retenus en queue-de-cheval grisonnaient et la vieillissaient.

— Mrs Perez, croyez que nous sommes désolés de devoir vous déranger. Nous sommes venus au sujet de votre neveu José. Comment s'appelait-il ?

— José Olvedar, c'est mon neveu, le fils de ma demi-sœur. Le capitaine Tyler m'a dit que vous veniez de Virginie. Vous avez fait tout ce chemin pour José, pour nous ?

— Oui.

Elle eut un gentil sourire triste et remarqua :

— C'est bien.

Cagney ne commenta pas, il savait à quoi elle faisait allusion.

— Mrs Perez, José était en situation illégale, n'est-ce pas ?

Paolina se mordit les lèvres. C'était parce qu'elle savait que cette question serait une des premières, et qu'elle craignait un monde de mesures de rétorsion contre elle, contre sa presque citoyenneté, qu'elle avait tant hésité à aller voir la police. Elle avait pesé le pour et le contre des nuits durant. Mais l'image du Gros, de son sourire gras, de ses mains grasses, l'obsédait.

— *Sí*.

— Pourquoi pensez-vous qu'il soit arrivé quelque chose à José ? D'après ce que j'ai pu comprendre, cela faisait longtemps que vous ne l'aviez pas vu et il vous donnait rarement de ses nouvelles ?

— *Sí*, c'est vrai, presque trois ans. Mais il n'est pas venu reprendre ses affaires. Et puis, il m'aurait dit qu'il partait. Il m'a pas rendu les clefs, non plus. Il sait que je ne veux pas que mes clefs traînent n'importe où. Il a fallu que je fasse changer les serrures.

— Selon votre déclaration, un homme est venu rendre visite à votre neveu, le jour même de sa disparition.

Le « *Sí* » claqua comme si elle crachait.

— Mrs Perez, l'aviez-vous déjà vu ? José vous en avait-il parlé ?

— *No*.

— Comment était cet homme ?

— C'est le Gros. Il est venu, en fin d'après-midi, je venais de rentrer. Vers 5 heures. Je commence une semaine à 7 heures et l'autre à 10 heures. C'était la semaine des 7 heures. José n'était pas là. L'homme, le Gros là, il était très poli, mais...

— Mais ?

Elle cherchait un mot, le regard fixé sur la moulure du bord de la table.

— Sale.

— Sale ?

— Non, pas sale comme ça...

— Répugnant ?

— *Sí*, c'est vrai. Il était très bien habillé, un beau costume et un imperméable blanc cassé. Des belles chaussures. Il était très grand (Elle leva le bras bien au-dessus de sa tête, ce qui ne donnait pas grande indication sur sa taille puisqu'elle était assise). Gros, fort, très fort. Il avait les yeux bleus avec des lunettes qui grossissaient les yeux.

Cagney demanda plus pour lui-même que pour son vis-à-vis :

— Un hypermétrope ?

— Quoi ?

— Rien. Continuez, s'il vous plaît.

— Il était gras sur le visage, avec des grosses joues et un double menton. Il était blond avec des petits cheveux fins et une queue dans le cou, comme une queue de rat. Il avait une voix grave, mais il parlait comme une fille. J'ai cru au début qu'il se foutait de moi, mais non, c'était sa voix. Et il avait des toutes petites mains, jolies, rondes comme des mains de petit enfant avec une bague en or au majeur. Oui, il était très poli. Il n'a pas regardé rien dans la maison, pas comme vous.

Cagney crut à un reproche, mais elle enchaîna :

— Parce qu'il trouvait ça pauvre et moche, et qu'il s'en foutait où on habite et qui on est.

Elle s'énervait et son débit s'accélérait. Elle mélangeait de plus en plus de mots d'espagnol à ses phrases et ses narines se pinçaient davantage.

— Il est resté combien de temps ?

— Un bon quart d'heure, c'est long. Je pouvais pas le supporter ce Gros, mais je voulais pas le laisser seul dans la pièce. Il voulait rien boire. José ne rentrait pas. Sainte Vierge, si seulement il avait pu ne pas rentrer du tout. Mais il connaissait personne dans le coin. Il n'avait que moi, alors il rentrait. C'est pourtant pas ce que j'ai à raconter qui peut intéresser un garçon de son âge.

De grosses larmes bleutées dans la lumière du soir, qui semblait s'assombrir plus vite dans cette pièce encombrée qu'à l'extérieur, dévalèrent le long de ses joues creuses. Elle en rattrapa une qui s'infiltrait au coin de ses lèvres du bout de la langue et Cagney sut que c'était parce que soudain, elle n'avait plus la force de rien, pas la force d'aller chercher un mouchoir. Elle essuya ses yeux d'un revers de main et le regarda. Cagney songea soudain que si Morris n'avait pas été là, il se serait assis à côté d'elle, l'aurait prise contre lui pour la consoler. Mais Morris était là, aussi demanda-t-il :

— Que s'est-il passé ensuite, Mrs Perez ?

— José est arrivé, je l'ai entendu dans l'escalier. Le Gros m'avait dit que c'était un copain, mais j'ai pas cru. J'ai ouvert et j'ai dit à José que le Gros l'attendait et il est devenu tout blanc. Il avait peur, je le jure, c'était la peur. Et puis, il est rentré et il m'a fait signe d'aller dans la chambre et ils ont parlé. Et quand José est venu me retrouver dans la chambre, il avait l'air calme, tranquille. Il m'a dit qu'il ne dînerait pas avec moi, qu'il allait dans un chouette restau avec le Gros. Il l'appelait sir Bastian. Je me suis énervée. Je lui ai demandé si c'étaient les cochonneries qu'il faisait avec le Gros qui avaient payé ses beaux vêtements, et il m'a juré que non.

— Vous lui avez demandé s'il avait des rapports sexuels avec cet homme et il vous a certifié que non, c'est bien cela ?

Elle le regarda, comme si elle s'apprêtait à hurler :

— *Sí*, c'est vrai.

— Et à votre avis, José mentait ?

— Non, il a juré sur sa mère.

— Et que s'est-il passé, ensuite ?

— José s'est préparé. Il s'est lavé comme une mariée. Il m'a dit que le Gros était très maniaque.

— Et pourtant, ils n'étaient pas amants, c'est sûr ?

— C'est sûr, répondit-elle en tapant de l'index sur la table. Je lui ai demandé qui c'était. Il m'a juste dit « un copain de Boston ». Je savais pas qu'il était à Boston.

— Boston ?

— *Sí*.

— Et ensuite ?

— À 8 heures précises, le Gros est revenu le chercher, et José riait, il avait l'air content. Je les ai regardés partir par la fenêtre. Le Gros avait une belle Mercedes, toute neuve, bleu foncé. Je me suis endormie assez tôt parce que c'était ma semaine des 7 heures et le matin j'ai vu qu'il n'était pas rentré, et je l'ai pas revu.

— Et c'est tout ?

— *Sí*.

— Mrs Perez, pensez-vous que vous seriez capable de décrire précisément cet homme afin que nous établissions un portrait-robot ? Ça peut nous permettre de l'arrêter.

— *Sí*.

— Bien. Les gens de la police de Chicago vous enverront un portraitiste. On fait cela sur ordinateur maintenant.

— D'accord.

Elle le regarda longuement, hésita puis se décida :

— Betsy, c'est une de mes collègues à l'usine, m'a dit qu'on avait retrouvé un garçon dans une cabane de pêcheur et qu'on l'avait fait brûler. Moi, j'ai rien entendu aux informations. J'ai même acheté un journal. Je lis bien. Mais j'ai rien vu. C'est vrai ?

— C'est vrai.

Les larmes s'accumulèrent dans la rigole de sa paupière inférieure et elle prit une grande inspiration bouche ouverte :

— C'est José ?

— Nous l'ignorons, Mrs Perez. Le corps n'est pas identifiable.

Elle se tourna brusquement, regarda la photo encadrée du Pape et demanda :

— Vous saurez un jour ?

— Oui.

— Il sera enterré quand même ? Avec un prêtre ?

— Il a été enterré il y a six jours, Mrs Perez. Sous X. Si vous souhaitez le faire mettre en terre religieusement dans un autre cimetière, il faudra attendre que nous soyons certains de son identité. Nous nous chargerons de l'exhumation... de le déterrer.

— *Sí*, merci.

Ils demeurèrent tous silencieux quelques secondes, parce qu'il y a des moments qu'on ne sait pas comment terminer, parce que se taire ou parler, partir ou rester sont également inopportuns. Enfin Morris se leva, peut-être conscient que puisqu'il n'avait rien dit, il était le plus libre.

Elle les raccompagna jusqu'à la porte et Cagney lui tendit une carte :

— S'il vous revenait quelque chose, n'hésitez pas à m'appeler, à n'importe quelle heure, d'accord ?

— Oui.

Il lui sembla qu'elle hésitait et il insista :

— Merci de nous avoir aidés, Mrs Perez. C'est très important. Si quoi que ce soit vous revient, appelez-moi ou appelez l'agent spécial Morris. Ne vous inquiétez pas, il ne vous arrivera rien et nous allons arrêter cet homme, si c'est bien lui qui a tué José.

— Merci.

Il vit une énorme larme hésiter à la pliure de ses paupières. Il se souvint que sa mère avait toujours rêvé d'une perle ovale autour d'une petite chaîne en or. Ses parents avaient une véritable dévotion pour le travail, aussi en dépit de leur aisance, le jeune James avait-il été prié de travailler aux vacances pour apprendre ce que « gagner sa vie » signifie. Ce mois de juillet-là, il devait avoir 16 ou 17 ans, il avait décroché une place de vendeur au rayon primeurs d'un supermarché. Avec l'intégralité de son premier salaire, une fortune à ses yeux, il avait offert à sa mère ce que les femmes, à cette époque, appelaient « une goutte ». Elle l'avait grondé, le traitant de fou, mais elle avait rosi de plaisir. Il recueillit la goutte des yeux de Paolina du plat des doigts.

Peter Conway les attendait en feuilletant le magazine télé de la semaine prochaine.

— Ça s'est bien passé, messieurs ?

— Oui, c'est une femme bien.

— Oui, c'est aussi ce que le capitaine Tyler a dit. Je vous conduis où ?

— Oh, nous avons le temps de saluer le capitaine Tyler et de le prier de présenter nos excuses à son épouse pour ce soir. Puis nous reprendrons l'avion.

Ce planning eut l'air de combler Conway, qui lança un « c'est parti » guilleret.

Ils soupirèrent de soulagement une fois installés dans l'avion qui les reconduisait à Washington. De simples excuses n'avaient pas satisfait Mrs Tyler qui avait exigé qu'un planton vienne chercher chez elle le punch tiède qu'elle avait préparé pour l'apéritif du soir et qu'elle était fermement décidée à leur faire goûter. Bob Tyler n'avait pas résisté très longtemps aux appels urgents de sa femme, et le planton s'était acquitté de sa délicate mission en gloussant. Le punch tiède était délicieux et très « rhumé » comme le qualifia Morris. Cagney conclut que la bonhomie joyeuse et le laisser-aller efficace qui régnait dans les locaux du département de police de Chicago n'étaient pas étrangers à la jovialité de Tyler, laquelle devait sans doute beaucoup à la dictature domestique et amoureuse de Mrs Tyler.

Une fois sa ceinture bouclée, Morris déclara, pensif :

— C'est marrant. Les flics qui ont encore l'air de tenir droit debout sur leurs jambes, ce sont les flics mariés.

— Non, ce sont les flics bien mariés et c'est beaucoup plus rare. J'aurais bien aimé rencontrer Mrs Tyler.

— Oui, ça doit être un sacré bout de bonne femme. Vous avez vu comme il file, cette baraque.

— Il file parce que ça lui fait plaisir. Il file aussi parce que cela rassure ses hommes. Ça les fait sourire et ça leur prouve, à tort ou à raison, qu'il existe encore des choses quotidiennes et charmantes dont on peut se réjouir.

Ils se turent, chacun perdu dans ses pensées, jusqu'à ce que l'avion redresse la queue. Morris contempla rêveur le petit sachet de cacahuètes grillées et le verre de jus d'orange que l'hôtesse venait de déposer devant lui avec un grand sourire machinal, se demandant combien de temps la physiologie d'un homme adulte pouvait tenir à ce régime. Il entendit Cagney déclarer lentement :

— Morris, il faut que nous allions à Boston. Le nœud de l'affaire est sans doute là-bas.

— Oui. Qu'avez-vous pensé de la déclaration de Mrs Perez ?

— Elle nous cache quelque chose, mais je ne sais pas quoi.

— Comment le savez-vous ?

— À chaque fois qu'elle omettait un détail, elle touchait la petite croix qu'elle porte au cou. C'est assez évocateur d'un malaise ou d'une contrition. C'est relativement fréquent, surtout chez les femmes, la croix ou l'alliance. Lorsque nous nous sommes quittés dans le couloir, elle a agrippé sa croix : elle voulait dire autre chose, mais elle s'est retenue. Par contre, je suis certain que tout ce qu'elle nous a dit était vrai, du moins le croit-elle.

— Vous faites allusion au « Gros », enfin je veux dire, c'est comme cela qu'elle l'appelle.

Cagney le regarda d'un air ironique et déclara suave :

— Ne vous inquiétez pas, Morris, je ne vous traînerai pas devant les tribunaux pour discrimination physique. C'est curieux, n'est-ce pas, comment va notre époque ? Il vaut presque mieux humilier un homme ou une femme en les réduisant à la mendicité que les qualifier de « gros ». C'est une époque à la fois molle et sans compassion.

— Enfin, je veux dire, vous croyez ce qu'elle a dit sur leurs rapports, au Gros et au garçon. Qu'ils ne couchaient pas ensemble ?

— En tout cas, je suis certain qu'elle le croit. Le problème, c'est que si ce qu'elle raconte est exact, nous sommes devant un gigantesque point d'interrogation quant à la nature de leurs rapports.

— Il resterait le deal.

— J'y crois de moins en moins, Morris. Les dealers, surtout les jeunes, se font toujours piquer, ou alors ils se font au moins repérer. On n'a rien sur aucun de ces gamins.

— Oui, vous avez raison.

Morris s'absorba dans la contemplation de l'épaisse couche nuageuse qui s'étalait sous eux et eut envie de s'endormir. Le bleu implacable de la nuit descendante l'apaisait. Il sursauta lorsque l'hôtesse lui tapota l'épaule.

— Excusez-moi, monsieur. Vous êtes bien Mr James Irwin Cagney, ou Mr Jude Morris ?

— Je suis Morris.

Elle lui tendit un fax, et Morris reconnut immédiatement l'écriture chiffonnée de Ringwood : « Appelez la base, dès votre arrivée. » Il regarda Cagney qui avait lu le message laconique en même temps que lui, puis sourit à l'hôtesse :

— Merci, mademoiselle.

BASE MILITAIRE DE QUANTICO
ET FREDERICKSBURG, VIRGINIE

Une voiture militaire les attendait à leur arrivée. Une fois installé sur le siège arrière, Cagney sortit son portable de sa sacoche et appela Ringwood. Il répondit par quelques monosyllabes, puis conclut sèchement d'un :

— De toute façon, nous ne pouvons rien faire ce soir. Nous verrons cela demain.

Il replia l'antenne du portable et déclara sans regarder Morris.

— Et de six. On l'a trouvé il y a quelques heures. Dans la salle d'arrivée des conduits de vide-ordures d'un immeuble en construction. Les pompiers ont eu un mal fou à parvenir jusqu'au corps parce que la porte de la salle est en métal et qu'elle s'est déformée sous la chaleur. Ils ont dû la faire sauter tout en l'inondant d'eau pour la refroidir. Quand ils y sont enfin arrivés, le corps était totalement carbonisé. Et je vous le donne en mille, ce fameux immeuble est situé à la jonction d'Arlington et Somerville, à quelques miles de downtown Boston, à proximité de l'Interstate 3.

— Décidément, vous avez raison, il faut y aller au plus vite.

— Juste.

— Ringwood n'a rien dit d'autre, monsieur ?

— Non. Le corps a été transporté à l'institut médico-légal et Richard a contacté Zhang et Hopkins. On devrait en savoir un peu plus demain.

Une fois dégagés des inévitables embouteillages autour de l'aéroport, Cagney déclara :

— Il est tard. Je crois que nous allons lâcher Mrs Parker-Simmons pour ce soir. Je passerai la prendre demain matin, Morris. Je vous retrouverai à la base.

— Bien, monsieur. Elle ne doit pas être ravie que nous l'ayons abandonnée aujourd'hui.

— Ne vous inquiétez pas pour elle. Mrs Parker-Simmons est un individu hautement structuré qui ne perd jamais son temps. De surcroît, elle se fait grassement payer, alors, que ce soit pour rester à l'hôtel ou ailleurs, je ne vois pas la différence.

Morris ne répondit pas et Cagney comprit à ce mutisme qu'il lui en voulait. Du reste, lui non plus n'était pas trop satisfait de cette sortie indélicate.

Cagney se réveilla avec une sorte de vague mal de tête, de vague mauvaise humeur.

Il se fit annoncer par la réception du *Washington Hotel* à 7 heures du matin. Contrairement à ce qu'il pensait, Gloria était prête et lorsqu'elle le fit entrer dans sa chambre, il constata que son ordinateur portable était ouvert sur le bureau. Des petites constellations d'étoiles éclataient en silence sous l'écran. Il se fit la remarque idiote que ce programme d'économie d'écran était moins exaspérant que ses ridicules poissons apathiques.

— Je ne vous attendais pas si tôt, Mr Cagney.

— J'avais peur de vous réveiller.

— Vraiment ?

À son ton, il comprit qu'elle n'était pas dupe.

— J'ai l'habitude de me lever tôt.

— Avez-vous déjeuné, Mrs Parker-Simmons ?

— Non, j'ai bu une tasse de thé, c'est assez.

Le regard de Cagney tomba sur la corbeille à papier, d'où dépassait le goulot d'une bouteille de vin enveloppée d'un sac froissé en papier kraft. Il tourna la tête vers elle et vit qu'elle avait suivi son mouvement. Il éprouva d'abord une sorte de honte, une gêne extrême comme s'il venait de surprendre un secret d'alcôve. Puis toute son animosité fondit et il se retint de tendre la main vers elle. Le regard de Gloria devint glacial et elle demanda dans un demi-sourire méchant :

— Vous avez un conseil à suggérer ? Un diagnostic à proposer, peut-être ? Après tout, vous êtes psychologue, n'est-ce pas ?

— Si vous êtes prête, la voiture nous attend. Si vous, enfin je veux dire si... (Il fit un signe du bras en direction de la corbeille à papier.)

— Quoi ? Jeter le sac dans une poubelle de rue pour que la femme de chambre ne s'aperçoive pas qu'une dame s'est sifflé une bouteille de chablis seule dans sa chambre ? Vous êtes d'un convenu sidérant, Mr Cagney. Allons-y, voulez-vous ?

Cagney la suivit dans l'escalier avec la conviction que ses rapports avec Gloria Parker-Simmons venaient de prendre un tour étrange et menaçant.

Une fois dans la Nissan de Cagney, Gloria dit :

— Pouvons-nous discuter tranquillement ? Je veux dire, il n'est pas utile de démarrer tout de suite, à moins que vous ne soyez en retard.

— Non.

— Avez-vous de nouveaux éléments ? Je dois vous avouer que pour l'instant, je ne sais pas très bien comment vous aider.

— Nous avons une nouvelle victime. On a trouvé le corps carbonisé à la limite de Somerville. Je ne sais pas grand-chose pour l'instant sinon que le *modus operandi* semble identique et que selon toute vraisemblance, il s'agit du même tueur.

— Ce n'est pas très loin de chez moi, enfin, à Brookline. Somerville est un peu plus au nord.

— Oui, je sais.

Cagney lui raconta ensuite leur entrevue avec Paolina Perez y Garcia.

— Quelque chose là-dedans peut-il vous servir ?

— Pas vraiment, non.

— Pour quelle raison ?

— Vous savez, Mr Cagney, lorsqu'on a recours à des lois statistiques, plus l'effectif est important, plus les conclusions sont fiables. On peut, bien sûr, rapporter des lois mathématiques à un seul individu, mais, en ce cas, les projections ne sont valides que sur cet individu, ce qui ne nous intéresse pas puisqu'il est mort. Quant à l'éventuel tueur, que voulez-vous que je sorte de la couleur d'un imperméable ou de la morphologie faciale ? Je manque d'éléments. Je perds mon temps et vous perdez votre argent. Le mieux est encore que je rentre. Si vous avez du nouveau, appelez-moi.

— Vous repartez en Californie ?

— Non, je vais faire un saut à Brookline, aérer un peu l'appartement. Je n'y ai pas remis les pieds depuis bientôt un an.

Il espéra presque qu'elle lui demande des nouvelles de Katherine. Elle n'en fit rien. Lui était resté quelques mois en contact avec la jeune femme, l'aidant comme il pouvait à survivre à ce désastre sentimental qu'il ne comprenait que théoriquement. À l'époque, il en avait terriblement voulu à Gloria, parce qu'elle avait utilisé Katherine sans complexe, sans remords. Cagney s'était rendu compte à cette occasion qu'il pâtissait d'un trait de caractère relativement répandu : l'idée que l'on doit quelque chose à ceux qui vous aiment, qu'ils vous aient ou non consulté sur l'opportunité de leur amour. Et puis, il s'était demandé si cette attitude ne tenait pas au fait que l'amour devenait une denrée si rare et si précieuse qu'on lui permettait, qu'on excusait toutes ses prises d'otage.

— Morris et moi nous y rendrons également demain. Je n'ai pas votre numéro de e-mail.

— Dieu du ciel, Mr Cagney, et moi qui vous pensais paranoïaque ! Je ne travaille aucun de mes cas sur l'ordinateur qui est connecté au réseau.

Il réprima un sourire :

— Mais je croyais, Mrs Parker-Simmons, que vous étiez impénétrable, votre système informatique, veux-je dire.

Elle ne releva pas et se contenta de répondre :

— Voyez-vous, Mr Cagney, je peux m'infiltrer dans tous, ou presque tous, les systèmes informatiques de ce pays. C'est une question de temps, une fois que l'on possède les connaissances nécessaires. Je suis suffisamment lucide pour savoir qu'il existe, rien qu'aux États-Unis, une vingtaine de hackers aussi malins, sinon plus, que moi. La meilleure façon de conserver un secret, c'est de ne jamais le partager avec quiconque.

Faisant référence à tout autre chose, Cagney répondit :

— Oui, mais c'est parfois pesant.

— Sans doute.

Il attendit, mais elle se tut. Il aurait voulu savoir ce qui se cachait derrière le « mais » qu'elle n'avait pas formulé. Pourtant il abandonna, convaincu qu'elle lui mentirait ou le taxerait de chercher à la psychanalyser, version supermarché. Le regard de Cagney balaya paresseusement la rue, s'attardant à peine sur la cave où Gloria avait dû acheter la bouteille de chablis de la veille.

Elle chercha quelque chose dans sa pochette en daim beige et lui tendit une petite carte de visite.

— Voici mon numéro de fax. J'ai beaucoup plus confiance dans le fax. Mais, voyez-vous, le mieux, c'est encore une lettre.

— Êtes-vous intéressée par notre réunion, Mrs Parker-Simmons ? Sans quoi, le mieux est sans doute que je vous conduise à Washington, à l'aéroport.

— Vous n'y apporterez rien de nouveau, n'est-ce pas ?

— Non, je vous ai tout raconté de notre visite à Chicago.

— Alors, dans ce cas, je préfère que vous me reconduisiez à Washington.

Le voyage vers le nord fut étrangement silencieux. Il s'inquiéta, par courtoisie, des horaires des vols à destination de Boston et elle le rassura sur le même ton.

Il l'accompagna jusque dans le hall des départs et comprit à son sourire distant qu'elle souhaitait qu'il la laisse.

— Tenez-moi au courant, Mr Cagney.

— Bien sûr. Bon voyage, Mrs Parker-Simmons.

Gloria soupira d'aise lorsque enfin la grande silhouette mince s'éloigna. Elle avait envie d'être seule, de penser à Clare sans être dérangée. Ce n'était pas spécifiquement la présence de Cagney qui lui pesait mais les présences en général pour peu qu'il ne s'agisse pas de Clare. Les mots nouveaux qu'elle apprenait à Clare la ravissaient, mais tous ces mots qu'elle devait trouver pour expliquer aux autres l'épuisaient. Lorsque, pour la première fois, Clare avait déclaré d'un ton péremptoire « Passon » en désignant de l'index son Axolotl rosé qui rampait sur ses mains reptiliennes au fond de l'aquarium de Little Bend, Gloria avait applaudi de bonheur. La facilité de rhéteur de Cagney, son aisance dans les sous-entendus, lui tapaient sur les nerfs. Le prochain vol pour

Boston ne partait pas avant deux heures. Cette attente solitaire lui plaisait assez. Elle passerait dire bonjour à Sam dès son arrivée. Au souvenir du titan dont l'énergie se répercutait dans chaque recoin de la petite boutique de *delicatessen* située en face de son appartement, un vrai sourire lui vint. Avant, lorsque Clare et elle habitaient encore Brookline, les grandes mains carrées du géant rouquin étaient les seules à savoir apaiser les terreurs de sa nièce. Il la soulevait, la basculait tête en bas et la faisait tourner en vrombissant à faire trembler les murs. Et Clare riait, et les ombres étranges et dangereuses qui peuplaient parfois sa tête reculaient, matées par le rire tonitruant de Sam. Sam était veuf, Sam adorait les enfants, Sam sanglotait encore parfois sur le départ douloureux de son Esther d'amie, d'amante, d'épouse. Un soir, il était tard, il était saoul. Il avait dit à Gloria :

— Vous voyez, petite madame Parker-Simmons, s'il n'y a pas un Dieu pour accueillir mon Esther, je lui casse la gueule. C'est une parole.

Un autre jour, il était à jeun, il avait souri :

— Je vais vous dire, moi, ce que c'est la petite Clare : c'est comme si Dieu avait trouvé un hôtel correct et pas trop cher pour se reposer un peu.

Sam. Il allait encore la bourrer de charcuterie polonaise, de pickles au sel, de petites tranches de fromage italien, de bagels frais parce que « c'est une vraie insulte si vous ne les mangez pas ».

Lorsqu'elle atterrit à Logan Airport, il faisait une chaleur étouffante et elle transpirait. Elle n'avait qu'une envie, rentrer et prendre une longue douche. Elle tomba sur un chauffeur de taxi taciturne, une vraie chance. Lorsqu'elle descendit de voiture, elle hésita, puis se dirigea vers la boutique de Sam. Fut-ce l'odeur ? Gloria adorait s'approcher lentement de la porte vitrée de la boutique. Ce mélange d'épices, de fumets de viande et de poissons séchés, de fromages rares, de saumure et les effluves affamants de pâte à pain fraîche et tiède. Lorsqu'elle poussait la porte, que les grelots retentissaient, elle avait l'impression d'être dans les souks de Jérusalem, de jouer des coudes dans le Grand Bazar d'Istanbul, de se promener dans les marchés couverts de Cracovie, de flâner quelque part en Italie, bref, d'être partout ailleurs qu'ici. Qu'est-ce qui dans cette odeur si familière, si tendre, se fit menaçant ? Qu'est-ce qui la fit ralentir ? Lorsqu'elle passa le pas de la porte, une sonnerie électronique retentit et elle se demanda si elle ne ferait pas mieux de rebrousser chemin. Maintenant. Un petit homme affable lui sourit et lui fit signe d'entrer.

— Excusez-moi, Sam n'est pas là ?

Le sourire du petit homme s'effilocha. Elle insista :

— Je voudrais voir Sam. Je suis Gloria. Dites-lui que c'est la petite madame Parker-Simmons.

— Je suis désolé, madame. Je suis le nouveau propriétaire. Sam est mort.

Gloria ne comprit pas un mot de ce que le petit homme lui disait et le regarda comme s'il venait de proférer une obscénité :

— Quoi ?

— Sam est mort. On l'a trouvé dans son lit, il y a six mois de ça.

— Ah.

Elle tourna les talons et ressortit de la boutique. D'abord elle eut envie de rire : Sam avait enfin rejoint son Esther qui lui manquait tant. Et puis elle éclata en sanglots, au beau milieu de la rue, des voitures pilant pour l'éviter, des bouches d'automobilistes criant des injures qu'elle ne comprenait pas. Sam n'avait pas le droit de la laisser comme cela, au milieu de cette rue débile. Elle était vivante, Clare était vivante, Esther était morte. Un chauffeur de camionnette la traita de connasse. Il braqua pour la contourner et fonça droit devant lui. Elle essaya de faire un pas, trébucha et tomba à genoux. Elle sentit les mailles de son collant filer le long de son tibia.

— Allez, ma cocotte, lève-toi. Ces connards ne s'arrêteraient même pas. Ils te rouleraient dessus plutôt que de perdre une seconde sur le prochain feu rouge.

Gloria se sentit soulevée par les aisselles, traînée jusqu'au trottoir qui entourait le petit jardinet de sa maison. Un chauffeur de taxi klaxonna hargneusement et la femme lui fit un doigt en lui recommandant « d'aller se faire mettre ». Gloria regarda la grande femme noire sans parvenir vraiment à la voir. Il lui sembla qu'elle devait avoir le même âge qu'elle, peut-être un peu plus jeune. Une fois sur le trottoir, la femme essaya de relâcher son bras, mais Gloria s'agrippa à son poignet :

— Je ne me sens pas bien.

— Ça se voit, ma cocotte. Tu es toute blanche, même pour une Blanche. Où habites-tu ?

Gloria tendit mollement la main vers la grande maison de deux étages qui abritait son appartement :

— Là. Au deuxième.

— Bon, je te monte chez toi.

Gloria fouilla machinalement dans son sac à main, et en sortit son trousseau de clefs. La femme le prit et ouvrit la large porte bleu marine flanquée de deux lanternes de fiacre. Gloria se fit remorquer jusqu'à l'étage, pousser dans son couloir. Les volets étaient fermés et l'appartement baignait dans une obscurité silencieuse d'aquarium. La femme tenta d'allumer le plafonnier du couloir et demanda :

— Où est le compteur ?

Gloria était toujours immobile au milieu du couloir. Elle désigna la porte qui conduisait aux toilettes, devant elle, d'un signe du menton. Et puis il y eut de la lumière. La femme la contempla avec un sourire hésitant, comme si elle craignait que Gloria ne s'évanouisse.

— Bon, il faut que j'y aille. Tu devrais te reposer un peu. Je serais bien restée un moment, mais je suis déjà en retard à mon boulot.

— Je... Merci, madame. Je m'appelle Gloria Parker-Simmons. Merci.

— Ouais, moi c'est Whoopi Goldberg.

La femme la regarda puis sourit gentiment :

— Bon, d'accord, c'est pas drôle et c'est pas le moment. Allez, salut. Repose-toi, ça ira mieux après.

Et elle referma la porte derrière elle. Gloria demeura immobile au milieu du couloir et une foule de minuscules détails sans intérêt lui envahirent l'esprit : la femme était assez foncée, ou était-ce le contraste de sa peau sur la blancheur immaculée de son col de chemise entrouvert. Elle dépassait Gloria d'une bonne tête, sans doute même plus puisqu'elle était chaussée de baskets. Au revers de sa veste en lin noir pendaient deux poupées chinoises miniatures en bois. Elle portait un large anneau d'argent travaillé au pouce de la main droite et des cheveux mi-longs séparés en fines nattes. Elle sentait la lotion hydratante. Et Gloria éclata en sanglots.

Il ne lui restait rien, elle était seule, vraiment toute seule.

JOHN FITZGERALD KENNEDY FEDERAL BUILDING, BOSTON, MASSACHUSETTS

James Irwin Cagney et Jude Morris se levèrent à l'entrée de l'homme qu'ils attendaient. Cagney avait préféré réserver la petite salle de réunion bleue pour cette entrevue, un bureau a quelque chose de formel et d'intimidant parce que c'est le territoire de quelqu'un. Morris et lui échangèrent une poignée de main avec leur visiteur : Bruce Sanders, un homme d'une petite quarantaine d'années, un des enquêteurs de l'INS et le coéquipier de Julio Valdez. Sanders, un blond à la carrure de footballeur, était aussi grand que Cagney. Il était tendu, les maxillaires crispés, ses poings serrés pendant de chaque côté de son corps. Morris, qui n'avait pourtant jamais encore vécu cette expérience, sentit tous les ravages, toutes les questions obsédantes que peut laisser la mort d'un partenaire.

Ils s'installèrent autour de la table ovale en bois roux sombre. Avant même qu'ils ne lui posent une question, Bruce Sanders, le regard collé à la table, lâcha dans un murmure rauque :

— Je sais pas, mais je crois que ça aurait été moins pire s'il s'était fait descendre autrement. Mais comme ça, je peux pas... C'est moi qui suis allé l'identifier à l'institut médico-légal. J'ai pas voulu que sa femme le voie.

— Oui, je comprends, acquiesça Morris.

Julio Valdez s'était fait égorger dans une ruelle déserte qui séparait deux immeubles de Roxbury. C'était, selon le rapport de l'anatomo-pathologiste, une blessure nette, sans hésitation, très probablement faite au rasoir, un demi-cercle parfait qui partait d'une oreille jusqu'à l'autre. Au vu des hématomes labiaux, il faisait peu de doute que l'on avait bâillonné Valdez, peut-être en lui plaquant une main sur la bouche, afin de l'empêcher de hurler. Il semblait qu'on l'eût maintenu au sol, le temps qu'il se vide de son sang.

— Il avait des enfants ? demanda encore Morris.

Les muscles des maxillaires de Sanders jouèrent sous sa peau pâle de blond :

— Non. Mais la femme de Valdez est jeune. Enfin, je veux dire, elle est plus jeune que nous. Ils attendaient encore un peu avant de faire un bébé. Histoire de s'installer bien, tout ça, quoi.

Cagney intervint :

— Vous croyez que nous pourrons aller lui rendre visite ? Elle doit être en état de choc, mais malheureusement...

Sanders, le regard toujours fixé sur la table, suivait machinalement de l'index les méandres d'un nœud de bois plus sombre.

— Elle est vachement secouée. C'était un chouette couple, marrant, sympa, tout ça. Mais elle veut qu'on retrouve l'enfoiré qui a fait ça, alors elle vous recevra. Seulement, je crois pas que Julio la mettait au courant des détails de nos enquêtes. Je ne sais pas si ça vous aidera.

— Non, sans doute pas, mais c'est important pour les proches de savoir qu'on ne laisse pas tomber, précisa Morris.

— L'agent Morris a raison, Mr Sanders.

Cagney s'interrompit quelques secondes, le regard fixé sur le haut du crâne de Sanders, puis reprit :

— Mr Sanders... Mr Sanders ?

Bruce Sanders releva enfin la tête, les yeux humides. Cagney le regarda, hésita et soupira avant de demander :

— J'aimerais que vous nous parliez des différentes enquêtes sur lesquelles vous étiez avec Julio Valdez. Je me doute que vous avez déjà fait une déclaration à la Boston PD, mais je préfère qu'on en discute ensemble.

— Oui, je comprends. Ça faisait plusieurs mois qu'on remontait une filière. Valdez arrivait à avoir des tuyaux assez facilement. Ses parents étaient Mexicains. Moi, au début, j'avais une réticence à bosser avec lui. Je me demandais comment un Mexicain d'origine faisait pour assumer le fait qu'il devait arrêter d'autres latinos. Enfin, j'avais des doutes, quoi. Je me demandais s'il était franc du collier.

— Vous faisiez équipe avec lui depuis combien de temps ?

— Deux ans.

— Et cette filière ?

— C'était compliqué. On est arrivés à la conclusion, avec Valdez, que c'était un très gros truc, très organisé. Il y a plusieurs passeurs dans le coup. Mais des gros. Les immigrés étaient dispatchés dans plusieurs États, dans des ateliers clandestins de prêt-à-porter surtout, mais aussi sur les chantiers de construction — ils font plutôt les brigades de nuit, on les repère moins vite — et même des grosses boîtes qui ont pignon sur rue.

— Des compagnies pharmaceutiques, par exemple ?

— Je ne sais pas, peut-être. Comme je vous l'ai dit, on était en train de remonter. Parce qu'au début, on s'est plantés. On était partis sur l'idée d'une petite filière familiale ou locale. C'est le cas le plus fréquent. Ce sont des mecs qui se sont bien installés ici. Ils sont en règle. Ils font venir les gens de leur famille, leurs relations, ou même les habitants de leur village. Les illégaux sont vendus à la pièce aux ateliers ou alors ils les font travailler eux-mêmes. On leur promet que s'ils sont bien gentils on leur fera obtenir la carte verte. C'est du pipeau, bien sûr. D'autant que ça n'intéresse pas les mecs qui les emploient qu'ils l'obtiennent parce qu'il faudrait les payer davantage et ne pas les traiter comme du bétail. De temps en temps, on retrouve dans une poubelle ou dans la baie un type ou une femme morts. Ils sortent les cadavres la nuit et ils les balancent où ils peuvent.

— C'est fréquent ?

— Moyen.

— La cause du décès, c'est quoi, en général ?

— Oh, selon l'institut médico-légal, dans la plupart des cas, ce sont des gens qui étaient malades. Ils se soignent entre eux avec les moyens du bord, mais ils ne veulent pas aller à l'hôpital, parce qu'ils ont peur de se faire renvoyer chez eux. Vous ajoutez à cela la fatigue, les conditions d'hygiène qui règnent dans les ateliers et ça fait du dégât. Ils vivent parfois à dix dans une pièce de 30 m^2. Pendant que les uns cousent, les autres dorment et ils se relayent. Il y en a d'autres qui arrivent à louer des apparts pas trop chers en passant par un prête-nom qu'ils bakchichent. C'est surtout ceux qui sont là depuis quelque temps.

— Vous n'avez jamais retrouvé de cadavres carbonisés, jusque-là ?

— Vous faites référence à ces jeunes garçons ? Non. Justement, Valdez avait deux petits mecs dans le collimateur. Il voulait remonter plus haut, parce que ce qui l'étonnait, c'est que ces mecs avaient pas mal de fric et qu'il les avait repérés dans Beacon Hill. C'est pas vraiment un quartier pour les clandestins, sauf s'ils sont employés dans les maisons bourgeoises du coin.

— Des prostitués ?

— Moi, ça a toujours été ma théorie, mais Julio avait des doutes. Enfin, bref, après plusieurs mois de piste, on est arrivés à la conclusion qu'il y avait trois passeurs dans l'histoire. Si ça vous intéresse, je peux vous expliquer pourquoi.

— Pas pour l'instant, continuez.

— Ils ont monté un système assez futé, une sorte de réseau à ricochets. Un passeur fait entrer les clandestins sur le territoire américain. Il en répartit une partie à ce moment-là, probablement en Californie. Un autre prend ce qui reste de la cargaison et les amène au nord-est, ici. Ils sont encore dispatchés. Un troisième se charge du reliquat de la livraison. Le problème, c'est qu'on n'arrivait pas à comprendre où il les emmenait. Ça rendait Valdez dingue. La veille du jour où il s'est fait buter, il m'a appelé chez moi, tard dans la soirée. Il m'a dit qu'il avait peut-être un commencement de quelque chose, une balance. J'ai insisté pour avoir des détails, mais il n'a pas voulu m'en dire davantage. Il m'a dit que c'était parce qu'il n'était pas certain que la balance le contacterait vraiment. Voilà, c'est tout.

Un silence pesa sur la salle de réunion.

Morris demanda enfin :

— Vous pensez qu'on l'a descendu à cause de cela ? Ou que la balance était en fait un tueur ? Selon vous, le meurtre de Valdez a un lien avec le réseau que vous remontiez ?

— Putain, j'en sais rien du tout ! Merde, il s'est fait saigner comme un porc. C'était un mec bien. Putain, je n'arrête pas d'y penser.

Sanders balança un grand coup de poing sur la table qui tressauta.

— J'en sais rien, je vous dis. Je ne sais pas si ce sont les mecs de ce réseau-là. On en a coincé d'autres dans le passé. Ça peut être n'importe quoi, peut-être qu'il était trop près, peut-être que c'est une vengeance, j'en sais rien. Valdez aimait bien faire des petits secrets, le genre « surprise-surprise ». Peut-être qu'il ne serait pas mort sans cela. C'était un mec bien, un bon pote, un coéquipier fiable, mais par moments on ne savait pas ce qu'il pensait.

Cagney dit doucement :

— Nous vous remercions, Mr Sanders. Je sais combien tout ceci est difficile pour vous. Nous vous tiendrons au courant.

Sanders se leva, imité par les deux autres hommes. Morris le trouva plus voûté qu'à son entrée un peu plus tôt. Cagney appuya sur un bouton situé sur le pupitre qui lui faisait face et qui regroupait toutes les télécommandes, du projecteur, des lumières et même la condamnation des portes. Il fit ensuite le tour de la table pour venir lui serrer la main et lui ouvrir la porte.

— Mr Sanders ?

Sanders se redressa un peu et leva la tête.

— Un planton va vous raccompagner dans le hall central. Nous allons téléphoner à Mrs Valdez et lui proposer de venir ici, à moins qu'elle préfère que nous passions chez elle. Au revoir, Mr Sanders. Ne vous inquiétez pas, nous ne lâcherons pas.

— Merci.

Une fois la porte refermée, Cagney se dirigea vers une porte du même bois que la table, située à l'opposé de la salle et qui conduisait au bureau qu'il occupait lorsqu'il venait à Boston. Morris lui emboîta le pas et s'installa dans le fauteuil en toile de jute bleu qui faisait face au bureau derrière lequel s'installa Cagney. Les deux hommes se regardèrent un instant en silence puis

Cagney s'adossa lourdement contre le dossier de sa chaise.

— Il y a un truc que je ne comprends pas dans cette histoire, déclara platement Morris.

— Eh bien nous sommes deux, en ce cas. Et qu'est-ce qui vous trouble ?

— Je ne comprends pas qu'un type comme Valdez, un pro, ait laissé son coéquipier dans le flou, même s'il n'était pas sûr du contact. Si ces types sont en binôme, c'est qu'ils peuvent se faire descendre, eux aussi.

— Je suis assez d'accord avec vous. Et si Valdez montait un coup, en solo ?

— Quel genre ?

— Je ne sais pas trop. Que sait-on de ses biens ?

— Vous pensez qu'il palpait de l'autre côté ?

— C'est une possibilité.

— Vous pensez que cette histoire a un rapport avec notre enquête, monsieur ?

— Je n'en sais foutre rien, Morris. Je l'espère, parce que sans cela nous sommes vraiment coincés. Ça vous plairait un déjeuner de poissons ?

— Au *Legal Sea Food* ?

— Vous connaissez ?

— Vous m'en aviez parlé. J'y suis allé, l'année dernière, lorsque je pistais Kirk Ford.

Le regard de Morris sembla s'éteindre et Cagney sut qu'il pensait à elle. Il ressentit la nécessité de le faire sortir de cette traînée douloureuse de souvenirs, parce que cette souffrance ne servait à rien, ne menait à rien, elle rongeait.

— Ah oui. J'aime bien cet endroit. Morris, je vous serais reconnaissant de bien vouloir téléphoner à Mrs Valdez. Maintenant. Demandez-lui si nous pouvons passer en début d'après-midi et repassez me prendre. C'est ma tournée.

Morris parut éprouver des difficultés à sortir de sa mémoire et Cagney sut qu'il était sur le point de dire quelque chose.

— Désolé de vous bousculer, Morris, mais nous n'avons pas trop de temps !

— Bien, monsieur.

Il sortit et Cagney contempla la porte qu'il venait de refermer derrière lui. Il murmura, aigre :

— Beau boulot, Mrs Parker-Simmons.

Ils pénétrèrent quelques minutes plus tard dans le grand restaurant vitré de Colombus Avenue. Cagney se présenta à la caisse pour rejoindre la liste des clients qui attendaient qu'une table se libère et ils s'installèrent au *raw-bar* devant un verre de vin blanc sec et une petite assiette d'huîtres. Morris faisait des efforts pour s'intéresser aux nombreux clients encore attablés à cette heure et Cagney s'interdisait de repenser à Ann, qu'il avait rencontrée ici, deux ans plus tôt, une éternité. Pourquoi avait-il suggéré ce restaurant si ce n'était par besoin de se soumettre à une sorte de pèlerinage masochiste ? Hébergeait-il quelque part en lui le futile espoir de la revoir ? Il tourna la tête vers l'immense salle carrelée de faïence blanc et bleu et son regard tomba précisément sur la table où, deux ans plus tôt, Ann avait renversé la tête vers l'arrière pour rire aux éclats. Il se demanda si la table se libérerait à temps pour qu'on les y place, comme si la reproduction superstitieuse des détails de cette soirée passée pouvait faire réapparaître Ann. Et si tel était le cas, que serait-il capable de lui dire ? Que cette simple rencontre lui avait permis de dormir, de rêver, pendant deux ans, bref de vivre. Il ne lui avait jamais parlé et sans doute ne l'avait-elle même pas vu puisqu'il occupait la table voisine située en diagonale de sa chaise. Lui confierait-il que cette rencontre avait été le nécessaire catalyseur de son divorce d'avec Tracy ? Celle-ci avait découvert une photo d'Ann malhabilement dissimulée dans un des tiroirs de son bureau. Elle avait demandé le divorce, vidant d'un coup toute l'insatisfaction, toute l'aigreur de leur vie conjugale comme si elle la découvrait soudain. Quelle parfaite dérision : Cagney avait racheté, presque arraché la photo Polaroïd d'Ann à un autre client du restaurant.

Une voix de femme appela le nom de Cagney par haut-parleur et ils se levèrent tous les deux d'un bond, comme surpris au milieu d'un sommeil.

Ils déjeunèrent rapidement de homard grillé accompagné d'une salade et terminèrent par un expresso. Morris était de plus en plus certain de ne pas aimer ce café trop fort, amer, mais s'il en jugeait par les autres convives, il semblait que ce fût un must.

Il était presque 14 heures lorsqu'ils reprirent la voiture. Morris se proposa comme chauffeur et Cagney lui tendit volontiers la clef de contact en précisant :

— Je déteste la circulation bostonienne.

— Le contraire serait étonnant. La réputation des automobilistes bostoniens n'est plus à faire.

Ils se dirigèrent vers l'Ouest. Les Valdez venaient d'emménager aux environs de Wellesley Farms, situé à une dizaine de kilomètres de Downtown Boston. Lorsqu'ils arrivèrent enfin, après s'être trompés à deux reprises, Cagney et Morris furent surpris par la classe de l'immeuble en brique rouge qu'habitaient les Valdez.

Morris siffla :

— Joli.

— Oui, c'est pas mal, pas mal du tout.

Il s'agissait d'un petit immeuble du siècle dernier, dont les bay-windows avançaient sur une rue calme et bordée d'arbres soignés. L'immeuble venait d'être nettoyé et les fenêtres repeintes en laque ivoire. Un des échafaudages n'était pas encore complètement démonté.

Morris déclara :

— C'est la grande mode. Les promoteurs réhabilitent d'anciens immeubles et les partagent en condominiums. En général, ce n'est pas donné, surtout que c'est vert, comme coin.

— Sa femme ne travaille pas, n'est-ce pas ?

— Non, pas que je sache.

Ils descendirent de voiture et s'arrêtèrent devant la grande porte en bois de la même couleur que les fenêtres. Une lanterne de fiacre flanquait chaque côté, et Morris se souvint d'une autre porte, bleu marine, celle-là.

Cagney appuya sur le bouton de l'interphone à côté duquel était inscrit « J & J Valdez ». Une voix féminine presque essoufflée, répondit quelques secondes plus tard :

— Oui ?

— Bonjour, madame. Je suis l'agent spécial James Cagney, du FBI. Je suis accompagné de l'agent spécial Jude Morris.

— Oui, je vous attendais. Montez, c'est au troisième.

Un déclic, elle avait raccroché et Cagney n'osa pas sonner à nouveau pour lui demander de quel côté. Ce fut du reste inutile puisqu'ils constatèrent bientôt qu'il n'y avait qu'un seul appartement par étage. Le large escalier en bois était recouvert d'un tapis dans les tons brique et crème qui semblait neuf. Les barres de cuivre qui le retenaient plaqué au creux de chaque marche également. Il régnait dans l'immeuble un silence feutré que n'expliquait pas simplement l'heure, un de ces silences qui trahissent une copropriété résidentielle, prompte aux petites notes d'avertissements courtoises mais fermes.

Jennifer Valdez les attendait devant la porte ouverte de son appartement. C'était une très jolie jeune femme, âgée au plus de 25 ans, blonde à la silhouette élancée que sa robe sans manche en coton bleu mettait en valeur. Mais ses paupières étaient gonflées, ses grands yeux gris rougis, et lorsqu'elle les salua, Cagney se rendit compte qu'elle avait bu. Son haleine sentait le whisky, le whisky de bonne qualité. Elle les précéda dans le couloir et s'appuya rapidement sur la table demi-lune en acajou verni surmontée d'un grand miroir au cadre ciselé en bois doré. Une grande coupe art déco en pâte de verre orangée était posée sur la table, une de ces coupes dans lesquelles on dépose le soir, clefs, boutons égarés, pochette d'allumettes promotionnelles. À côté se trouvait un cadre moderne en métal chromé. Julio Valdez souriait timidement aux visiteurs. Il avait un visage heureux, un peu poupin, comme s'il sortait à peine de l'enfance, et on aurait dit qu'il avait emprunté le costume sobre et chic qu'il portait à un frère aîné. Jennifer les fit entrer dans le salon, une grande pièce rectangulaire meublée avec goût. Les murs étaient peints d'un jaune franc et lumineux. Deux ravissants canapés en chintz jaune et bleu, séparés par une table basse en merisier, se faisaient face. Jennifer s'installa sur l'un d'eux et désigna l'autre aux deux hommes. Une grande bibliothèque Chippendale occupait tout un mur. Morris aperçut au travers des petits carreaux en losange sertis de plomb des rangées de livres reliés de cuir dont il se demanda s'ils avaient pour fonction d'être lus ou de décorer.

Jennifer Valdez, déclara, comme si c'était la chose la plus importante qui soit :

— Vous pouvez fumer, ça ne me dérange pas. Julio n'est jamais parvenu à s'arrêter.

Et les larmes lui montèrent aux yeux.

Cagney la contempla durant quelques secondes puis répondit :

— Merci, non, c'est gentil. Mrs Valdez, croyez bien que nous sommes désolés de vous importuner dans un tel moment, mais nous avons besoin d'éclaircissements.

Elle leva brusquement la tête et demanda :

— Excusez-moi, je ne vous ai rien offert à boire. J'ai de la bière, des sodas ou du café. Je vais aller me chercher un verre d'eau.

Ils déclinèrent son offre. Elle se leva et disparut dans le couloir. Ils l'entendirent se moucher. Elle revint rapidement, un grand verre d'eau à la main.

Cagney l'interrogea doucement. Elle leur raconta à peu près la même chose que ce que Sanders leur avait confié plus tôt. Elle s'arrêtait parfois, inspirait profondément en fermant les yeux pour retenir ses larmes. Elle sautait parfois du coq à l'âne, revenait en arrière, perdait le fil d'une phrase au hasard d'un détail. Les deux hommes écoutaient, intervenant à peine. Enfin, elle se tut, baissa les yeux vers ses mains et joua avec le brillant de sa bague de fiançailles.

— Mrs Valdez, votre mari vous a-t-il parlé d'un contact qu'il devait rencontrer ?

— Non. Vous savez, Julio était assez discret, secret même lorsqu'il s'agissait de son travail. Je sais juste que la veille au soir, il a appelé Bruce. Il était tard. Ils ont parlé assez longtemps. J'étais couchée. Et le lendemain...

Elle plaqua sa main sur sa gorge et fixa le plafond blanc. Une larme roula le long de son nez. Elle ne parut pas la sentir. Enfin, elle baissa la tête et les regarda. Morris dit gentiment :

— C'est très joli chez vous.

— Merci. Nous avons emménagé il n'y a même pas un an. Nous voulions quelque chose de plus grand, dans un coin calme et vert parce que... Enfin, pour les enfants.

Sa tête s'inclina vers l'avant et elle éclata en sanglots. Morris se précipita et s'assit à côté d'elle. Elle balbutia :

— Je suis désolée. Je... J'attends un bébé. Depuis deux mois. Julio était fou de joie. Il ne voulait pas qu'on en parle tout de suite.

Cagney regarda les grosses larmes tomber sur ses genoux, s'écraser en taches bleu sombre sur le coton de sa robe. Enfin, le tressautement de ses épaules se calma. Ils restèrent encore quelques minutes silencieux. Elle releva la tête et dit d'une voix plus ferme :

— Excusez-moi.

Elle se leva et ils l'entendirent à nouveau se moucher dans le couloir. Elle revint bientôt et resta debout près du canapé. Cagney et Morris se levèrent et prirent congé sur quelques banales condoléances et assurances.

Une fois dans la voiture, Morris conclut d'un :

— Merde, c'est vraiment dégueulasse !

— Oui, le qualificatif est approprié.

Morris enclencha la clef de contact puis déclara, plus calme :

— Cela ne nous éclaire toujours pas sur la façon dont Valdez a pu payer cet appartement.

— Je crois que le mieux est de revoir Sanders. Question de routine, bref, le baratin habituel. Pendant que vous y êtes, renseignez-vous auprès de l'INS au sujet d'éventuelles polices d'assurance-vie. Déposez-moi, je vous prie, à l'institut médico-légal. J'ai pitié de vous, je ne vous imposerai pas Zhang. Je vous retrouverai à l'hôtel plus tard. Où sommes-nous déjà ?

— À l'*Holiday Inn* de Beacon Hill, au coin de Blossom Street et de Cambridge Street.

— Fichtre ! Nous sommes montés en grade ou quoi ?

BROOKLINE, MASSACHUSETTS

Gloria se réveilla en sursaut, la tête serrée par une migraine qui lui descendait jusque dans le cou. Elle s'assit avec peine sur la moquette, maîtrisant difficilement les nausées qui lui faisaient remonter une bile salée et tiède dans la gorge. Elle constata qu'elle s'était endormie par terre, au pied de son lit, à moins qu'elle n'en fût tombée durant son sommeil. Une bouteille de porto vide avait roulé jusqu'à la porte qui ouvrait sur la salle de bains. C'était le seul alcool qu'elle ait trouvé chez elle. Elle avait vidé toutes les bouteilles entamées avant de repartir, l'année dernière, même la bouteille de whisky. Peu importait. Son regard balaya la pièce à la recherche de son verre, mais elle n'en vit pas. Sam, Sam était mort. Elle n'avait pas appelé Jade hier. Il n'y avait rien à manger ici. Il était 3 heures de l'après-midi. Elle ignorait depuis combien de temps elle avait sombré dans cette espèce de coma. Elle ne parvenait pas à se remettre debout. L'odeur aigre de sa sueur la dégoûtait. Elle ne réussit pas à se soulever à temps et vomit sur le couvre-lit en grosse soie sauvage beige.

Gloria prit une longue douche presque bouillante et se frotta sous les aisselles jusqu'à se faire mal. Elle téléphona d'abord à Jade qui la rassura en lui annonçant que Clare semblait aller mieux. Elle boudait, mais elle boudait calmement. Maggie se lança dans l'élogieux portrait des facultés intellectuelles uniques de Germaine. Selon elle, il comprenait parfaitement six cents mots et elle n'avait pas encore terminé la liste, parce qu'elle ne voulait pas trop le fatiguer d'un coup avec les tests de compréhension. Gloria raccrocha en se demandant combien de verres de whisky Maggie avait ingurgités depuis le réveil.

Elle s'habilla puis se dirigea dans la cuisine. Elle enfila des gants de ménage et fourra le couvre-lit souillé et les gants dans un grand sac poubelle en plastique noir. Elle descendit au sous-sol et jeta le sac dans une des grandes poubelles que l'entreprise de nettoiement qui entretenait les parties communes de la maison venait sortir tous les deux jours. En sortant, elle jeta un regard machinal à sa boîte aux lettres et constata avec étonnement qu'un petit papillon de papier jaune y était collé : « Salut. J'espère que ça va mieux. » C'était signé « Whoopi / Rachel ». Gloria resta un instant dans le flou puis se souvint de cette grande femme noire qui l'avait aidée à remonter chez elle, hier. Ce n'est qu'à ce moment-là qu'elle se rendit compte que les copropriétaires de l'appartement situé en dessous du sien avaient changé. Les nouveaux s'appelaient M & L. Levy. Comment se nommaient les autres, déjà ? C'était sans importance. Elle les connaissait à peine et elle s'en foutait. Gloria dépassa la boutique de Sam dans laquelle elle ne mettrait plus jamais les pieds et s'arrêta au petit supermarché situé à quatre cents mètres de chez elle. Elle acheta du jambon sous Cellophane, un paquet de crackers, une nouvelle paire de gants de ménage, une boîte de thé et deux bouteilles de vin blanc californien.

Sam lui avait légué le goût du chablis français qu'il lui avait fait découvrir sept ans plus tôt. Par une étrange association d'idées qu'elle aurait été incapable de disséquer, elle comprit qu'avec la mort de Sam venait de se rompre une des rares attaches qui la maintenaient encore en vie. Dommage, car elle n'en souhaitait pas d'autres.

Gloria remonta rapidement chez elle et composa le numéro du *pager* de Cagney. Elle n'avait aucune envie de parler à Morris. Elle laissa son numéro de téléphone et attendit, assise sur le canapé gris-bleu du salon, les yeux perdus dans le vague. Il la rappela dix minutes plus tard et elle dut lui faire répéter ce qu'il disait, parce qu'il chuchotait dans l'appareil :

— Mrs Parker-Simmons, c'est juste pour vous dire que je vous téléphonerai vers 6 heures. Nous sommes au beau milieu d'une tornade.

— D'une tornade ? Où êtes-vous ?

— Je vous expliquerai plus tard. À tout à l'heure, et il raccrocha.

Gloria demeura incertaine, ne sachant s'il s'agissait d'une métaphore ou d'une véritable tornade. Enfin, elle se leva et alluma l'un des deux ordinateurs alignés sur la grande table ovale aux pieds torsadés qui lui servait de bureau. Elle consulta sa boîte à lettres électronique et fit un grand nettoyage parmi les centaines de messages anodins qui l'encombraient. Certains des expéditeurs pensaient-ils vraiment que leur dernier achat ou le fait qu'ils ne consommaient que du thé de Ceylan intéressait quiconque, ou se faisaient-ils simplement plaisir ? Elle pensa écrire une longue lettre informatique à Maggie afin de se délasser mais songea que cette dernière n'allumerait jamais l'ordinateur de la maison de Diamond. Maggie considérait les ordinateurs avec le plus grande prudence. Lorsqu'elle n'était pas encore complètement saoule, elle soliloquait, se prédisant à elle-même d'effroyables catastrophes dont les responsables ne pouvaient être que de nature électronique.

James Irwin Cagney tentait de maîtriser l'exaspération qu'il sentait croître. Morris l'avait déposé un peu plus tôt devant l'institut médico-légal et il regrettait amèrement de ne pas avoir téléphoné à Zhang au préalable. Une réceptionniste embarrassée l'avait d'abord fait attendre une bonne demi-heure dans une minuscule salle d'attente aveugle, chichement meublée d'une petite table basse en lattes de sapin et de chaises inconfortables. Un caoutchouc squelettique aux petites feuilles molles et pendantes achevait sa lente agonie dans un coin. La seule lecture disponible consistait en petites brochures empilées en tas distincts sur la table basse. Elles renseignaient les visiteurs sur les centres de détection du sida, les centres de désintoxication, les centres d'hébergement pour les enfants martyrs ou les femmes violées. Un univers de morts, de douleurs, et de hurlements efficacement organisé. Cagney se demanda combien de gens s'asseyaient ici tous les jours, attendant qu'on les conduise au travers des couloirs jusqu'à la salle d'identification, qu'on leur rende un corps aimé ou méprisé, qu'on leur permette de continuer leur chemin en compagnie du manque et du deuil, peut-être même du soulagement. Et derrière ces portes, combien de corps aujourd'hui ne seraient pas réclamés, combien termineraient leur passage sur terre à la fosse commune ? L'entrée timide de la petite réceptionniste fut une bénédiction et Cagney lui sourit, soulagé d'avoir une raison acceptable pour penser à autre chose.

— Oh, je suis désolée, monsieur. Je ne vous avais pas oublié, vous savez. C'est juste que c'est un peu la panique là-haut. Le Dr Drake est dans une rage terrible. Je ne l'avais jamais vue comme cela.

— C'est le nouveau médecin légiste expert du Massachusetts, n'est-ce pas ?

— Oui. Elle est plutôt calme d'habitude mais là ça barde. Remarquez, elle n'a pas tort.

— Qu'est-ce qui s'est passé ?

Soudain prudente, la jeune fille déclara :

— Oh, elle vous expliquera sûrement. Suivez-moi, je vous prie. Elle vous attend dans son bureau. Le Dr Zhang est avec elle.

Ils empruntèrent un ascenseur qui les conduisit jusqu'au quatrième étage et suivirent un long couloir moquetté qui étouffait le bruit de leurs pas. La jeune femme s'arrêta devant une large porte à double battant et appuya sur le bouton de l'interphone situé contre le chambranle. Un déclic se fit entendre et elle poussa l'un des battants. Elle s'effaça pour laisser passer Cagney et il entendit une voix de femme bien timbrée crier de l'intérieur :

— Merci, Teresa ! Je vous appellerai un peu plus tard pour que vous reconduisiez Mr Cagney.

— Bien, docteur.

La jeune femme referma la porte derrière Cagney. La femme en blouse blanche qui était assise derrière le bureau se leva et tendit la main, une belle main longue aux doigts carrés. Cagney aima la poignée de main, ferme sans excessive virilité :

— Bonjour, Mr Cagney. Ravie de vous rencontrer. Je suis Barbara Drake.

— Docteur.

— Abandonnez le titre. C'est un peu formel, non ?

— Avec plaisir, madame.

Il apprécia qu'elle ne lui demande pas immédiatement de l'appeler par son prénom. C'était une grande femme, d'une minceur musclée et robuste. Elle devait avoir entre 40 et 45 ans. Une brune au visage intelligent. Elle était coiffée d'un chignon banane et Cagney se dit qu'il ne pourrait jamais voir de chignon brun sans penser à Ann. Elle avait les yeux très bleus, beaucoup plus clairs que ceux d'Ann. Son bureau était spacieux et la décoration en avait été changée. Il jeta un coup d'œil rapide autour de lui et constata que de petites aquarelles lumineuses et sans prétention représentant la baie de Boston remplaçaient avantageusement les planches d'anatomie dont le Dr Thomas A. Gardiner, le prédécesseur de Barbara Drake, avait tapissé les murs. Au lieu de s'empiler chaotiquement sur des étagères bondées, les gros livres médicaux étaient soigneusement rangés. Des plantes vertes en bonne santé égayaient la pièce. Contrairement à Gardiner, Barbara Drake n'avait pas jugé utile d'étaler sur les murs sa panoplie complète de diplômes et de « photos-prestige » avec des anonymes très officiels, mais étonnamment interchangeables. Elle devait penser avec raison que sa présence en ces lieux sous-entendait un bagage universitaire et médical prestigieux. Ce n'est qu'à ce moment-là que Cagney découvrit Zhang, tassé sur une chaise dans un coin et, chose extraordinaire, muet. Il se demanda si Barbara Drake l'avait calmé au fusil hypodermique.

— Mon pauvre Mr Cagney, cette rencontre que j'attendais avec impatience depuis ma prise de fonctions il y a trois mois, tombe en pleine tourmente.

— C'est ce que j'ai cru comprendre, en effet. Mais la jeune femme de la réception a été plus que discrète.

— Teresa est une perle. C'est pour cette raison que je l'ai importée avec mon ancienne secrétaire de Harvard Medical School. Je ne suis pas convaincue qu'elles aient fait le bon choix en me suivant, mais c'est un autre problème. (Elle lui sourit et l'idée vint à Cagney qu'elle pouvait sans doute se révéler redoutable.) Le juge Bruckner nous a fait parvenir un ordre d'exhumation.

— C'est une procédure relativement classique.

— Rien n'est classique lorsque le juge Bruckner est derrière. Du moins rien n'est-il anodin.

— Je ne le connais pas.

— Alléluia, mon frère, réjouissez-vous et rendez grâces au Seigneur.

— À ce point ?

— Pire. N'est-ce pas Dr Zhang ?

Zhang se contenta d'un hochement de tête lugubre.

— Et alors ?

— Alors, Mr Cagney ? Nous avons exhumé, comme il se doit. Le juge avait flairé un empoisonnement aux métaux lourds, un empoisonnement criminel, longuement prémédité, parfaitement orchestré par la mère de la victime, un homme de 40 ans.

— Et ?

— Il nous manque le foie et un rein.

— Pardon ?

— Vous m'avez bien entendue. Lorsque le corps est arrivé chez nous juste après le décès, nous l'avons autopsié. Le foie était totalement stéatosé avec des nécroses, ce qui était en accord avec l'alcoolisme de la victime. À première vue, la mort était due à une hémorragie hépatique. Nous n'avions pas d'indication particulière et l'assistant qui a réalisé l'autopsie a refermé. J'ignore ce qui s'est passé. Toujours est-il qu'un autre cadavre a dû se retrouver avec trois reins et deux foies. Et où croyez-vous que l'on recherche l'accumulation de métaux lourds ?

— Le rein et le foie.

— Juste !

— Qu'allez-vous faire ?

— Virer l'assistant, et c'est déjà fait. On peut se rabattre sur la teneur des dents et des cheveux, mais Bruckner ne laissera pas passer l'histoire et, franchement, à sa place, je ferais pareil. Bref, une vraie panade. C'est toujours très facile de taper sur celui d'avant, et de se présenter comme le héros réformateur, mais les derniers temps, Gardiner se laissait un peu vivre. C'était un vieux de la vieille. Il était très copain avec tous ces messieurs. Moi, je ne chasse pas, je ne pêche pas et je ne suis pas membre d'un vieux club bostonien. Enfin, je suppose que vous n'êtes pas venu pour supporter ma liste de doléances. Vous êtes là au sujet de cet enfant.

— Enfant ?

— Oui, il avait moins de douze ans. Le Dr Zhang m'a confié que ce n'était pas le premier qui fût aussi jeune.

— Non. Nous en avons un autre, celui qu'on a retrouvé à Worcester, en juin.

Un coup discret fut frappé à la porte située à gauche de Barbara Drake.

— Oui, Margaret ?

Et Margaret, la fameuse secrétaire, entra chargée d'un plateau sur lequel fumaient des tasses de café. Des vraies tasses en porcelaine blanche.

— Ah, Margaret, vous êtes une mère pour moi, merci. Ma patronne, sainte Caféine et avec des cookies... Quel luxe échevelé !

Cagney la trouvait séduisante, mais quelque chose chez elle le dérangeait. Cet humour bon enfant. Cette aisance obstinément chaleureuse. Cette façon qu'elle avait de l'impliquer dans ses urgences professionnelles comme s'il était un familier, un allié, peut-être ? D'autant que Cagney connaissait assez bien Gardiner. C'était indiscutablement un bon vivant, mais c'était aussi un remarquable légiste. Quant à cette grave erreur, elle avait été commise sous la direction de Barbara Drake, pas de Gardiner. Et il se dit qu'il préférait encore la frigidité relationnelle de Gloria Parker-Simmons, parce qu'elle correspondait à quelque chose de réel. Pressé soudain d'en finir, il revint à l'objet de sa visite :

— Vous avez quelque chose au sujet de cet enfant ?

— Ah oui. J'ai réalisé l'autopsie à la demande du Dr Zhang. Il semble, selon lui, dit-elle en le désignant d'un geste du poignet, que mes conclusions soient une décalcomanie des rapports des autres autopsies relevant de cette enquête. L'enfant était de sexe mâle, âgé de moins de douze ans, donc. Il ne souffrait, selon nos constatations, d'aucune pathologie pouvant expliquer la mort. Deux fractures en cours de consolidation sont visibles sur les membres inférieurs, le tibia gauche et la malléole externe droite. Nous n'avons pas trouvé de fractures plus anciennes. Le décès est consécutif à une strangulation. Il n'avait pas de prothèse dentaire. Je vous ai fait préparer une copie de mon rapport.

Ils échangèrent encore quelques informations, Cagney cherchant à établir les similitudes reliant les différents cas. Barbara Drake appuya sur une des touches de son gros terminal téléphonique et quelques instants plus tard, une Teresa souriante vint le chercher pour le raccompagner jusqu'aux portes vitrées de l'entrée.

Il attrapa un taxi au vol et se fit conduire jusqu'à l'*Holiday Inn* de Beacon Hill. Il trouva, à la réception, un message laconique de Morris, l'informant que Sanders passerait le lendemain à 10 heures au J.F.K. Federal Building.

Il était 6 heures moins dix lorsqu'il rappela Gloria. Il tomba sur son répondeur et fut surpris de constater qu'ils partageaient un goût commun pour Fauré lorsqu'il entendit la voix grave de Gloria sur fond de *Pavane pour orchestre*. Il s'annonça et commença de déposer un message lorsqu'il entendit un déclic, immédiatement suivi de :

— Excusez-moi, j'avais rebranché le répondeur.

— Bonsoir, Mrs Parker-Simmons.

— Quelle était cette tornade ?

— Un ouragan de panique à l'institut médico-légal.

Cagney lui raconta succinctement ses aventures de l'après-midi. La valse macabre des organes ne la fit pas sourire. Elle déclara, glaciale :

— C'est lamentable.

— Je ne vous le fais pas dire.

Il lui relata ensuite en détails la découverte d'une nouvelle jeune victime, l'entrevue avec Sanders, la visite chez les Valdez :

— Morris est en train de se renseigner sur les biens des Valdez, leur origine.

— Vous avez des doutes ?

— Oui, c'est mon métier. Qu'en pensez-vous ?

— De quoi ? De vos doutes ou de l'affaire ? (Elle poursuivit sans attendre la réponse.) Je pense que j'en suis toujours au même point. Je ne parviens pas à dégager un tronc commun. J'ai le sentiment qu'il ne me manque pas grand-chose, un facteur de lien.

— Si nous découvrions que Valdez était impliqué dans quelque chose de trouble, cela vous aiderait-il ?

— Je ne sais pas trop. (Elle s'interrompit quelques secondes, puis enchaîna :) Je compte repartir pour San Francisco dès demain.

— Mrs Parker-Simmons, j'aimerais que vous rencontriez Sanders. Il se peut que vous puissiez formuler une question différemment de nous. (Hésitant, il acheva en baissant la voix.) Nous sommes vraiment dans la panade, Mrs Parker-Simmons.

Il l'entendit soupirer, puis elle demanda :

— Quand ?

— Il passe demain matin dans nos bureaux. À 10 heures.

— Bien, j'y serai. J'essaierai de trouver un vol dans l'après-midi.

— Merci, Mrs Parker-Simmons, à demain, donc.

Lorsqu'elle entra dans la petite salle de réunion, escortée de Marilyn, la secrétaire de Cagney à Boston, les trois hommes étaient déjà installés. Ils se levèrent et Cagney fit les présentations, introduisant Gloria comme un « expert extérieur » qui leur prêtait main-forte sur certaines enquêtes. Bruce Sanders lui serra la main en souriant timidement. Cagney fit répéter à Sanders certains points de sa déclaration de la veille et Morris admira l'art avec lequel il posait des questions dont il connaissait la réponse, simplement pour détendre Sanders et amener progressivement la suite. Pourtant, il vit Sanders se tendre lorsque Cagney demanda :

— Julio avait-il d'autres sources de revenus que son salaire ?

Soudain mal à l'aise, Sanders hésita :

— Pourquoi vous me demandez cela ?

Cagney sourit gentiment :

— Ce n'est pas à vous que je vais expliquer ce qu'est une procédure de routine.

— Ah bon. Julio m'avait raconté que ses parents sont morts, à quelques mois d'intervalle, il y a trois ou quatre ans, je ne sais plus. Le père Valdez avait une chaîne de boucheries de gros, ça marche bien. Il a fallu reprendre l'affaire, mais Valdez, la barbaque, ça ne le branchait pas trop. C'est sa sœur qui a pris la relève. Elle lui versait ses dividendes, tous les mois. Je ne sais pas au juste combien, je n'ai pas demandé, mais c'était confortable. Et puis, l'année dernière, ils ont eu besoin d'argent pour acheter l'appartement, alors Valdez a demandé à sa sœur de lui racheter ses parts. Et voilà.

Cagney jeta un regard furtif en direction de Gloria, sagement assise dans un coin, indéchiffrable. Il ne lui sembla pas qu'elle souhaitait poser une question, aussi fit-il dévier la conversation pour prendre rapidement congé de Sanders.

Bruce Sanders partit, le regard de Cagney passa de Morris à Gloria :

— Alors ?

Morris déclara d'une voix atone :

— Je crois qu'il va falloir vérifier. Après tout, Valdez a pu raconter des histoires à Sanders. À ce sujet, Valdez avait souscrit une assurance-vie au profit de sa femme, peu de temps après leur mariage, il y a quatre ans, 20 000 dollars, une prime moyenne, quoi.

— Mrs Parker-Simmons ?

— Cela n'apporte pas grand-chose de nouveau pour moi, Mr Cagney. Aussi, je vais vous prier de me faire raccompagner dans le hall. Avec un peu de chance, j'attraperai le vol de 14 heures, mes affaires sont déjà prêtes.

Morris lança comme s'il était à bout de souffle :

— Vous ne déjeunez pas avec nous ?

— Non merci, Mr Morris. Je n'ai pas le temps.

Cagney se leva et, la prenant par l'avant-bras :

— Je vous raccompagne. Morris, essayez de contacter la sœur de Valdez, pendant ce temps.

Morris acquiesça d'un signe de tête, le regard fixé sur Gloria et Cagney le vit déglutir avec peine. Gloria se tourna vers la porte et dégagea son bras avec naturel.

Une fois dans l'ascenseur désert, Cagney déclara :

— Je suis désolé de vous avoir dérangée pour rien.

— Quelque chose pouvait m'être utile.

— Où puis-je vous joindre ?

— Vous avez mes coordonnées.

— À Brookline.

Elle le regarda droit dans les yeux et fouilla dans sa pochette dont elle tira une petite carte.

— Voici mes numéros de fax, téléphone et e-mail à San Francisco. Ils sont strictement, j'insiste sur ce point, strictement personnels. (Elle s'interrompit, puis acheva :) Je veux dire que je ne souhaite pas...

— Je sais. Je serai le seul à les utiliser.

Elle le fixa encore et conclut :

— Bien.

Il la quitta devant les grandes portes vitrées de l'immeuble et la regarda s'éloigner. Elle marchait à pas serrés comme si elle craignait de glisser sur les grandes dalles beiges de Government Plaza. Un groupe de jeunes rappeurs, casquette de base-ball à l'envers et lunettes noires de rigueur, la lui dissimulèrent bientôt.

Lorsqu'il revint à son bureau, Morris s'était recomposé. Cagney sentit qu'il attendait une description du moindre des gestes, du moindre des mots de Mrs Parker-Simmons, aussi lança-t-il d'un ton enjoué :

— Vous avez réussi à joindre la sœur de Valdez ?

— Oui, monsieur. Nous avons rendez-vous à 15 heures. Elle était assez froide. Les entrepôts frigorifiques sont situés entre Quincy et Braintree.

Cagney perçut une certaine incertitude dans le ton de Morris :

— Quelque chose vous gêne ?

— Vous pensez vraiment que cette histoire a un lien avec notre enquête ?

— Je ne sais toujours pas, Morris. Il y a des détails qui me chiffonnent mais je ne parviens pas à les aligner les uns derrière les autres. C'est peut-être une coïncidence, mais je trouve étrange qu'on ait retrouvé le corps de cet enfant de 12 ans, le lendemain de l'assassinat de Valdez. J'ai appris à me méfier des coïncidences. Demandez à Ringwood de fouiller plus profond. Valdez avait sûrement un agent de change, mais on ne peut pas demander à sa femme.

— Qu'est-ce qu'on cherche ?

— Je ne sais pas, tout. Leurs déclarations d'impôts, sa fortune à elle, leurs investissements, tout.

— Bien, monsieur. J'appelle Ringwood.

Une fois Morris sorti, Cagney extirpa la petite carte de sa poche de veston et la rangea soigneusement dans son attaché-case. Il avait envie de rentrer en Virginie, pas chez lui, mais à la base. Les sous-sols empilés qu'occupait l'Unité, dans lesquels circulait en permanence l'odeur de la poudre et de la graisse à canons, devenaient, pour Morris et pour lui, une sorte de monstrueux et accueillant cocon de béton armé. Morris s'y soignait d'une passion ou plutôt d'un état de passion, qui partait de lui pour revenir à lui en l'encerclant à l'étouffer. Peut-être guérirait-il un jour, sans doute. Peut-être Gloria avait-elle été pour lui une inévitable et nécessaire pathologie, une de ces fièvres sentimentales et charnelles qui vous assomment, vous font délirer, et vous laissent épuisé, affaibli, mais avec une faim de loup. Et lui ? Quelle était sa plaie ?

Ils déjeunèrent tardivement dans Faneuil Hall, à Quincy Market, dans un *petit café* faussement français, qui mettait un point d'honneur à servir des croûtons aillés avec n'importe quoi. Cagney avait toujours été surpris de cette propension à rajouter de l'ail et du gruyère râpé fondu partout, même sur le homard, pour franciser le plus américain des T-bone.

Ils reprirent la voiture et trouvèrent sans trop de difficultés les grilles surmontées de fils de fer barbelés qui protégeaient les entrepôts frigorifiques de la famille Valdez. Il fallut montrer patte blanche au gardien pour qu'il daigne enfin prévenir « la señora Valdez ». Morris gara leur Chevrolet de location à côté de gros poids lourds, le cul collé contre la plate-forme du quai de chargement. Une petite femme ronde poussa fermement le rideau en plastique épais qui fermait le grand porche menant aux salles de réfrigération. Emilia Valdez leur fit signe de la main pour leur désigner l'escalier de ciment gris qui permettait d'accéder à la plate-forme. Elle devait à peine dépasser 1,50 mètre, mais à son menton, la façon qu'elle avait de pincer les lèvres et de remonter le nez pour vous regarder, Morris et Cagney déduisirent qu'il s'agissait d'1,50 mètre de pure énergie et d'inflexible autorité.

— Messieurs. Suivez-moi, je vous prie.

Elle partit comme une flèche, et les deux hommes la suivirent en allongeant le pas. Ils traversèrent une salle immense et glaciale, la buée de leur haleine se concrétisant en petites volutes blanches. Des carcasses sanglantes de bovins pendaient des crochets fixés sur des rails. Des hommes, bottés, blousés et cagoulés de blanc rougi les déplaçaient d'un coup d'épaule. Dans un coin, une scie circulaire débitait des morceaux dans un cri strident et l'homme qui poussait ces pattes, ces épines dorsales, ces cages thoraciques sous les larges dents, évitait parfois d'un mouvement de tête un éclat d'os. Emilia Valdez pila soudain et cria à l'homme : « Pedro, les lunettes de protection c'est pas fait pour les chiens. Tout de suite. » L'homme s'excusa en portant deux doigts à son petit calot blanc et s'exécuta sur-le-champ. Satisfaite, la señorita Valdez reprit sa progression rapide. Morris évitait le mouvement des carcasses propulsées sur les rails et Cagney pensa aux toiles de Francis Bacon. En dépit du froid, l'odeur plate et métallique du sang leur parvint, une de ces odeurs qui dégoûtent mais donnent faim à la fois. Emilia Valdez marchait toujours devant eux, leur faisant des petits signes de la main comme pour les exhorter à la suivre plus docilement. Ils grimpèrent les marches raides d'un escalier parcimonieusement éclairé par une barre au néon et parvinrent à un petit palier. Mrs Valdez ouvrit brutalement une porte et déclara :

— Voilà, nous y sommes. Asseyez-vous.

Une femme entra immédiatement et ressortit aussi vite lorsque Emilia Valdez lâcha sans la regarder : « Plus tard, Marissa. »

— En quoi puis-je vous aider, messieurs ? Ainsi que je l'ai dit à l'un d'entre vous, je crois... Ah, c'est vous, dit-elle lorsque Morris s'agita sur sa chaise, je voyais assez peu mon frère. Sa mort m'a fait beaucoup de peine, parce que c'était mon frère, mais nous n'étions pas très liés.

— Pour quelles raisons ?

— D'abord nous avions douze ans d'écart. (Elle sourit vaguement et précisa.) Inutile de vous dire que je suis l'aînée. Je vous avouerai que je n'ai pas été ravie lorsque ma mère l'a eu. Je m'étais habituée aux privilèges d'une petite fille unique. C'était un mâle, et il arrivait sur le tard pour mes parents. Enfin, bref, pour tout vous dire, la cohabitation a été difficile dès le début. Et pourtant c'était un gentil petit garçon. C'était moi la peste dans l'histoire, mais j'étais jalouse. Pour mes parents, Julio a été le petit prodige pendant des années. Il a fait des études de droit. Mon père était tellement fier de lui jusqu'au jour où Julio nous a annoncé qu'il avait intégré l'INS, la Migra, le diable. On rentrait de vacances, je me souviens. J'ai cru que mon père allait le frapper, ma mère a fondu en larmes et je l'ai insulté.

Imprudemment, Morris demanda :

— Pourquoi ?

— Vous plaisantez, jeune homme ? Nous sommes Américains, et de bons Américains. On n'oublie pas qu'on s'en est sortis grâce à ce pays. Mais mes parents sont nés au Mexique, d'accord. On ne crache pas dans la soupe, même lorsqu'elle n'était pas bonne. Mes parents et moi avons trouvé qu'il poussait l'intégration un peu loin. C'était comme s'il avait honte de ses origines, de nous en quelque sorte. Un peu comme un renard qui chasse avec les chiens. Le renard ne devrait jamais oublier qu'un jour ou l'autre les chiens se retourneront contre lui.

— Vos parents ont-ils apprécié qu'il épouse une Américaine de souche ?

— Oui, ils étaient assez contents. Pour nous le Mexique, c'est de belles vacances, maintenant, mais on ne renie rien. Ils ont été carrément enchantés lorsqu'ils ont connu Jennifer.

— Et vous ?

Elle le regarda, cherchant ce qu'il voulait insinuer :

— Moi aussi, bien sûr. Jennifer est une fille adorable, un peu effacée, peut-être, mais elle est encore jeune. Quand je pense au bébé, j'en suis malade.

— Jennifer vous a mise au courant.

— Oui, on se téléphone souvent en ce moment. Je l'ai toujours bien aimée. Elle fait partie de ces gens qui essaient toujours d'arranger les choses. Elle se démenait pour réconcilier mes parents et Julio. Mais mon père était aussi têtu que son fils. J'aurais préféré être au courant pour le bébé, avant que...

Elle pinça les lèvres et eut un claquement de langue. Elle faisait des efforts désespérés pour ne pas fondre en larmes.

— Il faut vous dire que mon frère voulait ce bébé depuis des années.

— Ils attendaient d'être mieux installés, je crois.

— Sans doute. C'est fabuleux comme on programme tout maintenant, hein ? C'est comme une émission de télé : on se marie au bon moment, on fait un bébé au bon moment mais vous voyez, on ne meurt jamais au bon moment quand on n'a pas tout à fait 40 ans.

— Je crois que vous avez racheté ses parts à Julio, Mrs Valdez ?

La question eut l'air de la surprendre.

— Oui. Julio ne voulait pas prendre la suite de mon père. Je connaissais bien le boulot, parce que je travaille ici depuis l'âge de 18 ans. On a eu la moitié chacun. Mon père avait bien fait les choses. Il avait ses défauts, mais c'était un homme juste. On a décidé que c'était moi qui ferais marcher l'affaire. Je versais chaque mois la part de bénéfice de mon frère.

— Ça représentait combien ?

— Pas mal d'argent. Ça marche bien. Il m'a dit qu'il triplait son salaire avec ce que je lui faisais virer sur son compte.

— En effet. Et ensuite ?

— Ils ont voulu acheter cet appartement. Julio ne voulait pas s'endetter à la banque et il m'a demandé si je voulais racheter ses parts.

— Vous avez accepté.

— Vous voulez dire que j'ai sauté sur la proposition. Mais je lui ai quand même fait dire par notre agent de change, Ms Lowe, que ce n'était pas une décision judicieuse.

Cagney constata qu'elle retenait de plus en plus difficilement ses larmes.

— Et ?

— Et qu'il faisait une mauvaise affaire. Mais Julio n'a jamais été très doué pour l'argent. Je lui ai racheté ses parts au prix normal. Je voulais tellement que tout soit à moi, à moi toute seule.

— Combien ?

— Un peu plus d'un million de dollars. C'est ce que ça valait à ce moment-là.

— Mince !

— Oui, il n'a pas eu de problème pour acheter l'appartement comptant.

— Vous savez combien ils l'ont payé ?

— 450 000 dollars. Moi, j'ai trouvé cela cher, mais il paraît que le coin est à la hausse.

— Vous savez ce qu'il a fait du reste ?

— Pas vraiment. Je sais simplement que Jennifer m'a téléphoné un jour pour me dire qu'elle avait pris rendez-vous avec notre conseiller financier, Ms Lowe. Le cabinet s'occupe de nos affaires depuis presque 50 ans. Je voyais peu mon frère, je vous l'ai dit. Je peux vous poser une question ?

— Allez-y.

Ils sentirent tous les deux qu'elle tentait de dissimuler sa haine :

— Vous avez une piste ? Vous savez pourquoi on l'a saigné comme cela ? Vous savez qui ?

— Pas encore, Mrs Valdez, mais on ne lâchera pas le morceau.

— Je veux qu'il paie, au maximum.

— Il paiera, Mrs Valdez.

Ils se levèrent à sa suite. La petite femme contourna le bureau et leur désigna l'escalier d'un geste du poignet.

— Vous retrouverez votre chemin. Vous suivez la lumière du jour.

— Oui, ne vous inquiétez pas. Merci de nous avoir reçus.

Cagney s'apprêtait à descendre lorsqu'elle le retint par la manche de son veston :

— Vous savez, parfois le soir, lorsque je pars la dernière, je regarde ces carcasses dépecées, sans tête, et je me demande ce qu'il a pu penser dans cette ruelle. Vous voyez, monsieur, il faudrait toujours s'apercevoir qu'on aime les gens quand ils sont vivants.

Elle resta figée en haut de l'escalier et Cagney sut qu'elle revoyait des scènes de vie passées où Julio riait, Julio pleurait, Julio était en vie.

En arrivant à l'hôtel de Blosom Street, un message de Ringwood les attendait. Ils montèrent en hâte jusqu'à la chambre de Morris et appelèrent Quantico du portable de Cagney :

— On a une touche avec le portrait-robot de Paolina. Les flics l'ont fait passer dans tous les restaurants de la ville, puisque le gamin avait dit à sa tante que ce type l'emmenait dans « un chouette restau » et je cite.

— Oui, vite !

— Un serveur d'un restaurant chic mais branché et hors de prix proche de Lincoln Park, le restaurant de *La cloche blanche*, s'est souvenu du couple.

— Et ?

D'une voix qui frôlait l'hystérie, Ringwood déclara triomphalement :

— Et il a formellement reconnu le type, un certain Rick Dekker. Il avait retenu dans le courant de l'après-midi.

Un éclair de soulagement traversa Cagney, puis il demanda :

— Ringwood, je suppose qu'il a payé en liquide.

Soudain lugubre, Ringwood déclara :

— Oui. Donc c'est un nom bidon, n'est-ce pas ?

— Ça ne fait aucun doute.

— Selon le serveur qui avait l'air de savoir de quoi il parlait, il s'agissait d'un type plein aux as qui sortait son caprice du moment. Il lui donnait des petites tapes affectueuses sur les mains, les genoux, le nez. Convenable mais affectueux dans le genre paternel, si vous voyez ce que je veux dire.

— Oui. Bon, cela ne fait que renforcer notre hypothèse.

— Dernière chose, Amy Daniels a appelé. Le résidu est bien de l'huile d'olive.

Cagney raconta brièvement son échange téléphonique à Morris qui conclut, déçu :

— Cela ne nous apporte pas grand-chose par rapport au témoignage de Paolina, non ?

— Non.

BOSTON, MASSACHUSETTS

La femme se réveilla en sursaut et traversa le grand appartement luxueux, pieds nus. Le son étouffé de la nuit tiède lui parvenait sans qu'elle y prête attention. Elle était sûre qu'il sanglotait en cachette pour ne pas l'attrister. Il ne pouvait pas comprendre que ce qui la bouleversait, c'était qu'il eût de la peine. Elle poussa doucement la porte de la grande chambre bleue et avança vers le lit :

— Quelle vilaine nuit, mon bébé, ce ne sont que d'affreux cauchemars. Tout sera parti au matin mon chéri. Il y a des nuits qui font peur, nous en avons déjà connu et il y en aura d'autres. Ce n'est pas grave, je suis là. Ce ne sont que des fantômes.

Elle se glissa dans le lit et plaqua contre elle le corps tendu de chagrin. Elle glissa la main dans son pyjama et attrapa tendrement son sexe :

— Dors, mon ange, dors. Je suis là.

SAN FRANCISCO, CALIFORNIE

La nuit fraîche tombait déjà lorsque Gloria arriva à l'aéroport. Des touristes désorientés se regroupaient par grappes. Elle regarda dubitativement la longue file placide qui s'était déjà formée à la station de taxis, se demandant si elle ne ferait pas mieux de prendre l'*airporter bus*. Mais elle se sentait très lasse, aussi décida-t-elle d'attendre avec les autres. Elle regarda sa montre. Il serait trop tard pour appeler Jade, une fois chez elle. Devant le rapide ballet des taxis, elle se félicita de son choix : la file diminuait à vue d'œil. Une voiture s'arrêta brutalement contre le trottoir. L'homme qui attendait devant elle se tourna et déclara d'une voix douce et grave :

— Prenez-le, si vous voulez. Je ne suis pas pressé.

Elle remercia le grand homme souriant et grimpa dans le véhicule.

Toutes les lumières de la maison de Diamond Heights étaient allumées lorsque le taxi la déposa quelques minutes plus tard. Elle soupira d'exaspération, souhaitant que Maggie ne trahisse pas sa promesse en organisant de petites sauteries avec ses copains saoulographes.

Elle la retrouva, seule, profondément endormie sur l'un des grands canapés en cuir pêche, Germaine ronflant de bonheur à ses côtés. Sur la table basse, un cendrier dégueulait des mégots fumés jusqu'au filtre. Le boxer leva une paupière hésitante et déglutit de satisfaction. Gloria lui murmura « chut ». Elle éteignit et se rendit dans sa chambre.

BASE MILITAIRE DE QUANTICO, VIRGINIE

Cagney reposa le rapport que venait de lui faxer le Dr Amy Daniels de Washington. La « petite », comme l'appelait Matthew Hopkins, avait fait de l'excellent boulot. Elle avait fini par identifier les pics étranges détectés dans le plasma de E, le jeune homme retrouvé à San Francisco, deux semaines plus tôt. Il s'agissait d'un cocktail explosif d'anabolisants : la nortestostérone et le zéranol. Amy Daniels précisait dans son rapport que ces substances, utilisées en médecine vétérinaire pour favoriser l'augmentation de la masse musculaire et augmenter l'endurance à l'effort, possédaient une durée de vie assez longue dans l'organisme, ce qui prolongeait leurs effets. Cette découverte était en accord avec le rapport d'autopsie de Zhang qui mentionnait que le garçon possédait une musculature très développée et une couche adipeuse minime. C'était également cohérent avec l'hypothèse d'une prostitution si le garçon s'était spécialisé dans une clientèle recherchant de jeunes mâles virils. Essayer de remonter les réseaux californiens qui vendaient sous le manteau ce genre de substance était illusoire. L'enquête du SFPD dans les milieux cuir homos ou hétéros n'avait pas donné grand-chose. On avait fait passer le portrait-robot du garçon dans différentes boîtes, privées ou non, sans résultat. Le contraire eût étonné Cagney : les habitués de ces boîtes sont en général très discrets sur leurs fréquentations. Ringwood avait contacté un responsable d'un groupe mixte d'entraide S & M et lui avait fait passer le portrait de E par e-mail. Richard avait d'abord été un peu surpris par l'accueil de ce Ben Horn qui semblait très désireux de les aider. Celui-ci avait expliqué que l'objet de leur petite organisation était précisément d'éviter ce genre de choses :

— On ne veut pas être associés à des tarés comme cela. Nous sommes tous des femmes et des hommes adultes, informés et consentants. Rien ne doit se faire sans accord mutuel préalable. C'est pour cela que nous publions une petite brochure semestrielle. Je peux vous la faxer si vous le souhaitez.

Ben Horn avait promis de faire passer le portrait de E et de rappeler Ringwood dès que possible.

Ringwood était arrivé en courant presque dans le bureau de Cagney. Cramoisi jusqu'aux tempes, il avait jeté la brochure sur la plaque en Plexiglas comme si elle le brûlait :

— Il y a vraiment des trucs auxquels je n'aurais jamais pensé. Ils font tout un chapitre sur les lavements. Vous savez, les lavements.

— Oui, je sais ce qu'est un lavement, Richard, merci.

— Et puis, il y a un truc sur la façon de poser les pinces sur les parties, comment dire... intimes, pour ne pas provoquer de nécroses tissulaires. Et une liste de magasins « sérieux » selon leurs critères.

— En attendant, il me semble que vous avez épluché la brochure avec grand intérêt, avait constaté Cagney dans un demi-sourire.

— Je finis par me demander si ce résidu d'huile d'olive qu'on a trouvé incrusté dans les pores de la peau du gosse, c'est pas un machin dans ce genre, vous voyez, comme de la vaseline quoi.

— Je doute que l'huile d'olive soit plus lubrifiante et plus résistante aux frottements que la vaseline.

Cette sortie avait fait rougir davantage Ringwood, qui avait lâché :

— Ça me dépasse, ce genre de trucs.

— Ne seriez-vous pas un rien puritain, Ringwood ?

— En ce cas nous formons la paire.

La repartie avait fusé si vite que Ringwood avait eu l'air embarrassé.

— Match nul.

Fidèle à sa promesse, Ben Horn avait rappelé trois jours plus tard. Il était formel, aucune « des personnes » qu'il avait contactées ne connaissait ou n'avait vu le garçon, ce qui selon lui représentait pas mal de gens.

Et depuis une semaine le vide, si ce n'était le rapport d'Amy Daniels qui finalement ne les aiguillait sur rien de bien précis.

Andrew Harper avait téléphoné un peu plus tôt et « prié » Cagney de déjeuner avec lui le jour même. À priori rien de très enthousiasmant ne devait sortir de cette « réunion informelle » comme il l'avait appelée.

Morris pénétra en trombe dans le bureau et tendit une feuille imprimée à Cagney :

— Deux des victimes étaient frères. Le pourcentage d'homologie des bandes d'ADN des deux gels est important.

— Quoi ?

— Oui, le dernier, le gamin de 12 ans qu'on a retrouvé à Boston, et José Olvedar, le neveu de Paolina.

— Merde ! Mais pourquoi ne nous a-t-elle rien dit ? On aurait pu sauver ce gosse si elle nous avait parlé. Vous me la faites convoquer pour demain matin par le département de police de Chicago, et j'en ai rien à foutre qu'elle n'aime pas manquer à l'usine. Qu'on la traîne par les cheveux si besoin est.

Morris ressortit en courant et une bouffée de rage fit se dresser Cagney. Il balança d'une gifle la petite boule avec sa conne de Blanche-Neige et ses petits nains cul-cul. Elle roula sur la moquette dans une succession de petites douches de neige circulaires. Mais pourquoi n'avait-elle rien dit ? Elle avait failli parler. C'est cela qu'elle voulait dire dans le couloir et puis elle s'était tue, parce qu'elle avait peur qu'on arrête l'enfant, qu'on le renvoie à ses taudis ou dans les camps de rassemblement. Et maintenant il était mort, comme son frère, et Paolina devait suffoquer dans sa peine et ses remords.

Il appela Andrew Harper et repoussa le déjeuner en lui expliquant succinctement ce qui s'était produit. Harper n'eut pas l'air content, Harper n'aimait pas qu'on le contredise. Cagney ne pensait plus qu'à la grosse larme de Paolina et, même s'ils étaient nécessaires, les louvoiements politiques de Harper le faisaient chier, encore plus aujourd'hui que d'habitude. Il décrocha son imperméable et sortit. Il avait envie de rentrer chez lui, de regarder une connerie à la télé, de lire un magazine de voyages. Morris l'intercepta au moment où il empruntait l'escalier, surpris de le voir quitter la base si tôt.

— On l'amène au poste demain à midi. On a un vol régulier qui peut nous conduire à Chicago à temps.

— Oui. Quelle heure ?

— Six heures.

— Bien. À demain.

Cagney prit un long bain chaud, qui ne le détendit pas. N'y tenant plus, il sortit de l'eau, s'enveloppa dans son peignoir en se disant pour la quinzième fois qu'il devrait trouver le temps de s'en offrir un autre, parce que celui-là avait rétréci aux lavages. Les manches arrivaient bien au-dessus de ses poignets, et on aurait dit qu'il empruntait le peignoir de sa femme... il n'avait plus de femme et forma le numéro de Gloria à San Francisco. Il s'étonna de l'avoir mémorisé alors qu'il ne l'avait lu qu'une fois et se rassura en se disant qu'il se terminait par 57-55, des chiffres faciles.

Un déclic métallique le balança sur le message du répondeur porté par une musique religieuse qu'il ne reconnut pas, mais qu'il écouta avec attention, ratant de quelques secondes le « bip » qui lui intimait l'ordre de s'annoncer.

— ... Ah, excusez-moi. James Irwin Ca...

— Bonjour, Mr Cagney.

— Je craignais que vous ne soyez absente.

— Je filtre toujours les appels.

— Qu'est-ce que c'est ?

Elle comprit immédiatement qu'il faisait référence à la musique et gloussa :

— Mystique mais épique, n'est-ce pas ? C'est le *Sanctus* de la *Messa di gloria* de Puccini. Très italien, très beau. Il n'avait que 22 ans lorsqu'il a composé cela. Vous avez du nouveau ?

Il lui raconta les derniers développements. Elle écouta sans l'interrompre et, lorsqu'il eut fini, revint à ce qui semblait l'intéresser le plus.

— Et donc, il y a deux frères dans le lot. On en est sûr ?

— Oui. D'après ce que j'ai pu comprendre, c'est à cause d'un truc qui s'appelle « le pourcentage d'homologie sur les fréquences répétitives » et je vous en supplie, ne me demandez pas ce que c'est. Mais bon, c'est comme cela.

— Il s'agit de certaines zones des chromosomes qui signent l'individu et donc, dans une moindre mesure les membres d'une même fratrie, d'une même famille. Je crois qu'on utilise une distribution de Bernouilli, mais je n'en suis pas sûre. C'est sur ces zones-là que l'on fait les empreintes génétiques. Les autres zones signent l'espèce, l'espèce humaine dans notre cas, et n'ont donc pas grande valeur de discrimination puisque nous faisons tous partie de la même espèce.

— Vous me sidérez, Mrs Parker-Simmons.

— Vraiment ? J'ai l'habitude de fournir un travail qui vaut le prix que j'en demande, alors je me renseigne.

— Mon Dieu, je vois que vous faites preuve d'une grande morale, lâcha-t-il sarcastique.

Il crut l'entendre sourire et elle répondit, d'abord en français :

— Il est *« impossible d'être moral seul »*. (Puis, elle traduisit la phrase en anglais.) Parlons simplement de déontologie, voulez-vous, c'est plus spécifique.

— C'est vrai qu'il est difficile d'être moral lorsque tout le reste est immoral. Enfin, c'est surtout que cela ne sert pas à grand-chose. Ce n'est pas de vous ?

— Non, bien sûr. C'est d'un philosophe-romancier français : Jean-Paul Sartre, l'existentialisme.

— C'est plutôt une certaine réflexion sur l'individualisme, dans ce cas.

— L'un passe peut-être par l'autre, je ne sais pas. Et puis, cela mériterait que l'on s'interroge sur la dérive narcissique de l'individualisme, tel que nous le concevons maintenant. Il faudrait y réfléchir. Mais nous dévions, Mr Cagney. Où en étions-nous ?

— Le fait que José Olvedar, le neveu de Paolina Perez y Garcia, était le frère du jeune garçon que l'on a récemment découvert à Boston. Un gosse d'une douzaine d'années.

— Attendez. Il s'agit de la femme que vous avez rencontrée à Chicago ?

— Oui, c'est cela, j'y retourne demain.

Un silence étrange, de quelques secondes à peine, mais un silence d'un poids sidérant, d'une ampleur manifeste, s'installa et Cagney l'écouta. D'une voix encore plus grave que d'habitude, elle articula enfin lentement :

— Nous autres ne savons pas. Cette femme avait peur. Elle a choisi entre deux souffrances et elle a fait le mauvais choix. Comment peut-on traiter comme des criminels des gens qui cherchent à vivre, à faire vivre leur famille, et qui n'ont pas eu l'infini privilège de naître chez nous ? Même s'ils sont hors-la-loi, même si on ne peut plus les accueillir, Mr Cagney, je crois que nos morales sont...

Il l'interrompit au bord de l'exaspération, parce qu'elle avait raison sur le fond, mais que la loi est la loi et que les problèmes économiques sont réels :

— Nous ne pouvons pas absorber tout le monde. Nous n'avons plus les moyens. Il ne s'agit ni d'éthique, ni de sensibilité, il s'agit de quantité de travail disponible et de préserver les lois sociales acquises. Cette main-d'œuvre est prête à accepter n'importe quel salaire, n'importe quelles conditions de travail pour survivre. Nous avons fait des révolutions, des grèves sanglantes pour obtenir des améliorations sociales et financières.

D'une voix tendue de rage, elle répondit :

— Ils veulent vivre. Vous savez : manger, se soigner, élever leurs enfants. Ce ne sont pas des criminels, ce ne sont pas des dingues. D'où sort votre famille, Mr Cagney ? D'où vient-elle ? Quant à moi, je sais que j'ai du sang allemand, anglais, hollandais, peut-être même espagnol.

Il cria :

— Ce genre d'amalgame est stupide et étonnant de votre part ! Nous ne parlons pas d'origine, de « melting pot » ou même d'immigrés, nous parlons d'immigration clandestine, c'est-à-dire dérégulée.

Elle cria à son tour :

— Tous les experts le disent : si les latinos quittaient demain en masse la Californie, notre État se retrouverait au bord du gouffre économique !

— Je sais, mais ce qui était valable il y a vingt ans ne l'est plus. Écoutez, Mrs Cagney... (Un étrange vide se fit sentir à l'autre bout de la ligne et brusquement, il réalisa :) Excusez-moi, c'est un lapsus grotesque.

— En effet.

Il s'efforça au calme :

— Ces derniers renseignements vous aident-ils, Mrs Parker-Simmons ?

— Oui, enfin, je vois quelque chose d'un peu tangible. Ce n'est pas encore délirant, mais je vais commencer à pianoter.

Cagney, à qui la salive manquait, n'avait qu'une envie : terminer cette conversation.

— Eh bien, rappelez-moi dès que vous avez un semblant de quelque chose.

— Je n'y manquerai pas, Mr Cagney. À bientôt.

Il raccrocha et resta quelques instants debout, immobile à côté du téléphone. Pourquoi ce lapsus ? Pourquoi l'avait-il appelée Mrs Cagney ? C'était totalement stupide, elle n'avait rien à voir avec Tracy, absolument rien. La fatigue sans doute ou une pensée parasite.

SAN FRANCISCO, CALIFORNIE

Gloria regarda le combiné qu'elle venait de reposer comme une chose déplaisante. La masse molle qui flottait dans son crâne aligna, sans qu'elle le souhaite, la liste presque exhaustive des différentes hypothèses pouvant expliquer ce lapsus désagréable. Elle choisit d'en retenir une et de déléter toutes les autres de sa mémoire : elle savait Cagney divorcé depuis relativement peu de temps. On pouvait, en première analyse, admettre que ses relations conjugales se soient dégradées au point d'engendrer une séparation. Toute femme exaspérant Cagney lui rappelait donc l'ex-Mrs Cagney, voilà tout.

Elle s'installa au milieu du grand bureau incurvé en fer à cheval. La lourde planche d'érable blond avait été travaillée en courbes douces en suivant scrupuleusement ses plans. Elle contempla, songeuse, ses ordinateurs et jeta un regard machinal à la grosse machine branchée sur le réseau pour vérifier qu'aucun nouveau message ne lui était parvenu. Germaine, assoupie sous le bureau, ronflait par à-coups de plus en plus bruyants et elle l'appela doucement. Le boxer déglutit de bonheur et se rendormit immédiatement. Gloria alluma le portable dont elle se servait pour traiter ses données et pénétra sur le gros logiciel qu'elle avait installé. À l'origine, elle s'était servie de plusieurs logiciels de traitement mathématique utilisés par les grandes facultés américaines ou les instituts de sondage, les modifiant au fil des années. Une série de manipulations clavier lui permit de désactiver ce qu'elle avait baptisé son « génie dévoreur », un virus qu'elle avait mis au point et qui était chargé de détruire irrémédiablement les programmes et fichiers de son disque dur si quelqu'un tentait de les copier ou de les consulter. Un petit carillon l'avertit que ses manipulations étaient acceptées et qu'elle pouvait commencer à entrer les données.

Gloria ouvrit la chemise qui contenait les photocopies des dossiers détaillant l'assassinat de six garçons et les lut avec soin pour la troisième fois. Elle classa les données par localité, puis par date, puis combina les deux paramètres entre eux. Tous les meurtres avaient été commis à proximité de grandes villes, ainsi que l'avaient conclu Cagney et ses hommes : Boston, Chicago, San Francisco. Toutes les victimes avaient approximativement entre 12 et 20 ans, toutes étaient de sexe masculin. Il s'agissait vraisemblablement de jeunes immigrés clandestins. Les meurtres avaient commencé récemment et leur périodicité était très rapprochée. On avait tenté de les carboniser, sans doute pour faire disparaître des traces révélatrices ou pour rendre toute identification impossible. Presque tous avaient des prothèses dentaires haut de gamme et pourtant aucun chirurgien dentiste ne s'était manifesté en dépit des recherches et des appels.

Ainsi que le soulignait Cagney dans son ébauche de synthèse, deux explications pouvaient être envisagées : les soins avaient été réglés en liquide et le dentiste n'avait aucune envie de les déclarer à l'administration fiscale ou le dentiste en question n'avait pas d'existence légale. Cette dernière possibilité paraissait assez tirée par les cheveux puisque de l'avis du dentiste expert, il s'agissait d'un remarquable professionnel. L'éternel *sui generis* de son ancien professeur de mathématiques du MIT, Hugues de Barzan, lui revint. Quelle était l'essence du problème ? La réponse à cette question dépendait, entre autres, de la nature des variables : s'agissait-il de variables quantitatives donc chiffrables, ou qualitatives ? Il lui parut évident que les variables dont elle était sûre, la date et le lieu de la découverte, étaient qualitatives. Ce Rick Dekker, ou quel que fût son véritable nom, n'avait pas choisi ces trois villes en raison de leur éloignement en kilomètres, pas plus que de leur distance par rapport à son domicile par exemple. Il les avait choisies parce qu'il s'y trouvait quelque chose, une qualité qu'il recherchait, les victimes peut-être ? L'âge des victimes, aussi approximatif soit-il, était également qualitatif : il fallait que les victimes soient jeunes, mais pas trop jeunes, comprises dans une fourchette qui allait de 10 à 20 ans, mais, de toute évidence, peu importait qu'elles eussent 12 ou 15 ans. La probable clandestinité des garçons posait une difficulté conceptuelle. Était-ce une condition nécessaire, une condition inévitable parce qu'impliquée par autre chose ou une coïncidence ? En d'autres termes le tueur éprouvait-il un attrait particulier pour les clandestins, et/ou les victimes possédaient-elles une autre caractéristique *sine qua non* aux yeux du tueur, cette caractéristique ne se retrouvant que chez des clandestins, ou cette clandestinité était-elle un simple hasard ? Devait-elle accorder un poids particulier à ce paramètre ou le laisser tomber ?

L'hypothèse de la prostitution posait le même type de problème. Fallait-il que les jeunes hommes soient prostitués et clandestins pour déterminer le tueur, ou étaient-ils prostitués et éventuellement clandestins ou clandestins et accessoirement prostitués ? D'un point de vue mathématique, ces alternances variables de « et » et de

« ou » constituaient un premier choix déterminant pour le reste.

Se posait ensuite la difficulté des liens pouvant exister entre les victimes : ces variables-là dépendaient-elles les unes des autres ou étaient-elles indépendantes ? Les deux neveux de Paolina avaient-ils été assassinés parce qu'ils étaient frères ou ce lien de connaissance et de parenté était-il secondaire ?

Gloria soupira d'énervement en constatant que la liste de ses points d'interrogation dépassait largement celle de ses certitudes. L'empreinte digitale sanglante de son doigt macula quelques touches du coin supérieur gauche de son clavier. Elle avait arraché à coups de dents la peau qui entourait l'ongle de son majeur gauche, mettant à vif le petit bourrelet de peau. Il fallait qu'elle contrôle cette manie qu'elle avait de s'infliger d'infimes mutilations parce que Clare avait commencé à l'adopter. Elle referma le gros dossier et sortit la petite chemise souple dans laquelle elle avait soigneusement rangé sa plus grosse incertitude, une dernière charade macabre qui compliquait encore l'analyse des données : Julio Valdez. Valdez faisait-il partie de la même série de meurtres que les autres victimes ? Elle tapa du pied et Germaine gronda dans son rêve. Le *modus operandi* était différent, mais Valdez avait été tué alors qu'il remontait une filière clandestine. Le même jour, un jeune garçon avait été carbonisé à quelques kilomètres de là.

Dans ces deux derniers cas, les variables étaient-elles toujours qualitatives ? Ainsi, le garçon n'avait-il pas été abattu parce qu'il se trouvait physiquement à proximité de Valdez ? Un témoin gênant, un indicateur ? L'exaspération qu'elle sentait monter face à l'amoncellement des questions se traduisit en pulsations sourdes et presque pénibles au niveau de ses tempes. Elle posa l'index sur la veine gonflée et sinueuse et le retira, dégoûtée. L'idée que ce liquide poisseux, chaud et rouge circulait dans tout son corps, nourrissait ses cellules et ses neurones la terrorisait et la fascinait à la fois. Dix-huit ans plus tôt, le liquide avait coulé le long de ses cuisses et elle avait cru mourir. D'abord effrayante, cette sensation l'avait apaisée parce qu'elle s'était déjà crue morte depuis deux ans. Elle détestait repenser à tout cela, et pourtant, elle avait aimé la grande traînée de sang qui était apparue sur le mur de la chambre de sa mère.

Elle se leva brutalement et se dirigea vers la salle de bains suivie de Germaine, que son mouvement brusque avait réveillé en sursaut. Elle avait l'impression de sentir fort, l'impression qu'il émanait de tout son corps un relent mêlé de whisky, de sueur, d'odeurs fades ou aigres, écœurantes. Elle referma la porte de la salle de bains avant que le chien ne pénètre dans la grande pièce carrelée de faïence blanche jusqu'au plafond. Elle ne supportait pas l'idée d'un autre regard se posant sur son corps nu, sauf celui de Clare lorsqu'elle était enfant. Clare se baignait avec elle dans la grande baignoire griffue de l'appartement de Brookline. Si la perspective de barboter dans l'eau en éclaboussant tout le parquet de chêne, accrochée aux épaules de Gloria, la ravissait, la vue du savon et du gant de toilette provoquait immédiatement des hurlements furieux. Gloria sourit de bonheur à ce souvenir et la veine de sa tempe redevint lisse et plate.

[illegible]

CHICAGO, ILLINOIS

Toute la rage de Cagney l'abandonna lorsqu'il découvrit la silhouette tassée sur la chaise. Paolina était assise devant le bureau du capitaine Steiner du département de police de Chicago. Steiner était un géant aux cheveux d'un roux presque orangé coupés en brosse et sa carrure semblait le gêner. À la façon qu'il avait de jeter des regards embarrassés à la femme trop mince avachie devant lui qui déchiquetait sans y penser un vieux bout de mouchoir en papier, Cagney comprit qu'il était de cette ancienne race de flics : le genre qui n'hésite pas à balancer une baffe aux durs et qui perd ses moyens face à une femme en larmes. Mais Paolina ne pleurait pas, elle avait dépassé ce stade. Elle regarda Cagney entrer dans la cage de verre suivi de Morris, décolorée jusqu'aux lèvres. Ce petit fantôme dévasté lui donna une étrange impression, l'impression qu'il était si fort et si impuissant à la fois. Dehors, l'insolence d'une radieuse matinée se déversait par les fenêtres fermées dans cette petite enclave de peine et de souffrance silencieuses.

Cagney tira une chaise et s'assit juste à côté de Paolina. Elle le regarda et il sentit qu'elle faisait un effort démesuré pour former une phrase cohérente dans sa tête :

— Ne dites rien. Je sais, monsieur. Je sais.

Elle se mordit la lèvre inférieure si fort qu'elle devint blanche et que Cagney tendit instinctivement la main pour l'empêcher de se l'arracher. Tout dans son visage, à l'exception de ses yeux, était mort, figé. Elle le fixa avec une intensité presque dérangeante et commença d'une voix basse et sifflante :

— Je vais vous raconter, maintenant. J'aurais dû avant.

Elle avait la bouche sèche et une pellicule blanchâtre s'était formée entre ses lèvres et s'amassait à la commissure en formant une petite ride de salive. Son haleine avait une odeur étrange, pas vraiment désagréable mais inhabituelle. Cagney la reconnut immédiatement : l'haleine des gens qui ont pleuré jusqu'à avoir la sensation de n'être que des yeux, qui se sont débattus des nuits entières d'insomnie contre des conditionnels sans fin et sans objet.

— Le Gros, José l'appelait sir Bastian mais son nom c'était Dekker. Après, quand le Gros est reparti, j'ai crié après José. Je voulais savoir si José et lui... Enfin, si José ne jouait pas sa femme, vous voyez ?

— Oui, je vois.

— Et José s'est mis en colère et il a juré et il disait la vérité. Et puis, il a commencé à pleurer. D'abord, il voulait pas me dire pourquoi et après il m'a dit qu'il ne voulait plus travailler pour le Gros, sir Bastian, qu'il avait peur et que ça faisait trop mal au bout d'un moment.

— Qu'est-ce qui faisait mal, Paolina ?

— Il a pas voulu me dire.

Elle posa la main sur le petit crucifix qui pendait à son cou et dit :

— Je le jure. J'ai essayé de savoir mais il secouait la tête. Et puis, il a dit qu'il avait de l'argent, pas mal et qu'il pourrait partir mais que c'était à Boston et que sir Bastian le gardait et qu'il lui rendrait pas si José ne revenait pas travailler avec lui. Il avait tellement peur, j'ai cru que c'était un truc avec la drogue mais José m'a juré encore. Alors, j'ai proposé un peu d'argent à José, parce que j'ai des économies et qu'il me les rendrait ensuite.

Elle s'interrompit et son regard devint mauvais, dangereux comme si elle s'apprêtait à tuer :

— Et c'est là qu'il m'a dit que sir Bastian faisait travailler aussi Rodolpho, son frère, mon petit neveu. Il avait 11 ans. C'est lui, hein, qu'ils ont retrouvé à Boston ?

— On n'en est pas encore sûrs, Mrs Perez, hésita Morris.

Elle le regarda comme si elle découvrait sa présence à un mètre d'elle.

— Si, c'est lui, je sais.

Cagney demeura silencieux quelques secondes puis demanda doucement :

— Vous ne savez rien d'autre sur ce travail ou sur ce sir Bastian, Paolina ? Aidez-nous, je vous en prie.

Elle se leva d'un bond et hurla :

— Je ne sais rien, je ne sais rien ! Si je savais, j'y vais et je lui coupe les couilles et je le tue ! Je ne sais rien !

Cagney se leva à son tour et lui prit gentiment les poignets. Un gémissement continu, presque sans souffle, sortit de sa gorge et elle fondit en hoquets.

SAN FRANCISCO, CALIFORNIE

Gloria déposa sur le bureau la grande tasse fumante de tari-souchong. Le soleil se levait à peine sur San Francisco, et en dépit de la fraîcheur du petit matin et de cette chape de brume qui pesait sur la ville, la journée promettait d'être belle. Elle avait acheté la veille un livre pour Clare. Les épaisses feuilles cartonnées étaient découpées en suivant les formes stylisées de différents animaux et une palette de carrés de pâte à modeler de différentes couleurs permettait d'en réaliser des moules. Clare allait être folle de joie. À la vendeuse qui lui demandait l'âge de sa fille, elle avait répondu dans un sourire distant « un livre pour les 4-5 ans ». Gloria éprouvait une infinie reconnaissance pour Jade, parce qu'elle pouvait enfin attribuer un âge intellectuel à Clare. Jade, à coups de tendresse, de charme et de volonté professionnelle était parvenue, en cinq ans, à sortir le cerveau de Clare de son informe chaos. Clare était maintenant capable d'anticiper, de demander à aller aux toilettes, sauf parfois la nuit, lorsqu'elle avait été agitée ou qu'un détail, un mot l'avait bouleversée. Selon Jade, les progrès de la jeune fille n'étaient pas terminés.

Gloria sourit, alluma son portable et pénétra sur le fichier de données qu'elle avait constitué la veille. Elle jeta un regard machinal vers le gros ordinateur relié au réseau et allumé en permanence. Un message l'attendait. Elle demanda l'affichage du texte et eut un mouvement brutal de peur qui fit reculer son fauteuil. L'image s'inscrivit progressivement sur l'écran, formant d'abord une sorte de grosse tache en kaléidoscope, dont les différentes facettes étaient floues. La résolution de l'image s'améliora et Gloria, incapable de détacher son regard de l'écran, découvrit la photo d'un énorme papillon au corps noir et aux larges ailes rouge-sang bordées d'un léger liseré brun. Ses deux antennes puissantes étaient dressées comme s'il cherchait à crever l'écran incurvé de l'ordinateur. Aucun message n'était attaché au document. L'expéditeur était une certaine G. Parker-Simmons, MIT, US. Calmant le tremblement de ses mains, elle fit une copie de sauvegarde.

BASE MILITAIRE DE QUANTICO, VIRGINIE

Le souvenir récurrent de Paolina avait tenu Cagney toute la nuit dans une sorte de sommeil partiel, dont il s'éveillait par à-coups, tentant de démêler le rêve de la réalité pour replonger presque aussitôt dans un coma encore plus inconfortable. Au petit matin, il s'était levé, le souffle coupé par une douleur en étoile qui irradiait sous son omoplate pour progresser dans son bras droit jusqu'à son pouce.

Il s'installa sur son fauteuil, se tenant très droit pour éviter les hargneux réveils en coups de poing de la douleur, respirant parfois bouche ouverte. Il passa le bras d'un trombone déplié sur la face externe de son pouce droit. Il répéta l'expérience à plusieurs reprises, jusqu'à ce qu'il constate qu'il ne sentait le cheminement du petit instrument de torture que lorsqu'il appuyait assez pour laisser une fine trace blanche puis rougissante de son passage. Cagney songea que cette insensibilité était une minuscule mort.

Ringwood pénétra dans le bureau et détailla son visage crispé et la sueur qui assombrissait les cheveux gris et coupés ras de ses tempes :

— C'est encore une crise de névralgie cervico-brachiale, hein ? Les anti-inflammatoires que le médecin vous avait donnés la dernière fois vous avaient fait du bien, si mes souvenirs sont exacts ? Vous devriez en reprendre. Il ne faut jamais laisser la douleur s'installer.

Cette sortie banale et inévitable exaspéra Cagney d'une façon qu'il trouva lui-même démesurée, et il se retint d'envoyer paître Richard très désagréablement. Comme si la Douleur vous demandait votre permission pour s'imposer, comme si elle avait attendu l'invitation de Paolina pour tout saccager. Il se contenta de répondre d'un ton plat :

— Vous êtes une mère pour moi, Richard.

Ringwood ne releva pas et disparut en refermant doucement la porte derrière lui.

La lancinante conviction que sa vie lui échappait envahit Cagney. Il n'avait aucune tolérance pour l'homme vieillissant qu'il devenait, aucun attendrissement pour les premiers reculs de ce corps qui commençait à vivre selon sa propre chronologie, qui se fatiguait sans permission, souffrait sans raison. De théorique, la notion qu'il ne parviendrait pas toujours à contrôler, dompter cet amas de cellules devenait évidente et l'insupportait. Brusquement il eut la certitude d'un échec irréparable. Il était parvenu, au fil de toutes ces années, à se retirer suffisamment en lui pour devenir inatteignable. Il avait su se rendre si lisse que le pire comme le meilleur avaient glissé à sa surface. Ce repli, dont la seule fonction avait été de préserver son cerveau de la contamination par des cerveaux aberrants, malfaisants, était devenu une seconde nature, un masque si bien ajusté qu'il ignorait s'il existait encore quelque chose en dessous. Cagney, qui savait si bien pénétrer dans la tête des monstres, ne parvenait plus à trouver l'issue de la sienne.

La sonnerie du téléphone interrompit ses pensées douces-amères. S'il reconnut immédiatement la voix de Gloria, quelque chose dans son débit l'alarma :

— Je pense avoir un problème, Mr Cagney.

— Vous m'appelez de chez vous ?

D'une voix sèche et coupante, elle insista :

— Je n'ai pas le temps de me préoccuper de votre paranoïa, et si ma ligne est sur écoute c'est par quelqu'un de chez vous ou des services secrets, puisque je travaille également pour eux.

Il l'entendit reprendre sa respiration et elle poursuivit :

— J'ai trouvé un message assez curieux sur ma messagerie électronique.

— Curieux dans quel sens ?

— Dans le sens angoissant.

— Lié à votre travail avec nous ?

— Je n'en sais fichtre rien, Mr Cagney, mais il semble que j'en sois l'expéditeur.

— Pardon ?

— Oui, l'expéditeur est une certaine G. Parker-Simmons du MIT. Je peux vous le transférer par e-mail si vous ne souhaitez pas que nous en discutions au téléphone, ou même vous le faxer. (Elle précisa sur un petit ton faussement ironique :) Vous avez un fax couleur, j'espère, cela vaut le coup.

— Faxez-le-moi. Je ne bouge pas et je vous rappelle aussitôt.

— Entendu.

Une étrange répulsion envahit Cagney lorsqu'il vit apparaître le grand papillon. Il la mit au compte de son aversion phobique pour les insectes ailés et se força à sourire de souvenirs d'enfance, lorsqu'il hurlait debout dans son lit parce qu'un papillon de nuit était entré dans sa chambre. Son père le chassait à coups de chausson ou de serviette de toilette et concluait invariablement d'un « ce n'est pas la petite bête qui va manger la grande ».

Il rappela aussitôt Gloria qui décrocha sans attendre qu'il s'annonce :

— Alors ?

— Je trouve ces animaux d'une beauté répugnante.

Sèche, elle insista :

— Sans doute, Mr Cagney, et je partage votre sentiment. Cependant, mes préoccupations du moment ne sont pas d'ordre esthétique. Je voulais savoir ce que vous en pensiez ?

Il eut la très nette impression qu'elle l'accusait de quelque chose, d'être responsable d'une façon ou d'une autre de cet envoi.

— Avez-vous vérifié la source d'émission ?

— J'ai aussitôt renvoyé une demande de précisions à la même adresse électronique. Je n'ai rien pour l'instant.

— Vous n'avez pas idée de qui et pourquoi ?

— Non, Mr Cagney. N'importe qui peut créer une adresse électronique ou, avec le bon mot de passe, utiliser celle de quelqu'un d'autre, à ceci près que je n'ai jamais eu de boîte à lettres électronique lorsque j'étais étudiante au MIT.

— Quelqu'un a pu en créer une ?

— Sans blague ? Mais qui et pour quelle raison ?

— Vous n'avez plus de contact là-bas ?

— Non.

— Je vais essayer de voir ce que je peux trouver au sujet du papillon et je vous rappelle, Mrs Parker-Simmons.

Elle raccrocha sans prendre congé. Aux quelques dixièmes de seconde qui avaient précédé sa dernière réponse, il avait compris qu'elle dissimulait quelque chose. Il n'avait jamais éclairci le mystère du petit monstre Parker-Simmons. Mrs Parker-Simmons avait été très chaudement recommandée par la CIA qui l'employait et par le ministère de la Justice, preuve qu'une enquête sérieuse avait été réalisée à son sujet. Pourtant, lorsqu'un an plus tôt Cagney avait fait sortir son dossier confidentiel, il avait été saisi par un contraste qui sautait aux yeux. Si le chapitre consacré à la brillante carrière estudiantine de Mrs Parker-Simmons dans la plus prestigieuse et la plus sélective des facs américaines ne laissait aucun détail dans l'ombre, jusqu'à la photocopie de ses maigres et plats articles dans la feuille de chou mensuelle de l'université, les seize premières années de sa vie étaient d'un flou vertigineux. *Mrs* Parker-Simmons, bien que n'ayant jamais été mariée, était née à Silver Lake, Massachusetts, en janvier 1964. Elle avait une sœur, Carol Parker, décédée lors d'un accident de voiture en laissant une fille attardée mentale, Clare, âgée à l'époque du drame de 2 ans. Le père de Gloria était mort alors qu'elle avait 11 ans et sa mère trois ans plus tard. Clare, après la mort de sa mère, avait été placée dans une institution charitable. Gloria avait à cette époque 14 ans. Elle avait ensuite bénéficié d'une dérogation lui permettant d'adopter sa nièce alors qu'elle avait tout juste 19 ans. En dépit de l'extrême platitude de la vie de Mrs Parker-Simmons, si l'on en croyait le dossier, puisque de jeune étudiante parfaite, elle était devenue une femme irréprochable, son dossier jouissait d'une procédure d'effacement. Ce genre de procédure est réservée, en général, aux agents secrets faisant l'objet de contrats ou aux témoins nécessitant une protection complète. Fait plus déroutant encore, aucune Gloria Parker-Simmons n'était jamais née à Silver Lake, Massachusetts. Cagney était parvenu à la conclusion que le petit rapace aux yeux bleu lavande était à l'origine de cet effacement, mais il ignorait encore pour quelle raison elle l'avait jugé indispensable. Sans qu'il comprisse très bien l'association d'idées qui présidait à ce souvenir, une phrase de Shakespeare lui revint en tête : car rien ne paraît infâme aux yeux de ceux qui gagnent. Nul doute que Mrs Parker-Simmons, qui partageait sa passion pour le poète, aurait aimé cette citation de Henri IV.

Il attrapa la feuille avec une moue de dégoût et retrouva sur le rolodex de son bureau le numéro du Dr Curtis, un des meilleurs entomologistes du pays, qui voletait de passion en passion dans les caves à archives du Smithonian.

La voix énervée et presque féminine lui répondit au bout d'une quinzaine de sonneries.

— Dr Curtis, James Irwin Cagney.

— Oui, bon, c'est à quel sujet ? Je suis très occupé, une histoire d'aéroport. Les gens racontent n'importe quoi, c'est hallucinant.

— Pardon ?

— Cet *Arctiidae* n'est jamais apparu autour de l'aéroport de Nouméa, c'est une pure hérésie.

— Je...

— Les gens sont prêts à n'importe quelle exagération pour publier. Ce ne sont pourtant pas les sujets innovants qui manquent, surtout en ce moment.

Le Dr Curtis se lança dans une véhémente diatribe au sujet de ces scientifiques qui « saucissonnent » leurs travaux pour publier plus et toujours moins intéressant, diatribe que subit placidement Cagney qui l'avait déjà expérimentée. Lorsqu'il l'avait rencontré la première fois, dans cette invraisemblable salle du Smithonian dont la hauteur au plafond devait excéder les cinq mètres, Cagney avait eu du mal à maîtriser une sorte de répulsion. Curtis était sale, de cette saleté exemplaire parce qu'elle devient un système. Il semblait appliquer à l'accumulation de sa crasse et de son odeur corporelle aigre le même soin méticuleux qu'à ses insectes, comme si son « génie » devait trouver des marques évidentes de reconnaissance. C'était une coquetterie déviante, une sorte de provocation codée et somme toute bien mièvre que Cagney avait retrouvée chez plusieurs scientifiques, l'un portait un bandana rouge en toute circonstance et en dépit d'une calvitie naissante, l'autre se baladait été comme hiver en sandales tressées de bénédictin.

— Dr Curtis, je viens de recevoir la photo de l'une de vos chères bestioles, et je vous serais très reconnaissant de l'identifier.

— C'est quoi ?

— Un papillon, je crois.

— Oui, je vois. À partir du moment où c'est un machin qui vole avec des ailes colorées, vous baptisez cela papillon. C'est beaucoup plus subtil que cela.

— Je n'en doute pas, Dr Curtis, les tueurs aussi et chacun son métier. Je voudrais juste savoir de quoi il s'agit.

— Bien. Vous pouvez le faxer à la bibliothèque centrale. Ils ont un fax couleur. J'y cours pour le réceptionner et je vous rappelle dès que j'ai quelque chose.

DIAMOND HEIGHTS, SAN FRANCISCO, CALIFORNIE

Gloria s'accrocha au rebord de sa belle table incurvée en bois blond. Il était presque 7 heures et le soir tombait sur la ville. On avait l'impression que cette presque obscurité avait le pouvoir de séparer chaque bruit, de différencier les crissements de freins, les cris ravis des enfants, le passage des autobus qui s'envolaient presque en amorçant la descente de Diamond Heights. Elle avait déjà trop bu.

Gloria était rentrée vers 4 heures de Little Bend et durant tout le début de l'après-midi avait réussi à faire glousser Clare, à la faire frapper de délice dans ses mains. Elle s'était s'interdit de repenser à cet insecte effrayant qui s'affichait dans sa tête dès qu'elle n'y prenait plus garde.

Enfin chez elle, dans cette grande maison à deux étages, dont le luxe et l'espace abusifs la calmaient, elle avait ouvert une bouteille de chablis, se demandant si elle tenterait de contacter Hugues de Barzan, son ancien professeur de mathématiques fondamentales du MIT. Les énervements de Barzan, ses reproches ou au contraire son plaisir lorsqu'elle progressait avaient façonné Gloria. Il lui avait appris pêle-mêle et dans un ordre que lui seul comprenait, la logique, les mathématiques, le français, le latin et lui avait communiqué le goût de la musique et celui de la philosophie. Durant quatre ans il avait orfévré, sans doute par caprice, cette déjà prodigieuse mais chaotique intelligence. À l'époque, elle s'était parfois demandé pour quelles raisons il l'avait distinguée des autres, non pas que la chose l'intéressât vraiment mais parce qu'elle craignait qu'il ne se lasse d'elle et l'abandonne. Gloria cherchait un moyen de survivre, de récupérer Clare, et la bourse qu'elle venait d'obtenir au MIT n'était qu'une première étape. Elle avait d'abord confusément puis de façon aiguë senti que Barzan était sa solution, le miracle après lequel elle courait depuis des années. Il ne fallait pas qu'il se lasse. Elle était prête à tout pour continuer à le surprendre et à le distraire, puisque, du moins au début, il ne s'agissait pas pour le vieux professeur excentrique d'autre chose. Elle avait supporté, sans jamais se plaindre ni pleurer, les tempêtes de Barzan, ses insultes, ses remontrances, absorbant en échange tous les bouts de génie qu'il lui distribuait. Et puis, elle avait eu 19 ans, et puis elle était devenue l'égale de Barzan.

Avec sa coutumière élégance, Hugues de Barzan avait été ravi de cette communauté d'esprit enfin égalitaire jusqu'à ce qu'il comprenne que puisque Gloria n'avait plus besoin de lui, elle ne le voulait plus, du tout. Barzan n'avait jamais été son amant, peut-être l'avait-il souhaité, mais il avait sans doute craint que Gloria ne considère ce désir comme une demande de remboursement. Gloria avait préféré feindre l'inconscience qui lui épargnait une réponse et une explication. Ce médiocre stratagème lui avait permis d'éviter un affrontement direct jusqu'au moment, où profitant des vacances de Barzan en France, elle avait déménagé de sa chambre de campus sans laisser de trace. Elle avait parfois songé à l'appeler mais l'inévitable explication qu'elle pressentait l'en avait dissuadée... comme ce soir.

Les deux premiers verres de chablis lui avaient permis de retrouver une sorte de calme fragile, un apaisement en pointillés nécessaire au fonctionnement de la masse molle et grise qu'abritait sa tête. Assez irrationnellement, elle avait senti le besoin impératif d'abandonner le clavier et retrouvé dans un pot chinois en porcelaine bleu et blanc un ancien stylo plume dont la cartouche d'encre avait séché en poussière brune. Gloria, pour qui le temps était une obsession lorsqu'elle était auprès de Clare, avait perdu une demi-heure à nettoyer la plume et le réservoir. Elle avait soupiré d'exaspération pour la millième fois à la vue de son écriture, à la fois heurtée et enfantine. Papillon, butterfly en anglais/ *Mrs Butterfly*, les sanglots éblouissants de *Un bel di vedremo*/ Papillon, la biographie de ce bagnard dont on avait fait un film. Depuis 4 heures de l'après-midi, elle avait écouté toutes les versions qu'elle possédait de l'aria, préférant une fois l'infime vibrato bouleversant de Callas, optant une autre pour l'invraisemblable fluidité de Caballé. La voix de Los Angeles avait frémi comme les ailes d'un papillon surpris de son agonie. Gloria avait fini par repasser *ad infinitum* la version de Freni. Elle s'était demandé jusqu'à la nausée s'il existait quelque chose là-dedans qui fût significatif. Elle avait terminé la bouteille de chablis et s'était assoupie dans son fauteuil de bureau, sombrant par saccades dans le sommeil jusqu'à ce qu'un souvenir lui fasse rouvrir les yeux brutalement : une jeune femme, brune aux reflets auburn, marchait dans un couloir. Quelqu'un, un homme, lui avait conseillé de raser le mur de briques sombres, de ne jamais s'approcher des barreaux des cellules. Une ombre avait murmuré d'une voix rauque « je peux sentir ton con » et puis quelque chose de tiède et visqueux avait dégouliné le long de sa tempe, du sperme. *Le Silence des agneaux*, la chrysalide qui voulait devenir une femme-papillon.

Un moment de panique absolue la jeta sur le téléphone et puis elle reposa le combiné : Cagney n'avait pas à savoir. Rien de ce qu'elle sentait, craignait, ne le concernait. Il était déjà suffisamment redoutable sans cela. Curieusement, la conviction superstitieuse qu'elle allait bientôt mourir l'apaisa. Elle devait tout prévoir pour Clare.

BASE MILITAIRE DE QUANTICO, VIRGINIE

Les joues hirsutes et bleuâtres de Richard Ringwood agacèrent Cagney. Croyant s'excuser, Ringwood déclara d'un petit ton complaisant :

— J'ai passé la nuit à la base. Je n'ai pas eu le temps de me raser.

— Comme Morris et moi, Richard. Mais nous avons l'habitude. Nous avons une brosse à dents, un rasoir, et une chemise de rechange.

— Oui, c'est ce que je vais faire aussi. Nous avons trouvé cette Ms Lowe, la conseillère financière des Valdez. Julio Valdez avait pas mal de fric. Ms Lowe a tenté de le dissuader de vendre ses parts de l'affaire familiale. Il faut dire qu'il faisait un mauvais calcul, les cours sont à la hausse, à cause du bœuf anglais. Mais il n'en a fait qu'à sa tête et il a quand même vendu pour acheter cet appartement. Il restait pas mal d'argent après l'achat. La conseillère l'a placé de façon futée, et à première vue, il n'y a rien de suspect là-dedans.

— C'est quoi les placements ?

— Des investissements bancaires assez pépères, quelques bons d'emprunt, une assurance-vie raisonnable pour sa femme, quelques parts dans une chaîne de laveries automatiques et une prise de capital un peu plus substantielle dans une société de voitures de location. Le genre location de luxe avec Mercedes et chauffeur. Si on se fie aux rentrées, c'était une bonne affaire.

Cagney se mordit la lèvre de dépit :

— En substance, rien ?

— Eh bien, tout cela est assez banal.

— C'est la femme qui hérite ?

— Ah, cela je ne sais pas. L'assurance-vie était à son profit, mais pour le reste...

Cagney attrapa un dossier, l'ouvrit et déclara d'un ton las :

— Essayez quand même de savoir, Ringwood. Au point où nous en sommes...

Cagney passa la matinée à revoir les dossiers d'autres affaires, d'autres meurtres, d'autres monstres. Il se décida enfin à aller déjeuner lorsque le Dr Curtis le rappela :

— C'est un beau spécimen mâle *d'Empyreuma affinis Rotschild*, autrement appelé *Empyreuma haitensis Rotschild*, un papillon de la famille des *Arctiidae Ctenuchinae*.

— Oui, et ?

— Et ? Eh bien, sa niche écologique est en Guadeloupe, mais on le trouve également à Cuba, en Haïti et en Floride. La chenille est un défoliateur très nuisible du laurier-rose. (Le débit de Curtis s'accéléra brusquement et Cagney comprit que ce qui allait suivre le passionnait.) Figurez-vous que les femelles de l'espèce sécrètent une phéromone sexuelle puissante que l'on retrouve chez les femelles d'une espèce voisine. Vous vous doutez que cette similitude aurait pu engendrer des confusions catastrophiques pour la survie de l'espèce, mais il semble que les mâles repèrent les femelles de leur propre espèce grâce à l'ouïe.

— Et c'est tout ?

Soudain énervé, Curtis répondit :

— C'est déjà pas mal, me semble-t-il. Que vouliez-vous savoir d'autre ?

— Je ne sais pas, tout.

— Mais il n'y a pas grand-chose d'autre, à moins que vous ne souhaitiez que je vous parle des espèces voisines ou concurrentes.

— Et cette phéromone ?

— Ce sont en quelque sorte des éthohormones et même des sociohormones. Cela permet entre autres aux différents partenaires sexuels d'une communauté de communiquer entre eux, de s'attirer, se faire reconnaître et tout cela.

Une vague de découragement submergea Cagney, qui prit congé de l'entomologiste aussi rapidement qu'il le put.

Ils tournaient en rond depuis le début. Des fragments d'histoire se surajoutaient les uns aux autres, sans qu'il fût même possible de trouver un lien entre eux. Ce message reçu par Mrs Parker-Simmons était-il une menace ? Cette menace était-elle liée à son travail pour le FBI ? Après tout, elle travaillait également pour les services secrets et pour de grosses compagnies privées au sujet desquelles elle était d'une discrétion pathologique. Il renonça à lui téléphoner pour lui communiquer les renseignements de Curtis. Qu'avait-elle à faire de sociohormones et d'un nom latin qu'il était certain d'écorcher ?

Il était 8 heures du soir lorsque Ringwood frappa à la porte du bureau de Cagney. Cagney détailla le pli presque gris qui barrait verticalement la naissance de ses sourcils et la courbe crispée des maxillaires :

— Où ?

— Ils viennent de retrouver un corps pas très loin de San Francisco, de l'autre côté de la baie. Le légiste a été aussitôt appelé.

Ringwood déposa le texte finement imprimé d'un fax et Cagney le lut avec l'impression de relire toujours le même. Le corps carbonisé d'un garçon avait été retrouvé par la brigade des sapeurs-pompiers appelée par les riverains d'une ferraille située à la sortie sud d'Oakland, non loin d'Alameda. Une carcasse de voiture avait été incendiée et le feu menaçait de s'étendre à tout le terrain. Cagney savait qu'il s'agissait de la septième victime, qu'on découvrirait lors de l'autopsie la cicatrice de fractures, et peut-être des prothèses dentaires.

Il se leva et la douleur explosa sous son omoplate. Il conserva un ton plat pour dire :

— Ringwood, prévenez Morris, nous prenons le premier vol pour San Francisco. Appelez Zhang à Washington, qu'il nous rejoigne là-bas au plus vite.

— Euh, je préférerais que vous l'appeliez, monsieur. Il est tard et je ne sais pas si j'ai le courage d'affronter le Dr Zhang.

Glacial parce que la douleur le suffoquait presque, Cagney lâcha :

— Eh bien, il faudra que vous le trouviez, Ringwood.

BOSTON, MASSACHUSETTS

Lorsqu'elle le découvrit, lové comme un fœtus sur le canapé en soie épaisse, la femme resta immobile, bouleversée de tristesse. Elle avait toujours tout tenté pour le protéger du monde, de la cruauté gratuite des hommes, de leur fascination pour le sadisme. Mais le monde les rejoignait, il se faisait pressant et lui était fasciné. Elle ne pouvait plus le retenir, le cacher, l'épargner. S'il voulait ce monde, il fallait qu'il apprenne à le prendre tout, la peine et l'impuissance avec.

Il sanglotait doucement et elle s'approcha. Elle s'assit légèrement à côté de lui. Il se poussa un peu et l'entoura, faisant de son corps comme une écharpe qui l'enroulait. il ânonna :

— Mais pourquoi ?

— Parce que c'est comme ça, chéri. Tu n'y peux rien et je n'y peux rien. Ils veulent tout, tout absorber, tout conquérir mais ils ont oublié qu'il fallait souffrir. Souviens-toi comme nous avons souffert, mon bébé, comme les plaies sont longues à cicatriser.

Il hoqueta le front collé à ses genoux et elle se défendit contre les larmes qu'elle sentait monter. Elle caressa doucement ses cheveux fins. Ses doigts la faisaient souffrir. Cela aussi était une autre peine à apprendre. Le téléphone résonna quelque part dans l'immense appartement blanc. Ils avaient tous les deux voulu ce blanc et n'avaient pensé à aucune autre couleur.

— J'ai tellement de peine.

— Je sais mon ange, c'est normal. Il faut apprendre à vivre avec. Il n'y avait pas d'autre solution, mon chéri.

— Pourquoi n'a-t-il pas voulu ?

— Il a eu peur, peur d'avoir mal. Il n'avait pas compris qu'il n'y a pas d'alternative. Aucun d'entre eux ne veut le comprendre.

Elle descendit gentiment la fermeture Éclair de la braguette de son pantalon et sa main se fraya un chemin dans les plis de son caleçon. Elle l'entendit enfin soupirer et sourit.

— Là, calme, mon ange. Il faut dormir maintenant. Cette peine ne sert plus à rien. Là, dors.

Elle ralentit le va-et-vient de son poignet quand elle le sentit se détendre, puis mollir. Lorsque enfin sa respiration se fit paisible, elle retira la main et se leva. Elle traversa le grand appartement muet. La haute laine de la moquette blanc cassé de l'immense salon recouvrait ses pieds nus sans même qu'elle s'en aperçoive. Elle se servit un grand verre de whisky. Plus tard viendraient les somnifères. Si peu de choses parvenaient encore à calmer sa colère contre tous ceux qui le désespéraient.

SAN FRANCISCO, CALIFORNIE

Ils attendirent plus d'une heure dans la petite salle aseptisée de l'institut médico-légal. Cagney n'avait pas eu envie d'assister à l'autopsie, d'abord parce que la police de San Francisco était présente et ensuite parce qu'il souhaitait minimiser au maximum les aigreurs de Zhang qui n'avait pas apprécié qu'on le dérange chez lui pour le traîner jusqu'en Californie.

Lorsque enfin le médecin pénétra dans la salle d'attente et les toisa de sa petite taille, Cagney se félicita de sa patience : Zhang semblait détendu. Il avait probablement passé sa mauvaise humeur sur les pauvres flics coincés dans la salle d'autopsie.

— Beaucoup de points communs, Mr Cagney, beaucoup. Victime de sexe masculin, en bonne santé, âgée au plus de 12 ans. Étranglée puis carbonisée. Traces cicatricielles sur les membres inférieurs et le bras gauche. Une molaire inférieure droite manquante. Voilà pour l'instant. Franchement vous pouviez m'épargner le voyage. Je n'ai rien à ajouter au rapport de mon confrère. Les prélèvements pour les autres tests ont été envoyés au labo. Et moi, je rentre chez moi. Au revoir messieurs.

Cagney et Morris se rendirent ensuite au commissariat d'Oakland et y arrivèrent aux environs de 9 heures. Le propriétaire de la fourrière, un certain Alan Wiliams, était entendu. Williams était vautré sur la chaise qui faisait face au bureau du détective Inaka. Le contraste entre la tenue soignée et l'élocution parfaite d'Inaka et le laisser-aller adipeux de Williams était saisissant. Williams devait dépasser 1,90 mètre et 150 kilos. Ses longs cheveux blonds bouclés tombaient en mèches grasses à mi-dos. Il portait une sorte de pantalon de treillis dont l'entrejambe tombait à mi-cuisses et qu'une ceinture serrait sous son ventre gras et pâle. Sa chemise à manches courtes, maculée de taches d'origines diverses, bâillait sur les poils presque roux de son nombril.

Inaka, avec une courtoisie sans faille, demanda au témoin de décliner son identité, sa profession et enchaîna. Cagney et Morris se tinrent à l'écart de la conversation. Williams répondait par monosyllabes et prenait un visible plaisir à se foutre d'eux.

— Vous habitez dans l'un des baraquements de la fourrière, Mr Williams ?

— Ouais.

— Mais hier soir, vous étiez de sortie, je crois ?

— Ouais.

— Pourriez-vous nous préciser où et si possible avec qui ?

— J'suis accusé ?

— Non, Mr Williams, il s'agit de questions de routine.

— Sans déc ?

— Alors, Mr Williams ?

— J'ai fait les bars vers le Tenderloin. J'ai pas mal picolé. J'sais pas trop où exactement.

Cagney se souvenait vaguement de ce quartier situé pas très loin de Civic Center. S'y étalait une concentration de boîtes pornos et de bars louches qui devaient attirer des clientèles du genre de Williams. La mauvaise réputation du coin ne datait pas d'hier puisqu'il tirait son nom des flics qui acceptaient d'y patrouiller jadis en échange d'une prime spéciale, une prime qui leur permettait d'acheter les morceaux nobles du bœuf.

— Il est indéniable que votre absence ce soir-là, précisément, a dû faciliter la tâche du meurtrier. Car je suppose que sans cela vous l'auriez vu placer le corps dans le coffre d'une épave. Ou alors entendu. Vous avez deux chiens de garde, non ?

— Ouais. Ils étaient bouclés ce soir-là.

— Cela vous paraît logique d'enfermer des chiens de garde lorsque vous vous absentez ? Vous avez peut-être peur qu'un voleur les blesse en pénétrant indûment chez vous ?

Inaka ouvrit un tiroir et sortit le dossier signalétique de Williams qui lui jeta un œil en souriant finement.

— Je savais que vous alliez le trouver. Mais je suis clean, maintenant.

— Vols de voiture, vols à main armée dans un débit d'alcool, coups et blessures sur une femme de 60 ans, vol à l'arrachée et j'en passe....

— J'ai fait ma peine et je me suis rangé des voitures.

— En ouvrant une fourrière. Vous ne manquez pas d'humour.

— Quoi ?

— Non rien. Eh bien je vous remercie, Mr Williams. Nous vous recontacterons sans aucun doute. Il s'agit d'une histoire très sérieuse, et s'il vous revenait un détail je vous conseille vivement de nous en faire part. Avec votre passé, un simple oubli de bonne foi serait du plus mauvais effet.

Williams souleva sa graisse et quitta le poste en jetant un regard mauvais à Cagney et Morris. Inaka le regarda partir et avec un sourire suave déclara :

— Enfoiré de merde, je vais te clouer la peau des couilles ! (Puis, se tournant vers Cagney et Morris :) Qu'en avez-vous pensé ?

— Il ment, c'est évident. On a dû le payer pour qu'il ferme les yeux et qu'il boucle les chiens. Reste à le prouver.

— Je vais me faire un plaisir de lui coller au cul. Avec un peu de patience, je suis sûr que je trouverai un petit truc qui le rendra plus coopératif. Ce genre de mec ne raccroche jamais, mais un passage en taule les rend plus malins.

— Tenez-nous au courant, lieutenant Inaka.

— Bien sûr, monsieur.

Il était à peine 10 heures lorsqu'ils ressortirent du poste de police d'Oakland. Morris attendait que Cagney annonce la suite de leur programme. Cagney aurait aimé bavarder un peu avec son adjoint, mais un autre projet l'attendait. Le silence morose de Morris au cours des dernières semaines, cette espèce de vide et d'absence qu'on sentait chez lui alarmaient Cagney. Mais il lui fit comprendre qu'il désirait se promener seul, et crut sentir que cette suggestion arrangeait plutôt Morris.

Cagney ressentait un impérieux besoin d'être seul, de penser calmement au cheminement des choses et de sa vie. Il avait vite appris que Little Bend était la meilleure institution privée accueillant des enfants déficients intellectuellement et il ne faisait aucun doute que Gloria était venue s'installer en Californie pour cette raison. Il avait cru comprendre qu'elle rendait visite à sa nièce tous les après-midi.

Lorsqu'il gara la Ford noire de location une demi-heure plus tard devant Little Bend, James Irwin Cagney s'interrogea sur les motifs véritables de sa fascination pour Clare. Il s'était d'abord rassuré en décidant qu'il s'agissait d'un intérêt strictement professionnel, que connaître les gens qui travaillaient pour lui était un moyen de cerner davantage leurs limites ou leur exception. Il s'était abusé durant quelques jours en décidant qu'il devait voir Clare pour mieux comprendre. Mais c'était faux, il avait juste envie de la voir, et c'était une envie irrationnelle et incontrôlable. Il avait de plus en plus la certitude que Clare était le seul chemin d'accès jusqu'à Gloria. Pour découvrir quoi ? Qui ? Il n'en avait plus la moindre idée mais il fallait qu'il sache. Si au moins, il était tombé amoureux de Gloria la chose aurait été plus simple, plus conventionnelle en quelque sorte. Mais il n'avait pas l'impression d'être amoureux. Il n'était même pas certain de l'aimer. Après tout, qu'en savait-il ? Ce registre de sentiment était suffisamment éloigné de lui, de ses souvenirs, pour qu'il ne risque pas un diagnostic définitif sur ses états d'âme. Ce dont il était certain, c'est qu'il était piégé par une sorte d'attirance pour elle, pour ce qui la concernait, une attirance si vaguement sexuelle qu'elle en devenait déroutante.

Il attrapa le sac en plastique jeté sur le siège arrière et sortit de la voiture. Il contourna le bâtiment principal, jugeant préférable de rejoindre le parc sans traverser l'hacienda. Alors qu'il traversait la pelouse fraîchement tondue, la grande porte en bois roux du bâtiment central s'ouvrit et une jeune femme apparut en haut des marches. Il s'arrêta et la regarda s'avancer en souriant vers lui. La méfiance tranquille qu'il lisait dans le beau regard en amande contrastait avec la chaleur de son sourire.

— Monsieur ? Je m'appelle Jade Whiteley. Je dirige cet établissement. Que puis-je pour vous ? Vous cherchez quelqu'un ?

— Oui, Clare Parker-Simmons.

— Vous connaissez Mrs Parker-Simmons ?

— Oui, nous travaillons ensemble.

Le sourire s'élargit, découvrant de petites dents blanches et le regard se fit dur.

— Vraiment ? Mais Mrs Parker-Simmons ne nous a pas prévenus de votre visite. Je suis donc désolée, mais vous devrez l'attendre. (La jeune femme consulta sa montre-bracelet et acheva.) Elle ne devrait pas tarder. Elle arrive en général vers midi. Nous avons une salle d'attente très agréable, si vous voulez me suivre.

Cagney éprouva une déception violente, presque un moment de panique. Il lui restait une heure, à peine davantage, pour rencontrer Clare. Cagney était suffisamment lucide pour savoir que cette visite avait été la raison essentielle de son déplacement en Californie. Il pouvait attendre le rapport du légiste à Quantico, d'autant qu'il savait déjà ce qu'il contiendrait.

— Je comprends et j'approuve votre prudence, madame, mais Clare ne craint rien.

Il sortit sa carte plastifiée du FBI et la lui montra. Jade la lut soigneusement et demanda, inquiète :

— Il y a un problème ?

— Non, aucun. Il s'agit d'une simple visite amicale. Je tenais juste à vous rassurer.

Elle eut l'air d'hésiter encore un peu, puis déclara lentement :

— Bien, j'espère que Mrs Parker-Simmons n'y verra pas d'inconvénient. Clare n'a jamais reçu de visite jusque-là et nous n'avions pas abordé ce problème. Clare joue derrière le bâtiment central, près de la volière, au fond du parc. Vous connaissez un peu... enfin, les difficultés avec l'enfant ?

— Oui, je suis au courant.

— Je vais vous y conduire, suivez-moi.

— C'est inutile, je vais trouver. Je préfère une entrée en matière moins formelle si vous n'y voyez pas d'inconvénient.

Il comprit à son silence courtois qu'elle cherchait s'il existait un piège.

— Bien.

Elle le regarda obliquer derrière le bâtiment et Cagney fut certain qu'elle surveillerait ou ferait surveiller sa rencontre avec la jeune fille d'une des fenêtres de Little Bend.

Il reconnut immédiatement la silhouette assise sur l'herbe à quelques mètres de la volière. Elle lui tournait le dos et l'angle doux de son cou lui rappela Gloria. Ses cheveux du même blond que sa tante balayaient son épaule. Ses deux mains étaient posées à plat de chaque côté d'elle, doigts écartés. Comme Gloria lorsqu'elle posait ses paumes sur un bureau. On aurait dit que l'une comme l'autre tentaient de s'approprier le plus d'espace possible. Il se rapprocha doucement de la jeune fille et comprit qu'elle avait perçu sa présence derrière elle lorsqu'elle redressa la tête. Il s'immobilisa quelques instants. Clare tourna la tête vers lui et le regarda droit dans les yeux, sans un sourire. Ses yeux avaient exactement la même nuance que ceux de sa tante. Mais la ressemblance s'arrêtait là. Au visage triangulaire, fin et presque émacié de Mrs Parker-Simmons se superposa l'arrondi lourd et gras de celui de Clare. La ligne de ses maxillaires semblait s'être interrompue à mi-chemin, rattrapée par une courbure hésitante et mal définie qui aplatissait presque complètement le menton. Le petit nez rose s'épatait jusqu'au tiers des joues et ses yeux s'étiraient vers les tempes, les cils presque dissimulés par la lourde paupière supérieure. Elle le fixait toujours, attendant, sans impatience, qu'il ait fini de la dévisager. Cagney contempla encore quelques secondes la bouche entrouverte, les lèvres humides d'une pellicule de salive. Sans trop savoir pourquoi, le faciès typique de Clare le soulagea, comme si son évidente débilité le débarrassait d'une chose pesante.

Il avança et s'installa à côté d'elle, sans prononcer un mot. Ils demeurèrent paisiblement silencieux, souriant des facéties d'une sorte de cacatoès qui se grattait le bec au barreau de son perchoir en roucoulant sur deux tons, comme s'il se tenait lui-même informé de ses progrès. Cagney fouilla dans son sac et en tira un paquet de marshmallows roses et blancs :

— Moi, j'aime beaucoup les marshmallows, surtout les roses. Tu en veux un ? J'ai des cookies aussi, si tu préfères, ajouta-t-il en replongeant la main dans le sac. Au chocolat et aux noix de pécan.

Clare fourra sa main dans le sac de marshmallows et sortit une pleine poignée de boules de guimauve. Elle les étala avec soin devant elle, rangeant d'un côté les blanches, de l'autre les roses. Puis, déçue par cet agencement, elle les aligna en file, une rose suivie d'une blanche. Elle sourit de satisfaction, mais regarda perplexe la boule rose excédentaire qui lui restait dans la main. Elle attrapa la main de Cagney et poussa la boule ramollie par sa sueur dans sa paume.

— Merci, Clare.

Il mâcha la guimauve, le regard toujours fixé vers la volière.

— Re...regar. Regââârde ! panpan !

Cagney tourna les yeux suivant la direction de son doigt tendu. Un grand paon avançait sans hâte vers eux, condescendant et ennuyé. La traîne de sa queue tassait l'herbe tendre comme une vague derrière lui. L'oiseau avait le regard fixé sur Clare et Cagney se tendit pour se relever. Une main tiède et ferme l'en dissuada :

— Chuuuut.

L'oiseau s'immobilisa à vingt centimètres de Clare assise et Cagney fixa le bec puissant, prêt à bondir sur l'animal. Un son rauque et désagréable sortit de la gorge du paon. Clare gloussa et tira d'un petit sac en plastique qu'elle tenait entre ses genoux des bouts de pain qu'elle tendit à l'oiseau. Cagney regardait, fasciné, les coups de bec brutaux qui claquaient à quelques millimètres du bout des doigts de la jeune fille. Lorsqu'elle froissa le petit sac vide et le fourra dans sa poche de robe, le volatile eut l'air scandalisé. Il secoua la tête, se tourna et repartit de la même démarche compassée vers le bosquet d'où il était sorti un peu plus tôt. Clare prit la main de Cagney et la serra :

— Beau... beau. Hein ?

— Oui, il est beau.

Cagney soupira d'exaspération. Il cherchait depuis plusieurs minutes l'origine de l'apaisement qui le tenait assis sur l'herbe. L'intelligence l'avait toujours fasciné et son décryptage était devenu, au fil des années, sa seule passion. Les mécanismes de l'intelligence, son origine, ses manifestations, ses failles et dérobades lui semblaient les seuls à pouvoir décrire l'état d'humain. La présence de cette jeune fille dont le quotient intellectuel devait être inférieur à celui d'un chimpanzé, la pression de cette main tenace dans la sienne le calmait davantage que toutes les trouvailles qu'il avait pu accumuler à ce sujet dont il avait cru pouvoir remplir sa vie. Et pour la première fois, Cagney se sentit pathétique.

Il la perçut avant de l'entendre ou même de la respirer. Les poils ras de sa nuque se hérissèrent. Il tourna brutalement la tête et découvrit deux longues jambes minces, et un regard bleu tempête. Ses lèvres étaient pincées. Ses poings crispés pendaient le long de sa jupe et au mouvement rapide de ses narines, il pouvait deviner ses petites expirations précipitées et nerveuses. Gloria le fixait, parfaitement immobile. En dépit du soleil qui lui arrivait dans les yeux, il ne la vit jamais cligner des paupières.

Cagney devait avoir 5 ou 6 ans à l'époque. Petit garçon bien élevé, il avait accepté en protestant pour la forme, de partir deux semaines en vacances chez les parents de sa mère. Il n'aimait pas ce ranch du Colorado, trop grand, trop isolé, avec des lits dont les ressorts gémissaient sans même que l'on bouge et des réveils dont le tic-tac bruyant vous empêchait de dormir. Il n'aimait pas qu'on le force à manger, ni la tendresse accablante et désordonnée de cette grand-mère dont il était le seul petit-fils, ni la bienveillance bourrue de ce grand-père qui lui serrait déjà la main en l'appelant « fiston ». Il avait peur des vaches et se méfiait des poules parce qu'elles fonçaient sur lui d'un air mauvais pour aussitôt rebrousser chemin, s'immobiliser et s'affairer à picorer le sol à la recherche d'il ne savait quoi. Un jour, il en avait débusqué une gobant un énorme ver de terre qui se tordait pitoyablement. La poule avait plaqué le ver de terre au sol, le maintenant sous ses griffes. Elle avait attrapé l'une des extrémités de ce lacet de chair vivace dans son bec et l'avait tiré jusqu'à ce que le ver se déchire. La scène avait donné envie de vomir à James et il avait refusé durant des années de manger du poulet, sans que personne ne parvienne à lui faire avouer les raisons de sa répugnance. Il avait l'impression qu'il aurait mangé un ver de terre par procuration mais aussi d'être complice d'un acte de pur sadisme.

Le seul lieu de réconfort dans cette immense ferme était une sorte de haute grange en bois assombri par les intempéries, construite sur de courts pilotis. On y entassait le foin, des pièces usées de machines ou de tracteurs, des bouts de tout et personne n'y venait jamais, surtout pas les vaches. L'enfant s'y réfugiait tous les après-midi et rêvassait allongé sur une botte de paille, se délectant de tout ce qu'il ferait lorsqu'il serait enfin de retour chez lui, tout en sachant qu'une fois rentré, il ne ferait rien d'autre que rêvasser encore à « ailleurs » et à « plus tard ».

Ce jour-là, sitôt avalé le déjeuner, il trotta vers la grange. Il en fit d'abord le tour pour s'assurer qu'aucun volatile ne menacerait sa tranquillité. Il stoppa net une fois derrière la grange. Des miaulements ténus lui firent baisser le regard et il découvrit un tout petit chaton qui tentait de se dissimuler entre le sol poussiéreux et le plancher de la bâtisse. Il s'agenouilla d'abord puis s'allongea sur le ventre. Les miaulements devinrent stridents et lorsque deux yeux blancs le fixèrent, James comprit pour quelle raison le chaton ne s'enfuyait pas. Elle était aveugle, car c'était forcément une petite chatte, il l'aurait parié. James contempla, bouleversé de tendresse, la petite gueule rose, le minuscule menton prognathe. Elle feulait en découvrant des crocs blancs aigus et sa langue, décolorée de peur, ressemblait à un pétale de dahlia. Il faillit éclater en sanglots parce qu'il sentait qu'elle était terrorisée, parce qu'elle ne le voyait pas, mais qu'elle faisait face quand même. Il lui parla doucement, lui répétant qu'il ne voulait pas lui faire du mal. Il se convainquit progressivement qu'elle mourait de faim et fonça vers la maison pour revenir aussitôt avec une soucoupe de lait dont il renversa la moitié dans sa précipitation. Il avait tellement peur qu'elle ne soit plus là lorsqu'il reviendrait, qu'elle ne sache pas qu'il voulait la nourrir, lui faire du bien. Mais elle était toujours au même endroit et ses feulements reprirent dès qu'elle sentit qu'il était à nouveau allongé sur le ventre en face d'elle. Il poussa doucement la tête de la petite chatte vers la soucoupe et elle eut un mouvement de recul lorsque son nez effleura le liquide frais. Elle ne voulait pas manger et il en conçut un désespoir terrible. Et puis soudain, il eut l'étrange conviction que quelque chose n'était plus normal. Il tourna péniblement la tête sur le côté, se râpant le menton contre la terre sèche, et découvrit, assise à trente centimètres de son visage, une grande chatte noir et blanc. Elle le fixait si intensément qu'il se demanda si elle respirait. Bien qu'il ne connût pas le mot à l'époque, il sut qu'il s'agissait d'un regard implacable et qu'elle s'apprêtait à se jeter sur lui au moindre geste menaçant. Et curieusement il ne lui en voulut pas, il l'admira et il aurait aimé la caresser et le lui dire. Il rampa sur le ventre pour s'éloigner lentement d'un mètre du chaton, son regard toujours collé à celui de la chatte. Elle se leva enfin et cligna lentement des paupières. Elle se dirigea vers son chaton en ronronnant et il pleura de soulagement, pas pour lui mais parce que la petite bête aveugle était protégée.

Il y retourna tous les jours que dura son séjour, portant précautionneusement une tasse de lait pour la grande chatte. Mais il ne les revit jamais et une tristesse aiguë l'accompagna durant des mois.

Et puis, il avait oublié, comme tant d'autres choses, jusqu'à aujourd'hui.

Il se releva. Gloria ne bougeait toujours pas. Et Cagney eut soudain l'absolue certitude que Clare n'était pas sa nièce. Clare était la fille de Gloria, le bébé dont elle avait accouché alors qu'elle était encore une enfant.

Clare sauta sur ses pieds et se jeta dans ses bras :

— Tata, tata !

Le voile mauvais qui obscurcissait les iris de Gloria disparut et elle sourit en embrassant Clare :

— Ma caille, jolie caille-chérie.

Elle tenait Clare serrée contre elle et jeta un regard tranchant à Cagney. Il sentit qu'il allait devoir trouver une explication convaincante pour justifier sa visite. Après tout, pourquoi pas la vérité, aussi floue et incompréhensible soit-elle ? L'intelligence de Gloria en était digne.

Ils passèrent le reste de la matinée à se promener dans le parc. Clare prononçait parfois des mots que Cagney avait peine à déchiffrer. Gloria lui répondait en riant, répétant inlassablement les mêmes phrases en utilisant des formes légèrement différentes. La jeune fille ne demanda pas qui était cet homme qu'elle n'avait jamais vu auparavant, et Gloria n'expliqua rien. Cagney profita de l'engouement soudain de Clare pour un criquet qu'elle seule avait vu bondir dans l'herbe et qu'elle entreprit de suivre en les distançant pour parler à Gloria de la septième victime. Ce fut le seul moment où il sentit que la jeune femme baissait sa garde pour quelques secondes.

Gloria consulta sa montre en métal chromé, dont le bracelet en banal cuir noir contrastait avec la pâleur de son poignet. Cagney l'imita. Il était presque midi et quart. D'un ton monocorde, elle déclara :

— Le déjeuner est servi à 12 h 30 précises, Mr Cagney. Souhaitez-vous vous joindre à nous ? Il faudrait prévenir le secrétariat.

Surpris d'avoir su passer plus d'une heure sans consulter une fois sa montre, conscient du manque d'enthousiasme que Gloria apportait à son invitation, il commença, un peu gêné :

— Il y a une sorte de pub, pas très loin d'ici. Ils servent des repas. Cela semble assez agréable comme endroit. (Il hésita quelques secondes et acheva.) On pourrait peut-être déjeuner là-bas ?

Elle répondit d'un ton plat :

— Je déjeune avec Clare.

— Oui, évidemment. Je voulais dire, tous les trois.

Le regard de Gloria se posa sur la jeune fille qui souriait et serrait sa main parce qu'elle ne comprenait pas tout, qu'ils parlaient trop vite, mais qu'elle sentait qu'il était question de quelque chose d'amusant.

— Ce genre de sorties est compliqué, Mr Cagney. Je vous remercie. Une autre fois.

Elle lui tourna le dos et entraîna Clare vers l'Hacienda. Cagney la rejoignit en trois foulées.

— C'est vous qui les compliquez, Mrs Parker-Simmons. C'est votre regard et votre peur qui rendent les choses inabordables. Votre appréhension engendre celle de Clare et celle des autres.

— Ne parlez pas de choses que vous ne connaissez que théoriquement...

Elle poussa gentiment Clare en lui murmurant :

— Va, ma caille, va. J'arrive. Tata vient bientôt. Il faut se laver les mains. Bouh, qu'elles sont sales ces mains !

Clare gloussa et partit en sautillant vers l'Hacienda. Gloria la suivit du regard quelques instants et d'un ton brusquement cinglant poursuivit :

— Je n'ai pas envie que chaque déjeuner devienne un exercice de bravoure, un numéro de maîtrise de soi. Que savez-vous vraiment du regard des autres ? Que savez-vous des ricanements d'un autre enfant, des coudes qui se poussent, de la gêne des adultes, au mieux de leur commisération si évidente qu'elle vous épingle comme un monstre, la... tante d'un monstre.

— Ou sa mère, peut-être ?

Il regretta sa phrase aussitôt qu'il l'eut prononcée.

— Je crois qu'il est temps que vous nous quittiez, Mr Cagney. De surcroît, il n'est pas souhaitable que vous rendiez à nouveau visite à Clare. (Se ravisant, elle rajouta :) Non, pour être précise disons plutôt que je vous l'interdis formellement. J'en parlerai à Jade après le déjeuner.

— Vous ne trouvez pas votre réaction un peu outrancière, Mrs Parker-Simmons ?

— Non. Et épargnez-moi votre ton de psychanalyste en vogue, Mr Cagney.

— Écoutez, si c'est ce que j'ai dit tout à l'heure qui motive votre...

Elle l'interrompit et précisa dans un demi-sourire dont Cagney ne parvint pas à déterminer s'il était triste ou ironique :

— Mon but essentiel est de protéger ma nièce, Mr Cagney. Clare a terriblement besoin d'amour. Elle a tendance à distribuer le sien à tous ceux qui l'approchent et lui parlent gentiment. Elle a d'inépuisables réserves d'amour, vous savez ? Clare ne supporte pas qu'on l'abandonne, elle ne comprend pas pourquoi on ne veut plus d'elle. Elle ne sait pas qu'il existe des... engouements très ponctuels et très intéressés. Au revoir, Mr Cagney.

Cagney la regarda s'éloigner, remonter d'un geste de la main une mèche qui s'envolait. Elle marchait légèrement penchée vers l'avant, comme si elle devait lutter contre des bourrasques de vent. Il avait, encore et toujours, la sensation de glisser contre une surface parfaitement lisse et se demandait s'il parviendrait un jour à trouver un détail de Mrs Parker-Simmons auquel s'accrocher.

Il retourna à San Francisco et retrouva Morris à l'hôtel. Ils flânèrent un peu en ville. San Francisco a ceci de commun avec Boston qu'il s'agit d'une ville dans laquelle on peut marcher, se rendre d'un point à un autre sans avoir absolument besoin d'une voiture. Ils déjeunèrent ensuite, ou plutôt goûtèrent dans un petit restaurant de l'inévitable et très touristique quartier de Castro, le *Hungry Sam*. On leur servit de vrais hamburgers d'une livre, merveilleusement saignants et juteux, accompagnés de cole-slaw et de frites larges comme le pouce. Morris inonda les siennes d'une montagne de sauce A1.

DIAMOND HEIGHTS, SAN FRANCISCO, CALIFORNIE

Un pressentiment pesant arrêta Gloria sur le seuil de son bureau. Elle rebroussa chemin et se dirigea vers le grand salon encore baigné de lumière à cette heure. Les rideaux se gonflaient d'une fine brise qui apportait du jardin situé à l'arrière de la grande maison une odeur mêlée d'herbe et de gaz d'échappement. Gloria se servit un grand verre de vin et traça de son doigt des arabesques sur le cristal embué. Elle regarda en hésitant les grands canapés de cuir pêche et haussa les épaules. Une peur étrange se mélangeait à une fascination presque morbide : elle voulait le voir, parce qu'elle savait qu'il serait revenu. Lorsqu'elle appela le message, elle ressentit une sorte de soulagement pervers : elle avait raison, le papillon était revenu, à ceci près que ce n'était pas le même que la première fois. Il lui sembla plus grand, mais elle n'était pas sûre qu'une quelconque échelle ait été respectée par son expéditeur anonyme. Ses ailes d'un brun roussâtre bordées de larges marges noires tachetées de blanc étaient sillonnées de nervures noires et ressemblaient à un panneau de vitrail abstrait. Moins effrayant, il était beaucoup moins effrayant que le premier, presque joli, sans doute parce que sa robe évitait le rouge et le noir. Le brun, le roux, c'est l'automne, le silence d'une paisible marche en forêt, des enfants qui commencent à s'emmitoufler et qui s'époumonent dans une cour de récréation. Le rouge, le noir, c'est la mort, la souffrance, le sang, un ventre qui explose, une femme noire obèse qui vous tient la main, qui prie pour vous et qui sera la seule compassion de cette nuit qui n'en finit pas.

Elle lança une impression et la faxa à Cagney sans un mot d'accompagnement.

Elle ne voulait plus repenser à cette scène qui les avait opposés ou réunis hier après-midi. Cagney avait pressenti que Clare était sa fille, mais il n'en avait aucune certitude. Il ne restait de cette naissance aucune trace, sauf peut-être dans les dossiers du Charity Hospital où, terrorisée, elle avait mis bas une nuit, où Clare l'avait déchirée. Un médecin, harassé et pressé, lui avait parlé d'épisiotomie, de périnée, de vulve. Elle ne savait pas ce que c'était, mais n'avait pas osé demander. Simplement, cela ressemblait encore à un viol, mais en sens inverse. Une aide-soignante noire, entre deux âges, presque obèse, lui avait tenu la main, lui murmurant des mots usés qui l'avaient un peu calmée, lui assurant que le bébé serait le plus beau du monde, que tout allait s'arranger, qu'elle serait la plus heureuse des mamans. Puis elle avait tendu le bébé à Gloria en murmurant doucement « mon pauvre petit ». Ensuite, il s'était passé quelques jours dont Gloria gardait à peine conscience. Elle avait eu mal, de cela elle était sûre, très mal. Des mains l'avaient touchée, palpée, retournée, lavée. Elle se souvenait des « chut » lorsqu'elle tentait de repousser les mains. Elle ne voulait plus de mains, plus qu'on la touche. Lorsqu'elle avait émergé de cet univers comateux, étrange et presque confortable, Clare lui avait été enlevée. Gloria savait depuis plusieurs mois que le bébé serait placé dès la naissance dans une institution. Elle ne pleura pas, ne cria pas, tout cela était fini. Elle refusa une nouvelle fois d'abandonner légalement le bébé, se cloîtrant dans un mutisme têtu lorsque la femme des services sociaux insista, faisant miroiter pour Clare un futur sucre d'orge et chocolat chaud dans une famille aisée et sans enfant. Et puis la femme des services sociaux avait vu Clare et elle n'avait plus insisté. Gloria avait passé ces quelques jours dans le silence de sa tête, se construisant une seule certitude, un seul but pour le restant de ses jours : elle allait reprendre Clare, et vite, quoi qu'elle doive faire.

Une rage absolue remplaça brutalement la peur. Quelqu'un la menaçait, elle en était certaine. Quelqu'un la harcelait, s'immisçait dans sa vie, chez elle, par l'intermédiaire de cette machine complexe. Quelqu'un cherchait à la manipuler, à la paniquer pour la contrôler, la maîtriser. Le souvenir d'une main brutale qui s'abattait sur sa gorge, la poussait contre le mur d'une salle de bains, cognait sa tête jusqu'à ce qu'elle se taise, se couche, écarte les cuisses, tenta de s'imposer. Elle avait 11 ans et elle avait très peur et très mal aussi. Il sentait le whisky et sortait du lit de sa mère. Ce qui restait de sa tête explosée par un fusil de chasse dégoulinait le long du mur de la chambre de sa mère : rouge, très rouge. Gloria se leva d'un bond et commença à chanter à tue-tête *Un bel di vedremo*, hurlant les poings fermés jusqu'à ce que les sons désagréables et suraigus qui sortaient de sa gorge assomment le souvenir, le noient.

Elle alluma le portable et pénétra sur le fichier dans lequel elle avait stocké les données. Durant des heures, elle pianota, intervertissant l'ordre d'entrée des données, négligeant parfois des paramètres, les incluant à nouveau plus tard, croisant les variables afin de savoir s'il existait un lien entre elles. Toutes étaient qualitatives, les trois villes, les dates approximatives des meurtres et celles de la découverte des corps, l'âge des garçons, leur probable « occupation », l'existence de multiples fractures... Elle venait de trouver son test : une analyse factorielle des correspondances multiples, un test très lourd à faire tourner mais qui permettait d'entrer plusieurs variables toutes qualitatives. Les points unis par une même loi mathématique se regroupaient ensemble, formant des petits nuages compacts. Elle inclut puis retira les données concernant Julio Valdez sans que la représentation graphique des points en soit beaucoup affectée. Lorsqu'elle leva la tête, il était minuit passé. L'extrême homogénéité des différents cas, hormis celui de Valdez, ne lui permettait même pas de déterminer le nombre exact de variables qu'il convenait de prendre en considération. Il y avait le lieu, bien sûr, mais quoi d'autre ? L'agacement le disputait à l'épuisement. Quelque chose n'allait pas, un maillon du raisonnement lui manquait. Elle ferma les yeux et tenta de descendre dans sa tête, d'y trouver le cheminement qui pourrait l'aider. Une petite sonnerie électronique la fit bondir : un nouveau message venait de lui parvenir. Elle afficha le message, respirant par petites saccades. Un énorme papillon s'afficha par à-coups sur l'écran. Il ressemblait à un zèbre ailé. Six rayures verticales foncées striaient les ailes antérieures crème pâle. Les ailes postérieures bordées d'un liseré noir étaient parsemées de taches d'un bleu éclatant, en forme de croissant. Le bout de chaque aile postérieure était prolongé d'une sorte de longue queue fine qui lui fit penser à celle d'une hirondelle. L'expéditeur, toujours elle-même, avait cette fois poussé la plaisanterie macabre plus loin. Un seul mot s'inscrivit en lettres capitales : SACRIFICE. Il sembla à Gloria que la pièce se mettait à tourner, et l'air lui faisait soudain défaut. Elle ouvrit la bouche et tenta d'inspirer, mais sa gorge lui faisait mal à hurler. Elle sentit confusément que des larmes dévalaient le long de ses joues et s'écroula à genoux sur la moquette beige du bureau. Elle se cramponna au rebord de l'épaisse plaque d'érable, luttant contre la crise de nerfs qu'elle sentait enfler dans son cerveau. Rationnelle, rester rationnelle, un imbécile papillon lui avait été envoyé par un plaisantin. Rationnelle : les papillons ne sont pas symboles de mort, ils sont symboles de transformation, de mutation. La chrysalide que le dépeceur de femmes plaçait dans la gorge de ses victimes, un manteau en peau de femme. Pourquoi un sacrifice ? Qui fallait-il sacrifier ? Elle, ces jeunes garçons ?

Elle eut du mal à se relever. Germaine lui bavait sur le visage en tentant maladroitement de l'aider. Elle repoussa le chien qui s'assit à côté d'elle, ennuyé par cet éclat dont il ne parvenait pas à déterminer la gravité. Elle dut encore s'appuyer contre le bureau parce qu'elle ne parvenait pas à contrôler le tremblement désordonné de ses genoux comme après une course violente ou une grande peur. Elle se traîna jusqu'au salon et se servit un grand verre de chablis, puis un deuxième, puis un autre, jusqu'à ce que la bouteille soit vide. Une vague de nausée la fit se précipiter dans la salle de bains et elle vomit le vin tiédi et acide.

BASE MILITAIRE DE QUANTICO, VIRGINIE

Cagney détailla pour la centième fois le grand papillon jaune pâle zébré de noir et les lettres « SACRIFICE ». Le Dr Curtis n'avait pas mis plus de deux heures à identifier les deux derniers insectes. *Danaus plexippus,* autrement nommé Grand Monarche, était un papillon originaire d'Amérique du Nord et son envergure pouvait atteindre 10 cm. Quant au papillon dont il tenait la représentation dans les mains, il s'agissait d'*Iphiclides podalinius* ou Flambé, un papillon de la famille des papilionidés. Il ne faisait maintenant plus de doute pour Cagney que ces messages étaient liés au travail de Gloria avec eux, mais il ne parvenait pas à en comprendre la signification. Lui aussi avait procédé par association d'idées et en était arrivé au même point qu'elle sans le savoir. Mais c'est Morris qui d'un ton creux avait évoqué le tueur en série du *Silence des agneaux*, et Cagney avait senti une sorte de vide se former juste sous son diaphragme. Gloria était-elle menacée, et par qui et pourquoi ? S'approchait-elle sans le savoir d'une solution ? Mais, en ce cas, comment le meurtrier le savait-il ? Ringwood lui avait expliqué qu'il était très simple de localiser la boîte aux lettres informatique de quelqu'un. Il suffisait d'envoyer le message aux quelques gros serveurs américains qui dispatchaient toutes les communications informatiques sur le territoire. Cagney regarda une dernière fois le grand insecte et envoya la feuille de renseignements concernant les différents lépidoptères au numéro de fax que lui avait confié Gloria. Il doutait que ces précisions d'entomologie puissent lui être utiles, mais voulait conserver une sorte de lien avec elle. Il avait beaucoup tergiversé depuis cette scène à Little Bend, se demandant s'il devait l'appeler, tenter de discuter de ce qui s'était passé. La conviction que Gloria se barricaderait encore davantage, qu'elle se murerait plus efficacement contre l'extérieur, contre lui, l'avait retenu. Il était encore trop tôt et peut-être serait-il toujours trop tôt. Le fax bourdonna et happa la feuille. Il vint une pensée désespérante à Cagney : ils étaient comme ce papillon, pris au piège, se cognant sans parvenir à trouver le fil conducteur de cette enquête. Ils voletaient futilement et cette histoire se transformait en cage de verre, tout y était lisse, sans faille et sans issue. Pour la première fois depuis longtemps, il eut la certitude d'un échec imminent. Cagney avait toujours détesté les échecs, non, en réalité, il en avait une trouille bleue. L'idée qu'il puisse faillir, n'être pas à la hauteur de ce qu'il pensait, espérait de lui-même, lui était intolérable. Ce connard d'incendiaire se foutait de sa gueule, peut-être même pas. Il tuait, brûlait ces jeunes garçons, en toute impunité, en toute sérénité, parce que Cagney ne parvenait pas à se rapprocher de lui. Il lui échappait, son cerveau lui échappait. En dépit de toutes ces heures de travail, d'analyses, de réflexion, Cagney ne parvenait pas à entrer dans la tête du tueur. Les choses avaient été plus simples avec Lady-Killer, beaucoup plus simples, presque gratifiantes en dépit de la monstruosité de cette affaire sur laquelle il avait travaillé avec Gloria Parker-Simmons. Cagney était immédiatement parvenu à plonger dans cet esprit déviant, apprenant sans effort comment il fonctionnait, suivant ou anticipant le processus qui à chaque fois trouvait une consécration dans le meurtre. Mais cette fois, il glissait sur l'intelligence de l'autre.

DIAMOND HEIGHTS, SAN FRANCISCO, CALIFORNIE

Gloria se demanda jusqu'où son correspondant pousserait sa recherche d'esthétisme morbide. Pourquoi pas un papillon épinglé sur une feuille, la tête de l'épingle ressortant en relief ? Elle se força à glousser et se dirigea en titubant vers sa chambre puis s'effondra sur le lit sans trouver la force de se déshabiller. Qu'est-ce qui, dans ce rêve intense sans être vraiment inquiétant, la fit se réveiller en sursaut trois heures plus tard ? La phrase que serinait Barzan jusqu'à leur infliger à tous des migraines flottait dans son cerveau : *sui generis, sui generis.* Elle eut soudain la sensation déroutante que la vie lui revenait d'un coup, comme une vague violente, et se leva. Elle réprima une folle envie de rire. Sacrifier, il fallait sacrifier. Elle se précipita dans son bureau. Elle rappela à son souvenir ce français qu'elle n'avait plus pratiqué depuis des années et tapa un message à l'intention de G. Parker-Simmons/MIT/USA :

Bonsoir, Hugues/ Comment allez-vous ?/ J'ai bien reçu vos différents messages/ Il convient de sacrifier le papillon/ Mais où est le battement d'aile et où souffle l'ouragan ?/ J'ai donc commis une erreur, laquelle ?/ Vous ne m'aiderez pas, n'est-ce pas ?/ Mais je vais y arriver./ Bonsoir, Hugues./

Elle relut son message et l'envoya. Comment n'avait-elle pas immédiatement songé à l'intervention d'Hugues de Barzan ? Pourquoi avoir été chercher ces histoires d'opéra, de dépeceur de femmes ? « Servez-vous de votre tête Parker, pénétrez dedans sans *a priori*, visitez-la. Si vous ne la freinez pas avec vos geignardises et votre mièvrerie, elle peut faire énormément de choses. » Gloria consulta sa montre-bracelet : il était 4 heures du matin. L'heure avait de moins en moins de signification pour elle, alors que la notion du temps envahissait sa vie, temps passé, temps perdu, temps restant. Il devait donc être 9 heures du matin à Boston, trop tôt pour qu'Hugues de Barzan soit déjà à son laboratoire. Elle ferma les yeux et replongea dans le souvenir des cours de Barzan, dans l'éblouissement de cette connaissance qu'il délivrait sans concession.

Elle avait, grâce à lui, pris conscience de l'infini et de sa place au milieu : rien ou tout, à l'instar de Pascal, tout étant fonction du référentiel. Barzan terrorisait les étudiants, elle incluse. Il balayait d'un petit geste de main agacé les angoisses carriéristes ou bachoteuses de ceux qui avaient eu la chance d'assister à ses cours. Il avait avoué un jour à Gloria qu'il séparait toujours ses étudiants en deux groupes d'essence : les besogneux du calcul et les acharnés de l'esprit. Elle avait eu la chance d'être classée dans le deuxième groupe. Le chaos, quel sublime concept, quelles complexes et délicates équations ! Au-delà de ses applications en météorologie, ou même en biologie des systèmes asynchrones, une de ses composantes fondamentales était l'erreur. L'erreur de calcul sur le battement d'une aile de papillon pouvait au bout d'une chaîne d'amplification et d'addition d'erreurs se solder par un résultat dévastateur : un ouragan que l'on n'aurait pas prévu, ou que l'on aurait prévu à tort. Elle rouvrit les yeux et soupira de bonheur : où était son battement d'aile ? Le petit carillon de son gros micro-ordinateur lui fit tourner la tête. Un message venait d'arriver. Elle l'afficha, convaincue qu'il s'agissait d'Hugues, et découvrit :

Bravo Gloria/ Hugues n'y est pour rien, enfin, presque/ « Cherche et tu trouveras »/ Hasta la vista, baby/ Whoopi/.

Une fois la légère déception mâtinée de soulagement passée, Gloria fouilla dans sa mémoire pour retrouver qui était ce Whoopi. Et elle se revit, à genoux au milieu de la chaussée. Sam était mort, l'avait laissée. Elle avait évité d'y penser et n'en avait bien sûr pas parlé à Clare. La grande femme noire en baskets, le petit message jaune sur la boîte à lettres de la maison de Brookline, Whoopi/ Rachel. Whoopi connaissait donc Hugues et se servait d'une boîte à lettres informatique à son nom au MIT. La coïncidence était invraisemblable et Gloria renvoya un message.

Rachel/ Merci/ Qui êtes-vous ?/ Ceci n'est pas un jeu/ Le temps presse/ Six garçons sont morts/ Où est l'erreur ?/ Gloria/.

Il ne fallut que quelques minutes pour que lui parvienne la réponse, preuve que Rachel attendait son message à plus de 4 000 kilomètres de là.

Gloria/ Il n'y a pas de coïncidence/ Hugues m'a envoyée ce jour-là/ C'était un jour très noir n'est-ce pas ?/ Quelqu'un est venu demander des renseignements sur vous/ Hugues s'est méfié, a eu peur pour vous/ Vous auriez déjà dû trouver la solution du problème/ Donc, il y a une erreur/ J'ignore laquelle, Hugues également, mais elle existe/ Trouvez-la/ *Sui generis*/ Bonsoir/ Fin de communication/ Rachel/.

Gloria tapa immédiatement une demande :

Qui est cet homme ?/ Gloria/. Elle attendit près d'une heure, aucune réponse ne vint et elle n'en fut pas véritablement étonnée. Inutile de se demander qui était vraiment Rachel : elle l'apprendrait un jour ou l'autre et de surcroît, elle s'en foutait. Il était 5 heures du matin et le jour allait bientôt repousser la nuit. Elle se leva, prit une longue douche presque bouillante et se prépara une pleine théière de tari-souchong. Elle avait la sensation confuse de n'avoir pas véritablement mangé ou dormi depuis presque deux semaines et c'était assez plaisant, comme si elle parvenait enfin à forcer son corps à se taire. Il lui restait presque sept heures de travail devant elle avant d'aller rejoindre Clare. Elle s'installa devant son portable et « descendit dans son cerveau sans *a priori* ni mièvrerie ».

Où avait-elle commis cette erreur, aussi minime soit-elle, qui avait engendré une cascade d'approximations de plus en plus erronées ? Durant plus de deux heures, elle envisagea toutes les sources possibles d'erreur, relisant méticuleusement les dossiers. De deux choses l'une : ou bien elle avait omis une variable essentielle, sans laquelle le problème était insoluble, ou bien elle en avait créé une de trop, biaisant du même coup la solution. Soudain, elle eut comme une révélation, la ville, le « où », le « y ». Il n'y avait pas trois villes, il n'y en avait que deux : Boston et San Francisco. Chicago avait été un accident, une nécessité pour le tueur. Mais la fameuse qualité essentielle qui déterminait le choix du lieu des meurtres ne se trouvait qu'à Boston et San Francisco. Elle décida de prétendre que l'assassinat de José Olvedar avait eu lieu à San Francisco et non pas à Chicago et reformula les données : le nuage s'organisa immédiatement. Tous les meurtres étaient liés, celui de Valdez inclus, et tous ceux qui suivraient auraient lieu dans ces deux grandes villes.

Gloria fit une sauvegarde et appela Cagney à Quantico. Une secrétaire lui répondit qu'il était en rendez-vous interne et avant qu'elle n'ait eu le temps de préciser qu'elle rappellerait plus tard, la voix de Morris résonna dans l'appareil :

— Mrs Parker-Simmons ? Comment allez-vous ?

Elle répondit d'un ton neutre :

— Très bien, je vous remercie. Je cherchais à joindre Mr Cagney, mais je rappellerai plus tard. Il était inutile de vous déranger.

— Vous ne me dérangez jamais.

Elle ne répondit pas et il crut qu'elle avait raccroché :

— Mrs Parker-Simmons ?

— Je suis toujours en ligne, Mr Morris.

— Il faudrait que nous discutions de la tension qui existe entre nous et...

— Il n'y a pas de tension, Mr Morris. Nous partageons sporadiquement des rapports professionnels, strictement professionnels, un point c'est tout.

— Je ne crois pas que vous puissiez expédier le problème de cette façon.

— Vraiment ? Eh bien, je ne suis pas de cet avis. Bonsoir, Mr Morris.

Il resta le combiné muet en main durant plusieurs secondes. Il lui en voulait. Il méritait au moins une explication.

Morris posa un petit message sur le bureau de Cagney pour lui signaler l'appel de Gloria. Cagney n'allait pas être content de lui. Il ne lui avait même pas demandé pour quelle raison elle appelait et il était inutile de la rappeler : il savait qu'elle ne répondrait pas si elle reconnaissait sa voix sur le répondeur.

BASE MILITAIRE DE QUANTICO
ET FREDERICKSBURGH, VIRGINIE

Ce fut encore pire qu'une engueulade. Cagney ouvrit la porte de son bureau une heure plus tard et demanda d'un ton glacial :

— Il n'y a rien d'autre comme message ?

— Non, monsieur.

James Irwin Cagney le fixa et Morris crut lire une sorte de mépris sans méchanceté dans le regard bleu pâle. Sur le point de sortir, Cagney tourna la tête vers Morris :

— On se conduit tous, un jour ou l'autre, en imbécile, Morris, heureusement. Cependant, il faut toujours savoir où et quand il convient de s'arrêter.

De retour dans son bureau, Cagney calcula qu'avec le décalage horaire, Gloria devait être partie pour Little Bend. Il composa pourtant le numéro et laissa un message sur son répondeur. Il passa le reste de l'après-midi et le début de la soirée dans une sorte de tension désagréable. Cette chère Mrs Parker-Simmons avait-elle débusqué quelque chose, allait-elle enfin leur permettre d'avancer avant qu'on ne retrouve le corps d'un autre garçon ? Il la rappela plus tard de chez lui :

— Bonsoir, Mrs Parker-Simmons, vous avez du nouveau ?

— En effet, Mr Cagney, plein de nouveautés. Mais tout d'abord j'aimerais bien que vous cherchiez qui est l'homme qui est allé se renseigner sur mon compte au MIT, auprès de mon ancien professeur de mathématiques, Hugues de Barzan. Cela suggère une certaine familiarité avec mon passé, et je ne vous étonnerai pas en vous confiant que fort peu de gens sont dans ce cas.

— Les papillons ?

— Oui. J'ai la conviction qu'il s'agit d'une histoire entrecroisée. Les papillons ont été envoyés à mon aide par une femme qui travaille avec Barzan, d'après ce que j'ai pu comprendre. Rachel, elle s'appelle Rachel. Barzan a piloté cette femme vers moi parce que quelqu'un tentait de s'informer sur mon compte. Vous savez, Hugues de Barzan peut passer pour un excentrique mais c'est l'intelligence la plus subtile, la plus retorse et la plus complète que je connaisse.

— Plus que la vôtre ?

Il crut l'entendre sourire et elle répondit presque gentiment :

— Je suis un greffon, Mr Cagney.

— C'est une greffe réussie. Je vais m'en occuper. Souhaitez-vous une protection ?

— N'exagérons rien. De toute façon, je suis convaincue que Barzan n'a rien révélé, ou alors il s'est fait un plaisir de mener son interlocuteur en bateau. Il a toujours fait preuve d'une forme d'humour assez particulière, très latine. Bien, passons maintenant à notre affaire, Mr Cagney.

— Je vous écoute.

— Votre présupposé de départ est exact : tous les meurtres sont liés. Chicago est le battement d'une aile de papillon, en d'autres termes, c'est une erreur à ne pas considérer.

— Attendez, c'est cette histoire d'ouragan et d'ailes de papillon à Tokyo ?

— Oui, c'est ce que les médias en ont retenu. Il faut dire que l'image est belle. Il s'agit du Chaos.

— Et c'est quoi au juste ?

— C'est très complexe. Disons très schématiquement que le chaos survient dans un système dynamique si deux points initiaux très proches divergent ensuite de façon exponentielle. Il en découle que ce qu'ils deviendront ensuite est potentiellement imprévisible. Il existe d'autres subtilités en fonction des mathématiciens, Devaney ou Allgood et Yorke. Mais nous pourrions en discuter des heures.

— Et dans notre cas ?

— Les deux seules villes qui doivent attirer notre attention sont San Francisco et Boston. Il s'y trouve quelque chose que le meurtrier recherche.

— Mais quoi ?

— Je ne suis ni médium, ni psychologue, Mr Cagney, et j'ignore ce qui lie Boston et San Francisco. Enfin, le meurtre de Julio Valdez est lié aux autres, mais je me suis lancée dans une sification de données et...

— Une quoi ?

— Sification. Oh, c'est un peu long à expliquer. Il s'agit d'un test mathématique complexe mais empirique. Il a pour objet de dégager des groupes de similitudes et c'est là que le bât blesse. Le test trouvera toujours des similitudes, aussi invraisemblables soient-elles. Il faut faire des approximations, des suppositions, et on peut se planter. J'ai opté pour une classification hiérarchique ascendante puisque les variables sont qualitatives, vous me suivez ?

— Non, mais ce n'est pas grave. Continuez.

— Je veux dire que les variables ne sont pas nombres, ce sont des qualités, en quelque sorte des choix particuliers comme « oui » - « non », « blanc » - « noir », « San Francisco » - « Boston ».

— Ah d'accord.

— J'ai choisi différents critères d'agrégation qui réunissaient selon moi les victimes. La représentation des groupes de similitude est graphique et apparaît sous forme de dendogramme. Si je rentre comme critère d'agrégation une variable identique que l'on pourrait traduire, en l'occurrence par « meurtrier commun », Julio Valdez ne fait pas partie des victimes, je veux dire qu'il n'est pas sur le même dendogramme que les autres garçons. Si, au contraire, je rentre la variable « meurtrier différent » comme facteur de distance, donc de ségrégation, il fait partie du même.

— Attendez, en clair cela signifie que soit Valdez n'a aucun lien avec cette affaire mais qu'il a quand même été abattu par le même tueur, ce qui est totalement contradictoire, soit son meurtre est bien lié à notre enquête mais il a été égorgé par un autre type ?

— C'est cela même. Et ainsi que vous le dites, l'incohérence de la première proposition suggère que la deuxième soit la bonne.

Cagney s'adossa d'un coup contre le cuir de son nouveau canapé et soupira de soulagement. Il eut la nette impression que quelque chose venait de lâcher dans son thorax en lui faisant un bien fou. Il dut demeurer assez longtemps silencieux car Gloria demanda d'un ton hésitant :

— Mr Cagney ?

— Excusez-moi, Mrs Parker-Simmons, je prenais toute la mesure de ce que vous venez de trouver.

— Pensez-vous que Valdez et son partenaire se soient trop rapprochés du meurtrier, sans le savoir peut-être ?

— C'est une hypothèse très plausible. Le meurtrier grenouille peut-être dans les réseaux d'immigration clandestine. Il est évident que ce serait une solution idéale pour recruter de jeunes victimes latinos. Mais il ne veut pas risquer le coup avec un type de l'INS, et se retrouver avec tous les flics sur le dos. Alors il lance un contrat contre Valdez.

— Cela sous-entend-il que le nœud de l'affaire est à Boston ?

— Probablement, ce qui va dans le sens des trouvailles de Sanders et Valdez. Le voyage ultime des coyotes amenait les derniers immigrés dans cette ville. Les deux enquêteurs n'ont pas réussi à trouver où ils se rendaient ensuite mais il est possible que Boston ait été leur destination finale. (Cagney hésita, puis poursuivit :) Vous avez fait un travail remarquable, Mrs Parker-Simmons.

— Mais c'est pour cela que vous me payez, Mr Cagney.

Il rit, convaincu qu'elle utilisait contre lui son mercantilisme.

— En effet, Mrs Parker-Simmons. Merci encore et bonsoir. Je vous rappelle dès que j'ai du nouveau.

— Bonsoir, Mr Cagney.

Il riait encore quelques minutes plus tard et la sensation lui fit une peine étrange : depuis quand n'avait-il pas ri ? Depuis quand n'avait-il pas trouvé une chose dont on puisse se distraire et plaisanter ?

Lorsqu'il se réveilla le lendemain matin, Cagney eut l'impression que ces quelques heures de sommeil avaient à elles seules gommé la fatigue de semaines entières. Le contact de l'eau presque froide de la douche sur sa peau le détendit. Il lui sembla qu'il parvenait à établir une nouvelle connivence avec ce corps qu'il commençait à ne plus pouvoir supporter.

Elle avait de jolis seins, mais elle devait être menue, les hanches à peine marquées, les fesses à peine rondes. En dépit de sa petite taille, elle avait de belles jambes élancées. La peau à l'intérieur des cuisses devait être très pâle, et remonter tout en douceur vers un sexe châtain clair et bouclé. Caresser le ventre, les seins à peine rosés jusqu'à ce que le bassin remonte vers sa main, jusqu'à ce que ce sexe presque blond s'émeuve, se liquéfie, attende. Il ressentit une contraction qu'il avait presque oubliée dans le ventre et resta un moment pétrifié, le pommeau de douche à la main. Il hésita, prêt à s'adresser une remontrance vertueuse et sourit de plaisir.

Une hyperactivité saisit Cagney dès son arrivée matinale à la base :

— Morris, vous m'épluchez tous les dossiers sur lesquels travaillait Valdez, ou sur lesquels il avait travaillé avant d'être le partenaire de Sanders. Vous me vérifiez tous les gens qui travaillent chez Émilia Valdez, elle incluse. Vous m'épluchez tous les comptes des Valdez : le frère, la sœur, la femme.

— On cherche quelque chose de spécifique ?

— On cherche ce qui pourrait nous permettre de remonter jusqu'au tueur de Valdez, parce que de là on devrait loger l'autre.

— Vous croyez que la sœur a quelque chose à voir dans l'histoire ?

— Non, je ne le crois pas, mais elle a les tripes nécessaires à une vendetta. Morris, nous travaillons sur un fil. Le meurtre de Valdez est, pour l'instant, l'enquête de la police de Boston et de l'INS, pas la nôtre. Disons que vous allez à Boston pour une prise discrète de renseignements, il sera toujours temps d'envoyer la cavalerie ensuite.

— Je pars là-bas ?

— Oui, maintenant.

— Bien.

— Vous restez en contact avec Richard. Vous savez comme il aime nourrir son ordinateur avec des pages et des pages de dossiers.

— Jugez-vous opportun que je prévienne Sanders, monsieur ?

— Non, pas pour l'instant. Sanders a l'esprit de corps. Je ne tiens pas à ce qu'il s'offusque de notre ingérence dans les affaires de l'INS. J'ai eu une longue conversation avec Mrs Parker-Simmons, hier soir.

— Elle vous a appelé chez vous ?

Jude Morris se mordit la lèvre inférieure. Cagney le détailla quelques instants :

— Non, je l'ai appelée chez elle. (Il hésita et ajouta :) À San Francisco.

— Ah.

— Selon elle, il existe une corrélation entre Boston et San Francisco, Chicago étant ce qu'elle qualifie d'accidentel.

— Je vais chercher dans ce sens.

— Bien, bon voyage, Morris, et appelez-moi dès que vous êtes arrivé à l'hôtel.

— Bien, monsieur.

Cagney demeura de longues minutes immobile après le départ de Morris. Il avait insisté pour lui faire comprendre qu'il connaissait le numéro ultra-confidentiel de Gloria à San Francisco et qu'elle l'avait autorisé à s'en servir. Il était conscient d'avoir blessé son adjoint, sans doute volontairement, et sans doute dans un but qui n'était pas seulement « thérapeutique ». Et pourtant il estimait Morris et avait, au fil des années, développé une sorte de vague affection paternelle pour lui. Il l'avait sincèrement plaint lorsqu'il avait compris l'étendue de sa passion pour Gloria Parker-Simmons, peut-être parce qu'il la jugeait incapable d'un autre amour que celui de Clare, surtout pour Morris. L'animosité ancienne de

Cagney pour elle était également pétrie de cette rancœur-là, et il s'était étonné de ce reste de machisme ou d'infantilisme, lui qui s'en croyait exempt. Il s'était rendu compte que si, pour lui, l'inaptitude à l'amour était une faute grave chez un homme, elle devenait un impardonnable péché chez une femme, comme si les femmes avaient une obligation presque divine d'aimer, d'accepter et de rendre l'amour. Les fuites et dérobades systématiques de Mrs Parker-Simmons venaient de la propulser en plein milieu de la vie de Cagney, après avoir nourri de fantasmes celle de Morris.

Cagney se fit la grâce de croire qu'il était immunisé contre cette imbécile fascination pour l'inaccessibilité, que ce n'était pas l'absence totale de désir de Gloria pour les autres qui engendrait le sien. Pourtant, il se consterna en constatant la minceur extrême de son emprise sur lui, lorsqu'il dut s'avouer qu'il avait su maîtriser ses émotions jusque-là parce qu'elles manquaient de démesure. Toutes ces théories, toute cette culture de la répression de soi dans ses moindres excès s'effondraient. Il eut l'honnêteté douloureuse d'admettre qu'il se foutait de la peine de Morris et qu'il voulait Gloria. Il voulait la baiser, peut-être parce que c'était sa dernière chance de s'en débarrasser.

BOSTON, MASSACHUSETTS

— Voilà, mon bébé, c'est mieux, n'est-ce pas ? Tourne-toi, là doucement. Détends-toi, non, non, je ne veux pas cette grimace, ni ce vilain pli entre les sourcils. Je ne te ferai pas mal, tu sais bien que je ne te fais jamais mal, mon petit ange.

— Bobo.

— Je sais, mon chéri. Le temps est à l'orage, c'est l'humidité, c'est toujours pareil. Mais le gentil docteur bobo m'a rapporté une nouvelle crème. Il dit qu'elle est encore meilleure que l'autre. Tu l'aimes bien le gentil docteur bobo, n'est-ce pas ?

— Oui, il est gentil avec nous.

— Oui, mon amour, il est très gentil. Là, écarte les cuisses que je te masse. Il faut toujours masser en remontant gentiment, voilà.

La femme remonta les manches brodées de son chemisier de soie vert tendre et ôta ses lourdes bagues. Elle massa le corps souffrant avec un amour et une peine qui lui faisaient monter les larmes aux yeux, repoussant le sexe mince sur le côté pour ne pas l'irriter. Il soupirait parfois et elle savait que la souffrance commençait à s'estomper. Son dos penché vers lui la meurtrissait mais elle ne voulait pas lui dire. Il avait assez de sa propre peine sans qu'elle y ajoute la sienne. Elle lui tendit un grand verre de lait dans lequel elle avait mélangé un antalgique et un décontracturant puissant. Il dormirait bientôt. D'une voix cotonneuse, il demanda avant de fermer les yeux :

— Ils mentent tous. Tu ne me quitteras jamais, toi ? Tu ne me trahiras pas, hein ?

— Jamais, mon chéri, jamais, pour l'éternité ! cria-t-elle presque.

— Parce qu'il faudrait que je te tue.

Elle rit doucement et lui embrassa la paume :

— Mon amour, comme je t'aime. Dors, petit fou. Je reste à tes côtés.

Morris quitta l'*Holiday Inn* du coin de Blossom Street et de Cambridge Street de bon matin. Il n'avait presque pas dormi, somnolant parfois, se réveillant en sursaut. S'agissait-il d'un simple échange de numéros de téléphone entre gens qui travaillent ensemble, ou d'autre chose ? Qu'elle ne lui ait pas donné son numéro à San Francisco, à lui, ne l'étonnait pas après la scène qui s'était déroulée à Brookline chez elle, un an plus tôt. Cagney tombait-il amoureux de Gloria Parker-Simmons ? Morris ne le croyait pas, mais par ailleurs que savait-il vraiment de Cagney ? Selon Morris, Cagney était incapable d'avoir seulement envie de coucher avec elle, il était trop puritain, trop contrôlé, peut-être aussi, à sa façon, trop romantique. Morris, au fil de leur collaboration, s'était forgé une idée de Cagney qu'il trouvait assez juste : Cagney avait une imagination, une agressivité virile, mais une détermination, une obstination et une sensibilité presque féminines et le mélange harmonieux de ces composantes expliquait sans doute en partie sa supériorité. Morris avait conclu cette nuit d'insomnie inutile de la même façon que toutes celles qui l'avaient précédée : il ne savait pas quoi faire avec Gloria Parker-Simmons mais surtout il ne savait pas quoi faire sans elle.

Morris obliqua dans Cambridge Street, et dépassa le Beacon Hill Memorial Column. Boston est une des villes américaines construites selon un plan européen, avec des petits centres-villes qui sont autant de repères. Chaque quartier sécrète un charme particulier, qu'on l'apprécie ou non. Morris aimait particulièrement Beacon Hill, en dépit du fait que tout y était outrageusement cher et obstinément culturel et artistique. Il s'y sentait étranger, mais ne pouvait se défendre contre une envie d'appartenance à ce microcosme satisfait de lui-même qu'il ne savait par quel bout prendre. Il bifurqua à regret dans Temple Street, parce qu'il aurait volontiers prolongé cette flânerie matinale. L'agent de change des Valdez y avait ses bureaux. Il s'agissait, comme il le découvrit à ce moment-là, d'une grosse agence boursière et financière abritée derrière la façade cossue et rassurante d'un vieil immeuble bostonien en briques rouges, tapis d'escalier et plaques de cuivre astiquées. Le J et le M des initiales de Ms Lowe, la chargée d'affaires de la famille Valdez, concentraient un « Judith Meredith », au charme un peu trop suranné, sans doute. C'était une femme à la cinquantaine vitale et chaleureuse. Elle le reçut sans hésitation mais avec une prudence toute professionnelle. Il avança comme sur des œufs, conscient que nombre de ses clients devaient préférer déballer leurs histoires de cul que leurs affaires d'argent. Ms Lowe, l'attendait au tournant. Il le sentait. Du reste, elle ne s'en cachait pas.

— Mr Morris, laissez-moi vous dire, en préambule, que les affaires financières des Valdez sont d'une limpidité qui est un vrai bain de jouvence pour moi. Il n'y a pas d'entourloupette, pas de délit d'initiés, pas de magouille, juste des gens qui placent intelligemment leur argent, pour le faire fructifier en toute légalité. Car ils ont de l'argent et ce n'est pas une tare en soi : c'est de l'argent du travail, de l'argent propre.

— Comprenez-moi bien, Ms Lowe, notre but n'est pas de chercher la petite bête aux Valdez. Ceci est une enquête criminelle et nous tentons de coincer le meurtrier de Julio Valdez, c'est tout.

Elle rajusta ses lunettes d'écaille et se mordit le coin de la bouche :

— Ça m'a fichu un coup, vous savez. Julio Valdez était un homme charmant, sa femme est très gentille également.

— Vous vous occupez également des affaires d'Émilia Valdez, je crois ?

— Oui. En fait, notre agence gère l'argent des Valdez depuis presque cinquante ans. (Elle sourit et continua.) Je sens votre question. Émilia Valdez est plus difficile et exigeante que ne l'était son frère, mais c'est sans doute parce que c'est elle l'héritière spirituelle du père Valdez, un honnête homme mais pas un rigolo, je peux vous l'assurer. C'est une femme droite, pas très chaleureuse peut-être. Lorsque son frère a voulu lui vendre ses parts de l'affaire familiale, elle m'a demandé de lui faire entendre raison. Elle savait que le marché allait s'envoler sous quelques mois et que son frère y perdrait. Il n'a rien voulu savoir, après tout, c'était son argent.

— Et sa femme ?

— Oh, elle est mignonne comme tout, mais ce n'est pas un interlocuteur très éclairé, si vous voyez ce que je veux dire. J'ai l'impression qu'elle faisait ce qu'il disait.

— Donc il a vendu et ils ont acheté cet appartement. Il restait pas mal d'argent non ? Il a souscrit une assurance-vie au profit de sa femme, je crois.

— Non, il l'avait souscrite bien avant la vente de ses parts, quasiment au moment de leur mariage.

— Ah. Et où a été investi le reste de l'argent ?

— Des placements pépères, à la manière Valdez. En majorité des bons d'emprunts garantis, quelques parts dans une chaîne de laveries automatiques, je crois qu'il s'agit de vagues relations de la famille Valdez. En d'autres termes, ils ont l'esprit de famille et pécuniairement, cela ne représente pas grand-chose, même si l'entreprise se casse la figure. Enfin, il y a une prise de capital dans une société de location de voitures de luxe avec chauffeur. Je n'y croyais pas trop au début, mais finalement c'est une bonne affaire. Intuition féminine, je suppose.

— Je vous demande pardon ?

— Oui, c'est Mrs Valdez qui avait entendu parler de ce placement. Elle n'était pas trop sûre, mais elle a eu raison d'insister. Nous avons triplé la mise en quelques mois. Remarquez, en cette période de crise, le luxe est encore ce qui marche le mieux.

Il lui posa enfin la question qu'il retenait depuis le début. Il s'exposait à une rebuffade, après tout, elle n'était pas notaire :

— C'est Mrs Valdez qui hérite de tout cela ?

— Non. Je le sais parce que Julio Valdez n'en faisait pas mystère aussi je pense pouvoir vous le répéter. J'ai même l'adresse de son notaire. Je puis vous la donner si vous le souhaitez. Il ne faut pas oublier que les Valdez sont d'origine mexicaine. La famille, au sens génétique du terme, garde une importance fondamentale, le sang, veux-je dire. Valdez avait prévu une assurance-vie et une pension pour sa femme en cas de problème. Il savait aussi que malgré leurs tensions récentes, sa sœur ne laisserait jamais Jennifer dans le besoin. Mais c'est l'enfant Valdez qui hérite de tout, l'appartement inclus. Il ou elle hérite même d'Émilia Valdez à moins qu'elle produise un enfant, ce qui, étant entendu son âge, me paraît peu probable.

— Et si Jennifer Valdez n'attendait pas un bébé, où irait l'argent de son mari ?

— À Émilia Valdez. Ainsi que je vous l'ai dit, Mr Morris, les Valdez règlent leurs comptes entre eux. (Elle sourit et conclut :) Finalement, c'est peut-être leur force.

— Vous en avez parlé avec Jennifer Valdez ?

— Bien sûr. Nous avons évoqué le problème de la gestion de la fortune jusqu'à la majorité de l'enfant. Jennifer Valdez semble décidée à nous laisser le soin des affaires familiales.

Au ton de Ms Lowe, Morris comprenait les choses qu'elle taisait : elle avait eu peur que la clientèle Valdez échappe à son agence, éprouvait une certaine admiration pour la pugnacité et la probité d'Émilia Valdez, une sorte d'étonnement mâtiné de commisération pour le manque de sens commun dont Julio Valdez avait, selon elle, fait preuve, quant à Jennifer Valdez, elle était, au mieux, la future mère d'un de ses prochains gros clients.

Il prit congé peu de temps après et elle l'accompagna courtoisement jusqu'à l'entrée du cabinet.

Morris flâna un peu, mais se lassa très vite de cette promenade qu'il avait convoitée un peu plus tôt. Il s'installa devant un cappuccino à la devanture d'un grand café tout en verre, chrome et bois blond de Beacon Street. Il n'avait plus grand-chose à faire jusqu'au vol du soir qui le ramènerait à Washington. L'apathie soudaine qu'il ressentait ne l'étonna pas vraiment : il somnambulait depuis des mois, se regardant agir comme s'il était un autre, économisant au maximum sa participation à sa propre vie. Les différents programmes qu'il avait établis quelques heures avant pour la distraction de Jude Morris devenaient une sorte de purgatoire, même pas, une attente indéfinie. Il n'était pas question qu'il retourne au MIT. Du reste, pourquoi l'avait-il fait ? Quel aberrant raisonnement l'avait conduit à envisager cette visite ? Il avait conscience de s'être fait piéger et manipuler par une intelligence si vieille et si puissante, que l'humiliation qu'il ressentait avait pris le pas sur le ridicule de sa démarche. Hugues de

Barzan, l'ancien professeur de mathématiques de Gloria, lui avait d'abord fait répondre qu'il ne pouvait pas le recevoir jusqu'à ce que les mots magiques de « Gloria Parker-Simmons » soient prononcés. Morris éprouvait pour cet homme une animosité jalouse vieille de près de dix ans. Et pourtant, il ne l'avait vu qu'une fois, lors de cette fatidique rencontre avec Gloria Parker-Simmons. Gloria donnait un séminaire sur l'application des mathématiques dans la vie quotidienne et Morris, à qui le FBI avait offert une petite bourse d'études pour un module de sciences dures du MIT, avait assisté à la conférence. Il avait à peine 20 ans et elle devait avoir trois ou quatre ans de plus. Barzan l'entourait d'une prévenance excessive, souriait de ses commentaires, buvait ses paroles et ses rares sourires et Morris s'enfonçait dans un état de passion qu'il devait mettre plusieurs années à comprendre. Elle était belle, élégante et, avait-il pensé, sereine. Durant les deux heures qu'avait durées le séminaire, Morris avait réalisé avec effarement que l'on peut détester un homme que l'on ne connaît pas, seulement parce qu'il ramène sur l'épaule d'une femme le pan d'un châle en laine fine, parce qu'il remplit d'eau son verre et parce qu'elle lui sourit avec complicité. Un étudiant barbu avait posé une question de fond. La subtilité de l'échange avait terrorisé Morris, parce qu'il n'en comprenait pas la moitié. Et puis elle avait fait glousser l'assemblée et rire Barzan en demandant au garçon si, selon lui, il valait mieux, un jour de bruine, marcher ou courir jusqu'à un abri pour éviter de se faire tremper jusqu'aux os. Elle avait gribouillé de son écriture à la fois nerveuse et enfantine une volée d'équations sur le tableau qui se trouvait derrière elle, démontrant que si l'on prend en compte la vitesse, le temps mis pour atteindre l'abri, mais surtout le volume d'espace déplacé durant la course, un individu marchant normalement est moins mouillé que celui qui court. Morris aurait aimé que son souvenir s'arrêtât là, mais il se revit levant la main et déclarant d'un ton goguenard « le mieux est encore d'ouvrir un parapluie ». Il voulait la faire rire, qu'elle tourne la tête, le regarde, le voie. Elle avait tourné la tête et il s'était senti disparaître.

Il retourna à l'hôtel et remonta dans sa chambre. Il hésita, la commande de la télévision en main, puis décida qu'il ferait mieux de se doucher. Peut-être pourrait-il attraper un avion qui le ramènerait plus tôt à Washington ? Son incapacité à décider s'il avait envie ou non de se dépêcher, de rentrer au plus vite, le fit soupirer de lassitude. Il s'assit sur le lit, sortit le mince dossier que lui avait préparé Ms Lowe, et étala les quelques documents sur le couvre-lit. Morris les parcourut d'abord en diagonale, situant dans leur contexte toutes les informations que lui avait données la conseillère financière. Puis il les relut avec application et se leva d'un bond. Il parvint à joindre rapidement Cagney à la base :

— Du nouveau, Morris ?

— Je ne sais pas encore, monsieur. La Eastern-Western Limos Services, cette fameuse compagnie qui loue des véhicules de luxe avec chauffeur, est effectivement très rentable. Ils ont triplé leurs bénéfices en relativement peu de temps. Chose intéressante, la maison mère est à Boston et une succursale vient de s'ouvrir à San Francisco. Il s'agit peut-être d'une simple coïncidence, mais j'ai pensé qu'il valait mieux que je vous appelle.

— Et vous avez bien fait. Rentrez au plus vite à la base. Ringwood va se charger d'éplucher les documents comptables.

Cagney raccrocha et passa dans le bureau de Ringwood pour le prévenir que la nuit risquait d'être longue. Contrairement à ce qu'il avait anticipé, Richard Ringwood n'eut pas de moue de déplaisir. La perspective de fouiner dans des tableaux de chiffres semblait le faire saliver d'envie.

BASE MILITAIRE DE QUANTICO,
VIRGINIE

Lorsqu'il retrouva Morris et Ringwood à la base le lendemain aux environs de 7 heures du matin, Cagney constata que les deux hommes avaient passé leur nuit à vérifier tous les chiffres, comparer les registres du commerce et les numéros d'inscription. La chemise de Ringwood était marquée au col et sous les aisselles et lui collait au torse, révélant les marques de son maillot de corps. Sa cravate était desserrée et ses cheveux pendaient en mèches maigres et grasses. Mais il avait l'air ravi. Morris, quant à lui, paraissait presque hébété.

— Ah, monsieur, nous avons bien travaillé. La compagnie Eastern-Western Limos Service appartient à une certaine Julia Pretlow. Il semble que l'affaire ait été montée à la manière d'un champignon, mais j'attends des nouvelles du tribunal de commerce de Boston.

— C'est-à-dire ?

— Eh bien, un jour il n'y a rien et le lendemain on trouve un champignon. En dehors de Mrs Pretlow, il n'existe que trois autres investisseurs : Valdez, un certain William Clark, et un certain Thomas E. Morley.

Valdez et Clark sont domiciliés à Boston et Morley à San Francisco.

— Ce ne sont que des investisseurs ?

— Oui, ils n'ont aucun rôle dans l'affaire si ce n'est bien sûr celui d'actionnaire.

— Que sait-on d'autre au sujet des deux derniers investisseurs ?

Morris intervint :

— Rien. Nous vous attendions pour savoir si nous devions les contacter.

— Je ne sais pas encore, continuez.

— Eh bien, monsieur, ce qui nous a étonnés avec Richard, c'est la modestie du parc de voitures de la compagnie.

— Comment cela ?

— Si l'on en croit les registres, la compagnie mère possède six limousines avec chauffeur et la succursale de San Francisco cinq. Quand on rapporte ce nombre aux bénéfices dégagés, il y a un problème. Bien sûr, pour l'instant nous n'avons eu accès qu'aux comptes Valdez par l'intermédiaire de Ms Lowe. Valdez a initialement investi 100 000 dollars dans l'affaire, peu de temps après sa création, mi-1996. Moins d'un an plus tard, son capital est évalué à plus du triple, 347 000 dollars, pour être exact. C'est beaucoup. Nous ignorons si les deux autres investisseurs ont placé une somme d'argent comparable, mais si tel est le cas, cela signifierait que la Eastern-Western Limos a réalisé près d'un million de dollars de bénéfices en un an, tout cela avec onze voitures.

— C'est à vous faire envisager un changement de carrière, conclut Ringwood.

— Je crois que nous allons nous intéresser à cette Mrs Pretlow de plus près. Morris, vous attendez une heure décente et vous prenez rendez-vous avec elle, à Boston. Je vous y accompagnerai. Mais avant cela, contactez les services de l'INS, voyez s'ils ont quelque chose au sujet de la compagnie. Appelez également le Boston Police Department, on ne sait jamais. Ringwood, vous contactez les autres actionnaires. Pas d'éclats, enquête de routine sur le décès de Julio Valdez, etc.

— Bien, monsieur.

Cagney les abandonna et rejoignit son bureau. Il était encore trop tôt pour qu'il puisse appeler Gloria. Il aurait bien sûr pu faxer chez elle les derniers développements de l'affaire mais il avait envie d'entendre la voix grave et basse. Et puis, il avait envie de jouir du privilège d'être une des rares personnes à posséder son numéro à San Francisco, comme si cette distinction avait une valeur symbolique, presque magique. Cagney avait évité de repenser à la scène de la salle de bains. Se revoir, nu dans la baignoire, la pomme de la douche à la main, tentant de maîtriser un début d'érection, lui donnait encore envie de rire. Qu'allait-il faire de cet embryon d'histoire, même pas, de cette ombre de rien du tout qu'il était en train de se jouer pour lui tout seul ? En quoi son envie de Gloria avait-elle été générée par son dédain progressif pour lui-même ? Car il existait forcément un lien : il se supportait mieux depuis cette étrange révélation. Était-il en train de tomber amoureux ? Sans doute pas. Qu'en savait-il ? Merde, il n'en savait rien. Était-il déjà tombé amoureux ? Il n'en était pas même certain. Il était tombé en passion pour une ombre, pour un éclat de vitalité brun aux yeux bleus, Ann. Avant cela, il avait trouvé que Tracy offrait un maximum de compatibilité avec ce qu'il souhaitait et il était tombé en collaboration durant des années. Pouvait-on tomber amoureux d'un petit rapace frigide ? Il revit les yeux bleu tempête de Gloria lorsqu'il avait découvert la bouteille de vin vide dépassant de la corbeille à papier, dans cette chambre d'hôtel à Fredericksburgh. Il revit le masque glacé lorsqu'elle l'avait trouvé assis dans l'herbe à côté de Clare. Sans doute.

Un coup sec frappé contre la porte de son bureau le fit sursauter :

— Entrez.

Morris pénétra dans le bureau et déclara :

— Nous avons rendez-vous à 14 heures dans les bureaux de la Eastern-Western Limos. C'est au bout de Washington Street. Mrs Pretlow a eu l'air assez surprise, mais elle était aimable et a accepté de nous recevoir au plus vite. J'ai prévenu Bob. L'hélicoptère nous attendra dans une demi-heure.

— Déjà ?

Cagney consulta sa montre et constata avec stupeur que près de deux heures s'étaient écoulées depuis le début de sa glissade dans ses souvenirs.

— Je n'ai pas vu le temps passer, excusez-moi, Morris. Autre chose ?

— L'INS n'a rien au sujet de la Eastern-Western Limos Services. Ils emploient quelques immigrés comme chauffeurs mais tout semble parfaitement en règle. Quant aux flics de Boston, ils n'ont pas même un petit PV non payé à nous offrir.

— Eh bien, nous allons essayer de faire mieux.

Les pales du Bell Jetranger tournaient déjà mollement lorsqu'ils s'approchèrent de l'appareil, pliés en deux. Cagney tendit la main à Bob, leur pilote, et Morris répondit à son signe de tête. Morris détestait les vols en hélicoptère. Il n'était jamais parvenu à comprendre comment cette légère carapace parvenait à résister aux rafales de vent. L'hélicoptère lui semblait être une quintessence de l'arrogance humaine, un moustique obstiné et prétentieux bravant des titans. Cagney, à son habitude, s'installa sur le siège arrière, laissant à Morris le siège situé à côté de celui du pilote. Une sorte de vertige désagréable saisit Morris dès que l'appareil frémit, se cabra et s'arracha du sol en tanguant. Morris tentait de regarder droit devant lui, vers le mur de ciel, évitant au maximum de baisser le regard vers le gouffre qui se creusait sous la bulle en Plexiglas. Il avait l'impression d'être une sorte de fœtus invalide piégé dans un placenta artificiel, suspendu dans le vide. La voix de Bob crépita dans leurs écouteurs.

— C'est le grand bleu. Le vol devrait être une vraie partie de pique-nique. Nous nous dirigeons nord-nord-est. Nous volerons à 3 000 pieds.

Le pronostic de Bob se vérifia mais en dépit de l'aisance du pilote, Morris ne parvint pas à se calmer. Il crispa les mâchoires lorsque l'appareil amorça sa descente et se contraignit à respirer calmement.

[illegible] Maigret [illegible] de [illegible]

regarder [illegible] le [illegible]

[illegible] de laisser le regard vers [illegible]

[illegible]

[illegible] une [illegible]

[illegible] la voix de Pichet [illegible]

[illegible]

— C'est [illegible] une [illegible]

partie de [illegible]

[illegible] Maigret [illegible]

Le [illegible]

[illegible]

BOSTON, MASSACHUSETTS

Une voiture de police garée à quelques mètres d'une piste auxiliaire les attendait à Logan Airport et les accompagna jusqu'au centre-ville.

Les bureaux de Eastern-Western Limos étaient situés dans un petit immeuble moderne du bout de Washington Street, non loin du magasin *Filene's*. Le quartier bourdonnait d'activité dans la journée, puis se vidait d'un coup sitôt l'heure de fermeture des banques, magasins, bureaux. Les flics montés promenaient sur la foule un regard faussement désintéressé et les fers de leur grande monture claquaient sur l'asphalte comme des détonations. Cagney avait toujours éprouvé un respect mâtiné de compassion pour ces grands chevaux solides qu'on lançait au galop au milieu des émeutes.

Les bureaux de la compagnie de location étaient agréables, sans ostentation. Ils s'avancèrent vers une réceptionniste qui les conduisit jusqu'à un bureau ensoleillé et décoré de nombreuses plantes vertes. La secrétaire de Mrs Pretlow les reçut avec un sourire et les annonça par téléphone. Elle leur désigna un petit canapé en souriant :

— Mrs Pretlow ne sera pas longue. Elle est en communication. Asseyez-vous, je vous prie.

Ils ne patientèrent que quelques instants et la porte située à la droite du bureau de la secrétaire s'ouvrit sur une femme d'un certain âge qui s'avança vers eux, un sourire un peu indécis aux lèvres. Cagney et Morris se levèrent. Les yeux de Julia Pretlow étaient d'un bleu d'une rare luminosité. Elle devait avoir une bonne soixantaine d'années et ses cheveux gris étaient ramassés en chignon. Elle portait un tailleur bleu marine et des escarpins du même ton. Un rang de grosses perles fines rehaussait son chemisier en soie beige. Cagney se fit la réflexion qu'elle était encore d'une extrême beauté et que ses rides lui allaient bien :

— Madame, je suis l'agent spécial James Irwin Cagney et voici l'agent spécial Jude Morris.

— Bonjour, messieurs. Si vous voulez bien me suivre.

Elle les précéda dans son bureau dont l'ameublement surprit Cagney. La pièce était très élégante mais d'une sévérité presque réfrigérante. L'ameublement moderne lui conférait une austérité amplifiée par les grandes toiles abstraites suspendues aux murs. Mrs Pretlow leur désigna d'un geste du poignet un des grands canapés rectangulaires en cuir noir et en bois sombre. Elle s'assit sur l'autre, le buste très droit, les deux mains posées de chaque côté d'elle et les considéra avec le même sourire étonné. Cagney remarqua alors qu'elle portait de magnifiques bagues et fut surpris par leur manque de sobriété, qui contrastait avec le style vestimentaire et l'ameublement choisis par Mrs Pretlow.

— Vous permettez, messieurs ?

Elle sortit un étui à cigarettes en cuir noir de la poche de sa veste de tailleur et cela aussi surprit Cagney.

— Mais, bien sûr, madame.

— Vous fumez ? Non, bien sûr. Je fais partie d'une ancienne génération qui ne croyait pas à la nocivité du tabac et qui n'espérait pas vivre plus de 70 ans. (Elle resta pensive quelques instants, puis continua.) Je dois vous avouer que votre appel m'a intriguée. Quelle tristesse pour ce jeune homme, mon Dieu, quelle mort !

— Quand avez-vous été avertie ?

— Très peu de temps après son décès. Il y avait le problème de la succession de ses capitaux chez nous. J'ai été prévenue par Mrs Valdez. En fait, cela n'a rien changé pour notre compagnie. Vous savez que c'est l'enfant qui héritera des biens, mais Mrs Valdez en a la jouissance jusqu'à sa majorité. L'utilisation des fonds est sous le contrôle du notaire de la famille et les biens sont gérés par un conseil...

— Oui, nous avons rencontré Ms Lowe.

— Ah, bien. Notre compagnie lui rend directement compte. En fait, je n'ai rencontré Julio Valdez qu'à deux reprises, lors des réunions d'actionnaires.

— Et Mrs Émilia Valdez ?

Mrs Pretlow leva les sourcils d'étonnement :

— Eh bien, je ne la connais pas. C'est sa mère ou sa sœur ?

— Sa sœur.

— Non, je ne l'ai jamais rencontrée. Voyez-vous, au début, je n'étais pas très chaude pour ouvrir le capital à des investisseurs extérieurs, le capitalisme éclaté n'est pas une donnée de mon époque. J'ai de plus en plus souvent l'impression d'être un dinosaure, dans tous les sens du terme. J'aime connaître les gens qui travaillent pour moi. Je veux qu'ils sachent que de ma richesse dépend la leur et je veux que ce soit vrai. Les capitalistes sauvages ont perdu la notion de l'Homme. Ils ont l'impression qu'on peut faire de l'argent avec du vent et des concepts. Ils ont tort. On fait de l'argent avec les hommes, avec le travail des hommes et il faut qu'ils y trouvent leur compte. Me voilà montée sur un de mes chevaux de bataille qui ne vous intéresse pas mais vous n'auriez pas la discourtoisie de me le faire comprendre, n'est-ce pas ? Où en étais-je ? Ah oui, les investisseurs extérieurs... Malheureusement, je n'avais pas d'autre choix pour augmenter notre parc automobile. J'ai choisi ce qui, selon moi, était la meilleure option : le minimum d'investisseurs mais pouvant investir une somme déjà substantielle. Ms Lowe vous aura peut-être expliqué que je n'ai accepté que trois investisseurs étrangers.

— Mais comment avez-vous fait connaître le marché ? J'ai cru comprendre que c'était les Valdez qui avaient prié Ms Lowe de vous contacter et pas l'inverse. Les Valdez étaient donc au courant de cette possibilité d'investissement.

Mrs Pretlow resta perplexe un moment puis hésita :

— Je ne sais pas quoi vous répondre. Lorsque Ms Lowe m'a téléphoné il y a un an, la seule chose dont je me sois inquiétée était la fiabilité de Mr Valdez. Ainsi que je vous l'ai dit, je suis de la vieille école. Je ne souhaitais pas accueillir dans ma société des financements troubles, ou des flambeurs. Ms Lowe m'ayant apporté les garanties que j'exigeais, je ne suis pas allée chercher plus loin.

Cagney répondit dans un sourire :

— Oui, bien sûr. Mrs Pretlow, il m'a semblé que votre compagnie était particulièrement prospère et qu'elle dégageait des bénéfices presque explosifs. C'est une belle réussite.

Elle le fixa et un lent sourire éclaira son visage, faisant briller ses yeux de vitalité. D'une voix amusée qui prouvait qu'elle n'était pas dupe, elle répondit :

— Vous ne me ferez pas croire que vous n'avez pas eu accès à nos comptes, Mr Cagney. Ma gestion est d'une absolue transparence et mes livres sont à votre disposition. En effet, l'affaire marche bien, mais je ne me serais jamais lancée dans une telle entreprise si je n'en avais pas été convaincue auparavant. Le luxe marche bien et de mieux en mieux. C'est une constante de toutes les périodes de crise. Nous avons ciblé nos services dans le très haut de gamme. Nous fournissons les plus belles voitures, les meilleurs chauffeurs-gardes du corps. Nous sommes disponibles pour vous conduire où vous voulez, quand vous voulez et comme vous voulez.

Morris demanda alors :

— En dehors de ces prestations, offrez-vous d'autres services ?

Elle eut un autre de ses beaux sourires et répondit, suave :

— Rien qui soit illégal, si c'est à ce genre de « spécialité » que vous faisiez allusion. Il est cependant évident que la vie privée de mes chauffeurs et ce qu'ils font en dehors de leurs heures de travail ne me concernent pas. Toutefois, ils savent que je ne plaisante pas avec ce genre, comment dire, d'extras. C'est bien de cela que nous parlions, n'est-ce pas ?

— Oui.

Elle poursuivit :

— Je n'ai pas envie de tomber ou de payer les pots cassés si l'un d'entre eux se découvrait des talents de gigolo. Ils en sont précisément informés et ils savent que ma vigilance ne se relâche jamais. Libre à vous de le vérifier. Quant aux autres prestations que nous offrons, elles vont de chauffeur, garde du corps, livreur, nounou, coursier, dame de compagnie, oreille compatissante. Mes employés sont triés sur le volet. Certains clients nous confient leur femme pour des journées de courses dans des magasins de luxe, d'autres leur vieille maman, d'autres leurs charmantes têtes blondes. Dans d'autres cas il s'agit d'exécutifs qui exigent un service et une discrétion parfaite lorsqu'ils se réunissent en voiture ou reçoivent des appels.

— Donc un service haut de gamme, commenta Cagney et à son ton, Morris comprit qu'il n'avait pas envie de prolonger la conversation.

Ils prirent assez rapidement congé et Mrs Pretlow les raccompagna avec sa grâce coutumière.

— J'espère avoir pu vous aider, messieurs.

— Mais certainement, madame. Merci de nous avoir reçus.

Ils remontèrent lentement Washington Street, évitant sans même y prendre garde, les passants inamicaux qui se pressaient entre pause-déjeuner et nécessaires ou futiles emplettes.

— Qu'en avez-vous conclu, Morris ?

— Je crois qu'on devrait creuser. Elle est remarquable cette femme.

— Mrs Pretlow ? Oui, remarquable. Très structurée, n'est-ce pas ? Ce doit être une femme d'affaires redoutable, calme, posée et sans concessions.

— Oui. Vous croyez ce qu'elle nous a dit au sujet des chauffeurs ?

— Morris, nous savons très bien que certains de ces mecs arrondissent leurs fins de mois. Tout le problème consiste à savoir si c'est une pratique exigée voire seulement encouragée par la boîte qui les emploie. Il reste quand même cette histoire de sur-bénéfices. L'explication de Mrs Pretlow était bien ficelée mais je ne suis pas convaincu. Il faudra demander à Ringwood de fouiner là-dedans.

— Vous avez une hypothèse ?

— Mrs Pretlow pourrait se servir des capitaux de ses clients pour investir à son tour. Des investissements occultes et juteux.

— Je doute que Ms Lowe ait laissé passer cela. Elle m'a eu l'air assez futée et sans illusion.

— Je ne sais pas. À voir. De toute façon nous n'avons pas grand-chose d'autre. Quant à moi, je vais téléphoner à Mrs Valdez. Je me demande comment une femme que tout le monde dépeint comme « effacée », pour ne pas dire sotte, qui ne s'intéresse pas aux affaires familiales, a eu vent de ce placement assez confidentiel et surtout comment elle a eu suffisamment de flair et d'obstination pour convaincre son mari et leur conseillère financière.

ABORDS DU CENTRE COMMERCIAL, ARLINGTON, MASSACHUSETTS

Raul se traîna sur les coudes en direction des monceaux de sacs-poubelle entassés contre la baie de déchargement du supermarché. Il serrait les dents pour ne pas gémir. Les larmes lui brouillaient la vue et faisaient éclater la lumière des réverbères comme des petites novae. Quelque chose avait pété dans lui, s'était déglingué, il en était sûr. Il sentait son sang cogner anarchiquement contre ses tympans et par moments même il avait l'impression qu'il allait le vomir. Un sanglot sec le fit trembler : il ne voulait pas crever là, crever comme un chien. Peut-être même qu'il se ferait bouffer ensuite par les rats qui infestaient, dès la nuit tombée, les baies contre lesquelles se serrait le cul des poids lourds. Ils se vautraient dans les grandes bennes à ordures pleines de lambeaux de viande puants, de détritus de légumes croupissants, de pizzas ratées. Ce connard lui avait explosé la jambe, il saignait et ne parvenait pas à marcher. Il fallait pourtant qu'il se tire d'ici et vite. Ils allaient l'abattre comme un canasson. Ils avaient déjà buté Lito. C'était du pipeau ce que racontait le médecin qui les soignait d'habitude : Lito n'était pas reparti chez lui avec tout le fric qu'il avait gagné, pas plus que les autres avant, personne ne repartait jamais. Raul se souvint de leur voyage d'entrée aux États-Unis, de ces heures brûlantes et épuisantes passées dans le double-fond du camion de primeurs. Il s'était un peu rassuré dans sa panique parce qu'il sentait le corps musclé de Lito contre lui. Lito lui ordonnait parfois de se taire, de ne pas pleurer, mais Raul n'y arrivait pas. Il n'avait pas envie de partir de chez eux, mais on ne lui avait pas vraiment demandé son avis. Il ne croyait pas aux promesses magnifiques de ce gros homme rose, avec ses belles dents si blanches. Pourquoi serait-on venu les chercher si loin, pour leur faire gagner plein de fric s'il n'y avait pas quelque chose de louche ? Mais Lito et Rodolpho, eux, y croyaient. Bon, Rodolpho c'était normal, puisque Lito était son grand frère et qu'il voulait toujours faire comme lui, mais Lito, pourquoi gobait-il tout ça ? Et puis Raul avait compris que Lito n'y croyait pas non plus, même s'il espérait encore. Mais il ne pouvait pas perdre la face devant les autres, admettre qu'il avait la trouille et qu'il ne ferait rien pour aider sa mère. Et Raul avait lui aussi cédé aux regards réprobateurs, aux insultes de son père qui le traitait de gonzesse. Il détestait son père : c'est lui qui l'avait envoyé à l'abattoir. Il détestait sa mère : elle priait en pleurant parce qu'elle avait seulement peur qu'il se fasse enculer par des Yankees.

Il parvint enfin à se faufiler derrière les sacs-poubelle et, grimaçant de douleur, tira sa jambe invalide de côté pour la dissimuler. Il éclata en sanglots, plaquant ses mains sur sa bouche pour ne pas faire de bruit.

Ils allaient bientôt se rendre compte qu'il s'était tiré, peut-être même étaient-ils déjà à sa recherche. Il avait tellement soif et son cœur battait si vite qu'il avait l'impression qu'il allait le vomir. C'était à cause de cette merde de pilule qu'on leur donnait avant. Il paraît que ça gommait la peur. Mon cul, Raul avait toujours eu peur. Sa langue lui collait au palais et il n'avait plus de salive à avaler.

Lito avait été gentil avec lui, pas son frère Rodolpho. Il faut dire que Raul était de la même classe d'âge que Rodolpho et qu'il n'avait donc aucune chance de se retrouver en face de Lito. Lito, c'était un bon, un dur et il s'était encore endurci avec toutes leurs piqûres. Même que ça finissait parfois par leur déformer le visage et les mains. Les plus jeunes, on les piquait moins, parce qu'il fallait qu'ils restent jolis et fins le plus longtemps possible. C'était pas la même clientèle, avait expliqué le médecin.

Raul tenta de maîtriser le début de crise de nerfs qu'il sentait monter. Il avait peut-être une petite chance, même avec sa patte qui lui donnait envie de hurler. Il avait été plus malin que les autres, parce qu'il s'était toujours méfié. Lorsqu'il avait appris qu'il venait d'être sélectionné pour les soirées de « fin de saison », il avait su qu'il y resterait. Lito, lui, s'était barré avant mais ils l'avaient retrouvé, Raul en était sûr. Et ce connard de Rodolpho qui beuglait comme un veau qui vient de perdre sa mère. Ce petit trouduc avait même menacé sir Bastian : il voulait voir son frère. Raul aurait pu lui conseiller de la boucler mais il ne l'avait pas fait. Après tout, Rodolpho n'avait jamais voulu feindre, alors qu'avec les autres, on pouvait parfois s'arranger un peu en douce. Et Rodolpho n'était pas revenu de Boston. Quand sir Bastian, il y a une semaine, était arrivé avec son gentil sourire pour lui annoncer qu'il « allait briller comme une étoile » le lendemain soir, Raul avait compris qu'il allait se faire exploser la gueule. Il ne connaissait pas l'autre garçon, un mec de San Francisco. Ils ne pourraient donc pas se mettre d'accord pour simuler. Mais Raul était malin et il avait appris comment feindre. C'est pas marrant, un mec dans les pommes. Les clients ne prennent plus leur pied et ils sont pas contents. Alors, on l'embarque et on en ramène un autre. C'est ce qui s'était passé et Raul n'en avait rien à foutre que l'autre en question se fasse massacrer à sa place. On l'avait posé comme un sac sur un petit bat-flanc en attendant d'avoir le temps de s'en occuper. Il sentait que le sang dégoulinait de son nez et gouttait au sol. Sur le coup, il n'avait pas eu mal à la jambe, ce n'est que quelques secondes après qu'on l'eut abandonné dans la petite salle surchauffée qu'une douleur en vrille lui avait coupé le souffle. Il avait ouvert les yeux et jeté un coup d'œil à son mollet. Un truc rougeâtre et blanc dépassait de la chair lacérée, un bout d'os. Il s'était appliqué à faire remuer ses orteils pour voir si sa jambe était morte, mais elle vivait encore et elle lui faisait mal à s'évanouir.

Il tira doucement un des sacs plastique ventrus sous lesquels il s'était dissimulé et le creva. Les détritus, les invendus de la veille, s'écoulèrent en libérant une odeur légère de décomposition carnée, à moins que ce ne soit la barbaque de sa jambe qui pue déjà. Non, c'était trop tôt. Il se fit un bandage d'un lambeau de plastique noir et comprima la plaie. Immédiatement, une vague de chaleur irradia dans le muscle dilacéré. Et puis, une sorte de bruit, comme un glissement, lui fit lever la tête. Enfoirés, ils le cherchaient déjà. Il aurait dû s'éloigner un peu plus. Il retint sa respiration, parfaitement immobile, priant pour que l'amas de sacs ne s'écroule pas en révélant sa présence. Raul les entendit fouiller les alentours. Ils étaient deux et il était presque sûr de savoir de qui il s'agissait : sir Bastian et Pedro, un garde-chiourme entièrement dévoué à sir Bastian et à la femme. Les deux hommes échangeaient parfois des murmures que Raul, recouvert de sacs, ne pouvait comprendre. Ils passèrent tout près de lui à plusieurs reprises et puis, plus rien. Mais Raul était rusé et il attendit. Il attendit longtemps, sans bouger, une heure, peut-être deux. Il transpirait à grosses gouttes et suffoquait presque sous le poids des sacs-poubelle. Il attendit que la course rapide des rats reprenne dans la nuit, parce que les rats, on ne la leur fait pas. S'il y a quelqu'un, ils se tirent. Enfin, il rampa doucement et sortit de sa cachette. Il parvint à se redresser et claudiqua quelques mètres, en direction de l'autoroute dont il entendait le ronflement assourdi. Il en aurait presque rigolé de soulagement s'il n'avait pas eu tellement mal. Soudain, le puissant faisceau lumineux d'une torche halogène l'épingla comme un papillon de nuit. Il se retourna rapidement, pas assez. Deux mains fraîches et potelées s'abattirent sur son cou et quelque chose de très doux se serra autour de sa gorge. Il entendit à peine une sorte de sanglot avant de mourir.

— Pedro, oh comme je déteste tout ceci ! Ils ne veulent rien comprendre. Je suis désespéré et si las. Il y a tellement de choses à régler, cela ne cesse jamais. Mais il ne me plaisait pas trop, celui-là. J'ai toujours trouvé qu'il manquait de gentillesse et de franchise et puis, il vieillissait mal. Tu as le bidon d'essence ? Merci. C'est bien, Pedro.

FREDERICKSBURG, VIRGINIE

Les deux tons aigrelets de la sonnerie du téléphone durent persister longtemps pour tirer James Irwin Cagney du sommeil. Il jeta un coup d'œil au réveil en décrochant le combiné. Il était presque 7 heures du matin. Il s'étonna d'être parvenu à dormir si longtemps et si profondément. Il répondit d'une voix aussi réveillée que possible :

— Ah, Ringwood craignait que vous ne soyez déjà parti, monsieur. Je ne vous réveille pas, n'est-ce pas ?

Ce n'était pas une question, aussi Cagney mentit-il :

— Non, j'étais sous la douche.

— Oh, excusez-moi. Les flics de Boston ont été appelés tôt ce matin par le propriétaire d'un cinéma d'Arlington.

— On en a un nouveau ?

— Oui. Le feu semble avoir pris à l'arrière du cinéma, dans une salle où ils gardent les bobines de films.

— C'est un bon combustible.

— D'après les premières constatations faites par les gars de BPD, il est à rajouter sur notre liste. Le corps a été transporté à l'institut médico-légal. C'est le Dr Barbara Drake qui se chargera en personne de l'autopsie. Elle nous enverra son rapport en urgence.

— Bien. Je vous retrouve à la base dans une petite heure, Morris.

— Bien, monsieur. À tout à l'heure.

Cagney réprima l'envie folle de téléphoner à Gloria Parker-Simmons. Il avait déjà résisté hier soir, poussant le masochisme jusqu'à lui faxer leurs nouveaux éléments dès son retour de Boston à la base. Il se privait ainsi du seul alibi valable qu'il ait de la contacter à cette heure. Lorsqu'il était enfin rentré chez lui, il s'était précipité sur son répondeur. Peut-être avait-elle laissé un message, accusant réception de son fax ? Il avait été suffisamment honnête pour admettre qu'il cherchait une nouvelle excuse l'autorisant à l'appeler. Mais le répondeur était demeuré muet.

Il eut un petit sourire ironique : il savait qu'il craquerait sous peu. Il voulait juste savoir combien de temps il pourrait encore tenir. D'un autre côté, il faisait pleine nuit à l'Ouest et elle devait dormir à poings fermés.

Il se promit à lui-même de ne pas l'appeler avant le lendemain soir, tout en ayant l'impression de se conduire en adolescent et ceci bien qu'il n'ait aucun souvenir de cette période de sa vie. Il lui semblait l'avoir traversée en sautant directement de l'enfance à la maturité. Mais peut-être cet enflammement était-il un symptôme révélateur du commencement de la vieillesse ? Peut-être existait-il une parenté émotionnelle entre la sortie de l'enfance et l'entrée en vieillesse : la certitude d'un premier ou dernier choix irréparable, urgent, que l'on espère encore en tout ou que l'on n'espère presque plus rien.

SAN FRANCISCO, CALIFORNIE

La sonnerie du téléphone la réveilla à 10 heures :

— Mrs Parker-Simmons ? C'est Jade. Je suis désolée de vous appeler, mais j'ai cru préférable de ne pas attendre votre visite.

Gloria se leva d'un bond. La migraine explosa dans toute sa tempe droite et une bouffée de panique lui dessécha la gorge :

— Il est arrivé quelque chose à Clare ?

— Non, non. Mais un événement étrange s'est produit. Étrange et déplaisant.

Gloria parvint à contrôler sa voix pour demander d'un ton presque calme :

— Quoi ?

— Clare a, semble-t-il, reçu la visite d'un homme ce matin, après le petit déjeuner, vers 8 h 30. Aucun des membres du personnel n'a vu cette personne pénétrer dans la propriété, ce qui prouve qu'elle s'est faufilée et c'est cela qui m'inquiète.

— Il ne s'agit pas de cet homme dont je vous ai parlé et que vous aviez intercepté, Mr Cagney ?

— Ainsi que je vous l'ai dit, personne ne l'a vu, mais d'après ce que dit votre nièce, j'ai l'impression qu'il s'agit de quelqu'un d'autre.

— Il lui a fait du mal, il ne l'a pas...

— Non. Elle est ravie de sa visite et il lui a fait plein de cadeaux.

— Quel genre ?

— Des bonbons, des livres de coloriage, ce genre de choses.

— Bien, je prends une douche et j'arrive, Jade.

— Je vous attends.

Gloria arriva à peine une heure plus tard devant le perron du bâtiment principal de Little Bend. Il lui sembla, pour la première fois depuis cinq ans, que les belles pierres blond-rosé recelaient d'obscures menaces. Elle repensa soudain au grand corbeau noir qui les avait tant effrayées. L'idée que ce présage ait pu être destiné à Clare lui fit monter un flot de salive dans la bouche. Elle grimpa les quelques marches plates en courant et se précipita vers le grand salon dont Jade avait fait son bureau. C'était une pièce rectangulaire, chaude et lumineuse. Les pierres de trois des murs avaient été dénudées et recouvertes d'un enduit transparent. Des tapis mexicains couvraient les grandes dalles beiges du sol et une table de ferme servait de bureau à Jade. S'y mêlaient des dossiers, un ordinateur, des jouets en peluche, une grande corbeille débordante de fruits, une pile de gros ouvrages de pédopsychologie et deux grands bocaux remplis de bonbons de toutes les couleurs. Clare était assise sur un coussin, devant une table basse. Elle leva la tête en souriant à l'entrée de Gloria mais elle ne se jeta pas au-devant d'elle comme à l'accoutumée et se replongea immédiatement dans son fascinant coloriage. Elle tirait la langue d'application et aspirait parfois bruyamment sa salive. Gloria regarda Jade assise à son bureau qui souriait d'un air tendu à la jeune fille.

— Bonjour, Mrs Parker-Simmons. Vous êtes en avance, aujourd'hui, et nous sommes très contentes de vous voir si tôt. N'est-ce pas ma chérie que nous sommes contentes, ravies, heureuses ?

— Voui, déclara Clare sans lever la tête.

Gloria s'approcha doucement de Clare :

— Qu'est-ce que tu dessines de beau, ma caille ? Oh, le joli dessin...

Clare referma d'un geste sec le cahier de coloriages et regarda Gloria avec un air sérieux et presque réprobateur.

— À moi, tata, à moi.

— Mais oui, ma chérie, c'est à toi. Je voulais juste le voir, c'est à toi, je ne te le prendrai pas. Je peux regarder, ma caille ?

Clare réfléchit quelques secondes puis ouvrit le cahier. Sous ses gribouillages maladroits, ses grands coups de crayons désordonnés, apparaissaient encore les formes d'un papillon. Il fallut quelques secondes à Gloria pour retrouver son souffle.

— Qu'il est beau, ma chérie. Je peux voir les autres, ceux que tu as dessinés ?

Clare aspira sa salive et condescendit à tourner les premières pages du livret : des papillons, il n'y avait que des formes stylisées de papillons à remplir de couleurs.

— C'est ravissant, ma caille. C'est Jade qui t'a offert cela ? Elle te les a donnés parce que tu étais très gentille ?

Clare eut un geste de dénégation et n'ouvrit pas la bouche.

— Mais ce n'est pas moi, ma chérie, ce n'est pas tata caille qui te les as donnés.

Clare fit encore non de la tête.

— Alors c'est Jade ?

— N... Non. (Puis elle éclata de rire en hurlant.) Pinky. Pinky, gentil.

Jade s'était approchée des deux femmes. Elle s'installa en tailleur par terre, juste à côté de Clare. Gloria se sentait de plus en plus mal, elle avait l'impression d'avoir de la fièvre. Elle tentait désespérément de comprendre ce que signifiait cette nouvelle série de papillons, s'ils avaient un rapport avec les autres, avec Hugues de Barzan. D'une voix douce, Jade affirma :

— Oh oui, il est très gentil Pinky. Je le connais bien, c'est un très gentil monsieur. Mais cela fait longtemps que je ne l'ai pas vu. Tu l'as vu, ma chérie ?

Clare acquiesça de la tête et Gloria détesta son petit sourire satisfait, parce que pour la première fois, elle sentait que Clare pensait, dissimulait, calculait. Et cette humanisation de l'intelligence de Clare, qu'elle avait tant souhaitée, la terrorisait.

— Il avait toujours son chapeau ?

Clare regarda Jade, surprise :

— N... Non. Lunettes, tout noir, marrant.

— Il était tout noir ?

Clare cria, énervée :

— N... Non, Pinky.

— Tout rose ?

— Voui.

Clare gribouilla encore un peu puis, perplexe, leva les yeux vers Gloria, muette.

— Pinky dit, ma tata monte au ciel avec des ailes, tata-papillon. Il dit Clare va avec toi. Gentil Pinky. Waouh, tata vole, caîîîlle vole, cria-t-elle en levant les bras à l'horizontale comme les ailes d'un avion.

Et si Jade ne s'était pas relevée, ne lui avait pas agrippé le bras, Gloria se serait effondrée.

Jade la conduisit dans une chambre fraîche que les stores vénitiens baissés protégeaient de l'agressivité culminante du soleil. Elle lui désigna un petit lit.

— Allongez-vous quelques minutes, cela va passer.

Gloria tremblait et claquait des dents de façon incontrôlable. Elle s'allongea docilement. Jade s'assit sur le bord du lit à côté d'elle.

— Cette histoire de papillon semble vous bouleverser, Gloria ?

Et Gloria lui raconta les messages qu'elle avait reçus durant plusieurs jours, ces mots de « sacrifice » « sacrifiez ». Elle évoqua le problème de l'erreur en mathématiques, précisa qu'elle avait identifié l'expéditeur des papillons informatiques. Elle ne comprenait pas. Jade remarqua :

— Il s'agit sans doute d'une coïncidence. Il existe beaucoup de coloriages avec des papillons, c'est très coloré. Les autres livres que ce Pinky lui a laissés prennent des chats ou des libellules pour modèles.

— Lorsque les coïncidences commencent à s'accumuler, c'est rarement accidentel.

— Sans doute, mais s'accumulent-elles ?

— Je ne sais pas. Mais ce que cet homme a dit à Clare au sujet de sa tata et d'elle montant au ciel avec des ailes de papillon, je suis sûre qu'il s'agit d'un message qui m'était bien destiné, une menace contre Clare et moi. Ce type savait que Clare ne comprendrait pas et qu'elle me le répéterait.

Jade la contempla un moment en silence :

— Vous croyez que quelqu'un veut tuer Clare, c'est bien cela n'est-ce pas ?

Toute la peur de Gloria reflua d'un coup. Se reprendre, elle devait retrouver son contrôle.

— Excusez-moi, Jade, je crois que je divague. Je suis fatiguée et j'ai eu peur que ce type ait fait du mal à Clare. J'ai un peu perdu les pédales, je crois.

Elle tenta un petit rire qui n'eut pas l'air de convaincre Jade.

— Quel est votre véritable métier, Mrs Parker-Simmons ? Vous savez, vous avez toujours été une énigme pour moi. Je sais que vous me mentez et je le sais depuis votre première visite, mais je ne parviens pas à savoir pourquoi. Pourquoi cet homme du FBI semblait-il si bien vous connaître, pourquoi était-il si gentil pour ne pas dire tendre avec Clare ?

— Vous vous faites des idées, Jade. Je suis consultante en informatique, en statistiques plus exactement. Il n'y a rien de trouble là-dedans, je vous assure.

Jade la fixait toujours, sans un sourire :

— Mrs Parker-Simmons, je respecte scrupuleusement la déontologie et je suis toujours d'une extrême discrétion sur mes pensionnaires et leur famille. Je ne m'informe que de ce qui peut m'aider dans la poursuite de nos traitements et leur garantir le maximum d'efficacité. Ma seule limite est le confort, la sécurité et les progrès de mes jeunes patients. Et j'ai bien peur que vous soyez en train de les menacer indirectement, Mrs Parker-Simmons. Je ne tolérerai pas qu'il arrive quoi que ce soit à Clare ou à un autre de nos pensionnaires.

Gloria regarda le beau front bombé, la ligne élégante des maxillaires, les yeux légèrement bridés vers le haut. Si elle avait toujours pressenti l'inflexibilité de Jade, elle découvrait qu'elle pouvait devenir dure et cassante.

— Je comprends, Jade. Je vais trouver une solution, très vite.

— Faites cela, Mrs Parker-Simmons, sans quoi je serai obligée de vous demander de reprendre Clare en attendant que... vos problèmes, quels qu'ils soient, se règlent. Je suis désolée, je puis vous l'assurer. J'aime beaucoup Clare.

Gloria se leva. Elle en voulait à Jade, parce qu'elle ne préférait pas Clare aux autres, qu'elle ne la choisissait pas envers et contre tout.

— Je vais déjeuner avec Clare. Je crois qu'il vaut mieux prétendre que tout est parfaitement normal. Je repartirai ensuite. Je vais régler ce problème dès cet après-midi.

Un sourire doux revint sur le visage de Jade, mais Gloria sentit que quelque chose venait de se perdre entre elles, quelque chose qui ne reviendrait pas. La sensation de plus en plus fulgurante qu'elle était totalement seule, isolée au milieu des autres la traversa et elle repoussa au loin le sourire d'enfant de Sam, le rire titanesque de Sam, l'odeur de la boutique de *delicatessen.*

Lorsque, trois heures plus tard, Gloria déposa sa pochette en lézard bleu marine sur le meuble demi-lune de la grande entrée, elle soupira de lassitude. Ce déjeuner avait exigé d'elle une étrange énergie. Il avait fallu prétendre que tout était normal, que Pinky dont Clare ne cessait de parler, était un très gentil monsieur, très drôle. Elle avait répondu en souriant au bafouillement malhabile de la jeune fille, qui voulait connaître l'âge de Pinky et s'il avait une tata, et quand il reviendrait, et si... En échange de quoi, elle était parvenue à arracher à Clare quelques bribes de renseignements. Gloria avait réussi à juguler les vertiges qui lui faisaient fermer les yeux par moments et à avaler quelques bouchées. Elle sentait la sueur lui couler au creux des seins, le long des flancs, d'abord en gouttes tièdes presque insensibles, se refroidissant au fur et à mesure de leur descente. Elle crut presque sentir cette odeur aigrelette qu'elle détestait pardessus tout. Le repas enfin terminé, Gloria avait habilement confié Clare à Jade, de nouveau charmante, souriante et efficace. Tout ce qui lui restait d'énergie l'avait abandonnée comme une hémorragie lorsqu'elle s'était installée au volant de la Mercedes. Elle avait conduit jusqu'à chez elle grâce à une sorte d'automatisme.

Elle était toujours debout dans l'entrée, et elle détourna les yeux lorsque son regard rencontra le visage couleur cendre, et les cernes profonds et presque mauves que lui renvoyait le grand miroir placé au-dessus du meuble.

Elle se dirigea lentement vers le salon et se servit un grand verre de chablis. Il lui sembla qu'elle avait du mal à déglutir mais elle s'obligea à le terminer rapidement. Elle remplit à nouveau le verre. L'arrivée de l'alcool dans son estomac presque vide la brûla mais produisit presque immédiatement son effet magique. Une sorte de calme, une sorte de trêve, l'impression d'un déverrouillage qui permettait d'avancer encore un peu.

Le verre à la main, elle se rendit dans le bureau et Germaine trottina à sa rencontre, remuant frénétiquement le petit moignon de sa queue. Elle se baissa et le caressa. Une peine affreuse lui fit monter les larmes aux yeux : Germaine devenait doucement sourd. Il ne l'avait pas entendue rentrer, Germaine vieillissait, Germaine allait mourir bientôt, Germaine allait l'abandonner à son tour. Elle éclata en sanglots, renversant la presque totalité du verre sur sa jupe. Et Germaine s'assit devant elle, remuant faiblement son bout de queue.

Il lui sembla qu'elle sanglotait durant des heures, accroupie devant le chien, dans ce grand bureau lumineux, la large tache de vin s'élargissant progressivement sur le devant de sa jupe. Elle se calma par à-coups, incapable de savoir au juste pourquoi, sur quoi, elle pleurait. Elle parvint enfin à se redresser, caressa le chien qui faisait la fête, soulagé. Elle se traîna jusque dans le grand salon où elle s'affala sur un des canapés. Cette crise l'avait épuisée, la laissant faible comme après une marée, ou une grande fièvre, mais c'était un bon épuisement parce que son cerveau était incapable de penser...

Lorsqu'elle se réveilla, une heure plus tard, elle était recroquevillée sur le canapé et Germaine était parvenu à se faufiler entre son dos et les grands coussins en cuir clair du dossier. La fatigue la rendait presque légère, et elle avait l'impression que son poids était annulé par une sorte de contre-gravité. Elle nagea donc vers son bureau et forma le numéro de Cagney. Il devait être 7 heures du soir en Virginie. Il était encore à la base et décrocha dès la deuxième sonnerie :

— Mr Cagney ?

— Mrs Parker-Simmons ?

Elle devait se souvenir plus tard qu'elle avait trouvé son intonation étrange, gaie, comme si quelqu'un venait de lui raconter une plaisanterie, mais sur le moment, elle n'y prêta pas attention.

— Je vous téléphonais pour vous dire que je cessais ma collaboration avec le FBI.

Il ne répondit pas et elle reprit :

— Mr Cagney, vous avez entendu ? Je me retire de cette enquête, maintenant. J'ai décidé de m'accorder des petites vacances. J'emmène Clare.

— C'est une blague ? Vous n'avez pas reçu mes fax ? Nous avons beaucoup progressé grâce à vos déductions.

— Ai-je l'air de plaisanter, Mr Cagney ? Je ne souhaite pas poursuivre...

— Non, attendez, Gloria. Qu'est-ce qui se passe au juste ? Ne me dites pas que vous avez soudain décidé de partir en vacances, comme cela ?

— Et pourquoi pas ?

— Parce que je ne vous crois pas. Vous me devez la vérité.

Le ton de Cagney lui déplut. Il devenait pressant, autoritaire et désagréable. Elle répondit sèchement :

— Je ne vous dois rien, Mr Cagney. Et quant à vous, vous me devez juste les honoraires correspondant à ma participation, rien de plus.

D'une voix qu'il avait de plus en plus de mal à conserver neutre, il insista :

— Et où partez-vous ?

— Cela ne vous regarde pas, Mr Cagney. Je n'appartiens pas à vos services. J'attends votre chèque. Au revoir, Mr Cagney.

Stupéfait par sa propre réaction mais incapable de la contrôler, Cagney se sentit perdre pied et s'entendit hurler dans le combiné :

— Non ! Ça suffit ces conneries ! Vous me faites chier avec vos histoires de fric, Parker-Simmons ! Vous n'avez pas encore compris qu'il y avait autre chose ? Vous ne l'avez pas compris ou vous ne voulez surtout pas le comprendre ?

Un long silence, puis la voix grave qui hésitait tant entre la colère et l'étonnement qu'il fut certain, que non, elle n'avait pas la moindre idée de ce qu'il sous-entendait, que pire, elle s'en foutait très certainement. Puis :

— Vous êtes malade. Je vous interdis de me parler sur ce ton. Mais pour qui vous prenez-vous ?

Soudain calmé, inquiet à l'idée qu'il l'avait paniquée et qu'elle allait se rétracter encore plus profondément dans ces recoins inaccessibles d'elle-même, il tenta de temporiser :

— Excusez-moi, Mrs Parker-Simmons, je suis fatigué, exaspéré. Je sens que nous touchons à la solution, et ceci grâce à vous. Vous ne pouvez pas nous lâcher maintenant. D'autres gamins vont mourir. Un autre est déjà mort. Il n'avait pas 12 ans, d'après le rapport préliminaire.

— Où ?

— Arlington, dans un cinéma qui a pris feu.

— C'est le deuxième qu'on retrouve dans ce coin, non ?

— Oui.

— Ne vous essayez pas à un chantage sentimental au sujet de ces victimes, Mr Cagney. Je n'ai aucune responsabilité dans cette affaire.

— Si, maintenant vous en avez une, que vous le vouliez ou non. On peut toujours refuser une responsabilité mais on ne peut pas la nier.

Il y eut un long silence et n'eût été le léger grésillement intermittent qui prouvait que la communication longue distance n'avait pas été interrompue, Cagney aurait pu croire qu'elle avait raccroché.

— Mrs Parker-Simmons ?

Il l'entendit soupirer par saccades.

— Mrs Parker-Simmons.

D'une voix étrange elle commença :

— Un homme est... venu voir Clare ce matin, à Little Bend. J'ai d'abord cru que c'était vous, ou...

— Morris ne sait pas où est placée Clare, du moins je ne le crois pas.

Il constata avec stupeur qu'elle pleurait. Elle articulait avec lenteur pour qu'il ne s'en aperçoive pas et quelque chose d'indéfinissable mais de très doux le bouleversa.

— De toute façon, ce n'est pas lui. Clare l'appelle Pinky, parce qu'il est tout rose. J'ai réussi à lui arracher quelques détails mais c'est très vague parce qu'elle ne perçoit pas le physique des gens comme nous.

— Qu'est-ce qui s'est au juste passé ?

— Il a été très gentil avec elle, et lui a fait des petits cadeaux. Ils ont même joué ensemble.

— Et ?

Elle inspira profondément et lâcha :

— Et je crois qu'il l'a utilisée comme messager en lui annonçant que nous allions toutes les deux bientôt monter au ciel, et que nous serions très contentes.

— Merde.

— Je vais emmener Clare, Mr Cagney. Car il s'agissait d'une menace de mort, nous sommes bien d'accord. (Elle attendit, puis insista :) Vous ne répondez pas ?

— Je réfléchis.

— C'est ce que j'ai fait tout l'après-midi.

— Avez-vous contacté ce Hugues de Barzan au sujet de la personne qui est allée prendre des renseignements à votre sujet au MIT ?

Elle hésita et répondit d'une voix qu'il jugea contrainte :

— Non. Mais je suis certaine qu'Hugues n'aurait jamais rien dit. Du reste, je doute qu'il possède mon adresse à San Francisco.

— Vous n'avez gardé aucun lien avec lui ?

Le « non » claqua, péremptoire et il comprit qu'il était inutile d'insister. Il se défendit contre l'étrange jalousie qu'il ressentait brusquement.

— J'ai cherché à joindre Mr de Barzan, sans résultat jusque-là. Il n'a jamais retourné mes appels.

— Ça ne m'étonne pas, Mr Cagney.

— Oui, mais maintenant, il va falloir qu'il se bouge. Ma patience a des limites.

— Vous n'êtes pas de taille, Mr Cagney, et je vous le dis sans aucune méchanceté.

Il se retint d'exiger des explications parce que cette exigence n'aurait rien de professionnelle :

— Clare vous a donné des détails sur Pinky, m'avez-vous dit ?

— Oui. Pinky est très drôle et il a un petit nez rose, comme un petit cochon. Il est tout dur. Et il a des gros yeux marrants.

— Tout dur ? Clare a décrit des « gros yeux » ?

— Oui. Je vous ai dit qu'elle ne percevait pas les détails physiques comme nous.

— Oh si. J'arrive, Mrs Parker-Simmons.

— Pardon ?

— Oui, je vais prendre un avion militaire à la base. Je serai chez vous dans quatre à cinq heures.

— Non, non. Je vais chercher Clare et je l'emmène.

— C'est une très mauvaise idée.

Sifflante, elle le coupa :

— Pour vous peut-être, pas pour elle.

— Si. Si tout ceci est bien lié à notre enquête, et je le crois, cela prouve que ce type a su vous retrouver, retrouver Clare, alors que presque personne ne sait que vous travaillez pour nous et que vous êtes une femme plus que discrète par ailleurs. En d'autres termes, il vous retrouvera où que vous alliez et si vous êtes isolée, vous ne tiendrez pas plus de deux secondes face à lui.

— Je suis armée.

— Ça pourrait être drôle en d'autres circonstances. Nous sommes en train de parler d'un tueur, Mrs Parker-Simmons.

— Si vous croyez que je ne me servirais pas d'une arme si Clare était menacée, c'est que vous me connaissez décidément bien mal.

— Écoutez-moi. Il faut mettre Clare en sécurité parce que c'est n'est pas à elle qu'il en veut, c'est à vous. Et puis il faut le coincer au plus vite, c'est la seule façon de l'arrêter, de protéger Clare de façon définitive. Il sait qu'en l'attaquant, c'est vous qu'il atteint.

— Vous croyez qu'il s'agit du meurtrier de ces jeunes garçons ?

— J'en suis presque sûr, mais nous devrions en avoir bientôt la confirmation.

— Comment ?

— Par Clare.

— Je ne comprends pas.

— Nous avons pu établir un portrait-robot grâce à la tante d'une victime.

— Cette femme de Des Plaines ?

— Oui. Et un serveur d'un restaurant de Chicago l'a reconnu.

— Je l'ignorais.

— Vous m'aviez dit que les précisions morphologiques ne vous aidaient pas. Je ne vous ai donc pas envoyé le portrait-robot. (Il insista ensuite :) C'est la seule solution, Mrs Parker-Simmons.

Méfiante mais maintenant indécise, elle demanda :

— Qu'allez-vous faire pour mettre Clare en sécurité ?

— Elle va faire un grand voyage en avion très marrant avec un gentil monsieur. Nous allons l'héberger ici sous surveillance. Nous avons des psychothérapeutes sur la base. Je crois qu'il vaut mieux qu'elle soit avec une femme, pour ne pas créer de rupture avec Jade. Une armée ne pourrait pas pénétrer ici, Mrs Parker-Simmons. Clare sera plus en sécurité que le président des États-Unis.

Il l'entendit réfléchir puis elle déclara lentement :

— D'accord, je vous attends. (Elle eut un petit rire triste, puis :) Clare va être ravie, elle adore les avions, du reste, elle aime tout ce qui vole.

— Bien, je vais demander à SFPD de nous prêter deux hommes pour vous accompagner. Vous les attendez, vous allez chercher Clare, et ne bougez plus de chez vous. Les deux flics surveilleront la maison jusqu'à notre arrivée. Nous ramènerons Clare dans l'avion militaire.

— Bien.

Cagney appela immédiatement le département de police de San Francisco. Le capitaine Mitchell, qu'il connaissait vaguement, accepta immédiatement sa requête. Il fit ensuite prévenir le terrain d'aviation et appela Morris à qui il annonça qu'ils partaient dans une demi-heure pour San Francisco.

— Il y a un problème, monsieur ?

— Oui, Morris, un gros. Il semble que l'on s'énerve dans le camp adverse et que Mrs Parker-Simmons soit menacée d'élimination. Et je ne pense pas qu'il s'agisse d'une blague ou d'une mesure de simple intimidation.

Il sentit à la voix de Jude Morris qu'il paniquait immédiatement :

— Il faut la faire protéger.

— Sans blague ?

— Excusez-moi. Je, je...

— Oui, je sais. Vous allez ramener Clare ici, immédiatement.

— Vous voulez dire que...

— Oui, vous faites l'aller et retour et vous vous chargez de l'enfant, enfin je veux dire de la jeune fille jusqu'à ce qu'on se fasse ce connard. Nous décollons dans une demi-heure.

— Bien, monsieur.

Il fallut plus de cinq minutes à Cagney pour obtenir le numéro personnel d'Hugues de Barzan, puisqu'il manifestait, comme son ancienne élève, un goût prononcé pour la confidentialité et les listes rouges.

Une voix très grave, teintée d'un fort accent français, lui répondit. Cagney n'hésita qu'une seconde sur sa stratégie d'approche. Si l'on en croyait Gloria, Barzan était d'une intelligence exceptionnelle et manifestait un sens de l'humour très particulier. De surcroît, Cagney n'avait pas de temps à perdre. Enfin et peut-être surtout, cet homme possédait à lui seul le passé de Gloria, cet homme l'avait modelée, dressée, il avait mis bas l'intelligence de Gloria et elle lui appartiendrait toujours d'une certaine façon. En d'autres termes, cet homme le gonflait. Cagney attaqua donc sans artifice, mettant un point d'honneur d'omettre de le prier de l'excuser pour l'heure tardive de son appel :

— Mr de Barzan, je suis James Irwin Cagney, du FBI.

La voix insensiblement goguenarde lui répondit :

— Ah oui, en effet. Je suis confus, je n'ai pas eu le temps de répondre à vos messages.

— Vous étiez débordé, n'est-ce pas ?

— Oui, comment l'avez-vous deviné ?

— Une intuition. Mr de Barzan, au risque de vous paraître cavalier, je n'ai pas trop de temps à perdre au jeu, en dépit de mon affection pour eux. Un homme a insisté pour vous rencontrer et vous a posé des questions au sujet d'une de vos anciennes élèves, Mrs Gloria Parker-Simmons, n'est-ce pas ?

— En effet. Il était très obstiné, je l'ai donc reçu.

— Je vous ai fait envoyer un portrait-robot. S'agissait-il du même homme ?

— Vous savez, Mr Cagney, je suis très vieux, ma vue n'est plus ce qu'elle était. Il y a quelques similitudes, mais je ne pourrais pas en jurer.

Il se foutait ouvertement de lui, mais Cagney ne pouvait se permettre le luxe de le charger. Du reste, rien ne prouvait qu'il soit capable de l'impressionner comme les autres. D'un ton calme, il déclara :

— Arrêtez-moi si je me trompe, Mr de Barzan.

Barzan, qui s'amusait comme un petit fou, l'interrompit :

— Tout d'abord, permettez-moi de vous féliciter. Pour un Américain, vous prononcez mon nom remarquablement bien, pas Barzane, ni Bezane.

— Être parvenu à vous satisfaire me bouleverse, monsieur, soyez-en sûr.

Un éclat de rire salua sa sortie.

— Match nul. C'est bien. Je vois que votre réputation est fondée.

— Parce que vous la connaissez ?

— On trouve des choses étonnantes sur le réseau lorsque l'on sait chercher. Vous vous êtes fait des amis, Mr Cagney, et pas mal d'ennemis. Leur acharnement devrait vous flatter, ce sont presque des fans.

Cagney n'insista pas. De toute façon Barzan pouvait raconter n'importe quoi, il n'avait aucun moyen de vérifier. Il reprit :

— Ainsi que je vous l'ai dit, Mr de Barzan, j'ai fort peu de temps. J'ai cru comprendre que vous étiez très attaché à Mrs Parker-Simmons.

— C'est elle qui vous l'a dit ?

— Mrs Parker-Simmons est à peu près aussi volubile que vous. (Cagney réfléchit quelques dixièmes de seconde et se lança :) Selon elle, je ne suis pas de taille avec ou contre vous.

L'homme gloussa de plaisir, non, de bonheur. Très tendrement, il dit :

— Chère Gloria. Voyez-vous, Mr Cagney, son départ a été un coup terrible, sans doute parce que je n'ai pas compris, ou peut-être parce que j'ai compris que soudain nous ne voulions plus la même chose. J'ai tenté de la retrouver durant des années et lorsque enfin j'ai réussi à obtenir son adresse à Boston, puis beaucoup plus difficilement à San Francisco, il était trop tard.

— Trop tard ?

— Oui. Quel âge avez-vous, Mr Cagney ?

— 55 ans, enfin, 56 dans quelques semaines.

— J'ai 68 ans. La dernière courtoisie que je puisse faire à ma plus complète réussite est de ne pas lui imposer un vieil homme, ses dernières flammes. Pathétique, n'est-ce pas ? Je veux au moins garder intacte l'affection qu'éprouvait Gloria pour mon esprit.

Cagney se demanda si cette confession soudaine n'était pas une stratégie de plus, une façon habile d'attendrir pour contre-attaquer mais sentit son aigreur contre Barzan l'abandonner, et pourtant, il en était de plus en plus jaloux. Il avait espéré que le souvenir de Gloria aurait embelli une sorte de figure emblématique, un souvenir qui devient d'autant plus parfait qu'il s'éloigne de vous. Mais, a priori, Barzan semblait à la hauteur de la mémoire de Gloria. Cagney lâcha :

— Quelqu'un veut la tuer.

— Quoi ?

— Vous m'avez parfaitement compris. Quelqu'un veut l'éliminer physiquement, elle et sans doute Clare.

— Je n'ai appris pour Clare que récemment. Gloria ne m'avait jamais dit qu'elle cherchait par tous les moyens à récupérer sa nièce déficiente. Je ne connaissais pas même l'existence de l'enfant.

— Cela ne m'étonne pas, mais j'en suis ravi.

— Ah, donc vous aussi ? C'est un mal étrange, n'est-ce pas ?

— Pardon ?

— Allons. C'est un mal étrange pour un homme vieillissant de tomber amoureux d'un fantôme qui se fout de tout, sauf d'une gamine débile, n'est-ce pas ?

Avant qu'il ne puisse retenir ses mots, la phrase fusa :

— C'est sa fille.

— Je vois. Donc nous en sommes arrivés à la même conclusion, Mr Cagney. Ce qui signifie qu'elle a accouché lorsqu'elle avait tout juste 13 ans. Ce qui signifie... Des tas de choses.

— Oui.

— Bien, puisqu'il semble établi qu'un but commun nous lie. Qui la menace ?

— Je ne sais pas, mais c'est tout près.

— Je suis là, toujours pour elle.

— Vous n'y pouvez rien, si ce n'est m'aider. Nos intérêts convergent sur ce point.

— L'homme qui est venu n'est pas celui du portrait-robot. Elle est à San Francisco ?

— Oui. J'y pars dans quelques minutes. Nous allons ramener Clare ici.

Cagney se rendit compte qu'il lui parlait comme à un ami de longue date, ou peut-être simplement un adversaire que l'on respecte.

— Bien. C'est son seul point de fragilité, et de force aussi. Gloria serait morte si Clare n'avait pas été là, elle aurait tout laissé tomber. Elle s'est toujours foutue de tout, même d'elle. Je crois qu'elle se supporte difficilement, elle ne se tolère que pour Clare.

— Je sais. Comment était cet homme ?

— Bel homme. Un grand brun, cheveux très courts, yeux noisette. Silhouette d'athlète, teint halé. Bref, un douloureux rappel de ce que l'on n'est plus.

Un vide étrange se fit sous le sternum de Cagney :

— Il s'appelait Jude Morris ?

— Oui. Il avait suivi un de mes enseignements, il y a sept ou huit ans. J'ai vérifié, bien sûr. Il avait rencontré Gloria à cette occasion et souhaitait savoir ce qu'elle était devenue. Il a posé des questions qui dépassaient largement le cadre d'une simple envie de renouer avec d'anciens camarades de fac. Vous le connaissez ?

— Oui. C'est mon adjoint. Il ne vous l'a pas précisé ?

— Non. Sa visite était donc d'ordre personnel ?

— Ça ne fait aucun doute.

— Ah. Je vois, décidément.

— Oui, décidément. Mr de Barzan, je souhaite vous remercier pour ces renseignements et... votre franchise.

Très gentiment, Barzan l'interrompit :

— Je n'ai que faire de vos remerciements, Mr Cagney. Je vous demande simplement d'empêcher quiconque de lui faire du mal, donc également de faire du mal à Clare. Tenez-moi au courant, je vous en prie. Mes nuits s'allongent déjà, je souhaite qu'au moins, elles soient peuplées de paisibles insomnies.

— Comptez sur moi.

Cagney allait raccrocher, mais le débit de Barzan se précipita. Son anglais devint parfait, fluide, élégant, et Cagney comprit que son acharnement à conserver un fort accent n'était qu'une plaisanterie de plus, une provocation, peut-être :

— Je l'ai tyrannisée pour pouvoir la complimenter, la consoler. Ce sont les seules émotions que j'ai obtenues d'elle. (Barzan hésita puis acheva d'un ton très doux.) Je me demande si je ne deviens pas un vieux con sénile.

— Non, je ne crois pas. C'est mieux que ce que j'ai pu obtenir jusque-là. Je devrais dire « nous ». Je vous rappelle.

— N'oubliez surtout pas.

— À bientôt, Mr de Barzan.

— Protégez-la.

Cagney attrapa le petit sac de voyage qu'il gardait en permanence au bureau et qui contenait une chemise, un caleçon de rechange et quelques affaires de toilette. Il quitta son bureau au pas de course, soulagé de n'avoir plus le temps de repenser à la conversation qu'il venait d'avoir. Curieusement, le fait d'avoir précisé son âge s'était soldé par un calcul qu'il n'avait jamais opéré jusque-là : Gloria avait l'âge d'être la fille de Barzan et la sienne.

L'avion décolla peu de temps après. Cagney s'installa aussi confortablement que possible sur un des petits strapontins désagréables qui couraient le long des flancs de l'appareil, en face d'un Morris blême et muet. Cagney parvint à juguler son exaspération envers son adjoint, parce qu'il allait mal et parce que, finalement, il était logique qu'il soit amoureux du même ectoplasme que lui. Il y avait pourtant quelque chose qu'il devait régler :

— Je viens d'avoir une intéressante conversation avec Hugues de Barzan.

Morris feignit l'étonnement :

— Qui ?

— Oh, je vous en prie, Morris, je suis fatigué, vous aussi, et ce siège va me meurtrir les fesses durant plus de quatre heures. Vous êtes allé voir Barzan, c'est une faute professionnelle et vous le savez comme moi.

Morris baissa le regard. Il ne s'agissait ni de contrition, ni d'embarras, il réfléchissait :

— Oui, je sais. Mais c'est juste que... Oh merde, je ne sais pas. C'était comme si c'était la seule chose à faire, la seule chose que je pouvais encore faire. Il faut que je lui dise.

— Elle ne veut pas. Elle ne veut rien savoir. Elle s'en fout.

— Non, non, elle ne s'en fout pas, pas du tout. Enfin, je veux dire qu'elle n'a rien à foutre de moi, cela c'est sûr. Mais ce n'est pas de cela que je parle.

— De quoi alors ?

— Je suis allé la voir, un soir, à Brookline, il y a un an. J'étais complètement bourré. Je l'avais fait exprès parce que je me disais que ce serait plus facile. Bien sûr que j'avais envie d'elle, j'en avais envie depuis des années. Je voulais la sentir contre moi, sur moi. Je me suis imaginé la scène des centaines de fois, dans les moindres détails, jusqu'à son odeur. Je vous passe le reste. Je savais que c'était un fantasme, quelque chose de, je sais pas quoi...

— Parfait ?

— Ouais, sans doute. La baise parfaite, ultime avec la seule femme qu'on ait aimée. (Il gloussa.) C'est d'un con.

Glacé, Cagney répondit :

— Non, je ne crois pas.

Morris l'entendit à peine, il était immergé dans ses souvenirs :

— Putain, elle a eu une trouille ! Elle s'est écroulée par terre, en sanglotant, en suppliant pour que je ne la touche pas. C'est cela que je n'arrive pas à comprendre, parce que j'étais tellement saoul que je ne me souviens pas parfaitement de ce qui s'est passé. Est-ce que j'ai eu l'air vraiment menaçant ou est-ce que c'est en elle ? Il faut qu'elle me le dise.

Morris le fixa et Cagney fut sidéré par la profondeur du regard presque mordoré. Il ne le voyait pas. Il ne revoyait que cette scène. Il poursuivit :

— Tout ce que j'ai fait, je l'ai fait pour elle, pour arriver à sa hauteur. J'avais 20 ans lorsque je l'ai rencontrée. Moi, je n'étais rien, je ne savais même pas si je voulais devenir quoi que ce soit. Et puis, il y a eu cette conférence. Et j'ai tellement voulu être à la place de ce type, Barzan.

Plus pour se rassurer lui-même que pour aider Morris, Cagney lâcha :

— Il n'a jamais été son amant.

— Ah bon, je m'en fous de toute façon. Vous ne pouvez pas comprendre. Je sais que finalement, elle a été une sorte d'alibi, un truc qui me poussait. J'ai jamais rien pu faire tout seul.

Les larmes s'accumulèrent au bord de sa paupière inférieure mais il ne les sentit pas.

— Il fallait que je le fasse pour quelqu'un et c'est tombé sur elle. À chaque fois que j'avais envie de craquer, de tout foutre en l'air, je me faisais un scénario où elle m'en voulait, était déçue par moi. Alors je m'accrochais et je repartais.

Il regarda Cagney en le voyant enfin et ses yeux devinrent mauvais :

— Vous ne savez pas ce que c'est. Je suis un plouc élevé dans une famille de ploucs. Tout ce qui vous a toujours paru évident à vous et à Ringwood, il m'a fallu des années pour l'apprendre. Les choses ont été assez faciles pour vous, n'est-ce pas ? Moi, j'étais d'une intelligence moyenne, et il a fallu que je la pousse au maximum pour être parmi vous. Je n'y serais pas arrivé tout seul, alors je l'ai fait pour elle, seulement pour elle. J'en avais rien à foutre qu'elle connaisse même pas mon nom.

Pour la première fois, Cagney éprouva une sorte de tendresse pour Morris et c'était un étrange sentiment parce qu'il avait toujours été incapable de ressentir la moindre émotion vis-à-vis d'un homme. Cagney n'avait jamais aimé les hommes, il ne s'était jamais très bien senti en leur présence. Il appartenait à cette race d'hommes qui fonctionne avec d'autres mâles, mais qui vit, qui rit, qui parle et qui écoute avec des femmes. Avant de savoir qu'il était stérile, il s'était toujours dit qu'il voudrait une fille.

— Il va falloir en sortir, Morris.

— Quoi ? Mais alors vous n'avez rien compris ! Il faut qu'elle sache que jamais je ne lui aurais fait mal, jamais je ne l'aurais forcée à rien. Écoutez, écoutez-moi bien : la seule femme que j'aie vraiment aimée, même si c'était un conte, a cru que j'étais une brute, que j'allais la mettre qu'elle le veuille ou non. Vous vous rendez compte ? Est-ce que vous vous rendez compte ? Je ne peux pas accepter ça.

Morris se tut et Cagney le laissa finir pour lui-même, silencieusement. Le vrombissement des moteurs de l'avion produisait un vacarme étrange, si rythmé qu'il en devenait anesthésiant. Une incroyable fatigue s'abattit sur lui et il aurait presque pu s'endormir sur ces strapontins sans concession. Morris prononça comme s'il se parlait :

— En fait, c'est un rêve. Putain, je n'arrive pas à comprendre.

Cagney ne répondit pas, mais il lui revint cette phrase prononcée un jour par un de ses profs de psychologie et qui faisait des incursions récurrentes dans son esprit depuis des années, peut-être parce qu'il n'y avait pas encore trouvé d'exception. Il avait oublié le nom du prof et même le thème du cours : « Tous les hommes ont un rêve, tous les hommes ont une faille, tous les hommes peuvent devenir des héros pour quelque chose ou quelqu'un, ne serait-ce que pour eux. » Et il avait ajouté : « Contrôler le rêve d'un homme, c'est contrôler l'homme. »

Le reste du voyage se poursuivit dans une sorte de silence morne où chacun regrette ce qu'il a dit tout en songeant que c'était inévitable. Morris se sentait las, d'une absolue lassitude. Il résumait ce qu'il aurait pu dire d'autre ou ne pas dire. Pourquoi avoir choisi Cagney pour déverser ces phrases, sans même y réfléchir avant. Peut-être parce qu'il savait que Cagney était en train de tomber amoureux de Gloria, peut-être parce que c'était le seul réceptacle acceptable qu'il eût jamais trouvé. Il lui revint dans un flash déplaisant la ferme, ses parents qui échangeaient de rares monosyllabes pour constater le temps, les cours du maïs, la venue d'un nouveau rejeton, une réparation de tracteur. Sa sœur, qui pondait des gosses chaque année, comme une fatalité sans bonheur mais sans désagrément. Son beau-frère qui s'autorisait une inévitable saoulographie annuelle pour le super-bowl. Ses copains de classe qui inscrivaient sur la doublure de leur blouson leurs coups de queue d'une nuit. Chaque nom était suivi d'une note entre zéro et dix établie selon un barème très précis qui prenait en compte la virginité éventuelle de la fille, la fellation, le nombre de coups dans la nuit. Des contrôles étaient même réalisés pour débusquer de possibles vantards. Celui qui avait la plus longue liste se faisait payer le pot par les autres. Morris avait gagné deux ou trois fois.

Ils se posèrent à 21 heures, heure locale, à San Francisco. Cagney fit comme s'il avait été prévu depuis le début que Morris attendrait Clare sans bouger de l'avion. Une voiture de police le conduisit en un temps record chez Gloria, à Diamond Heights. Il adressa quelques mots amicaux aux deux flics de faction devant chez elle et sonna, en regardant la petite caméra de surveillance qui protégeait l'entrée de la magnifique maison. Un déclic se fit entendre et il poussa la lourde porte. Elle se tenait à l'autre bout du grand couloir, les jambes légèrement écartées comme si elle s'apprêtait à résister à une poussée. Clare était appuyée contre elle, le front enfoncé dans l'épaule de Gloria. La constatation que la jeune fille était plus grande que sa mère troubla Cagney, sans qu'il sache vraiment pourquoi.

Gloria s'avança vers lui d'un coup, comme un film qu'on remettrait en lecture après un arrêt sur image. Elle souriait, bouche entrouverte, mais ses yeux étaient vides. Elle entraîna Clare à sa suite et s'exclama, de cette voix grave dont il commençait à avoir besoin :

— Bonjour, James, nous vous attendions avec impatience, n'est-ce pas, ma caille ? Vous avez fait bon voyage dans votre magnifique avion ? Tu sais, ma chérie, que c'est un avion merveilleux qui va beaucoup plus vite que tous les autres avions que nous avons pris ? Tu sais cela mon ange ?

— N... non.

Il les regardait. L'idée que c'était la première fois qu'elle l'appelait par son prénom ne cessait de tourner dans sa tête.

— Bonjour, Clare, tu te souviens de moi ? Nous nous sommes déjà vus, avec le paon, le pan-pan, tu te souviens ? Je suis James. Nous avons mangé des marshmallows et nous avons donné du pain au paon ?

La jeune fille le regardait d'un air méfiant et intrigué.

Gentiment, Gloria, toujours souriante, précisa :

— Vous parlez trop vite James. J'ai du mal à vous comprendre. C'est l'accent de l'Est, sans doute ?

Il comprit et s'accroupit devant Clare :

— Clare, tu aimes les avions, tu sais ces gros appareils qui volent ?

— Oui.

— Eh bien, je suis venu dans un énorme avion, très gros qui va très très vite. Si tu veux, tu peux faire une grande promenade dedans. Il y a un monsieur qui veut te connaître, c'est un bon ami de ta... tata. Il est très gentil et il connaît des tas de jeux, beaucoup de jeux. N'est-ce pas ?

Gloria répondit en caressant les cheveux aussi doux que les siens :

— Oui ma chérie, ma caille, il s'appelle Jude. C'est un très bon ami. Il va t'emmener dans un endroit plein d'arbres. Et il y a plein d'écureuils, tu sais, les écureuils ?

— Oui. Et Pinky ?

— Peut-être qu'il viendra ma caille. Mais James, ici, qui est aussi un ami, le connaît. N'est-ce pas James, que vous connaissez Pinky ?

— Oui, j'ai amené sa photo. Ça te plairait, Clare, d'avoir la photo de Pinky ?

La jeune fille se précipita vers lui en tendant les mains et en les fermant spasmodiquement :

— Oui, oui, photo. (Elle cria soudain.) Pinky !!!

Cagney sortit de sa mallette une photocopie du portrait-robot et Clare lui arracha presque des mains.

La jeune fille hurla en chiffonnant le papier dans sa main :

— C'est pas Pinky, c'est pas vrai !

Elle donna une tape à Cagney toujours accroupi dans l'entrée.

— Pas Pinky, où est Pinky ?

Gloria ramassa la boule de papier et la défroissa en la mettant devant les yeux de Clare :

— C'est vrai que ça ne ressemble pas beaucoup à Pinky. N'est-ce pas, ma chérie. Aide-moi, ma caille, aide tata-caille. Pinky est plus, enfin il est moins...

— Dur.

— Oui, ma chérie, Pinky est plus dur. Et puis il n'est pas...

— Comme nous, il a cheveux comme nous, soleil.

Clare se tirait les cheveux vers le haut.

— Oui, tu as raison, ma chérie, il n'est pas foncé des cheveux, il est blond, soleil, comme tata, comme caille.

Clare se frottait la base du nez et Gloria sourit en l'embrassant :

— Et il n'a pas de lunettes, James, il a des gros yeux, n'est-ce pas ma caille. Des gros yeux.

Clare sautilla de joie et déposa un baiser mouillé sur la joue de Gloria :

— Voui, voui, tata, tata-caille.

Gloria tendit la feuille à Cagney en déclarant d'un ton léger :

— Oh, James, vous vous êtes encore trompé de photo. Il est étourdi, n'est-ce pas mon ange, qu'il est étourdi ?

— Voui, étour, James.

— Mais il est très gentil.

— Voui, gentil, terdit.

Cagney tenta de dissimuler sa frustration et son exaspération. Il était convaincu que le « Gros », comme l'avait baptisé Paolina, était l'homme qui était venu rendre visite à Clare. Il s'était planté parce que quelque chose dans l'enchaînement du problème lui échappait encore.

Ils passèrent une demi-heure à parler à Clare, et James lui apprit à faire une tête de lapin sans lever le crayon du papier. Elle gloussait de bonheur, et Pinky semblait s'être estompé de sa tête pour un temps. Enfin, lorsqu'elle parvint à tracer un trait malaisé qui pouvait passer pour un « Bunny-bunny », Cagney la félicita d'un air pénétré et eut droit à un baiser qui laissa sur sa joue une empreinte humide. Les adieux furent moins pénibles qu'il ne l'avait craint. La jeune fille était partagée entre sa crainte de laisser tata-caille et le plaisir de partir dans un gros avion pour aller rendre visite aux écureuils. Gloria lui expliqua longuement qu'elle viendrait la chercher très bientôt, dans un autre avion, très vite, bientôt. Sur le pas de la porte, la main moite de Clare serrée dans sa paume, Cagney demanda :

— Vous avez dîné ?

— Pas encore.

— Je serai de retour dans une demi-heure, nous pourrions manger quelque chose ?

Embarrassée, elle demanda :

— Vous revenez ici ?

— Je crois qu'en l'état actuel des choses c'est préférable.

— Longtemps ?

— Je trouverai un hôtel pas très loin, le temps qu'il faut. Et ce dîner ?

— Il est un peu tard, non ?

— Un souper alors ?

— On peut trouver un endroit, je ne sais pas.

— Pourquoi pas ici ?

— Chez moi ?

— Oui.

— Je n'ai rien dans le réfrigérateur et je suis une lamentable cuisinière.

— Ça tombe bien, je suis devenu un vrai cordon-bleu depuis mon divorce. Je vous invite chez vous.

D'un ton morne, elle répliqua :

— Si vous y tenez.

— Bien, à tout de suite.

Clare se jeta dans les bras de Gloria :

— Tata, viens vite ? Vite ?

— Oui, ma chérie, très vite. Tu dis bonjour aux écureuils pour moi, hein ? Tu leur donnes à manger ?

— Voui. Vite hein ?

— Oui, mon ange, ma caille. Amuse-toi bien, ma chérie.

Lorsqu'il fut parti, traînant à sa suite une Clare à la fois excitée à la perspective des choses nouvelles qu'elle présentait mais un peu inquiète parce qu'elle ne les comprenait pas, Gloria songea qu'elle aurait dû lui parler de la porte du fond du jardin par laquelle entrait l'entreprise de nettoiement qui s'occupait deux fois par semaine du ménage, du jardin et de sortir les poubelles.

Quelqu'un pourrait s'introduire par ce côté. Elle préviendrait Cagney dès son retour.

Cagney dut admettre que ces dix minutes de voyage jusqu'à l'aéroport avaient été beaucoup plus faciles qu'il ne l'avait redouté. Il n'avait pas cessé de parler avec Clare, qui découvrait avec passion la ville, les joggeurs nocturnes, les boutiques, et un groupe de rollers accrochés à un tramway pour grimper la colline qui la fit rire aux éclats. Il avait eu peur de ne pas savoir quoi lui raconter, qu'elle s'affole, pleure parce que Gloria n'était plus là et les choses se passaient avec une telle simplicité qu'il s'étonna d'être déjà arrivé sous le flanc du gros avion militaire que Clare salua d'un « Oh, beau ! ». Mais sa plus grande surprise fut sans doute l'aisance avec laquelle Morris accueillit la jeune fille. Du reste, il ne fallut que quelques instants pour qu'elle lui donne la main. Cagney les quitta, rassuré mais un peu agacé.

Sur le chemin du retour, il se fit arrêter devant une épicerie de luxe ouverte tard dans la nuit et acheta des tomates, des poivrons, du pain italien, du parmesan, du basilic et des pâtes fraîches aux épinards.

Lorsqu'elle rouvrit la porte, un verre en cristal à la main, trois quarts d'heure s'étaient écoulés et il comprit qu'elle avait bu. Il la suivit dans la magnifique cuisine tout en briques rouge marron et teck, et dont la débauche d'appareils électroménagers n'avait jamais dû servir qu'à ouvrir une boîte de conserve pour le chien ou à déboucher une bouteille de vin. Il posa le gros sac en papier kraft de l'épicerie sur un billot de boucher artificiellement usé et déballa ses emplettes. Il jeta un regard vers la grande cuisinière française à bois et charbon et demanda :

— Je suppose qu'elle n'a jamais servi.

— Non, le vitrocéramique est plus fonctionnel. Mais la cuisinière était un caprice. Je n'ai pas très faim, Mr Cagney. Je suis fatiguée et j'ai mal à la tête.

— Vous pouvez continuer à m'appeler James, dit-il, presque confus.

— Je n'y tiens pas. C'était pour rassurer Clare. Je n'aime pas les familiarités dans le milieu professionnel.

La repartie fusa, plus cinglante qu'il ne le souhaitait :

— Pourquoi, vous les supportez ailleurs ? Vous m'étonnez.

Elle le regarda sans répondre.

— Vous devriez manger quelque chose. Ce n'est pas bon de boire sur un estomac vide.

Ironique, elle déclara :

— C'est vrai que nous n'avons plus de secrets l'un pour l'autre.

Il retira les pépins des poivrons et les débita en petits lacets minces :

— J'ai eu le privilège de m'entretenir avec Hugues de Barzan, tout à l'heure.

Il sentit qu'elle se figeait :

— Et ?

— Il a conservé un souvenir très vivace de vous.

— Et moi de lui.

— Il n'a pas très bien compris pour quelle raison vous aviez disparu de la sorte, sans laisser de traces. Pourquoi ?

Elle le fixa et son regard devint glacé :

— Ceci ne vous regarde pas, Mr Cagney. Vous outrepassez très largement les limites et je ne vous répondrai pas. Quand Clare doit-elle arriver à la base ? Morris nous appellera-t-il ?

— Il n'a pas votre numéro, ici, vous vous souvenez ?

— Mais il a celui de votre *pager*, non ?

— Où sont les casseroles ?

— Dans le placard du bas. Non, à droite.

Cagney sortit une grande casserole en fonte, parfaitement neuve et la posa sur la plaque en vitrocéramique. Il glousssa :

— On vous épouserait rien que pour votre cuisine.

Pour la première fois, elle sourit véritablement :

— Cela dépend, pas si c'est moi qui fais la cuisine. Ce serait un long et douloureux suicide. Je vous sers un verre ? Je débouche très bien les bouteilles.

— Avec plaisir.

— Blanc ou rouge ?

— Rouge, de préférence.

— Vous aimez les beaujolais ? J'ai un excellent morgon.

— Génial. Ce ne sera plus long.

— Vraiment, je n'ai pas faim.

— Mais si, mais si. On ne résiste pas à mes pâtes au basilic et à la tomate.

Gloria revint du salon et lui tendit un verre de morgon. Cagney s'essuya les mains sur le torchon qu'il avait noué autour de sa taille et elle s'aida de ses mains pour se soulever et s'asseoir sur la longue paillasse en teck et marbre sang-de-bœuf. Cagney suivit du regard le mouvement doux de ses seins et baissa les yeux, confus. Ils burent quelques secondes en silence et il réalisa soudain qu'il n'avait rien vécu d'aussi agréable, d'aussi charmant et quotidien depuis des années.

— Ah, l'eau frémit. Alors, il faut mettre une goutte d'huile dedans, ça empêche les pâtes de coller. Vous avez de l'huile d'olive, bien sûr ?

— Vous me posez une colle. Regardez sous l'évier. Maggie en a peut-être acheté. Elle garde Germaine lorsque je m'absente.

Cagney découvrit une bouteille presque pleine et fronça le front en déclarant d'un ton docte :

— Ce n'est pas la meilleure marque, loin s'en faut. Enfin, à défaut de merles...

Gloria gloussa et demanda :

— Vous êtes incroyable. Donc, lorsque vous ne chassez pas des dingues sanguinaires, vous étudiez la gastronomie ?

— Non, je rêve qu'il est 11 heures du soir et que je fais des pâtes au basilic pour une dame de San Francisco.

Le rire de Gloria cassa net et elle tourna la tête sur le côté, comme si elle entendait un bruit émanant du salon. Soudain, elle décroisa les jambes et se laissa glisser de la paillasse :

— Je vais mettre la table, Mr Cagney.

— Gloria ?

Elle le coupa :

— Le lieu des crimes, ou plus exactement de la découverte des corps est une variable fondamentale du problème. Quelque chose contraint le meurtrier à tuer là et pas ailleurs.

— Ce qui signifie ?

— Que ces deux meurtres d'Arlington ne sont pas une coïncidence. Je suis sûre qu'un élément de l'environnement explique les deux crimes.

— Je peux utiliser votre fax ?

— Bien sûr, c'est dans mon bureau. Suivez-moi.

Il était satisfait d'avoir cette opportunité de découvrir où elle travaillait, certain que cette pièce était probablement celle dans laquelle elle passait le plus clair de son temps. Il traversa l'immense salon élégant à sa suite et elle le fit pénétrer dans une vaste pièce aux murs d'un jaune très pâle. Un grand bureau blond incurvé occupait son centre. Gloria tourna les talons après lui avoir désigné de la main le fax et une pile de papier.

Cagney écrivit rapidement quelques lignes, demandant à Ringwood de trouver un lien entre les différents éléments du dossier et Arlington. Il expédia le fax à la base, songeant que son adjoint le trouverait dans quelques heures. Il détailla les grandes bibliothèques qui couvraient deux des murs jusqu'au plafond, la chaîne laser, et les deux étagères sur lesquelles s'alignaient proprement des files de compact-disques. Il n'y avait presque aucun objet, aucun bibelot personnel, à l'exception d'une lourde pyramide asymétrique en cuivre qui trônait sur le bureau entre les deux ordinateurs et de deux bonbonnières, probablement XIXe, en biscuit ornées d'amours musiciens.

Il rejoignit Gloria qui dressait la table dans la grande cuisine.

— Si vous préférez nous pouvons souper au salon, mais c'est plus formel.

— Non, j'adore les cuisines. Asseyez-vous, je mélange délicatement sauce et pâtes et voilà. (La casserole en main, il s'approcha d'elle et déclara en français :) « Madame est servie ».

— Quel style !

— N'est-ce pas ?

Elle goûta prudemment et il adora la façon qu'elle avait de humer avant d'ouvrir la bouche, comme un chat.

— Alors ? Qu'en dites-vous ?

— Hum, c'est bon.

— Attendez, attendez, vous avez oublié le parmesan.

— Non merci. Autre petit secret : je n'aime pas le fromage.

— Vous êtes allergique ?

— Non, je n'aime pas l'odeur du fromage.

Il dévora, avec une envie, une satisfaction qu'il n'avait pas ressenties depuis bien longtemps. La regardant pousser les pâtes le long du bord de son assiette, il déclara très doucement :

— Allez, faites-moi plaisir, mangez un peu. Je suis venu exprès de Virginie pour vous faire des pâtes au basilic, et en avion militaire en plus.

— C'est de l'abus de biens sociaux.

— Vous vous rendez compte de ce que je risque ? Vous pourriez au moins me dédommager en mangeant mon œuvre.

Elle le regarda longuement et demanda calmement :

— Vous croyez qu'il va me tuer ?

— Non, jamais, répondit-il sèchement.

— Comment le savez-vous ?

— Je le sais, c'est tout.

Elle sourit :

— Vous êtes comme Hugues par moments.

La comparaison l'émut et l'agaça en même temps.

Il se faisait tôt, et Cagney n'avait pas envie de partir. Il lança la conversation sur l'opéra italien, certain qu'elle s'y intéresserait, qu'un peu de temps passerait encore. Il termina la bouteille de morgon, une agréable ivresse lui montait à la tête et il s'entendit rire à plusieurs reprises lorsqu'elle chanta quelques extraits de *Carmen*, très faux.

— Je sais, je chante affreusement faux. Mais cela m'est égal, parce que je ne m'entends pas. Enfin, si mais il faut que je m'écoute en monophonie, en me bouchant une oreille. Alors, là c'est tragique. Vous avez un joli baryton, Mr Cagney, si, si.

Ils pouffèrent ensemble. Elle avait presque terminé sa deuxième bouteille de chablis :

— Vous n'aimez pas le vin rouge ?

— Oh si. (Elle hésita, mais l'alcool la détendait.) Mais je suis en deuil. Je ne boirais que du chablis durant un mois.

— Un vrai deuil ?

— Oui, très vrai.

— C'est qui ?

— Sam, vous ne connaissez pas. C'est lui qui m'a fait aimer le chablis français.

— J'aimerais bien que vous m'en parliez.

— Non. Vous ne savez pas résister à la tentation de la psychanalyse, n'est-ce pas ?

Avant qu'il n'ait eu le temps de réfléchir à sa réponse, il s'entendit prononcer :

— Je ne résiste pas à la tentation tout court, si c'est avec vous.

Elle redressa le buste, jeta un coup d'œil sur sa montre et déclara en se levant :

— Mon Dieu, il est presque 3 heures du matin. Je suis très fatiguée, Mr Cagney. Je suis désolée, mais je vais devoir vous demander de prendre congé. Voulez-vous que j'appelle le *Cheschire Arms* ? C'est un bon hôtel, pas très loin d'ici.

Cagney se leva, il la fixait, démêlant les différentes émotions qui l'agitaient. Il avait envie d'elle. Elle était terrorisée et sa peur le paniquait parce qu'il savait que s'il faisait ou disait de trop, elle prendrait la fuite. C'était ce qu'elle avait appris à faire de mieux depuis des années. Mais sa vraie découverte, c'était qu'à 56 ans, il venait de tomber amoureux, ou plus exactement, il venait d'admettre qu'il était amoureux. L'incongruité de cette sensation le désarmait. Il aimait Gloria avec une passion adolescente qui l'aurait presque fait rire s'il n'avait pas été si choqué, et une envie folle de quotidien. Il pensait avoir été dégoûté à jamais de ces menues habitudes de vie parce qu'il les avait subies des années durant avec son ex-femme. Pourtant, il se découvrait l'envie de manger avec Gloria, faire la cuisine pour Gloria, rire avec elle, faire l'amour avec elle, dormir avec elle, amuser Clare avec elle comme si cette paternité tardive et par procuration était un lien indissoluble. Il aurait dû partir à ce moment-là mais il resta, comme piégé, debout dans l'entrée :

— Il n'y a pas de Gloria Parker née à Silver Lake dans le Massachusetts, ni de Clare Parker, ni de sœur. Carol, c'est bien ainsi que vous l'appelez ?

Elle le regarda sans répondre.

— Au demeurant, je suis convaincu que votre dossier confidentiel du ministère de la Justice a été bidouillé jusqu'à votre entrée au MIT. Je suis convaincu que c'est vous qui avez opéré le gommage et les rectifications.

Sarcastique, elle répliqua :

— Si vous êtes convaincu, je n'ai rien à ajouter.

— C'est trop facile.

— Vous croyez ? Bonsoir, Mr Cagney.

Elle appuya sur un petit interrupteur et il entendit le déclic de la porte d'entrée.

— Non, ça ne marchera pas cette fois-ci, Gloria.

— Tenons-nous-en à nos noms de famille, Mr Cagney.

— Mais justement, quel est votre nom de famille ? Quel est celui de Clare ? Qui est Simmons, Mrs Parker-SIMMONS ? ajouta-t-il en sifflant presque le dernier nom.

Elle le regarda et il sentit qu'elle réprimait l'envie de le gifler. Il aurait aimé qu'elle le fasse. Séparant nettement chaque mot, elle déclara :

— C'est le nom de ma grand-mère, la mère de mon père.

— Votre père est le père de Clare, n'est-ce pas ? Clare est le seul souvenir tangible d'un inceste, c'est bien cela ?

Il détesta son sourire mauvais.

— Sortez, Mr Cagney. Vous n'avez plus rien à faire dans cette maison.

— Bordel, mais répondez-moi, enfin ! J'ai le droit de savoir.

Elle cracha entre ses mâchoires crispées :

— Sortez. Maintenant.

Et il lut dans son regard quelque chose qui le blessa, qui lui fit très mal parce qu'il ne s'y attendait pas, plus maintenant, comme si le fait d'avoir reconnu qu'il l'aimait l'immunisait contre elle. Connerie. C'était pire. Il tendit la main mais elle se recula vivement :

— Je ne veux pas que vous me détestiez. Gloria, je vous en prie.

Elle répliqua d'un ton plat :

— Vous détester ? Vous plaisantez ? (Puis, parfaitement calme, elle ajouta :) Appelez-moi dès que vous aurez des nouvelles de Clare.

Il resta debout devant la porte refermée, se demandant s'il n'allait pas sonner, quitte à forcer sa porte. Les deux flics de faction firent semblant de ne pas voir son hésitation et il se décida à avancer jusqu'à la hauteur de leur véhicule.

— Bonsoir, messieurs. Nous ne savons plus au juste qui nous redoutons. Il ne semble pas que ce soit forcément l'homme du portrait-robot que je vous ai fait passer, dit-il en désignant la photocopie du visage du « Gros » épinglée sur le tableau de bord. Une vigilance totale est donc de mise cette nuit. J'appellerai demain le capitaine Mitchell.

— Tout ira bien, monsieur. La relève arrive dans deux heures et on a du café pour tenir un siège.

— Bien. Cet homme est un tueur, nous sommes bien d'accord. Ne laissez personne entrer en dehors des forces de police ou moi-même. Ni livreur, ni facteur, ni copain, ni copine, personne.

— À vos ordres, monsieur.

— Le *Cheschire Arms Hotel*, c'est dans quel sens ?

— Quatre cents mètres plus bas, à droite. C'est sympa, très clean comme hôtel.

— Merci. À demain peut-être.

Il descendit sans hâte la colline, repensant à cette soirée. Son espèce de délectation masochiste sur ce qu'il aurait plutôt dû dire ou surtout ne pas dire ne menait à rien, mais il ne pouvait pas s'empêcher de ressasser la dernière scène, la-scène-du-couloir. Les choses s'étaient tellement emmêlées au cours de ces dernières heures qu'il perdait le fil. Le Gros, Gloria, Morris, Barzan, Clare, tout s'imbriquait de façon chaotique. En énumérant cette liste, il sut qu'il manquait quelqu'un à l'appel. Il eut l'intuition d'un imminent danger. Merde, Gloria avait dit quelque chose de fondamental à propos d'Arlington, il en était sûr. Il accéléra le pas et parvint devant l'entrée de l'hôtel. Il obtint rapidement une chambre et monta quatre à quatre sans attendre l'ascenseur. Au moment où il passait la carte magnétique dans la serrure de sa porte, son *pager* vibra contre sa hanche. Il déchiffra le numéro qui s'inscrivait sur le petit écran, le numéro de Ringwood à la base. Il se précipita sur le téléphone posé sur la table de nuit et le rappela. La voix molle de Ringwood répondit enfin :

— Excusez-moi, je lutte. Il est 9 h 30 du matin, j'ai l'impression que je vais m'écrouler.

— Pourquoi êtes-vous resté à la base ?

— Ben, j'attendais Morris et la gamine. Ce n'est pas que j'ai vraiment l'habitude des enfants, mais je me suis dit que ce serait plus facile à deux.

— C'est gentil de votre part.

— Oui ? Eh bien je trouve que ça manquait surtout de bon sens.

— Ils sont arrivés ?

— Oui. C'est dingue l'énergie des jeunes. Morris et moi sommes crevés et elle n'avait qu'une envie : aller donner à manger aux écureuils. Je vous jure. Il faut même jouer les nounous dans ce métier !

Pour la première fois depuis longtemps, Cagney trouva Ringwood sympathique. Il avait attendu Clare et ne commentait ni son faciès ni sa débilité.

— Vous avez du nouveau, Richard ?

— Je ne sais pas trop, à vrai dire. J'ai trouvé un message d'Emilia Valdez ce matin. Je l'ai rappelée mais elle ne veut parler qu'à vous. Elle est très sèche cette femme, non ?

— Ce n'est pas le qualificatif que j'emploierais, mais ce n'est certes pas une petite chose impressionnable. Vous avez ses coordonnées, je vais la rappeler.

L'appel d'Emilia Valdez le surprenait. Il pressentait qu'elle s'y était résolue parce que quelque chose de grave s'était produit. Mademoiselle Valdez ne lui avait pas donné l'impression d'être du genre à s'épancher sur une épaule compatissante. Cagney composa le numéro, tomba sur une femme prudente qui devait être Marissa, sa secrétaire, et qui lui fit répéter son nom à deux reprises. Elle prévint :

— Je vais voir si mademoiselle Valdez est arrivée.

La fatigue le rattrapait et il fit un effort pour demeurer courtois :

— Elle vient de nous contacter, madame.

— Je vais voir.

Il y eut une série de déclics, puis la voix d'Emilia Valdez. Cagney la trouva encore plus cassante que dans son souvenir :

— Mon adjoint à Quantico vient de m'apprendre que vous souhaitiez me joindre, madame ?

— Oui. Vous pouvez passer à l'usine dès qu'il vous conviendra.

— Je vous appelle de Californie, Mrs Valdez.

— Ah. Tant pis, en ce cas. Au revoir, Mr Cagney.

— Non, attendez. Que se passe-t-il ?

— Des choses dont je ne discuterai pas au téléphone. Du reste, je ne sais pas vraiment si je dois vous en parler.

— C'est grave ?

— Très grave. Mais j'ai l'habitude de me débrouiller seule.

Il sentit sa détermination et l'inutilité de toute discussion. Elle ne parlerait pas tant qu'elle ne le verrait pas en personne.

— Je rentre demain, enfin tout à l'heure, dans l'Est. Je peux faire un détour par Boston. Je vous appelle dès que j'arrive.

— Bien. Je vous attends. (Elle hésita et sa voix se cassa.) Je ne comprends rien à tout cela, enfin c'est-à-dire que j'ai peur de comprendre. À demain.

Et elle raccrocha.

Il manquait bien un nom à la liste : Valdez. Gloria avait insisté sur le fait que la mort de Julio Valdez était intimement mêlée à leur enquête.

Cagney somnola durant quelques heures, se réveillant parfois en sursaut sans raison, replongeant dans une sorte de demi-sommeil épuisant. De temps en temps, la vague conscience qu'il ferait mieux de se réveiller tout à fait émergeait au milieu de bribes de pensées absurdes, sans pourtant parvenir à le tirer de sa torpeur. Un coup frappé à la porte de sa chambre le propulsa hors du lit d'un bond et il tendit machinalement la main vers son holster posé sur la table de nuit.

— Service en chambre, monsieur. Vous avez demandé le petit déjeuner à 8 heures.

Cagney s'enveloppa du peignoir fourni par l'hôtel et ouvrit au petit jeune homme timide qui portait avec précaution un lourd plateau qu'il déposa sur le petit bureau de la chambre.

Cagney avala sans y penser un toast et vida la cafetière. La liste de ce qu'il devait faire aujourd'hui défilait dans son cerveau, commençant toujours par Gloria. Il n'avait aucun besoin de repasser à la maison de Diamond Heights/ Il voulait revoir Gloria avant de partir/ Plusieurs binômes de flics se relayaient pour assurer sa protection / Il devait y aller pour s'assurer qu'elle ne risquait rien/ Elle ne voulait pas de lui / Il allait falloir qu'elle le veuille.

Il tergiversa, décrochant et raccrochant le combiné. L'argument intellectuel qui lui donna une excuse pour former son numéro valait ce qu'il valait : il ne voulait pas que leur relation demeure ce bloc d'incompréhension et de hargne.

Elle décrocha au bout de ce qui lui parut un long moment :

— Mrs Parker-Simmons ? J'espère que je ne vous réveille pas.

Un soupir, las ou exaspéré ?

— Non, Mr Cagney.

— Je repars pour Boston. Je voulais m'assurer que tout allait bien, que vous alliez bien.

— On ne peut mieux, je vous remercie. Avez-vous des nouvelles de Clare ?

— Oui, j'ai eu Ringwood. Le voyage s'est parfaitement passé et Clare a souhaité voir les écureuils dès son arrivée.

Il entendit ce rire de gorge très tendre qui ne s'adressait qu'à Clare. Elle poursuivit d'un ton soudain heureux :

— Clare est épuisante. Elle possède des ressources invraisemblables d'énergie. Pauvre Ringwood. Il a accepté de participer au baby-sitting ?

— Oui.

— C'est gentil. Elle va les éreinter tous les deux. Elle est infatigable.

— Mrs Parker-Simmons, nous avons des raisons de penser que ce type rôde autour de vous. Il va se rapprocher puisque Clare est hors de portée maintenant. Ne sortez pas, attendez que nous l'ayons coffré. N'ouvrez à personne hormis aux gens que vous connaissez parfaitement. Au moindre détail suspect, prévenez les policiers de faction devant chez vous.

D'un ton redevenu plat, elle dit :

— C'est presque flatteur toute cette surveillance. Mais il ne me fait plus peur maintenant.

— Vous avez tort. Il a déjà tué au moins huit personnes. Une de plus ou de moins, cela n'a plus aucune importance.

— Clare est à l'abri et j'ai déjà tout prévu. Le reste est somme toute assez anecdotique.

Tentant de calmer sa voix, il répondit :

— Ce n'est pas à vous d'en juger. Le comble de l'arrogance est de croire que l'on s'appartient à soi-même. C'est une foutaise prétentieuse.

Glaciale, parfaitement consciente que ces sous-entendus auxquels elle avait décidé d'échapper occupaient de plus en plus leurs échanges, elle déclara :

— Libre à vous de le croire si cela peut vous soulager. Le comble de la lucidité est de savoir à qui l'on appartient et jusqu'à quand. Dans mon cas la réponse est Clare et jusqu'à ce qu'elle soit hors d'atteinte. Bien, je vous souhaite bon voyage, Mr Cagney. Prévenez, je vous prie, Ringwood que je l'appellerai de temps en temps pour avoir des nouvelles de... ma fille.

Il sembla à Cagney que cette confession, qu'il n'avait rien fait aujourd'hui pour lui soutirer était comme un présage, pesant et sombre et une angoisse superstitieuse l'envahit.

— Gloria, je vous en supplie, faites attention à vous. Clare est encore comme un bébé. Elle sera toujours comme un bébé. Elle aura toujours impérativement besoin de vous.

Un silence, puis :

— D'accord, Mr Cagney. Bon voyage.

Jusqu'au dernier moment, jusqu'à l'instant où les portes de l'avion commercial qui l'emmenait à Boston se refermèrent, Cagney lutta contre l'envie de prendre un taxi et de se faire déposer à Diamond Heights. C'était inutile. Il parvenait maintenant à décoder partiellement le cerveau de Gloria, à percevoir par fragments certains des processus psychologiques qui l'expliquaient. Il était trop tôt. Elle allait s'accrocher au souvenir de cette soirée, à sa colère, sa peur peut-être pour se débarrasser de lui et ce rejet serait irréparable.

ENVIRONS DE BOSTON, MASSACHUSETTS

Un taxi le conduisit de Logan Airport à Braintree. La fatigue s'était métastasée dans les moindres recoins de son corps et devenait presque une ivresse, comme en ressentent les coureurs de fond. Il se sentait étrangement léger, la masse de son corps s'annihilait. Il se fit annoncer au poste de garde et attendit que l'on prévînt « la señora Valdez ». Il traversa comme dans un songe la vaste salle réfrigérée, le hurlement des scies qui tranchaient des muscles, éclataient des os, lui parvenait presque étouffé. Pourtant, l'odeur le réveilla un peu. Il semblait que cette sensation olfactive grandisse en puissance pour combler l'anesthésie de ses autres sens. Une odeur lourde, de sang, de viande, cette odeur qui se dégage d'une carcasse vidée après que la *rigor mortis* l'a abandonnée. Une odeur à la fois écœurante et affamante. Il gravit les marches du petit escalier qui conduisait aux bureaux. Emilia Valdez l'attendait au sommet. Sa belle peau pâle était presque livide et ses lèvres décolorées. Elle le précéda dans son bureau et lui désigna machinalement la chaise sur laquelle il s'était assis quelques jours plus tôt. Elle avait le regard fixé sur un dossier posé devant elle, mais il sut qu'elle ne le voyait pas. Il attendit. Elle leva soudain les yeux et pinça la bouche :

— Je n'ai pas d'autre alternative que vous. Si on avait dit à mon père qu'un jour un Valdez irait trouver le FBI pour régler un problème de famille, il en serait mort de honte. Mais justement, il est mort et je suis seule, maintenant.

Elle s'interrompit, mais Cagney demeura silencieux. Rien de ce qu'il pourrait dire, ne l'aiderait ni ne la détournerait de ce qu'elle jugeait devoir faire :

— J'ai reçu beaucoup de messages de condoléances après l'enterrement de Julio. C'était un bel enterrement, selon la formule consacrée. Il y avait énormément de gens. Beaucoup sont restés à l'extérieur de l'église, il n'y avait pas assez de place. Oui, beaucoup de gens, certains que je ne connaissais pas. La femme du Dr Pacheco, Leona, m'a même téléphoné, avant-hier. Pour me proposer leur aide et m'assurer de leur amitié. Ce sont des gens bien, les Pacheco. Il a réussi, c'est un bon médecin, mais il n'a pas oublié d'où sortaient ses parents. C'est lui qui a soigné mon père. Et Leona Pacheco est une femme gentille, mais son mari est très occupé, alors elle s'ennuie, elle bavarde. Elle a regretté que je sois la dernière Valdez en droite ligne, que Julio n'ait pas pu avoir d'enfant, et quel beau bébé il nous aurait fait sans cela.

La petite femme se leva d'un bond, assena un coup de poing sur la plaque de son bureau qui fit vibrer les pieds du fauteuil de Cagney. Elle rugit :

— *Puta !* Julio avait une azoospermie, je crois que c'est comme cela que Leona a dit. Et puis, elle s'est aperçue qu'elle avait commis une indiscrétion et elle m'a fait jurer de ne pas le répéter. Il n'avait pas de spermatozoïdes ou pas assez, ou des anormaux ou je ne sais pas quoi au juste, si ce n'est qu'il ne pouvait pas procréer. Cette salope s'est fait engrosser par un autre. Pour toucher l'argent des Valdez, grâce à son bâtard !

Elle se rassit d'un coup ou plutôt se laissa tomber sur son fauteuil.

Cagney demanda, surtout pour mettre un terme à ce silence impitoyable :

— Votre frère n'avait jamais parlé de sa stérilité ?

— Non. Pas à moi, et j'en suis certaine à personne d'autre. Peut-être à sa femme, je ne sais pas. D'après Leona Pacheco, Julio n'est venu voir son mari qu'assez récemment, après que Jennifer eut subi tous les tests au *Brigham and Women Hospital.* C'est étrange comme on pense toujours que c'est la femme qui est stérile dans un couple, n'est-ce pas ? Vous savez, pour nous, c'est fondamental les enfants. C'est la continuation. Ce n'est pas normal de ne pas en avoir. C'est presque une punition de Dieu. Surtout quand c'est l'homme qui est stérile. Ça finit par se confondre avec de l'impuissance, bref un sous-homme. Je sais que cela paraît presque préhistorique ici, mais chez nous c'est comme cela.

Ils demeurèrent silencieux. Cagney se demanda fugacement comment il avait ressenti la nouvelle de sa propre stérilité. Son détachement de l'époque avait-il été réel, était-ce une parade pour supporter quelque chose de définitif contre lequel il ne pouvait rien, ou avait-il été inconsciemment soulagé de cette forme ultime de liberté qu'il conservait vis-à-vis de Tracy ? La futilité d'une telle question lui sauta aux yeux. Ce flashback jusqu'à une époque qui avait perdu presque toute sa définition n'avait plus d'objet. Il revint au présent, au masque pâle d'Emilia Valdez, à la rage qui lui mouillait les yeux. Cagney ne s'était pas attendu à une telle révélation, mais elle ne l'étonnait finalement pas. Il se demandait simplement si Emilia Valdez avait été au bout du raisonnement, ou si elle jouissait encore du privilège d'un aveuglement passager. Ce qu'elle dit ensuite, presque dans un murmure, lui prouva qu'elle était à la hauteur de l'idée qu'il s'était forgée d'elle et il ressentit pour la petite femme dévastée une immense compassion :

— Voyez-vous, Mr Cagney, Julio était très gentil, un peu naïf, le genre d'enfant qui croit tout ce qu'on lui dit pour peu qu'il vous aime. Mais il n'aurait jamais toléré que sa femme se fasse engrosser par un autre en douce. Il aurait sans doute admis une insémination artificielle ou une adoption si cette putain avait vraiment voulu d'un enfant. Mais le cocu complaisant qui élève le rejeton de l'amant, ce n'était pas dans ses cordes. De cela je suis sûre. Il l'aurait quittée s'il avait su. Donc il ne savait pas. (Elle se mordit l'intérieur des joues et poursuivit d'un ton sifflant.) Cette salope est enceinte de deux mois, selon ce qu'elle m'a confié en sanglotant sur son pauvre petit mari. Ça passe encore inaperçu, mais pas à cinq ou six mois. Je ne m'embarrasserai pas de précautions de langage : c'est elle qui l'a fait tuer. Il fallait qu'elle soit enceinte au moment de sa mort pour toucher l'héritage de Julio et plus tard le mien. Mais il ne devait pas s'en apercevoir.

— C'est peut-être une déduction un peu hâtive, et en tout cas, c'est une accusation grave, non ?

En même temps qu'il disait cela lui revint l'image d'une femme bras nus dans une robe légère, qui quittait la pièce pour se moucher. Sur le moment la scène l'avait suffisamment étonné pour qu'il la mémorise, comme si quelque chose était incongru. Il n'y avait pas prêté plus d'attention, occupé qu'il était à scruter ses larmes, à enregistrer ses intonations. Étrange oubli pour une veuve éplorée aux yeux gonflés de larmes de ne pas avoir de mouchoir près d'elle, chiffonné dans sa main, fourré sous un coussin du salon. Et puis, ce cadre de l'entrée qui protégeait le portrait guindé de Julio Valdez lui avait déplu. Il n'y avait de photo nulle part ailleurs. C'était une sorte d'insistante publicité pour les visiteurs.

On était sûr qu'ils ne pouvaient pas la rater. Il pouvait également s'agir du geste amoureux d'une femme désespérée qui tient à imposer la photo de l'homme qu'elle aimait, mais ce cadre moderne, trop grand en chrome bon marché, jetait une note discordante dans le décor, raffiné et résolument ancien. Avait-on repêché dans un quelconque tiroir cette preuve de mauvais goût qu'on n'avait pu se résoudre à jeter et qui trouvait enfin un usage ? Tout cela ne constituait qu'un ensemble d'impressions vagues et sans grande valeur. Cagney connaissait suffisamment les méandres de l'esprit humain et de ses passions pour savoir que de multiples émotions, d'innombrables cheminements peuvent conduire au même geste, à la même erreur et qu'en tirer des conclusions ne sert au mieux qu'à avancer davantage dans la compréhension. En cela, il rejoignait sans le savoir Gloria : *sui generis*, quelle est l'essence du problème, elle seule peut éclairer la solution.

— Je vous en prie ! Vous avez une autre explication ?

— Je vais faire convoquer Mrs Valdez par le Boston PD. Je vous tiendrai au courant. Pourriez-vous me faire appeler un taxi, je vous prie ?

Emilia Valdez enfonça un bouton de son gros terminal téléphonique et débita quelques phrases en espagnol.

— Le temps que vous descendiez, il sera là.

Elle se leva et il lui sourit :

— Ne vous dérangez pas, je connais le chemin.

Il se dirigea vers la porte et se tourna vers elle :

— Mrs Valdez, je sais, enfin du moins je crois savoir ce que vous ressentez. Ne faites rien qui vous mette hors la loi. Vous êtes la dernière de votre clan, c'est votre responsabilité. Laissez-nous faire, je vous en prie.

Elle le regarda longuement, redressant son petit mètre cinquante et il se dit que fort peu de gens l'avaient impressionné de la sorte. Un timide sourire vint au visage tiré de la femme et elle murmura :

— C'est drôle ce que vous me dites. J'y ai pensé toute la nuit. À la tuer, je veux dire. Je n'ai pas de doute, je sais que c'est elle qui est derrière la mort de mon frère. Et puis, je me suis dit que la vengeance serait plus efficace, plus féroce, si je la harcelais sans trêve. Et elle m'aura toujours sur le dos. En taule ou ailleurs. Elle n'a ni le fric, ni surtout l'intelligence pour lutter contre moi.

— Bien. À bientôt, madame.

BASE MILITAIRE DE QUANTICO, VIRGINIE

Un hélicoptère de l'armée attendait Cagney à Logan Airport et il se retrouva sur l'aire d'atterrissage de Quantico à l'issue d'une succession de spéculations qui avaient gommé le décollage, puis l'atterrissage et même les petits commentaires amicaux de son pilote qui n'était pas Bob mais dont il avait déjà oublié le nom.

Il réintégra son antre, aussi chiffonné que son sac de voyage. Un jour, peu après son divorce, il s'était dit qu'il aimerait bien prendre un petit chat, plutôt une petite chatte. Il la voulait drôle, vivace, espiègle mais tendre. Depuis, il ne cessait de plaindre la pauvre bête qui n'avait jamais existé que comme possibilité, sa solitude, les départs de son maître, ses inconstances. C'était bien que Gloria ait un chien.

Il retrouva un Ringwood hagard, qui en faisait des tonnes sur son état de fatigue comme s'il venait de créer une sensation nouvelle. Il promenait sa chemise, souillée aux aisselles comme la preuve de sa dévotion au FBI, ses cheveux de plus en plus gras et malsains comme une déclaration d'abnégation et Cagney sentit croître sa mauvaise humeur. Avant même que Ringwood n'ait le temps d'un commentaire geignard, il lâcha :

— Je sais Richard, vous êtes FATIGUÉ. Eh bien vous n'êtes pas le seul, et il ne s'agit pas d'une marque déposée.

Ringwood le contempla, perplexe, et Cagney se dit que si de menues manies sans conséquence, de petits défauts de caractères bénins l'exaspéraient à ce point, il ferait mieux de rentrer se coucher.

— Excusez-moi, Richard. La fatigue vous fatigue, elle me rend agressif. C'est très con.

— Non, je comprends.

— Vous m'obtenez tous les rapports professionnels de l'INS au sujet de Valdez et Sanders. S'il vous plaît.

Faussement modeste mais bichant, Ringwood déclara :

— Ah, mais j'ai déjà tout cela. Dans mon bureau. Attendez, je vous les amène. Vous voulez un café ?

— Des amphétamines seraient plus appropriées étant entendu mon état de fatigue, mais c'est illégal. Alors un café, serré. Cela me réveillera peut-être.

— Vous êtes plein d'illusions, à ce que je vois. C'est beau.

Dès qu'il fut sorti, Cagney composa le numéro du Dr Pacheco à Boston. Il se retint d'envoyer paître la femme geignarde qui lui répondit au téléphone, qui voulait savoir ce qui motivait son appel, son nom et si c'était urgent, certain qu'il s'agissait de la fameuse Leona, qui ne savait pas tenir sa langue. Enfin, il entendit la voix posée du Dr Pacheco.

— Dr Pacheco. Je suis désolé de vous déranger, ce ne sera pas long. Je suis James Irwin Cagney du FBI. J'ai vu ce matin Mrs Valdez, Emilia Valdez.

— Ah oui. Quel drame.

— Oui. Selon Mrs Valdez, son frère est venu vous consulter peu de temps avant sa mort.

— En effet, oui.
— Vous auriez diagnostiqué une azoospermie, si j'ai bien compris.
Il y eut un silence pesant, puis la voix maintenant sèche du médecin :
— Ce genre de renseignements est protégé par le secret médical, Mr Cagney.
Cagney n'avait pas de temps à perdre et la soudaine discrétion du praticien lui parut à la limite de l'indécence :
— Oui, je sais. Peut-être conviendrait-il alors que vous étendiez votre notion du secret médical à votre femme ?
— Ah merde, il a encore fallu qu'elle bavarde !
— Si vous le savez, pourquoi lui confier ce genre de choses, disons, embarrassantes ?
— Puis-je vous rappeler, Mr Cagney ? Je suis en plein milieu d'une consultation.
Glacial, Cagney prévint :
— N'y manquez pas, docteur. J'attends votre appel, et il lui dicta son numéro.
Richard Ringwood revint en un temps record, porteur équilibriste de deux tasses de café insipide et d'une pile de feuilles de listing informatique. Cagney avala le café bouillant, sans trop parvenir à déterminer ce qu'il ingurgitait et demanda :
— Vous les avez décortiqués ?
— Oui, bien sûr. Les heures sont parfois longues dans ce sous-sol.
— Veinard. Alors ?
La sonnerie du téléphone résonna à ce moment. Cagney mit un doigt sur sa bouche et décrocha :
— Mr Cagney, je viens d'avoir Emilia Valdez, qui confirme. Je réglerai mon problème avec ma femme plus tard. Comme vous le savez, les Valdez sont mariés depuis quatre ans. Enfin, je veux dire « étaient ».

D'après ce que m'a confié Julio Valdez, ils ont décidé d'avoir un bébé, il y a un peu plus d'un an. Rien ne venait. D'abord ils ont mis cela sur le compte de la pilule que prenait Mrs Valdez depuis plusieurs années. Les mois ont passé, ils ont commencé à se poser des questions. Mrs Valdez est allée consulter, d'abord en privé. Elle a subi pas mal de tests, semble-t-il, et le gynécologue qu'elle voyait s'est obstiné en raison de la présence d'une légère dystrophie ovarienne dont il pensait qu'elle pouvait être à l'origine d'une stérilité partielle. Mais toujours rien. En désespoir de cause, Jennifer Valdez a fini par aller au *Brigham and Women Hospital.* C'est là qu'on lui a conseillé de venir avec son mari. Peut-être est-ce ce qui a décidé Julio à venir me voir. J'ai toujours soigné la famille Valdez. Julio était comme pas mal d'hommes. Il ne voulait surtout pas que cela se sache.

Cagney faillit rétorquer que c'était sans compter sur Leona Pacheco mais se retint.

— Quand vous a-t-il consulté ?

— Oh, il y a environ trois ou quatre mois, je peux vérifier.

— Non, c'est inutile pour l'instant. Pensez-vous qu'il ait annoncé le résultat des analyses à sa femme ?

— Je n'en sais rien. J'ai évoqué ce point, mais il n'avait pas envie d'en discuter. Je n'ai pas insisté. Mr Cagney ? Elle est enceinte, c'est sûr ?

— Oui, c'est ce qu'elle dit. Docteur, il me faut une certitude : Julio Valdez pouvait-il, même difficilement, procréer ?

— Non.

— Bien. Je vous remercie de votre collaboration. Au revoir, docteur.

— Attendez, Mr Cagney... (Le médecin hésita, commença pour s'interrompre et reprendre :) Je suis dans une situation très embarrassante, non, très grave, à cause des bavardages de ma femme. Puis-je espérer...

— Je ne sais pas, docteur. Tout dépendra de la suite. Au revoir.

Et Cagney raccrocha. Rien à foutre des angoisses professionnelles de ce con. Ses indiscrétions bon enfant servaient Cagney en tant que flic mais elles le faisaient gerber en tant que citoyen et surtout patient potentiel.

Ringwood lâcha calmement :

— Ça pue la merde, non ?

— Oui, c'est l'odeur que dégage une bonne partie de l'humanité, Richard. Alors et le couple Sanders/Valdez ?

— Bof, des états de service impeccables pour le tandem Valdez-Sanders. En fait, Valdez était un bon enquêteur sans plus jusqu'à l'arrivée de Sanders. Une fois constitué, le binôme a fait des étincelles. Ils détiennent le record des interpellations de clandestins. Félicitations, promotions et le reste. Enfin, l'effet de synergie classique, quoi.

— Et Sanders ?

— J'ai quelques petits trucs sur lui. Que voulez-vous savoir au juste ?

— Je ne sais pas trop, ses biens, son passé, bref un peu tout.

— Je vois, on ratisse large ?

— Oui. J'ai fait convoquer Mrs Valdez pour demain. Je préfère avoir le maximum d'informations avant.

— Vous allez l'aborder comment ?

— J'hésite. Je ne suis pas convaincu qu'elle soit aussi cul-cul qu'elle a réussi à le faire gober à tout le monde. J'ai le choix entre faire semblant de la croire ou essayer de lui flanquer la trouille.

— Et que pensez-vous d'elle ?

— Qu'Emilia Valdez a peut-être résumé sa personnalité : c'est sans doute une salope, mais il y en a de plus intelligentes que d'autres. Elle est sans doute à l'origine de la mort de son mari, directement ou non. Ce que j'aimerais apprendre, c'est si le meurtre de Valdez est un enchaînement de circonstances sur lequel elle n'a pas eu de prise ou si c'est un plan mûrement réfléchi et admirablement exécuté.

— Et le rapport avec notre enquête ?

— Je l'ignore encore. (Il sourit et acheva :) Mais il en existe un, c'est mathématique, en quelque sorte. Bon, alors et Sanders ?

— Rebof, bon élève, bon enquêteur, bon pote.

— Marié ? Ses biens ?

— Divorcé, sans enfant. Un appartement à Somerville, un peu au nord de Boston, et un petit cabanon de chasse dans le Maine.

— Rien de très luxueux ni extravagant, donc ?

— Non. Il a une Range Rover vieille de deux ans, un compte d'épargne confortable sans excès, pas de découvert à la banque, bref pas de quoi s'affoler. À part son goût prononcé pour la chasse.

L'exaspération de Cagney revint d'un coup :

— Oh, je vous en prie, Ringwood. Épargnez-moi ce genre de généralisation gnangnan. Ce n'est pas parce qu'un homme chasse que cela en fait un meurtrier. Vous n'êtes pas végétarien, si je ne m'abuse ? Il y a des connards sans compassion partout, inclus les non-chasseurs. Goebels adorait les animaux, surtout les chiens. Vous voulez qu'on le canonise ?

Ringwood répliqua d'un ton calme :

— De toute façon nous ne serons jamais d'accord là-dessus. Il y a une différence entre respecter une physiologie d'omnivore, aimer manger *versus* aimer tuer. Ce n'est pas parce qu'une habitude remonte à la Préhistoire qu'elle mérite d'être conservée, sans cela on vivrait encore dans les cavernes et on jetterait les gens qui ne sont pas d'accord avec le pouvoir dans un cirque pour qu'ils se fassent bouffer par des lions. En plus ce n'est pas là que je voulais en venir. Sanders s'offre de beaux voyages de chasse. L'année dernière, c'était en Écosse. Ça coûte assez cher.

— Un célibataire qui gagne bien sa vie peut facilement économiser assez. Pas d'autres passions, femmes, jeu, etc...

— Non, pas que l'on sache.

— Pas de maîtresse ?

— Ce genre de renseignements ne figure pas dans les dossiers professionnels, sauf dans les services secrets.

— Pas de quoi pavoiser. Merci, Ringwood, je vais aller voir Morris. Ah, et bonnes côtelettes de mignon petit agneau du Montana. Eux aussi on les égorge, vous savez ?

Ringwood sortit de son bureau et lâcha en riant :

— Je préfère un T-bone, bleu. (Il acheva en prenant un ton sadique et en roulant des yeux.) J'aime appuyer ma fourchette dessus et que le sang gicle. Miam !

Cagney ne put s'empêcher de rire à son tour.

— Je vous rapporterai le dossier Sanders/INS/Valdez un peu plus tard, Richard. Je vais encore y jeter un œil.

— D'accord. On déjeune ensemble, ou je vous fais peur ?

— On déjeunera tous les trois, si Morris est disponible. (Cagney regarda sa montre.) Enfin, on va goûter ensemble. D'ici une heure, cela vous va ?

— Oh oui. Au point où en sont mes sécrétions gastriques, un peu plus d'anarchie dans les horaires ou un peu moins...

— Je vous passerai un coup de fil.

— D'ac ! Je vais faire un peu de ménage sur mon disque dur. Pauvre petite bête. Je ne le traite pas comme il faut depuis quelque temps.

— Et pourquoi ne pas généraliser cette excellente initiative au reste de votre bureau ?

Ringwood refit quelques pas en direction de Cagney et déclara d'un ton docte :

— J'ai toujours pensé qu'un ordre méticuleux était du plus haut suspect. Du reste j'adhère à la théorie de Lorenz sur « le désordre nécessaire ».

— J'irais même jusqu'à dire que vous l'expérimentez outrancièrement.

— Un jour, je pondrai un essai sur l'ordre. Je commence à avoir une petite idée de ce que c'est. Cela s'appellera « Critique sur l'ordre et le désordre ». Le titre est un peu pompé.

— Ne me dites pas que vous avez lu Kant ! Si ce n'est pas trop long, je suis preneur puisque je suppose que je suis un de vos cobayes ?

— En effet, Morris aussi. Mais mon ex-femme est mon plus beau sujet d'expérience. Ma mère la suit dans un mouchoir de poche.

— Vous avez une mère ?

— Étonnant, non ?

Cagney n'était pas certain de vouloir poursuivre la conversation sur ce terrain. Ringwood était arrivé dans son service des sciences du comportement, puisqu'à l'époque il se nommait encore ainsi, peu de temps après son divorce. Son rapport confidentiel précisait que le départ de sa femme l'avait profondément affecté. Elle avait disparu, sans rien exiger des biens de Ringwood, dont la famille était très aisée, contrairement à Tracy, l'ex-femme de Cagney qui avait piqué une crise de nerfs au sujet d'un service de table en porcelaine bleue. Ringwood n'avait plus jamais eu de nouvelles de sa femme, sauf par l'intermédiaire de son avocat, et tant qu'avait duré le divorce. Il n'avait pas demandé sa mutation dans le service de Cagney, mais le Bureau avait jugé souhaitable ce dépaysement. C'était une stratégie efficace : il est plus difficile de s'apitoyer sur ses malheurs domestiques après une journée passée à collationner, analyser, expertiser la démence, l'horreur, la mort, la souffrance. Ringwood plaisantait maintenant au sujet de son mariage raté, et surtout médisait enfin de sa femme alors que jusque-là il n'avait rien pu lui reprocher qu'un abandon.

Cagney demanda d'un ton faussement léger :

— Je croyais que vous aviez seulement « des parents » ?

— Vous ne croyez pas si bien dire. C'est un admirable bloc, « mes parents ». Mon père a toujours été d'accord avec ma mère qui a toujours été d'accord avec mon père. Finalement, c'est peut-être sécurisant mais c'est très frustrant pour un enfant de ne jamais parvenir à mettre un de ses parents de son côté lorsque l'autre fait de la résistance.

Et Cagney se demanda si son diagnostic sur l'indestructible ego de Ringwood était aussi juste qu'il l'avait toujours cru. Il enchaîna :

— Et cet essai sur l'ordre ?

— Eh bien, j'en suis arrivé à plusieurs conclusions. L'ordre c'est une peur, peur de se perdre, de s'y perdre, de n'être pas à la hauteur. Peur de se dévoiler aussi, rien n'est plus personnel donc révélateur que le désordre. L'ordre est souvent soumis à la logique donc relativement impersonnel. En bref, et au risque d'être désagréable, je me demande si le désordre n'est pas le produit d'une structure intellectuelle forte. Qu'est-ce que vous en pensez ? Après tout, c'est vous le spécialiste.

— Il y a des choses à creuser là-dedans. D'autres me semblent tout droit issues du manuel de la psychologie en douze leçons.

— Lesquelles sont lesquelles ?

Cagney réprima un sourire et déclara très sérieusement :

— Ah, je ne veux pas vous enlever votre plaisir. Réfléchissez encore un peu, ça va venir.

— D'accord. À dans trois ans.

— Au fait, Ringwood, et mon fax ?

— Bien reçu. J'ai téléphoné au Boston PD pour tenter de savoir ce qu'il pouvait y avoir de particulier à Arlington, dans ce centre commercial. Rien de très concluant. D'après le flic que j'ai eu et qui connaît bien le coin, ce n'est pas vraiment le genre d'endroit où aller faire pisser son chien, une fois la nuit tombée, si vous voyez ce que je veux dire. Mais dans la journée, il n'y a pas plus de problèmes là-bas qu'ailleurs. Les flics ont promis de me faxer la liste de tous les magasins qui s'y trouvent réunis, dès que possible. C'est pas vraiment de la tarte, parce que je ne sais pas ce que l'on cherche.

— Moi non plus, Richard. Un lien avec notre affaire, c'est tout ce que je peux vous dire.

— Eh bien avec ça !

Cagney étala sur son bureau, vierge de tout désordre, les différentes pièces du dossier qu'avait réuni Ringwood. Il posa les feuilles à la façon des lames d'un jeu de tarot, comme si cet agencement pouvait aboutir à quelque divination. Valdez lui souriait, un peu coincé. Il s'agissait de la même photo que celle qu'il avait vue dans l'entrée de l'appartement, mais elle avait été agrandie. Il posa, juste à côté, la photo de Sanders, puis les entoura des relevés bancaires des Valdez, des états de service flatteurs des deux hommes. Il croisa les bras sur sa poitrine et le contact de ses cubitus avec son sternum osseux lui rappela qu'il avait faim, ou plutôt qu'il devait manger.

Morris n'était pas dans son bureau et il le bipa sur son *pager*. Quelques minutes plus tard son téléphone sonna :

— Comment allez-vous, Morris ?

— Mieux depuis cinq minutes. Je n'aurais jamais cru qu'il y avait autant de foutus écureuils dans ces bois. Avec tous les exercices de tir, ils auraient pu avoir l'amabilité de se barrer. Et le pire, c'est que j'ai l'impression que Clare les reconnaît. Elle ne veut pas en oublier un seul dans sa distribution de gâteaux. Je viens de la confier à Elisabeth Pearson. Ça fonctionne bien entre elles deux.

— D'où votre soulagement.

— Exact. (Morris hésita et ajouta :) En fait, elle est très attachante.

— Oui, je sais. Pour diverses raisons.

— Oui.

— Vous déjeunez avec nous ?

— À 14 h 30 ? Vous plaisantez. Depuis que je suis nounou, je déjeune à midi et demi tapant.

— Tant pis. Nous allons manger un petit quelque chose. Vous nous rejoignez ensuite dans mon bureau, disons dans une heure. J'ai besoin de vous à Boston, demain. Je vous expliquerai.

— Oui, mais j'ai charge d'âme maintenant et j'ai promis à Elisabeth Pearson de reprendre Clare à 5 heures. C'est sa collègue qui prendra la relève à 6 heures. Elle passe la nuit avec la jeune fille.

— Quel planning ! Je me demande comment font les femmes qui travaillent. Eh bien à tout à l'heure.

Il passa chercher Ringwood et ils montèrent dans la grande cafétéria du bâtiment.

Trois jeunes hommes buvaient silencieusement un thé, attablés près de la baie vitrée. Ils prétendirent ne pas les avoir vus installer leurs plateaux jusqu'à ce que l'un d'eux, un grand postadolescent poussé en graine, aux cheveux roux orangé coupés en brosse, se lève, hésite, crispe ses poings pendants le long de son corps et se dirige enfin vers leur table. Tout dans la façon dont il inclinait le buste, rentrait légèrement la tête dans les épaules, mais regardait droit devant lui prouvait qu'il se préparait à un affrontement qu'il redoutait. À sa démarche, Cagney sut que s'il avait été seul, il aurait passé le reste de sa pause-thé à tergiverser, se sermonner, mais ne se serait pas levé.

Il se planta devant Cagney qui le regarda avec un vague sourire :

— Monsieur, je souhaiterais vous parler.

— Ça ne peut pas attendre ?

Un afflux de sang enflamma les pommettes pâles et descendit jusqu'à la base de son cou.

— Euh, non.

— Alors allons-y. Qui êtes-vous et c'est à quel sujet ?

— Benjamin Wagensberg, monsieur. J'ai eu le privilège de suivre vos cours à l'université de Virginie. C'est au sujet de mon « C ».

— Ah, je vois. Je vous ai mis « C » à cette étude de cas sur les serial killers féminins, c'est bien cela ?

Benjamin Wagensberg prit une longue inspiration et répondit d'un trait :

— En effet. Je ne suis pas d'accord avec cette note.

— Pour quelle raison ?

Wagensberg se détendit un peu et tira la chaise inoccupée qui se trouvait à droite de Ringwood. Cagney interrompit son geste :

— Je ne vous ai pas prié de vous asseoir, Wagensberg. Estimez suffisant de me déranger durant mon déjeuner.

La pomme d'Adam proéminente fit un aller et retour rapide et le jeune homme se redressa rapidement. Sur le même ton autoritaire mais courtois, Cagney reprit sa question :

— Pour quelle raison, donc ?

— Je pense avoir réussi une bonne analyse. J'ai mis en évidence l'aspect plus « local » de ces meurtres, limités à la famille en général ou à l'environnement proche des sujets. J'ai insisté sur la composante hystérique qui se retrouve dans certains de ces cas. Enfin, bref, je crois avoir apporté la preuve que j'avais parfaitement assimilé vos cours.

— En effet. C'est du reste le sentiment que m'a laissé votre excellente synthèse.

— Mais je... Enfin alors ?

— Vous ne vous êtes jamais posé de questions, Wagensberg ? Ce que je vous ai dit vous comble vraiment ? Cela vous suffit ? J'ai raison selon vous ? Vous avez appris et assimilé mes cours comme on assimile une carte de géographie. Vous y avez vu une donnée finie, fixe, connue et sans contestation possible. Je vous parlais de recherche, vous avez craché un lexique. J'aurais préféré que vous vous trompiez sur les noms des meurtrières, les dates, que vous emmêliez les jugements, mais bordel, que vous en tiriez quelque chose, une réflexion ! Vous m'avez pondu une brillante dissertation sur l'hystérie, d'angoisse, de défense ou de conversion, Freud, Charcot et même Hippocrate. Bravo !

— Je...

— Votre petit camarade, là-bas, celui qui fait semblant de ne pas me voir...

Cagney désigna un jeune homme brun, qui paraissait hypnotisé par la ceinture d'arbres qui s'étalait de l'autre côté de la baie vitrée.

— Mark Barton.

— Ah oui, c'est cela. Il a eu un « A ». Pourtant, il avait sans doute moins bien bachoté ses cours que vous. Mais savez-vous sur quoi il conclut son devoir ? Sur le fait que, contrairement aux hommes, le serial killer féminin nous pose un évident problème d'analyse en raison de sa rareté, certes, mais surtout de son extrême polymorphisme qui fait que l'on parvient difficilement à les classer en grandes catégories. Lui s'interroge sur cette soi-disant composante hystérique, mais également sur les potentialités autopunitives de la femme. Sans réponse, bien sûr, mais je n'en attendais pas, puisque je n'en ai pas moi-même. Il déboule sur un hors-sujet passionnant : la Castration avec un grand « C ». L'envie que nous avons que notre pénis soit le centre du monde, l'objet de tous les délires, quelque part, la justification de tous les pouvoirs. Et il conclut sur une fable amusante, à la frontière de la philosophie, qui m'a beaucoup distrait : la psychanalyse est à l'origine une affaire d'hommes, n'est-ce pas ? L'anthropomorphisme restrictif est une caractéristique de notre espèce. Nous aimons que toute la création nous ressemble, nous faisons parler Bugs Bunny, mettons un soutien-gorge à Minnie Mouse et Roger Rabbit est amoureux fou d'une pin-up humaine siliconée. Nous jugeons, jaugeons, évaluons en fonction de notre propre grille. Et jusque-là qui sont les auteurs des grilles ? Les hommes. L'embryon humain, quel que soit son sexe génétique, commence par être anatomiquement femelle. C'est troublant, non ?

— Je ne comprends pas, monsieur, je suis désolé.

— Moi non plus, mais il ne faut pas être désolé. Je n'ai qu'un conseil à vous donner pour le prochain semestre, Wagensberg. Allez au-delà des informations, mettez-les en doute, analysez-les, critiquez-les. Même si vous avez tort, quelque chose peut en sortir. Ne gobez pas tout comme s'il s'agissait d'une révélation divine, servez-vous de votre cerveau. Nous ne sommes pas Dieu, mais nous sommes plus puissants et plus inventifs qu'un CD-ROM.

— Bien, monsieur. Merci de cet entretien. Au revoir, monsieur.

Cagney le retint au moment où le jeune homme tournait les talons :

— Wagensberg ? Avez-vous compris ce que je viens de vous dire ?

Le rouge monta jusqu'au front, faisant une sorte de grosse pièce boursouflée entre les deux sourcils :

— Je crois, oui. Je ne sais pas très bien comment je vais m'en servir, mais j'ai compris. Il faut que les choses avancent, n'est-ce pas, et elles ne peuvent avancer que dans la contestation.

— C'est exactement cela. Dans la contestation intelligente et justifiée.

Ils virent Wagensberg parler à ses deux camarades toujours assis. Tous se levèrent et quittèrent la salle de restaurant.

Ringwood remarqua :

— Vous n'y avez pas été avec le dos de la cuillère.

— Sans doute. Ce sera peut-être salutaire, ou alors, il restera sur ses positions : je suis un salaud et lui une victime d'injustice.

— C'était un peu tiré par les cheveux, l'autre devoir, non ? Ce Barton.

— C'est ce que j'ai cru au début. Mais en dehors d'une indéniable masturbation intellectuelle — ce petit sait qu'il est intelligent et il le montre — je crois qu'il y avait quelque chose d'intéressant dedans.

— Ça me fait bizarre de savoir que j'ai été une petite fille, soupira Ringwood.

Ils éclatèrent de rire en même temps et Cagney conclut en se levant :

— Pour ne rien vous cacher, moi aussi. Et si nous allions retrouver Jude Morris, notre troisième petite copine ?

Ils riaient encore en descendant les escaliers escarpés qui menaient au sous-sol et en traversant l'immense salle dans laquelle les futurs agents nettoyaient les armes.

Ringwood pénétra dans le bureau de Cagney en ajoutant :

— Bon, remarquez, si on va par là, on a tous commencé par être poisson.

— Femelle poisson.

Affolé, Ringwood cria :

— Femelle poisson ? C'est pas vrai ?

Cagney éclata de rire et avoua :

— En fait, je n'en sais rien.

Morris arriva peu de temps après. Il semblait à la fois fatigué et détendu comme Cagney ne l'avait pas vu depuis des mois. Retrouvait-il espoir en prenant soin de Clare ? Pensait-il établir, grâce à cela, une sorte de lien avec Gloria, presque à son insu ? Ou bien la sensation d'être nécessaire à un être vivant, de contribuer à sa vie le nettoyait-il pour un temps de ses exclusives fréquentations avec la mort ?

Il se laissa choir en soufflant et déclara :

— Elle me crève, cette gosse !

Cagney demanda :

— J'ai l'impression que les choses se passent plutôt bien dans l'ensemble, non ?

— Oh oui. Tout l'amuse. Ça la change. Elle m'a un peu parlé de l'endroit où elle vit, du parc. Il y a un paon, c'est cela.

— Oui. C'est une institution privée.

— C'est à San Francisco ?

Cagney demeura volontairement vague :

— Oui, pas très loin. Morris, j'ai eu ce matin une conversation très édifiante avec Emilia Valdez.

— Ah bon ?

Cagney synthétisa la teneur de son entretien et précisa qu'il avait fait convoquer Jennifer Valdez par le département de police de Boston.

— Putain, je ne peux pas le croire. Elle avait l'air tellement désespérée, brisée. On lui aurait donné le bon Dieu sans confession.

Cagney eut un sourire mauvais :

— Si la théorie de Mrs Valdez se confirme, Jennifer Valdez devrait, en effet, se reconvertir dans le théâtre. Enfin, si elle sort de taule un jour. Avouez que la fortune familiale est un joli cachet et mérite quelques efforts.

— Dans ce cas, nous avons un problème de taille. Qui est le meurtrier parce que cette gonzesse est peut-être une salope mais je la vois mal maintenant son mari au sol pendant qu'elle l'égorgeait et qu'il se vidait de son sang. C'était un professionnel et pas une mauviette.

— Juste. Il va falloir qu'elle nous le dise.

— Vous croyez que c'est notre tueur ? Le « Gros » ?

— Je ne sais pas. Pas selon Mrs Parker-Simmons.

Morris lâcha, inquiet :

— Qui s'occupe d'elle, là-bas ?

— Les flics de San Francisco.

— D'après ce que Ringwood m'a dit, ce n'est pas le « Gros » qui est allé rendre visite à Clare. Pinky, c'est cela, je crois ? La gamine n'arrête pas de parler de lui. Elle pense qu'il va venir la voir, ici.

Très calmement, Cagney confirma :

— Non, ce n'est pas le « Gros ». (Il fixa Morris droit dans les yeux :) C'est peut-être le type qui s'est renseigné sur le compte de Mrs Parker-Simmons au MIT ? Qu'en pensez-vous, Morris ?

Celui-ci baissa les yeux et ne répondit pas. Ringwood ne remarqua pas la gêne qui s'installait entre les deux hommes, plongé qu'il était dans le dossier INS. Cagney savait que cette mise au point en pointillé était nécessaire, tout comme il était conscient que Morris avait agi sur une impulsion, un enfantillage auquel il ne fallait pas permettre de prendre trop d'importance. Il enchaîna :

— Nous rencontrons Mrs Valdez, Jennifer, je veux dire, demain à 11 h 30 à Boston. Je crois qu'il ne serait pas superflu que nous mettions au point notre stratégie d'attaque.

Ringwood leva la tête et s'installa à son tour sur un fauteuil, face au bureau de Cagney. Les trois hommes discutèrent un long moment. Il faisait peu de doute qu'Emilia Valdez ait dit la vérité et qu'elle se soit approchée de la solution. Toutefois, ils n'en avaient aucune preuve formelle et Cagney ne tenait pas à un scandale en ce moment, avec dans le rôle de la victime la jeune et jolie veuve éplorée d'un enquêteur de l'INS au-dessus de tout reproche, enceinte de surcroît, s'il s'avérait que Jennifer était innocente. Harper en ferait une crise nerveuse, à moins qu'une telle bavure ne le justifie à ses propres yeux si le vent tournait en défaveur du département dirigé par Cagney.

Ils en étaient là de leurs spéculations lorsqu'un coup léger frappé contre la porte du Bureau les interrompit. Cagney leva la tête et invita le visiteur à entrer. Une jeune femme blonde aux joues roses, un sourire éclatant aux lèvres, passa la tête et demanda d'un ton joyeux :

— Excusez-moi, j'espère que je ne vous dérange pas. Ah, Mr Morris, c'est vous que je cherchais.

Morris se leva et se dirigea vers la porte :

— Entrez, Elisabeth. Il y a un problème ?

— Non, non, mais il est 5 heures et quart. Je suis vraiment navrée, mais j'ai des rendez-vous.

Morris consulta sa montre et se rendit compte qu'ils avaient passé près de deux heures à discuter.

— Oui, bien sûr. Où est Clare ?

Elisabeth Pearson ouvrit plus largement la porte. Clare était agrippée à sa main et se tenait, sage et intimidée, à ses côtés. Le sourire lui revint lorsqu'elle vit Morris et Cagney et elle balbutia en le désignant du doigt :

— Terdit, Ja... James.

Cette déclaration fit un curieux effet à Cagney. Il s'avança vers elle et l'embrassa :

— Bonjour, ma chérie. Tu t'amuses bien ?

— Voui... voui ! Tata ? Ma... Tata-caille ?

— Elle va bientôt venir, ma chérie. Elle a beaucoup de travail, très occupée. Elle t'embrasse très fort. Tu lui manques beaucoup. Tu veux t'asseoir un peu ? Nous avons presque fini. Et puis Morris t'emmènera boire un chocolat au lait. Tu aimes le chocolat au lait ?

— Voui.

Tous les fauteuils d'invités de son bureau étant occupés, Cagney la conduisit gentiment vers son siège de bureau sur lequel elle s'installa avec un soupir de satisfaction.

Il allait ramasser les différentes pièces du dossier toujours éparpillées sur le bureau lorsque Clare se jeta sur une photo en hurlant de joie :

— Pinkîîî ! Pinky, ma photo, moi, moi !

Cagney réussit à tirer gentiment un bout de la photo qu'elle tenait convulsivement contre elle en lui promettant qu'il la lui rendrait. Une vague de nausée le submergea.

— Merde !

Morris et Ringwood se levèrent et le regardèrent. Cagney parvint à articuler :

— Sanders. Pinky, c'est Sanders. (Puis, s'efforçant au calme :) Richard nous avons promis un bon chocolat au lait à Clare. Pouvez-vous l'accompagner à la cafétéria ?

— Bien sûr. Tu viens, ma chérie ?

Clare sembla hésiter, elle ne connaissait pas ce monsieur. Morris la rassura :

— Vas-y, ma chérie. Richard est très gentil et il connaît Pinky.

Elle se laissa prendre la main mais garda la photo de Sanders plaquée contre elle.

— Morris, ressortez-moi de l'ordinateur de Richard une copie de la photo.

Morris disparut et Cagney composa le numéro de téléphone de Gloria.

— Mrs Parker-Simmons, Clare vient de reconnaître Pinky. C'est...

Cassante, elle demanda :

— Vous l'avez soumise à un interrogatoire ?

— Non. Nous ne l'avons ni harcelée, ni brutalisée, si c'est ce qui vous inquiète. La photographie traînait sur mon bureau, c'est aussi simple que cela. Vous souvenez-vous des traits de Sanders ?

— Oui, parfaitement bien, pourquoi ?

— Pensez-vous qu'il vous ait suivie de Boston en Californie après notre entretien au JFK Federal Building ?

— Non, je l'aurais reconnu.

— Vous êtes certaine de cela ?

— Oui, positivement.

— Pouvez-vous recevoir un fax pendant que vous êtes en ligne ?

— Oui. Il s'agit de deux lignes distinctes.

— Je vous envoie immédiatement un portrait-robot. Dites-moi s'il vous évoque quelque chose.

— D'accord, j'attends.

Il enfonça la touche départ du fax et attendit la révolution de la photocopie du portrait du « Gros ». Quelques secondes plus tard, la voix de Gloria lui parvint, hésitante :

— C'est celui que vous aviez montré à Clare, non ?

— Oui, c'est cela.

— Je ne l'avais pas vraiment détaillé, mais c'est étrange, j'ai l'impression de l'avoir déjà vu, très fugitivement. Attendez, cela va me revenir. J'ai une excellente mémoire.

— Je sais.

Il pouvait presque l'entendre réfléchir. Enfin, elle cria :

— Ça y est, j'y suis ! L'homme de l'aéroport.

Cagney s'entendit crier à son tour :

— Quoi ?

— Oui, oui, c'est cela. Lorsque je suis arrivée, j'ai fait la queue pour trouver un taxi et cet homme était juste devant moi. Il m'a très aimablement proposé de prendre son tour. (Elle eut un petit rire amer.) Évidemment, il est plus aisé de suivre quelqu'un lorsqu'on est derrière lui. Vous croyez que Sanders a contacté cet homme après mon départ, pour qu'il m'attende à l'aéroport de San Francisco ?

— Oui, j'en suis presque certain. Sanders a compris que vous étiez une menace et il a décidé de vous éliminer. C'est moins risqué que de descendre un agent du FBI. Et puis, ils ont dû découvrir l'existence de Clare. C'était une aubaine, parce qu'ils n'avaient même plus à vous abattre, il suffisait de vous faire peur. Mrs Parker-Simmons, nous ignorons où se trouve ce prétendu Rick Dekker en ce moment. Il peut être tout près de vous. Clare va bien, elle est en sécurité ici. Nous allons loger Sanders. Faites très attention à vous.

— Je mettrai un point d'honneur à ne pas servir de cible, ne vous inquiétez pas. Du reste, je n'ai aucune raison de bouger de chez moi et la maison est surveillée en permanence. Le capitaine Mitchell a même envoyé une jeune femme pour faire mes courses. Quel luxe !

— C'est parfait. Gloria, je...

— Oui, Mr Cagney ?

— Non, rien. Bonsoir, Mrs Parker-Simmons.

— Bonsoir, Mr Cagney. Embrassez Clare pour moi et dites-lui qu'elle me manque beaucoup.

— Oui, je n'y manquerai pas.

Cagney se laissa aller contre le dossier de son fauteuil. Un jour, plus tard, il devrait régler cette histoire avec Gloria. Il devrait d'une façon ou d'une autre la contraindre à parler, écouter. Elle possédait la redoutable capacité de pouvoir se déconnecter d'une situation réelle pour se terrer dans une espèce d'univers d'indifférence absolue, comme si tout son environnement disparaissait subitement. Il faudrait qu'il la bloque avant qu'elle n'opère ce basculement. Il dut faire un effort pour se concentrer exclusivement sur ce qui allait suivre.

Il s'étonna de ce que l'imminence de la curée ne le trouble pas davantage. Car la chasse se terminerait bientôt, il le sentait, même s'il leur manquait encore pas mal d'éléments de compréhension, de preuves. Pourtant il ne retrouvait pas cet état d'euphorie, de tension féroce mais vitale qu'il avait si souvent expérimenté et qui annihilait la fatigue, le souvenir des échecs passés ou la crainte de ceux qui restaient à venir.

Morris revint dans son bureau, la photocopie demandée à la main.

— Ringwood ne devrait pas tarder. Il attend la collègue d'Elisabeth Pearson pour lui confier Clare.

— Que font-ils, là-haut ?

— Ils boivent du chocolat au lait et Richard lui raconte les trois petits cochons. Elle connaît, mais c'est sa préférée.

— Morris, je viens d'avoir Mrs Parker-Simmons. Elle est certaine que le « Gros » l'a pistée à sa descente d'avion, juste après l'entrevue avec Sanders. Donc, Sanders et lui sont maqués, il reste à savoir par quel biais. Je veux que l'on fasse convoquer Sanders dans les bureaux de Boston PD. Il ne s'agit pas encore d'une inculpation, nous sommes bien d'accord. Qu'on le convoque pour huit heures du matin, dans une salle d'interrogatoire. Nous le verrons après Mrs Valdez, vers midi ou une heure.

Morris, maxillaires crispés, siffla :

— Enfoiré de merde. Saigner son coéquipier. (Puis, regardant Cagney :) Il ne craquera pas, c'est un professionnel.

— Lui seul ne craquerait pas, ou difficilement. Mais justement, il n'est pas seul sur ce coup.

— Vous pensez à Jennifer Valdez ? Vous croyez qu'il l'aime ?

Cagney eut un sourire carnassier :

— Je n'en sais rien et en plus je m'en tape. Mais, si on se débrouille bien, elle craquera et elle le fera tomber.

— Et le « Gros » ?

— Introuvable pour l'instant, mais on finira bien par lui mettre la main dessus.

Ringwood pénétra dans le bureau sans attendre de réponse à son petit coup :

— Merde, je l'avais dans le désordre ! Je n'arrivais plus à me souvenir en quoi était faite la maison du deuxième petit cochon. C'est Clare qui me l'a dit.

— Nous sommes ravis, Richard. Vous voici fin prêt pour une prochaine paternité. Vous avez du nouveau au sujet du centre commercial *Four Seasons* d'Arlington ?

— Pas encore. Je viens de recevoir le fax avec la liste de toutes les boutiques. Je vais voir ce que je peux en tirer.

— Ringwood, le temps presse. Nous avons deux tueurs et aucun moyen de les garder très longtemps chez les flics. S'ils ne se dégonflent pas, on l'a dans l'os, d'accord ? Ensuite, nous aurons les avocats sur les fesses et on est quasiment certains de se faire niquer, parce que nous n'avons que le témoignage d'une gamine attardée et l'intime conviction de la sœur de la victime. Vous voyez ce que cela peut peser devant un tribunal ?

— Oh oui, je vois : du pipeau.

— Juste.

— Bon, eh bien gentil tonton Richard va s'y coller de ce pas. Au revoir, messieurs, et bonne chasse. Si j'avais quelque chose après que vous serez partis, où puis-je vous contacter ?

— Boston PD ou au JFK Federal Building. Nous ferons sans doute l'aller et retour dans la journée.

BOSTON PD, MASSACHUSETTS

Lorsqu'ils arrivèrent devant la grande entrée vitrée de l'immeuble moderne qui abritait les bureaux du département de police de Boston, il était 10 h 30. Ils s'avancèrent vers le grand bureau de la réception en fer à cheval où un jeune officier de police féminin avec une petite queue-de-cheval bouclée discutait avec deux officiers plus âgés. Ils déclinèrent leur identité et sortirent leur carte d'identification du FBI. La jeune femme, d'abord revêche, sourit et déclara :

— Ah oui, bonjour messieurs, nous sommes prévenus. C'est au troisième, vous prenez à droite dans le couloir. Le capitaine Fuller vous attend.

Fuller était un homme avenant, aux yeux verts et émerveillés de poupée de porcelaine. Il parlait très vite, faisant les demandes et les réponses ou les anticipant et Morris et Cagney avaient du mal à suivre ce torrent verbal.

— Agent Cagney, agent Morris. Bon, alors, tout est prévu. C'est vraiment une histoire dégueulasse, n'est-ce pas ? Oui, je sais. Sanders est déjà arrivé. Nous l'avons mis à mijoter dans une salle d'interrogatoire du deuxième. Il devrait bientôt commencer à être à point. On vous a dit qu'un certain Ringwood avait appelé il y a environ deux heures ? Non, on ne vous l'a pas dit. Oh non, ça ne m'étonne pas. Ah, il ne m'a pas précisé à quel sujet, mais il semble important que vous le rappeliez dès votre arrivée. Oh, ça va : Mrs Valdez n'arrive pas avant une petite demi-heure. Oui, suivez-moi à côté, vous serez plus confortable pour appeler.

Cagney rappela Ringwood à la base.

— Bonjour, monsieur. J'ai pianoté une bonne partie de la nuit dans l'espoir que cela me tiendrait éveillé.

— Et ?

— Et, eh bien je m'endors quand même. Mais bon. (Sa voix s'éclaircit soudain.) Bingo ! Eastern Western Limos service possède le deuxième sous-sol du centre commercial *Four Seasons* d'Arlington. Ils garent leurs bagnoles là-bas. Remarquez, ils ont de la place.

— Ah merde !

— Hein !

— Ringwood, Eastern Western Limos doit également avoir des garages en sous-sol quelque part à San Francisco. Vérifiez-moi cela tout de suite.

— Qu'est-ce que cela veut dire à votre avis ?

— Je n'en sais foutre rien. Peut-être que quelqu'un de la compagnie s'amuse avec ces gosses en toute tranquillité dans un sous-sol et qu'il les bute ensuite. Je ne sais pas, mais on est dessus. Et les actionnaires ?

— Morley est un médecin retraité qui vit à San Francisco. Il est en voyage d'agrément, nous a répondu son employée de maison qui, bien sûr, ne sait rien de plus.

— Et l'autre ?

— William Clark. On n'a qu'une boîte postale pour l'instant mais on va trouver.

Cagney rejoignit le capitaine Fuller et Morris qui le regarda comme un sauveur. Fuller était en train de l'inonder sous un déluge de mots :

— Capitaine, je souhaite que vous mettiez quelqu'un sur Mrs Julia Pretlow. Pour l'instant, il s'agit juste d'une surveillance discrète.

— Entendu. Je m'en charge. Non, non ça ne pose pas de problèmes. Oui, eh bien je vais vous y conduire. Nous vous avons réservé une petite salle de réunion pour Mrs Valdez. Installez-vous confortablement. Nous l'introduirons dès son arrivée. Oui, c'est cela, dans une petite dizaine de minutes.

Lorsque enfin Fuller eut refermé la porte de la petite salle sommairement meublée, mais pas intimidante, Cagney poussa un soupir de soulagement. Morris ouvrit la bouche mais un geste de Cagney l'interrompit :

— Je vous en prie, Morris, une minute de calme et de silence après cette tempête.

Leur silence réparateur ne dura que quelques secondes. Jennifer Valdez fut introduite dans la salle par un officier de police féminin, une grande brune baraquée entre deux âges, qui devait avoir éprouvé quelques difficultés à entrer dans son pantalon réglementaire. Cagney et Morris se levèrent et accueillirent Jennifer Valdez dans un sourire. Cagney commença :

— Mrs Valdez, merci de vous être déplacée et pardonnez-nous pour ce dérangement.

Elle était pâle, décidément jolie dans un style sobre et discret.

— Vous avez du nouveau ?

— Oui, et croyez que cela nous ennuie beaucoup.

Elle le regarda fixement et demanda :

— Je ne vous comprends pas. De quoi s'agit-il ?

Cagney prit un air désolé et gêné, hésita, puis lâcha :

— Écoutez, je ne sais pas comment vous dire cela, mais nous avons un témoignage formel qui soutient que l'enfant que vous portez n'est pas celui de votre mari.

Jennifer Valdez se leva d'un bond et sa pâleur gagna ses lèvres :

— Mais qu'est-ce que c'est que cette histoire, c'est monstrueux ! Qui vous a dit cela ? (Elle fondit en larmes et haleta.) C'est Emilia, elle m'a toujours détestée. Elle n'a jamais supporté que son frère épouse une Américaine. Julio m'avait dit qu'elle avait déjà choisi sa belle-sœur : une fille d'une autre famille mexicaine, des gens à fric, pas comme moi. C'est elle n'est-ce pas ?

— Non, c'est beaucoup plus sérieux que cela, Mrs Valdez.

Jennifer Valdez se laissa tomber dans son fauteuil, sanglotante. Morris songea qu'il était en train d'assister à l'une des plus belles performances théâtrales qu'il ait eu l'occasion de voir. Une sorte de haine mêlée de mépris pour cette femme le rendait féroce. Contrairement à son habitude, puisqu'il intervenait peu dans les interrogatoires de Cagney, préférant observer ses vis-à-vis, il attaqua d'une voix courtoise et presque gentille :

— Il vaudrait mieux nous dire toute la vérité, Mrs Valdez, et nous sommes tout prêts à vous croire. Mrs Emilia Valdez exigera une empreinte génétique de l'enfant, dès sa naissance, pour confirmer ou non la paternité de son frère. Sa demande sera fondée en raison de la succession. En cas de résultat négatif, vous seriez dans une situation inextricable.

Elle balbutia en pleurant :

— Je ne comprends rien, je ne sais pas quoi dire. C'est affreux, et Cagney comprit qu'elle tentait de gagner du temps.

— Dites-nous la vérité, Mrs Valdez. Il s'agit, nous en sommes conscients, d'un problème délicat, mais ce genre de choses s'est déjà vu. Inutile de vous préciser, je pense, que si la recherche de paternité exigée par miss Valdez concluait que son frère n'est pas le père de votre enfant, comment dire, l'enquête sur l'assassinat de votre mari prendrait un tour différent.

Elle posa les deux mains sur sa bouche et leur jeta un regard désespéré :

— Mais que voulez-vous dire ? Vous n'insinuez pas que...

— Non, je n'insinue rien du tout. Cependant, il est bien évident que la théorie du mari gênant que l'amant ou la femme élimine viendrait immédiatement à l'esprit des policiers chargés de l'enquête. Au contraire, si votre sincérité est établie, les choses seront très différentes.

Il lut une véritable panique dans son regard, puis elle baissa les yeux :

— Oui. J'avais un amant. Je vous jure que je m'en suis mordu les doigts. J'avais honte mais je ne savais pas comment rompre et Julio me faisait peur. Il était très gentil mais c'était un violent. Et puis je me suis aperçue que j'étais enceinte. J'ai un peu attendu, j'essayais de savoir si Julio était le père. Et puis, un soir il est rentré ivre. Et il m'a expliqué qu'il avait subi des tests et qu'il était stérile. J'étais complètement affolée.

— Vous en avez discuté avec votre amant ?

— Oui. Il voulait que je me fasse avorter, discrètement. Mais j'ai hésité. Cela faisait tellement longtemps que je voulais ce bébé. Ce n'était pas juste.

Cagney pensa que si elle refaisait ce genre de performance devant un jury, elle tirerait des larmes du juré le plus blindé.

— Mrs Valdez, qui est votre amant ? Nous l'apprendrons tôt ou tard.

Elle le regarda longuement. Il savait que sa petite intelligence butait dans chaque recoin de son esprit. Elle tentait de déterminer ce qu'il savait, pressentait un piège sans le comprendre, surtout, elle cherchait à s'en sortir au mieux :

— Bruce Sanders.

L'identité de l'homme ne surprit pas Cagney. Pourtant, une certaine tristesse pour Julio Valdez l'envahit. Il demanda du même ton doux et plat :

— Depuis combien de temps ?

— Un peu plus d'un an. Je sais que je vous choque. Je vais vous choquer encore plus : notre relation était... très sexuelle. (Elle baissa la tête, se mordit la lèvre inférieure et reprit d'une voix cassée.) Julio était très gentil, très aimant. Mais, de ce côté-là, comment dire, les choses n'étaient pas satisfaisantes pour moi. Pas du tout. J'ai mis un certain temps à le comprendre parce que mon mari avait été mon premier amant. J'ai commencé à me poser des questions au bout de deux ans de mariage et ce n'était pas le genre de sujet que je pouvais aborder avec Julio. Il en aurait fait un problème d'amour-propre. Les choses se sont produites très simplement avec Bruce. C'était une révélation. Oh, j'ai honte. Je n'arrivais pas à... enfin je veux dire, je...

— Vous ne pouviez plus vous passer de lui ?

— Oui. À la limite, ce n'était pas tellement de lui, je...

— J'ai compris.

— Que va-t-il se passer ?

— Je ne vous cacherai pas que votre situation n'est pas brillante. Il pèsera de toute façon des soupçons. L'enfant est l'héritier, vous aviez un amant, le coéquipier de votre mari, Julio Valdez était un enquêteur très bien noté, sa famille a bonne réputation, et il a été abattu d'une façon particulièrement abjecte.

Elle posa ses mains à plat sur la table pour qu'ils ne s'aperçoivent pas qu'elles tremblaient. Elle avait peur et elle cherchait un moyen de s'en tirer, n'importe lequel. Cagney lui tendit la perche qu'il avait préparée, vers laquelle cet entretien l'avait menée :

— Mrs Valdez, ma question va très certainement vous indigner, mais réfléchissez avant d'y répondre. Selon vous, y a-t-il une possibilité, même infime, que votre amant ait assassiné votre mari, à votre insu, bien sûr ?

Elle faillit nier catégoriquement mais se ravisa. Ses pupilles se dilatèrent comme si quelqu'un venait d'éteindre le plafonnier, plongeant la pièce dans l'obscurité :

— Oh, non je ne le crois pas. Oh non, il n'aurait pas fait cela, ce serait monstrueux ! Dites-moi la vérité : vous avez des doutes ? (Puis, comme si elle faisait un effort, elle acheva péremptoire.) Non, je ne le crois pas.

Bien joué. Elle lâchait les chiens sur Sanders tout en gardant un moyen de se rétracter.

Cagney consacra quelques minutes à la consoler, prétendant la rassurer alors qu'il s'ingéniait à semer le doute et la peur dans son esprit. Il était certain que Sanders lui avait fait la leçon, mais peut-être ce dernier n'avait-il pas prévu que sa maîtresse le lâcherait si elle sentait le vent tourner. Sanders avait-il assassiné son coéquipier ? Si tel était le cas, avait-il agi dans un moment de panique pour protéger la femme qu'il aimait de la vengeance d'un mari bafoué, du scandale, ou avait-il mûrement réfléchi au moyen de capter l'héritage Valdez ? Jennifer était-elle complice du meurtre de son mari ? L'avait-elle planifié dans la moiteur d'une couette, entre deux parties de jambes en l'air ?

Cagney l'escorta galamment jusqu'au bureau de Fuller qui lui prit paternellement les mains en déclarant d'une voix douce :

— Tout ceci est bien pénible. Oh si, je sais. Mais bien sûr, je vais vous faire raccompagner, madame Valdez.

Jennifer Valdez les quitta, hésitante. Morris rejoignit les deux hommes. Fuller, laconique pour la première fois, demanda :

— Alors ?

— Eh bien capitaine, je vous avouerai que si ma conviction est faite sur Sanders, j'ai encore des doutes sur Jennifer Valdez.

Morris intervint :

— Pas moi. Je suis sûr qu'elle est complice.

— Morris, ne laissez pas un jugement moral vous influencer. Que Jennifer Valdez soit une épouse adultère et indélicate ne fait aucun doute, mais qu'elle soit complice d'un meurtre, éventuellement prémédité et motivé par l'argent, est une autre histoire. Il est possible qu'elle n'ait compris que Sanders avait égorgé son mari qu'une fois le meurtre perpétré. Il est possible qu'il ait agi seul. De surcroît, je vous rappelle que nous n'avons encore aucune preuve utilisable de la culpabilité de Sanders, ni même de son implication. (Cagney consulta sa montre.) Bien, où se trouve cette salle d'interrogatoire ?

Fuller se leva et trotta vers la porte en leur faisant des petits signes de la main :

— Venez, venez, je vous conduis. Mais non, cela ne me dérange pas. Mais pas du tout, je vous assure.

Sanders était assis, dos vers la porte. Ses deux avant-bras étaient allongés sur une table métallique scellée dans le mur sur laquelle se trouvaient une carafe d'eau et un magnétophone. Il contemplait ses mains croisées devant lui. Il tourna la tête vers Morris et Cagney lorsqu'ils pénétrèrent dans la pièce. Son visage était rouge en dépit de la température normale de la salle et Cagney songea qu'il avait dû s'énerver, ressasser les possibles questions et ses réponses, chercher ce qui motivait vraiment cette convocation.

Cagney enfonça la touche d'enregistrement du magnétophone et s'installa en face de Sanders. D'un ton froid, il attaqua :

— Bonjour, Mr Sanders. Excusez-nous pour ce retard.

Sanders réprima un sourire : il n'était pas dupe mais Cagney ne l'espérait pas.

— Je me suis reposé pendant ce temps.

— Eh bien, mais c'est parfait. Nous venons d'avoir une entrevue édifiante avec Mrs Valdez, comme vous le savez probablement.

— Oui, elle m'a téléphoné hier pour me dire qu'elle était convoquée.

— Comme c'est touchant. Félicitations, Mr Sanders, vous allez bientôt être papa.

Sanders le regarda, perplexe mais pas vraiment inquiet.

— Il n'y a pas de piège, Mr Sanders. C'est maintenant un fait établi.

— Le mariage de Jennifer n'était pas une réussite. Elle était un peu paumée.

— Et vous avez volé à son secours ? C'est très chevaleresque.

— Non, c'est beaucoup plus simple que cela : d'abord elle me plaisait et ensuite je suis tombé amoureux.

— Il semble que Mrs Valdez soit beaucoup plus mitigée sur l'aspect sentimental de votre relation.

Sanders le regardait toujours, imperturbable.

— Cela a dû vous faire un choc lorsqu'elle vous a annoncé qu'elle était enceinte, surtout lorsque le mari s'est découvert stérile ?

— Oui, j'ai pas mal balisé. Je voulais qu'elle avorte, mais elle tenait au bébé.

— Ah les mères !

— J'ignorais que le FBI s'occupait d'histoires d'adultère, lâcha Sanders goguenard.

— Ce n'est pas exclu, du moins lorsqu'elles sont susceptibles d'engendrer un meurtre avec préméditation.

Sanders se redressa d'un coup :

— Quoi ?

— Vous m'avez bien entendu.

— Non, non attendez, là. C'est quoi cette connerie ? Vous voulez insinuer que j'ai tué Julio ? Que je l'ai saigné comme un porc pour récupérer sa femme. Mais j'appelle un avocat tout de suite, moi. Elle pouvait divorcer, non ?

— Non, pas si vous vouliez la dot avec.

Sanders se leva, blanc de rage. Il se pencha au-dessus de la table, et poings fermés, hurla :

— J'ai rien à foutre du FBI et je veux bien aller en taule pour vous avoir foutu mon poing sur la gueule ! C'est clair ? C'était mon pote, connard, mon équipier ! Je m'en voulais assez de le tromper. Putain, je ne peux pas le croire !

Calmement, Cagney insista :

— Pourtant, j'ai eu le sentiment que Mrs Valdez n'excluait pas la possibilité de votre culpabilité, d'un point de vue théorique, cela va sans dire. Je me serais trompé, sans doute.

Un éclair de surprise passa dans le regard de Sanders, mais il se reprit :

— Vous l'avez paniquée, c'est cela ? Vous lui avez foutu des saloperies dans la tête. C'est une proie facile pour un type comme vous. Elle ne vous connaît pas, mais moi si.

Il se rassit lourdement et déclara :

— Vous me faites gerber. L'entretien est terminé, du moins pour moi. S'il s'agit d'un interrogatoire, j'exige la présence d'un avocat.

Les questions suivantes de Cagney se heurtèrent à un mur de silence hostile. Il dévia :

— Il serait utile, voire salutaire pour vous que vous répondiez à ma dernière question, Mr Sanders. Qu'alliez-vous faire dans une institution pour enfants inadaptés de Californie ? Nous savons que vous y avez rendu visite à la nièce de Mrs Parker-Simmons ? Vous n'avez pas oublié Mrs Parker-Simmons, n'est-ce pas ? Notre consultante extérieure que vous avez rencontrée au John Fitzgerald Building ?

Le regard haineux de Sanders le détailla de la tête aux pieds :

— Non, je me souviens d'elle. Une blonde, je crois.

— C'est cela. Qu'alliez-vous faire à Little Bend ?

— Ça recommence ? Je ne connais pas cet endroit. Je n'ai jamais vu la nièce de cette femme, d'ailleurs j'ignorais qu'elle en avait une.

— C'est cependant relativement fréquent, répliqua ironiquement Cagney.

Bruce Sanders, détachant chaque syllabe, répliqua, mâchoires crispées :

— Je ne sais pas ce que vous magouillez, mais je ne vais pas me laisser faire. Je vais contacter un avocat. À partir de là : rideau.

Cagney comprit que Sanders n'ouvrirait plus la bouche. Ils quittèrent la salle et Cagney lança :

— Merci de votre coopération, Mr Sanders. À bientôt.

De retour dans le bureau de Fuller, Morris commenta :

— Pas franchement concluant.

Cagney repartit :

— Le but n'était pas d'obtenir des aveux. Nous savions que Sanders serait un gros morceau. L'idée était de lui flanquer la trouille à elle, et de semer le doute et la méfiance dans l'esprit de Sanders. (Cagney consulta sa montre.) Bien, il est midi et quart. Capitaine Fuller, pouvez-vous nous faire reconduire à Logan Airport ? Il y a un vol pour Washington dans un peu moins d'une heure. Avec un peu de chance, nous pouvons le prendre.

SAN FRANCISCO, CALIFORNIE

Une tasse de Tari-souchong à la main, Gloria traversa le grand salon baigné de la lumière à peine tiède du matin et se dirigea vers la porte d'entrée pour ramasser le courrier. Elle parcourut, sans intérêt, quelques dépliants publicitaires, coinça sous son aisselle le journal et un magazine d'informatique auquel elle était abonnée et retourna la grande enveloppe en papier kraft sur laquelle son nom était inscrit en grosses lettres capitales carrées. Elle la décacheta et sortit le petit paquet de feuilles qui s'y trouvait. L'air se raréfia et sa salive se solidifia au milieu de sa gorge. Une quinte de toux violente la plia et lui fit monter les larmes aux yeux. Quatre Polaroïds récents de Clare se trouvaient dans l'enveloppe : Clare de dos, courant vers la volière de Little Bend, Clare sans doute assoupie sur l'herbe, sa jupe relevée sur son ventre, sa culotte au centre du cliché, Clare riant aux éclats devant l'objectif, Clare de trois quarts face, le bras tendu devant elle, désignant quelque chose que l'on ne voyait pas. Sur la petite feuille quadrillée qui entourait les Polaroïds, quelqu'un avait écrit de la même écriture que sur l'enveloppe :

« C'EST ASSEZ. C'EST ELLE QUI VA PAYER. MAINTENANT OU PLUS TARD. APPELEZ CE NUMERO. À MIDI. IL SERAIT IMPRUDENT DE PRÉVENIR QUI QUE CE SOIT. »

Suivait un numéro de téléphone précédé du code de San Francisco.

La panique, une absolue panique. L'impression que des millions d'idées se suivent et se chevauchent, brouillent toute tentative de raisonnement. La sensation qu'une anarchique course électrique a pris d'assaut un cerveau, le digère voracement. Inutile de s'interposer pour l'instant. D'abord calmer ce tremblement qu'elle sentait jusque dans ses joues, d'abord reprendre le contrôle de sa motricité, respirer, marcher. Elle se dirigea comme un automate vers le salon. C'était comme si elle était sortie d'elle-même, comme si elle voyait Gloria Parker-Simmons mettre un pied devant l'autre, avancer le corps, lever le pied, recommencer. Quelques secondes s'étirèrent à l'infini jusqu'à ce qu'elle parvienne enfin au bar, se serve un verre de vin, avale, déglutisse, vide le verre.

Elle commença par un problème tout simple : si on tend une corde autour de la terre, étant entendu que cette corde mesure 40 000 km et que l'on veuille faire passer un chat haut de 20 centimètres dessous, de combien doit-on rallonger la corde ? Puis, combien de chances a une poule de pondre moins de zéro œuf ?

Cette charade mathématique l'avait beaucoup amusée quelques années auparavant, car le volatile peut avoir une probabilité non nulle, bien que minime, de produire des œufs négatifs, tout dépend de la formulation du problème. Elle joua ainsi quelques minutes, jusqu'à percevoir un changement dans ses neurones, une excitation nouvelle qu'elle parvenait enfin à maîtriser. Et le calme revint par vagues de plus en plus profondes. Elle relut le texte, étonnée de n'y trouver aucune menace graphique, aucune obscénité. Quelques mots clairs, sans délire sanguinaire et donc terrorisants. Elle regarda sa montre : il lui restait une heure durant laquelle penser, réfléchir, déterminer la meilleure réponse. Descendre dans sa tête, ne pas résister par la panique, ne pas se disperser dans l'affolement. Elle se servit un deuxième verre de vin et constata avec satisfaction qu'elle maîtrisait le geste de sa main. Vingt minutes plus tard, elle appela le bureau de Cagney. Il était presque 4 heures de l'après-midi en Virginie. Une secrétaire lui répondit qu'il était en mission avec l'agent Morris et qu'on ne les attendait pas avant le milieu de la soirée. Souhaitait-elle s'entretenir avec l'agent Ringwood ?

— Non, je vous remercie. Je rappellerai plus tard si besoin est.

Gloria attendit encore, consultant fréquemment sa montre parce qu'elle était en train de perdre le sens du temps. À midi précis, elle composa le numéro. Un homme répondit dès la deuxième sonnerie :

— Je suis Gloria Parker-Simmons. J'ai bien reçu votre message.

— Ah, et comment va votre charmante nièce ?

Gloria ne reconnut pas la voix, grave et pourtant maniérée. Ce n'était pas celle de Sanders. C'était probablement celle du tueur aimable de l'aéroport. Elle s'abandonna à son cerveau qui répondit platement :

— Épargnez-moi ce genre de commentaires. Que voulez-vous ?

— Bien, nous n'aurons pas à essuyer une crise de nerfs. Je veux savoir exactement ce qu'ils ont appris grâce à vous, et je veux que vous vous retiriez de façon permanente.

— C'est tout ?

— C'est tout. Vous n'avez pas commis l'erreur de les prévenir de mon message, n'est-ce pas ? Non, vous êtes trop intelligente pour cela. Vous savez que nous ne plaisantons pas. Ils ne pourront pas vous protéger très longtemps, ni vous ni votre nièce. Tôt ou tard nous vous retrouverions. Nous sommes de la race qui se venge. Je vais vous donner un autre numéro. Rappelez-moi dans une demi-heure. Nous continuerons cette passionnante discussion.

— Ma ligne n'est pas sur écoute.

— Deux précautions valent mieux qu'une. À bientôt, Mrs Parker-Simmons.

Elle attendit debout au milieu du salon, la tête vide, légère. Elle composa le nouveau numéro et la même voix lui répondit presque aussitôt. Elle articula péniblement :

— Que voulez-vous que je fasse ?

— Je vous l'ai dit, mettre un terme définitif à votre collaboration avec le FBI et nous renseigner sur l'enquête.

— Laquelle ?

— Il y en a plusieurs ?

— Laquelle ? insista-t-elle.

— Concernant ces jeunes garçons.

— Carbonisés ?

— Oui.

Elle s'étonna de parvenir à résumer en si peu de mots tout ce qu'elle savait. Il ne lui parut même pas utile de gagner du temps ou de mentir :

— Je ne sais rien de plus.

— Merci, Mrs Parker-Simmons. Il nous reste donc à régler la deuxième clause du contrat. C'est la plus litigieuse car nous ne vous faisons pas entièrement confiance.

— Si j'accepte des conditions qui vous satisfassent, vous ne toucherez pas à Clare, jamais ?

— Pour quelle raison ferions-nous du mal gratuitement à une jeune fille attardée mentale ? Elle ne sait rien, ne comprend rien. Elle parle à peine. Nous ne sommes pas des psychopathes, seulement des gens soucieux de préserver leurs intérêts financiers ou autres, par tous les moyens.

Quelque chose dans l'intonation de l'homme, peut-être son étonnement, la persuada qu'il était sincère.

— Alors je vous écoute.

— Nous souhaiterions vous rencontrer pour en discuter de vive voix.

— D'accord. Où et quand ?

Il eut l'air surpris de sa réponse et, méfiant, menaça :

— Pas de bêtises, chère madame. Toute intervention policière se solderait par de très fâcheuses conséquences pour votre nièce. Je ne plaisante pas.

— Moi non plus. Où et quand ?

— Rappelez-moi dans dix minutes.

L'attente vide recommença, et Gloria s'interdit de réfléchir à ce qu'elle venait d'accepter. Plus tard, peut-être.

L'homme décrocha :

— Vous connaissez *Baumann & Sharp* ? Le centre commercial au sud de la ville ?

— Oui.

— Soyez à 20 heures précises devant l'entrée principale. Attendez là. Et je vous réitère mes conseils de discrétion. N'oubliez pas, madame.

Gloria demeura un long moment, bras ballants, le cerveau anesthésié. Il ne fallait pas qu'il se réveille, pas maintenant, pas encore. Il ferait encore une de ses insupportables listes, pondérerait chaque solution, chercherait des implications, des biais. Et Gloria savait très bien quelle serait la solution la plus probable qu'il afficherait dans son esprit. Elle tenta à nouveau de joindre Cagney, sans succès. Elle prit une douche pour éliminer ces relents d'elle-même qu'elle ne tolérait pas et choisit sans même y penser un jean, un des rares qu'elle possédât et un tee-shirt blanc, suffisamment grand pour qu'il ne moule pas son torse. Elle chaussa sa paire de baskets, neuves, achetées deux ans auparavant, puis téléphona à Maggie pour lui annoncer qu'un imprévu la contraignait à quitter la ville et la prier de venir s'occuper de Germaine. Ce soir, pas avant 8 heures.

— Tu pars longtemps ?

— Je ne sais pas encore. Je t'appellerai dès que j'aurai des précisions.

— D'ac, ma puce. T'inquiète pas. Je viens dog-sitter. Il me manquait, le petit père Germaine. Tu vas où ?

— Boston. Merci, Maggie.

Gloria écrivit quelques lettres qu'elle posa sur son bureau, passa quelques coups de téléphone dont un à son notaire et l'autre à son avocat qui s'étonna de son ton et de sa démarche :

— Il y a un problème, Mrs Parker-Simmons ?

— Non, justement. Je veux m'assurer qu'il n'y en a pas. Au revoir, Maître.

Elle composa à nouveau le numéro direct de Cagney à la base et raccrocha lorsqu'elle entendit la voix de la secrétaire. Il était presque 16 heures. Elle se décida à laisser un message sur son répondeur personnel et appela son domicile. Elle attendit sagement la fin de l'annonce puis :

— Mr Cagney, quelque chose vient de se produire. Je suis désolée mais je ne pense pas avoir le choix, ou alors je n'ai pas le temps. J'ai rendez-vous à 8 heures ce soir pour régler définitivement un problème concernant la sécurité de Clare. Je... Enfin, je suis confuse de vous laisser le bébé sur les bras mais je souhaiterais que vous vous assuriez de temps en temps que tout va bien pour elle. Mon avocat et mon notaire s'en chargent également. Merci d'avance. Au revoir, Mr Cagney.

Elle quitta son bureau, s'agenouilla à côté de Germaine, couché dans le salon et l'embrassa. Elle regarda autour d'elle : comme elle avait aimé cette grande demeure. C'était le premier endroit dans lequel elle se soit sentie en sécurité, dans lequel elle se soit laissé convaincre par la vie par petites touches. La Maison, Sa Maison. Elle caressa de la main, le mur frais et le dessus d'un coffre en citronnier.

Elle sortit par la porte-fenêtre et traversa le jardin, souriant sans en avoir conscience aux bougainvillées et au jeune arbre de Judée écrasé sous ses fleurs roses. Elle ouvrit la petite porte du jardin qui donnait sur une rue perpendiculaire.

FREDERICKSBURG ET BASE MILITAIRE DE QUANTICO, VIRGINIE

Cagney hurla : « Non, conne ! » Il repassa le message, enfonçant nerveusement les touches du répondeur, se trompant. Il balança un coup de pied dans le guéridon qui explosa en percutant violemment le mur. Un coup de poing pulvérisa la glace de la bibliothèque Queen Ann qui protégeait ses livres les plus précieux. Il ne se rendit compte qu'il s'était coupé que lorsque les gouttes de sang s'écrasèrent sur le cuir havane du canapé. Un truc qui ressemblait à un sanglot sec lui arracha le larynx. Il essuya la sueur qui lui trempait la nuque du plat de la main, puis sa main sur son pantalon. Le téléphone, où était ce putain de téléphone ? Par terre, contre le mur. Il composa un numéro et hurla dès que son interlocuteur décrocha :

— Morris ! Faites préparer un avion de chasse, immédiatement ! Demandez l'autorisation à la base ! Urgence vitale. Je me charge de Harper. Destination San Francisco. Appelez Mitchell qu'il vienne me prendre. Que le SWAT Team soit prêt à intervenir dans n'importe quel point de la ville. Prévenez également les *paramedics*.

Appelez Ringwood, où qu'il soit. Je vous attends à la base. Tout de suite.

— Qu'est-ce qui se...

Cagney avait raccroché, était dans l'escalier, courait jusqu'au garage.

Le reste fut un cauchemar orchestré à la perfection. Il conduisit pied au plancher jusqu'à Quantico, dans une sorte de brouillard. Seule la vague sensation qu'il faisait quelque chose, agissait, lui permettait de respirer. Il dévala les marches et courut jusqu'à son bureau. Le coup de téléphone à Harper, douillettement installé devant sa télévision, fut houleux. Harper ne voulait pas d'emmerdement et on n'engage pas un chasseur sans une raison très solide. Pour la première fois Cagney sentit qu'il dépassait les bornes, outrepassait ses droits et ses fonctions, pour la première fois il se sentit l'adversaire de l'un des siens :

— Harper, je n'ai pas le temps de finasser. C'est une urgence vitale, vous m'entendez vitale ! Donnez votre autorisation.

— James, je crois que vous n'êtes pas apte à juger de...

— La ferme ! Si je n'ai pas ce putain d'avion dans les dix minutes, je vous donne ma parole que je vous ferai la peau, d'une façon ou d'une autre. Je trouverai et vous n'êtes pas de taille. C'est clair ?

Il sentit l'hésitation d'Harper. Puis :

— Si jamais il arrive quelque chose à ce « putain » d'avion comme vous dites, qui coûte une petite fortune, si jamais un scandale nous pète à la gueule à cause de vos conneries, je vous lâche, James. C'est clair ?

— Oui, très clair. Merci, monsieur.

Il raccrocha et se précipita vers le bureau de Ringwood qui le regarda entrer comme s'il voyait un extraterrestre.

— J'ai eu Morris. Je n'ai rien compris. Il était au bord de l'hystérie. Il a dit que...

— Plus tard. Où est ce putain de garage, celui des Limos à San Francisco ? (Il sentit que sa voix coinçait quelque part dans sa gorge et murmura presque :) Ne me dites pas que vous n'avez pas trouvé !

Ringwood sourit, ravi :

— Mais si, mais si. Alors, j'ai eu du mal mais...

— Où ? hurla Cagney.

— Bon, bon, attendez, voilà : *Baumann & Sharp Commercial Center*, sortie sud de la ville. Ils ont loué le troisième sous-sol.

Il vit Cagney sortir en trombe de son bureau et resta bouche bée, inquiet de la pâleur cireuse de cet homme qu'il n'avait jamais vu s'énerver ou perdre son contrôle.

Cagney bouscula Morris dans le couloir et lui lança sans s'arrêter :

— Prévenez Mitchell que l'intervention aura lieu juste après 20 heures, au troisième sous-sol de *Baumann & Sharp*, un centre commercial au sud. Qu'il ne fasse rien, vous entendez, rien avant mon arrivée, sauf si j'avais du retard. Dans ce cas qu'ils foncent. Le tueur sera là-bas. Il y aura une femme avec lui. Protéger la femme à tout prix.

Morris cria :

— Gloria ?

Mais Cagney avait disparu.

— [illegible] Morris [illegible]
[illegible].

— [illegible] Louise [illegible]
[illegible]

— [illegible]

[illegible] Carney [illegible]

Carney [illegible] dans le [illegible]
[illegible]

[illegible]

SAN FRANCISCO, CALIFORNIE

Il était 6 heures du soir et cette promenade, au cours de laquelle elle était parvenue à maintenir son cerveau dans une sorte d'obscurité tranquille, l'avait fatiguée. Elle avait posté quelques lettres, dont une à Maggie, avec ses excuses pour cette vilaine lâcheté. Mais expliquer à Maggie aurait été trop compliqué parce que cette Irlandaise avait la vie chevillée au corps et que « tant qu'y a de la vie, y'a de l'espoir ».

Foutaise ! Il fallait qu'elle mange. Elle n'avait pas faim mais elle savait que son corps en avait besoin. Elle entra dans le premier restaurant qu'elle vit, une pizzeria. La salle de restaurant était très grande et sombre, les murs avaient besoin d'un bon décapage et une couche de peinture n'aurait pas été superflue. Les rideaux qui protégeaient les quelques clients des regards de la rue étaient gris de crasse et constellés de brûlures rondes de cigarette et de coulées de sauce ou de n'importe quoi allant du rouge sombre au marron vert. La hantise de Gloria pour la saleté, les odeurs, les marques sensuelles de ses congénères semblait l'avoir abandonnée. Elle resta debout dans l'entrée. Le serveur ou le patron ou le gérant s'approcha d'elle. Il lui sembla plus indien ou pakistanais qu'italien. Vaguement étonné parce qu'elle n'avait pas l'allure habituelle de sa clientèle, avec son jean designer, son sac à main de luxe et ses baskets de marque, il déclara :

— Non-fumeur ? Hein ?

— Oui.

Il désigna d'un geste vague une moitié de la salle et elle se dirigea vers une petite table en Formica faux bois. Son serveur revint vers elle et lui tendit une grande plaque en carton plastifiée sur laquelle était inscrit le menu, une succession de pâtes et de pizzas. Il allait tourner les talons mais elle demanda :

— Une bouteille de valpolicella, s'il vous plaît.

— Y'en a pas.

— Du chianti, alors ?

— Non plus. On a du vin californien.

— Bien, alors une bouteille de chablis. Vous avez cela ?

— Ouais.

Elle s'absorba dans la contemplation d'une sorte de tableau électrique suspendu au mur qui se trouvait à sa gauche. Des gondoles y passaient inlassablement, portées par un courant mou dont les reflets verdâtres éclairés par-derrière étaient censés évoquer la lagune. Des tresses de gousses d'ail en plastique beige-mauve étaient clouées aux trois fausses poutres en polystyrène peint qui séparaient le camp des non-fumeurs de celui des fumeurs.

Elle sut que l'homme l'avait repérée dès qu'il jeta un œil dans la salle et pourtant elle ne le regarda jamais. Elle avait, comme beaucoup de femmes, acquis l'habitude d'observer sans jamais tourner le regard. Il choisit bien évidemment une table juste à côté de la sienne et s'installa afin de lui faire face. Il était assez jeune, plus jeune qu'elle en tous les cas. Très brun. Il portait une chemise à manches courtes imprimée dans les tons marron-roux. Il n'était pas très grand mais râblé et l'extrême pilosité de ses avant-bras musculeux dégoûta Gloria. Le serveur revint vers elle et elle commanda une pizza Vesuvio sans fromage et sans œuf. L'idée d'avaler cet ovule glaireux la révulsait. Il lui attrapa la carte des mains et la tendit au jeune homme qui lança un bruyant « Merci ». Gloria regarda droit devant elle. Son voisin sortit de la poche de son pantalon une plaquette de grosses gélules blanches et brisa avec une lenteur calculée la pellicule d'aluminium qui les protégeait afin qu'elle produise un long craquement métallique. Il commenta : « Ah, c'est bien, une carafe d'eau. » Elle ne tourna pas la tête. Leurs pizzas arrivèrent presque en même temps. Il fit tomber sa fourchette, racla les pieds de sa chaise sur le sol dallé, et posa brutalement son verre sur la table. Il n'avait pas pris de vin ni d'alcool et Gloria se demanda quel genre de médicament il venait d'avaler. Elle mangea rapidement, semblant ne se concentrer que sur son verre et son assiette. Il changeait sa fourchette de main à chaque fois qu'il coupait un bout de pâte, intervertissant ses couverts en ne se servant que de sa main droite pour manger. Gloria se demanda ce qui l'irritait le plus dans sa façon de manger, de rectifier sans cesse le col entrouvert de sa chemise, ou de tenter d'attirer son attention. Ce fut à ce moment précis qu'elle accepta le constat que Cagney était le seul homme qui ne l'inquiétât pas, en dépit de son évidente masculinité. Elle lui avait confié Clare parce qu'il n'avait trouvé aucun rôle dans cet incurable souvenir de gifles assenées à pleine violence, de cheveux que l'on tire, d'un croche-pied qui fait tomber sur le dos, d'un genou qui force des cuisses à s'écarter. Mais cet homme à quelques mètres d'elle lui faisait retrouver des réflexes de proie. Elle vida le dernier verre et se leva, abandonnant sa pizza. Elle s'avança vers les cuisines, appela le serveur, paya et sortit.

Elle marcha d'un pas pressé et tourna dans la première rue, au cas où il lui prendrait l'impulsion de la suivre.

Elle se sentait un peu saoule et le souvenir de cette femme en jean fuchsia qui déclarait d'un ton docte à la vendeuse que « tous les Capricornes du troisième décan nés à midi meurent dans leur trente-deuxième année » lui revint. L'idée qu'elle allait sans doute mourir ce soir était une possibilité énoncée par son cerveau, une possibilité parmi les plus probables. Gloria consulta sa montre. Il était presque 7 heures. Quelle curieuse sensation de se dire que l'on est un peu en avance sur sa mort. Qu'on doit encore se promener un peu en attendant l'heure du sacrifice. Elle n'en avait pas envie, elle en avait même peur, mais elle avait décidé de ne pas se rebeller contre. Elle se rejoua dans sa tête Callas, *Un bel di vedremo*. Quel beau requiem pour une femme-papillon qui va mourir. La fortune qu'elle avait amassée en quelques années mettait Clare à l'abri de tout, quelle que soit sa longévité et Gloria savait de façon certaine que Cagney s'occuperait de la jeune fille.

Gloria héla un taxi et se fit conduire à la sortie nord de la ville, à quelque vingt kilomètres de San Francisco. Le chauffeur lui précisa gentiment :

— Mais *Baumann & Sharp Commercial Center* ferme ses portes à 19 h 30. Ça sera fermé quand vous y arriverez.

— Oui, je sais.

— Bon. Alors on y va.

Lorsqu'elle descendit du taxi, il n'était pas tout à fait 20 heures. Le chauffeur avait l'air embêté de la laisser seule. Il baissa sa vitre et la regarda, indécis. Elle lui fit un petit signe de la main et lui cria :

— Tout va bien ! Quelqu'un doit passer me prendre.

— C'est pas sain, par ici, le soir, pour une femme seule.

— Je vous assure que tout va bien. Merci, c'est très gentil.

Il démarra à regret et s'éloigna doucement. Gloria savait qu'il la surveillait dans son rétroviseur, qu'il se demandait s'il devait encore insister. Elle espéra, pour une femme inconnue, quelque part, qu'il était marié. Il lui revint le souvenir incongru de cette fille, comment s'appelait-elle déjà ? Une grande et jolie brune joviale, heureuse d'être, qui servait des salades le midi dans ce petit restaurant pas cher proche du MIT. Elle était mariée à un réparateur de photocopieurs, Stan. Gloria avait oublié le nom de la fille mais pas celui du mari, parce qu'elle ne parlait que de lui. Stan rentrait tous les soirs avec un petit bouquet de fleurs, quelques chocolats dans un petit sac en Cellophane, un stylo-bille marrant, parfois une culotte en dentelle, ou même quelques minuscules pâquerettes, en fin de mois, ces quelques derniers jours où ils mangeaient des corn-flakes et de la soupe à tous les repas. Stan inspectait ses chaussures et concluait toujours « qu'elles pourraient bien tenir encore quelques mois. Et il vaut mieux que tu t'offres ces jolis escarpins, ma chérie ». Alors, elle lui achetait une paire de chaussures, de force. Stan s'arrachait dans son boulot, parce qu'il avait des primes et qu'il aimait lui acheter des robes, mais il fallait qu'il vienne avec elle dans les magasins et qu'elle les essaie devant lui. Et la fille concluait en gloussant : « Il est trop. Il aime les machins courts et décolletés. Il s'imagine que je peux travailler avec ça ! » Gloria avait partagé Stan pendant des mois. Enfin, elle l'avait entr'aperçu, un après-midi qu'il venait chercher sa femme pour faire des courses. C'était un petit gros, presque chauve et chaleureux. D'abord, Gloria avait été un peu déçue, se disant qu'il compensait un physique peu avantageux par une extrême gentillesse ce qui, d'une certaine façon, jetait une ombre sur lui. Mais la fille lui avait présenté Stan en rougissant de plaisir. Gloria avait compris qu'elle le trouvait beau, et qu'elle était prête à arracher les yeux de n'importe quelle femme qui s'approcherait de lui. Stan avait lancé à Gloria : « Mais venez avec nous. Ma femme sera beaucoup plus contente si elle achète ses petites bêtises avec une copine. Paraît que j'y comprends rien. Je vous invite au restau toutes les deux ensuite et on vous raccompagnera chez vous. » Elle avait décliné l'offre, presque à regret. Cette anecdote de normalité la fascinait.

Gloria attendit devant le porche qui conduisait à l'artère principale du centre commercial, protégé d'une haute grille. Les environs étaient déserts. Dans la pénombre, elle distinguait à quelques centaines de mètres, les pâtés d'immeubles bon marché, cerclés de pelouses rases qui ressemblaient à des terrains vagues. Elle se rapprocha de la grille, se dissimulant à moitié derrière l'un des piliers de ciment qui soutenaient le porche, peu désireuse d'attirer l'attention d'éventuels prédateurs bipèdes. Une voix la fit sursauter et son cœur cogna douloureusement dans son sternum :

— T'es Gloria Machin ?

— Oui.

C'était un latino, un petit garçon. Enfin, si l'on se fiait à sa taille, ses vêtements, sa voix, il ne devait pas avoir plus de 12 ans, mais ces yeux, eux, étaient déjà tellement vieux. Il lui tendit un papier et lâcha d'un ton presque méchant :

— C'est pour toi. T'as intérêt à le lire.

Lorsqu'elle releva le regard, il était parti.

Le message était écrit en grosses capitales carrées comme l'autre. Il précisait qu'une porte métallique était située sur le flanc droit du gros bloc gris-blanc qui formait le centre commercial. La porte était déverrouillée. Elle menait à un ascenseur. On attendait Gloria au troisième sous-sol, juste en dessous du parking. Les boutons de l'ascenseur s'arrêtant au deuxième sous-sol, une petite clef plate était scotchée au milieu de la lettre. Elle avança mécaniquement et trouva la porte grise. Elle descendit quelques marches en ciment et se retrouva en face de l'ascenseur. Des tags divers renseignaient sur la longueur de la queue d'un certain DD et sur le fait que Marg taillait les meilleures pipes du coin. Un Steven avait eu l'audace de tracer un cœur aberrant dans cet environnement au milieu duquel il déclarait qu'il aimait Beth pour l'éternité.

Gloria songea que cette cage d'ascenseur était un piège à rats, et qu'elle ferait mieux d'emprunter l'étroit escalier métallique qui descendait dans les entrailles du centre commercial. Cette déduction, aussi juste fût-elle, la fit sourire : escalier ou ascenseur, elle n'avait pas grande chance d'en sortir vivante. Elle appela l'ascenseur.

Un étrange silence l'accueillit lorsque les panneaux de l'ascenseur coulissèrent au troisième sous-sol. Un silence presque irréel, à peine troublé par le ronronnement paisible de la ventilation. Des barres au néon parcouraient toute la longueur du large couloir qui débouchait sur une porte à double battant, à une dizaine de mètres de l'ascenseur. Elle avança, vaguement surprise que ses pieds rencontrent un sol en lino vert. Elle s'était attendue à du ciment, enfin pas vraiment, ce n'est que maintenant que ce détail l'étonnait. Elle ne savait pas si elle devait avancer ou attendre, la lettre ne le précisait pas. L'envie d'en finir au plus vite la décida à pousser la porte. Elle parvint dans une grande salle, très haute de plafond au milieu de laquelle se trouvait un ring entouré de rangées de sièges capitonnés en velours grenat. Son regard balaya la salle et tomba sur une porte, située en diagonale par rapport à elle. Elle avança vers la porte, l'ouvrit et pénétra dans une salle de petite taille dans laquelle étaient rangées deux civières en inox. Une pile de draps blancs était proprement posée sur le plateau inférieur de l'une d'elles. Sur un meuble bas, situé derrière la porte, se trouvaient des bandes dessinées, un cendrier à moitié plein et des canettes de Coca-Cola. La liste de tous ces détails s'accumulait dans sa tête sans qu'elle parvienne à comprendre où elle se trouvait. Elle revint sur ses pas et se retrouva à quelques mètres du ring, ne sachant ce qu'il convenait de faire maintenant. La vague de panique qu'elle était parvenue à contenir jusque-là la submergea et elle dut faire un effort colossal pour ne pas rebrousser chemin en courant, vers l'ascenseur, vers l'extérieur, vers les secours. Elle cramponna nerveusement son sac à main, respira très fort par la bouche. Calme, ce qu'elle venait faire ici, ce qui allait se produire, n'était pas une surprise. C'était, en quelque sorte, l'inévitable aboutissement de toutes ces années. Elle ne l'avait pas véritablement cherché, mais une partie d'elle l'attendait.

Elle sentit sa présence avant qu'il ne parle et se retourna. L'homme de l'aéroport, du portrait-robot, se tenait à deux mètres d'elle, souriant. Il était très grand, très lourd. Mais ses lunettes en écaille lui donnaient un regard de clown. D'une voix douce et basse, très courtoise, il déclara :

— Bonsoir, madame. J'ai cru jusqu'au dernier moment que vous ne viendriez pas. Vous êtes armée, n'est-ce pas ? Admettez que c'est assez incohérent. Donnez-moi votre arme, je vous prie.

Durant une fraction de seconde, la partie d'elle qui ne voulait pas sortir le Beretta, qui ne voulait pas le tendre, qui voulait le tourner contre l'homme et faire feu faillit l'emporter. L'homme prit l'arme par le canon et la posa sur le bord du ring.

— C'est un ring de boxe ? demanda-t-elle pour satisfaire la question de son cerveau puisqu'elle s'en foutait.

— Oui. Nous organisons des combats privés, très privés avec des spectateurs et des parieurs triés sur le volet.

— Ce sont des combats interdits, des combats ultimes, c'est cela ?

— Oui. Des combats terminaux. Tous les coups sont permis, et les combattants n'ont aucune protection. Ils combattent nus. Ils sont très beaux.

— Douze ans.

— Il y en a de plus jeunes. Notre public est très friand de combats d'enfants et il est prêt à payer très cher pour y assister.

— À mort.

— À mort, parfois. Les gladiateurs ont toujours fasciné les foules. Mais ils peuvent survivre s'ils savent se battre et souffrir. J'en suis la preuve. Vous trouvez cela monstrueux, j'en suis sûr.

— Non. Je ne connais pas de mot pour ce que je pense.

— Il y a tellement d'enfants qui meurent sur cette terre à chaque seconde. Après tout, nous nous occupons d'eux et nous leur donnons une chance.

D'une voix douce, elle répondit :

— Taisez-vous. Je n'ai aucune envie de discuter avec vous. (Puis se ravisant, elle posa la seule question dont la réponse l'intéressât :) Pourquoi le labo a-t-il retrouvé ces traces d'huile d'olive ?

— Ah, mais c'est un usage qui nous vient de la Grèce antique. C'est beau, un corps musclé enduit d'une pellicule brillante qui fait ressortir chaque muscle, chaque effort, chaque goutte de transpiration. Les haltérophiles ou les combattants l'utilisent. L'effet est particulièrement réussi avec une peau noire ou mate.

L'homme s'interrompit, parut réfléchir, puis déclara :

— C'est pénible pour moi. Il est tellement plus facile de tuer lorsqu'on se défend ou que l'on vous a fait de la peine ou mal. Mais comme cela...

Elle s'entendit répondre d'une voix plate :

— Vous ne toucherez pas à Clare si vous êtes sûr que j'arrête d'aider le FBI ? N'est-ce pas ? De façon définitive.

— C'est cela. Il nous faut une absolue certitude. (Puis, d'un ton boudeur, il ajouta :) Vous savez bien qu'on ne peut jamais faire confiance aux humains. Ah, cela me désespère, toutes ces trahisons.

— Nous sommes arrivés à la même conclusion. Il n'y a qu'une chose qui soit définitive.

Le regard de l'homme changea et il retira ses lunettes, qu'il posa à côté du revolver.

Il s'avança vers Gloria, lentement. Elle le regardait se rapprocher, il la dépassait d'une bonne tête et demie. Il n'avait pas d'arme et le cerveau de Gloria analysa les façons qu'il avait de la tuer. Il allait l'étrangler ou lui briser la nuque. Normalement, elle ne devrait pas avoir mal. De toute façon, elle pourrait le supporter. Elle n'avait pas oublié comment on fait pour souffrir.

Elle ne demeura consciente que durant quelques autres centièmes de seconde. Elle devait se souvenir ensuite de deux choses : la sueur qui commençait à dégouliner de son front, à couler de ses aisselles, et la vision d'un corps d'enfant hurlant, en flammes dans une benne à ordures. Le reste fut une succession accélérée de gestes dont son cerveau avait perdu le contrôle. Son genou remonta à toute vitesse et percuta violemment l'entrejambe de l'homme, qui ouvrit la bouche pour reprendre sa respiration. Son corps plongea vers le ring, son bras se détendit comme un arc, sa main agrippa l'arme. Elle sentit une poigne dure se refermer en étau autour de sa cheville. Elle se retourna. Les yeux bleus de l'homme arrivaient sur elle. Son index se crispa, il y eut une série de claquements et de secousses qui lui remontèrent jusque dans l'épaule. L'homme s'écroula, l'entraînant dans sa chute, et elle resta là, écrasée sous sa masse. Quelque chose de tiède lui réchauffa le ventre et les seins. La sensation était réconfortante, même lorsqu'elle comprit qu'il s'agissait d'une nappe de sang, jusqu'à ce qu'elle conclue que ce sang était celui de l'homme. Elle le repoussa, dégoûtée.

Elle demeura assise, le dos appuyé contre le ring, son T-shirt collé contre sa peau par le sang qui séchait en refroidissant. Elle cherchait encore les raisons de sa rébellion lorsqu'une boule se forma dans son sternum, jusqu'à la suffoquer. Elle parvint à se lever en se cramponnant aux cordes, vomit les restes mal digérés de sa pizza et un liquide âcre et acide, mélange d'alcool et de sucs gastriques. Elle s'écroula à genoux et mit quelques secondes avant de comprendre qu'elle s'étouffait dans ses sanglots et que ce son qui lui vrillait les tympans sortait de sa gorge. Elle hurla à pleins poumons, incapable de se maîtriser, incapable d'arrêter le tremblement de ses mâchoires. Et puis, elle se traîna à genoux et se mit à califourchon sur l'homme, le saisissant par les pans de sa chemise, le secouant de toutes ses forces.

Quelqu'un, très loin, cria son prénom. Quelqu'un la souleva et força ses mains crispées à relâcher le tissu. Quelqu'un la retourna et la plaqua contre lui. Des gens couraient, criaient.

— C'est fini. Calme-toi. Il est mort. C'est bien.

Cagney. C'était la première fois qu'elle le voyait transpirer, et il sentait bizarre, comme un chat qui a eu très peur. Ses lèvres étaient décolorées.

Elle dit :

— Ce n'était pas mon père. Ce n'est pas elle qui l'a tué. C'est moi. Je lui ai mis le fusil de force dans les mains. Elle ne voulait pas me sauver, elle ne voulait rien faire. C'est moi qui ai appuyé sur la détente. Elle n'a rien dit parce qu'elle savait que ce serait pire pour elle. Elle est morte. Je veux dire ma mère.

— Chut, ça n'a pas d'importance maintenant. Chut, tais-toi. Tu ne veux pas en parler. Viens, on s'en va.

BASE MILITAIRE DE QUANTICO,
VIRGINIE

Ringwood passa la tête dans le bureau de Cagney et demanda d'une voix morne :

— Je peux venir ? Je m'emmerde un peu.

Cagney et Morris levèrent la tête du dossier qu'ils étudiaient et Cagney répondit :

— Je vous en prie. Ah, c'est gentil d'avoir pensé au café. Posez les tasses sur le bureau avant de les renverser sur la moquette.

Ringwood se laissa tomber dans le fauteuil et s'avachit comme un sac. Morris demanda :

— Ça ne va pas ? Si vous cherchez du boulot, je suis prêt à faire un gros sacrifice et à vous en filer un peu.

— Oh, non, j'en ai plein. Mais je n'ai pas la pêche, aujourd'hui. En fait, je n'ai envie de rien faire.

Cagney demanda dans un sourire :

— Votre stimulus stressogène vous manque ?

— Oui, comment avez-vous trouvé ?

— C'est mon métier. Et il est exact que Clare remplissait pas mal d'espace à elle toute seule.

Morris intervint :

— Je croyais que vous n'aimiez pas les enfants, Richard ?

— Ben, en théorie, c'est vrai que je n'ai pas une passion pour eux, mais en pratique, je dois avouer que ça meuble. Je me suis habitué à elle. Surtout que nous avons passé pas mal de temps ensemble, ces derniers jours. Sur le coup, elle m'a un peu gonflé mais ça me fait quelque chose qu'elle soit repartie en Californie.

— Elle y est bien mieux qu'ici.

— Je sais. Qu'est-ce que vous faites, là ?

Ce fut Morris qui répondit :

— Nous sommes en train de peaufiner le rapport concernant l'affaire Valdez. (Puis, méchamment :) L'idée, c'est que ceux qui sont encore en vie en prennent pour le maximum. C'est con pour le futur bébé.

Cagney précisa :

— Il faudra convaincre Jennifer Valdez de l'abandonner pour lui trouver une bonne famille d'accueil.

— Elle va morfler, elle aussi ?

— Si elle est responsable du meurtre de son mari, je l'espère, Ringwood. Vous nous aidez ?

— Bof, oui.

Cagney poursuivit :

— Bon, il nous manque pas mal d'éléments. D'abord la véritable identité de ce Dekker. Ensuite, Julia Pretlow s'est volatilisée, preuve qu'elle était au courant et que cette compagnie de location de voitures était une simple couverture, un moyen de justifier des revenus, de louer des sous-sols. On essaie de la loger pour retrouver les listings des parieurs de merde et des tordus qui allaient voir ces combats. L'autre problème c'est Sanders. Nous n'avons aucune preuve qui nous permette de l'impliquer là-dedans et il ne crachera certainement pas le morceau. Il peut s'en tirer avec une histoire de cocufiage. Idem pour la tendre veuve. On essaie également de mettre la main sur ce médecin, le Dr Thomas E. Morley et sur ce

William Clark, le dernier actionnaire. Bien, si on considère maintenant ce dont nous sommes...

Ringwood lâcha d'un ton boudeur :

— De toute façon, j'ai toujours trouvé cela très suspect, la boxe. Bon, que des mecs se fassent défoncer la gueule ou la défoncent à d'autres pour du fric, je peux encore comprendre. Après tout, c'est souvent le seul moyen qui leur reste de se sortir de leur merde. Mais que d'autres mecs paient pour les voir se cogner dessus, je trouve ça malsain. C'est lâche, une violence par procuration.

Cagney répondit d'un ton qu'il voulait calme :

— Richard, vous me faites parfois penser aux petits discours philosophico-chop-suey d'un *fortune cookie,* quand vous vous y mettez.

Ringwood, imperturbable, s'enquit :

— C'est une vacherie ?

— Même pas. Je vous trouve irremplaçable.

Morris intervint :

— C'est quoi, au juste, ces combats ultimes ?

Cagney répondit :

— C'est un mélange de tous les sports de combat, de la boxe française à la boxe thaï, en passant par la boxe américaine. Redoutables, hyperviolents. Il semble également que cela puisse avoir une valeur thérapeutique chez certains jeunes délinquants, comme pas mal de sports de combat. L'idée étant de discipliner la violence, de la canaliser. Les fédérations nationales ou internationales entourent les combats amateurs ou professionnels de règles rigoureuses pour minimiser la casse. Le problème, c'est que ces règles frustrent les tordus qui veulent voir la mort, celle des autres, bien sûr. Il y a beaucoup de fric à faire en organisant des combats terminaux. On a déjà démantelé quelques réseaux, mais rien de comparable.

— Avec des gosses, aussi ?

— Oui, il y a quelques années, à New York.

— Putain, mais c'est pas vrai. Comment on peut prendre plaisir à ce genre de truc ?

— Morris, si je vous faisais la liste exhaustive de tous les « amusements » de ce genre qu'ont inventés les hommes, vous ne vous en remettriez pas. Il y a vingt ou trente ans, des « chasseurs » s'offraient un sport très particulier dans les pays d'Amérique latine ou d'Amérique du Sud. Ça se passait dans un grand hangar, de nuit. On engageait un gibier, un *péone*, un pauvre mec quoi. Il touchait 20 dollars de la partie. Ladite partie consistait à éteindre toutes les lumières dans le hangar et les chasseurs tiraient tous azimuts dans l'obscurité durant vingt secondes, un dollar la seconde. On rallumait. Si le type ne s'était pas fait exploser, il avait le choix entre repartir avec son argent ou dire banco.

La sonnerie du téléphone l'interrompit et sa secrétaire lui annonça qu'une Mrs Pretlow souhaitait lui parler personnellement. Avant de prendre la communication, il fit un signe à Morris qui se précipita à l'extérieur pour demander au standard de tracer l'appel.

— Mrs Pretlow ?

Morris revint s'installer silencieusement à côté de Ringwood et Cagney appuya sur la touche haut-parleur.

La voix raffinée lui répondit :

— Bonjour, Mr Cagney. Il est superflu d'ennuyer vos employés pour qu'ils déterminent la source de cet appel. Je suis dans mes bureaux de Boston et je n'en bougerai plus. Je pensais que Sebastian... (Sa voix se brisa, il l'entendit respirer, puis elle reprit). Enfin, je viens juste d'apprendre qu'il est mort. C'est pourquoi je suis rentrée.

— Qui était-ce ?

— Oh, cela n'a plus grande importance, maintenant. Je l'ai connu lorsqu'il avait 12 ans. C'était une force de la nature. Cela faisait presque quatre ans qu'il survivait à ses combats. Il croyait être né en Europe de l'Est, il ne savait pas trop où.

— Et Rick Dekker qui est-ce ?

Elle gloussa.

— C'est Sebastian, bien sûr. Il s'agit d'un mélange de noms de boxeurs : Rick Roufous et Ramon Dekker, deux grandes figures du combat.

— Quel est votre rôle dans cette histoire, madame ?

— Ah, vous ne saviez pas ? Je suis dentiste. J'ai exercé en Angleterre durant quelques années. Un jour, un homme est venu me voir accompagné de Sebastian. Il avait perdu deux incisives. Aux traumatismes des lèvres et de la mâchoire, j'ai très vite compris que, contrairement à ce que l'homme me racontait, l'enfant n'était pas tombé, mais qu'il avait été frappé. J'ai menacé l'homme d'appeler la police. Il a posé sur le bureau quatre mois de mon salaire en liquide. Nous avons discuté, et voilà. Vous comprenez, il fallait qu'ils gardent de jolies dents, à cause du public.

— Ils devaient rester beaux pour se faire massacrer ?

— C'est cela.

Cagney avait l'impression d'être dans un rêve. Le ton calme, presque attendri de cette femme qui organisait des combats mortels d'enfants, d'adolescents après leur avoir posé les plus luxueuses prothèses dentaires du marché avait un côté irréel. Les regards hagards des deux hommes assis en face de lui lui prouvèrent qu'il n'était pas le seul à se sentir flotter dans un monde parallèle.

— Et ensuite ?

Ils l'entendirent bâiller et elle poursuivit :

— Ensuite Sebastian est devenu grand. Nous étions très unis. Vous savez, nous avons passé toutes ces années à voyager, en étant seuls tous les deux. Nous n'avions confiance qu'en nous deux, une confiance absolue. Nous avons décidé de monter notre propre organisation avec l'argent que nous avions amassé, beaucoup d'argent.

— Où cela ?

— En Angleterre, en Amérique du Sud. Puis nous sommes venus aux États-Unis, il y a un peu plus d'un an. Il ne faut pas rester trop longtemps au même endroit dans notre métier.

— Oui, c'est ce que disent tous les tueurs à gages.

— Le temps presse, Mr Cagney. Pour vous, veux-je dire. Épargnez-moi votre sensiblerie. C'est un luxe auquel j'ai renoncé il y a longtemps. En réalité, je vous appelle pour une raison précise : Sanders.

— Sanders ?

— Oui. Si cet abruti m'avait obéi, s'il avait fait ce qu'il était convenu, Sebastian serait encore en vie. Il faut qu'il paye. J'ai toujours payé mes dettes et j'exige que les autres en fassent autant.

— Mrs Pretlow. La police de Boston arrivera chez vous dans peu de temps. Il vaudrait mieux que vous fassiez une déclaration.

— Non, je n'ai pas le temps. Si c'est la validité de ce témoignage, j'allais dire testament, qui vous inquiète, j'ai branché le caméscope. Il faut vivre avec son temps et c'est moins harassant qu'une confession écrite. Vous trouverez également dans une enveloppe posée sur la table basse de mon bureau, des relevés de virements, des photos et des enregistrements de conversations téléphoniques.

— Et la liste des parieurs ?

— Non. Ces gens-là nous ont fait gagner beaucoup d'argent et ils ne nous ont fait aucun mal. Vous vous méprenez, Mr Cagney. Je ne cherche pas l'absolution, il y a bien longtemps que j'ai tiré un trait sur ces enfantillages. Je veux seulement une vengeance et vous êtes le seul à pouvoir me l'offrir. Voyez-vous, Sebastian est le seul être que j'aie aimé et comme je l'ai aimé ! Il a tout été pour moi, mon fils, mon amant, mon compagnon et mon seul ami. J'avais largement l'âge d'être sa mère mais nous étions au-dessus de cela, du temps, du meurtre, et du sexe qui n'a jamais été, pour lui comme pour moi, qu'un apaisement passager. Nous étions au-dessus de tout, Mr Cagney, sauf de la mort. C'est le seul jeu de con dans lequel il est impossible de tricher.

— Accepterez-vous de nous dire où se trouve William Clark ?

— Oui. Quelque part dans la baie de San Francisco, enfin du moins ce qu'il en reste après un an de baignade forcée. Clark a eu peur. Il voulait des sous, beaucoup de sous et vite, mais il n'a pas compris qu'il fallait aussi accepter des risques. Sa peur le rendait imprévisible, nous avons remédié à cela.

— Et Sanders ?

— Oui, vous avez raison, revenons-en à Sanders. Je sens que le temps presse maintenant.

Il l'entendit boire puis perçut le bruit du goulot d'une bouteille heurtant un verre.

— Sanders nous a contactés, il y a un peu plus d'un an, par l'intermédiaire de Morley.

— Le médecin ? Vous savez où il se trouve ?

— Oui, mais je ne vous le dirai pas. Il m'a bien servie. Il soignait les jeunes. Grâce à sa position au sein de l'INS, Sanders avait compris que quelqu'un organisait des combats terminaux, d'abord en Californie et au Texas. Il savait que nous faisions entrer des jeunes illégaux. Au début ce qu'il voulait était simple : qu'on lui balance les clandestins dont on ne voulait pas, les trop vieux, les moches, les malades. Il les arrêtait. C'était du travail facile et qui lui valait les honneurs professionnels.

— Des coyotes ?

— Voilà. Des passeurs qui servent de balance pour qu'on leur foute la paix. Un vilain animal pour un vilain métier, n'est-ce pas ?

— Et puis ?

— Il est devenu gourmand. C'était prévisible. Sebastian voulait s'en débarrasser, le pauvre chéri était ulcéré, mais je n'étais pas d'accord. Sanders disparu, nous ignorions qui on nous mettrait en face. Le problème était de trouver un moyen intelligent de payer Sanders, en nous ménageant une trace éventuellement utilisable pour le calmer s'il devenait trop remuant.

— L'argent de Valdez.

— Bravo. Sanders était l'amant de la femme de son coéquipier, cette sotte de Jennifer. Un pois chiche dans la tête, une calculatrice à la place du cœur, tout cela monté sur un très joli cul.

Cagney l'entendit reposer son verre et le remplir à nouveau. Il était certain qu'il s'agissait d'alcool. Son débit toujours très élégant se ralentissait. Le claquement caractéristique d'un Zippo retentit dans la pièce comme une détonation et ils l'entendirent exhaler une bouffée de fumée.

— L'idée était donc que Jennifer pousse son mari à investir dans la compagnie bidon que nous montions. Sanders était rapace mais pas très intelligent. Je suis parvenue à le convaincre qu'il me serait plus facile de servir des dividendes à sa maîtresse, en plus de ce que je lui versais de la main à la main. Les choses tournaient assez rond et puis tout s'est précipité. Jennifer s'est aperçue qu'elle était enceinte. Sur le moment, elle n'a pas su qui était le père et quelques jours plus tard, Valdez est arrivé ivre mort chez lui et a annoncé à sa femme qu'il était stérile. Selon moi l'idée la plus logique aurait été d'avorter en douce, mais Jennifer n'a pas voulu. Ont-ils eu une sorte de tendresse pour leur futur rejeton, ou se sont-ils dit que c'était une excellent moyen de toucher le gros lot, je l'ignore. Les âmes les plus vomitives ont de temps en temps des sensibilités étranges. Et puis, Sebastian a été forcé d'éliminer un jeune homme que nous aimions beaucoup.

— José Olvedar.

— Oui, Lito. C'était un amour de jeune homme. Il était charmant, très vivant.

— Il avait tué combien d'autres jeunes hommes charmants ?

— Je ne m'en souviens pas. Pas mal sans doute puisqu'il était avec nous depuis environ cinq ans. Je vous l'ai dit, Mr Cagney, épargnez-nous vos aigreurs, le temps presse. Je n'ai plus que quelques minutes avant... Je ne sais pas trop quoi. Si c'est un jugement divin, je suis mal partie. Mais c'est peut-être aussi me rapprocher de Sebastian.

— Vous n'avez pas... ?

— Oh, je vous en prie. (Elle rit.) Quoi ? Vous regrettez que je meure ? Vous préféreriez sans doute me traîner devant les tribunaux, me faire électrocuter ou piquer comme un animal si je suis jugée au Texas ? C'est cela ? Je n'accepte les conditions de personne, Mr Cagney. Finissons-en. Sebastian a dû tuer Lito. Lito allait craquer parce qu'il avait peur. Si vous savez comme ils souffrent tous durant ces combats, comme Sebastian a souffert, comme j'ai souffert de soigner ses pauvres membres.

— Il l'a carbonisé comme les autres.

— Oui. Il ne fallait pas qu'on les identifie. Mais il les étranglait ou leur brisait la nuque avant. Ceux qui acceptent de subir la souffrance ne méritent pas de la supporter inutilement.

Et Cagney eut enfin la conviction que cette femme était folle, d'une folie logique et efficace.

— Le petit frère de Lito ne l'a pas supporté. Rodolpho. Il ne connaissait pas Sanders, bien sûr. Il a téléphoné à l'INS. Il est tombé sur Valdez. S'il était tombé sur Sanders, les choses auraient peut-être tourné de façon totalement différente. Mais Sanders était en train de s'envoyer la femme de Valdez. Pedro, qui s'occupait des garçons, s'est douté de quelque chose et nous avons prévenu Sanders. Il a téléphoné à Valdez et est parvenu à lui faire dire le lieu du rendez-vous. Le soir, Sanders s'y est rendu. Il a égorgé Valdez. Exit Valdez, exit Rodolpho.

Elle bâilla à nouveau, se racla la gorge et sa voix leur parvint, plus ferme :

— Je déclare donc sous serment que Bruce Sanders, inspecteur à l'INS, est le père de l'enfant que porte Jennifer Valdez, qu'il a égorgé Julio Valdez, qu'il touchait beaucoup d'argent pour fermer les yeux sur un réseau de combats terminaux ayant entraîné la mort de plusieurs dizaines d'enfants et d'adolescents. Il nous a fait chanter pour que nous balancions des clandestins en lui permettant d'effectuer des arrestations soi-disant exceptionnelles. Je déclare que Jennifer Valdez était au courant et nous a apporté son concours actif. J'ignore si elle était au courant des projets de son amant d'assassiner son mari, avant qu'il les mette à exécution, mais je n'en serais pas surprise. Je suis en pleine possession de mes moyens intellectuels au moment où je fais cette déclaration et ne suis soumise à aucune pression, ni menace.

Il y eut un moment de silence. Les trois hommes se regardaient, tétanisés. Puis la voix maintenant pâteuse demanda :

— Cela vous va-t-il, Mr Cagney ?

— Oui. Nous appelons une ambulance, Mrs Pretlow.

Elle rit doucement.

— Non, c'est fini. Faites votre travail maintenant. Bonsoir, Mr Cagney.

Ils entendirent un verre se casser, le choc d'un combiné, sur une table probablement, puis quelques secondes plus tard, un bruit sourd et lourd. Celui d'un corps qui s'affalait, sans vie.

ÉPILOGUE

Une sensation confuse d'apaisement, de satiété, lui fit fermer les yeux. Cagney soupira de satisfaction. Il avait adoré la scène finale et en conservait un souvenir gratifiant. Les deux amants pris au piège de leur rapacité, de leur férocité et de leurs calculs sanglants se déchirant, se chargeant mutuellement pour sauver leur peau ou ce qui en restait. Cagney avait orchestré cette curée avec un plaisir, un sadisme intellectuel dont il découvrait l'intensité. Il avait joué, entre flou et compréhension, parvenant à convaincre chacun que seule une trahison pourrait l'aider. Jennifer Valdez avait craqué la première. Faire suivre Sanders avait été un jeu d'enfant. Le déballage de cette médiocrité de charognard, de cette bestialité intéressée et de leur panique égoïste avait dédommagé Cagney pour ces semaines de fatigue, et d'angoisse. Il s'était délecté de chaque seconde anticipant le moment où, leurs déclarations enfin signées, il leur projetterait la cassette vidéo que les flics avaient trouvée à côté du corps de Julia Pretlow.

Il rouvrit les yeux et se mordit les lèvres. Il avait téléphoné à maintes reprises à Gloria, laissant sur son répondeur des messages qui alternaient prière et intimidation. Elle ne répondait pas. En désespoir de cause, il avait téléphoné à Little Bend et Jade lui avait appris que Clare n'avait pas réintégré l'établissement. Cagney avait prévenu le Bureau qu'il prenait quelques jours de vacances. Il irait à San Francisco, il la forcerait à s'expliquer, parler. Il voulait que Gloria exorcise cette scène, toute la scène et il voulait qu'elle le fasse avec lui, *pour* lui. Le téléphone sonna et il se précipita pour répondre. Il reconnut la voix grave et le fort accent immédiatement. Il détecta dans l'intonation d'Hugues de Barzan une sorte de satisfaction :

— Mr Cagney ?

— Bonjour, Mr de Barzan. Comment avez-vous obtenu mon numéro personnel ?

Et la satisfaction éclata lorsqu'il répondit :

— C'est Gloria qui me l'a donné.

— Vous l'avez vue ?

— Non, n'exagérons pas. Mais elle m'a téléphoné.

— Quand ?

— Avant-hier soir. Elle voulait que je lui rende un service. Je vous avouerais qu'être le seul vers qui elle ait pu se tourner, après toutes ces années, a fait plus de bien à mes neurones que tous les fluidifiants sanguins dont me gave mon médecin.

— Et ?

— Et Gloria souhaite vous faire savoir qu'elle quitte les États-Unis. Elle ignore si ce départ est définitif. (La satisfaction résonna à nouveau lorsqu'il annonça :) Je lui ai appris le français et le latin, elle peut donc se débrouiller dans presque tous les pays européens. Clare est avec elle, bien sûr. Le chien aussi. La maison de San Francisco est en vente et Gloria a loué son appartement de Brookline à l'une de mes chercheuses, Rachel. Elle ne poursuivra pas sa collaboration avec vos services, ni du reste le FBI. Voilà, je crois n'avoir rien oublié.

Cagney se laissa tomber dans son canapé, à bout de souffle. Il avala avec peine la salive qui s'accumulait dans sa bouche :

— Savez-vous où elle est ?

— Non, Mr Cagney, je l'ignore.

— Me le diriez-vous si vous le saviez ?

Barzan hésita un peu et déclara gentiment :

— Non. Adieu, Mr Cagney.

Composition réalisée par P.P.C.

IMPRIMÉ EN FRANCE PAR BRODARD ET TAUPIN
La Flèche (Sarthe).
N° d'imprimeur : 2230 – Dépôt légal Édit. 3200-05/2000
LIBRAIRIE GÉNÉRALE FRANÇAISE - 43, quai de Grenelle - 75015 Paris.

ISBN : 2 - 253 - 17106 - 9 31/7106/3